Kırmızı Kedi Yayınevi 180

KIRMIZIKEDİ

Kırmızı Kedi Yayınevi: 180
Türk Edebiyatı: 39

Kar İzleri Örttü
Yayına Hazırlayan: İlknur Özdemir

Son Okuma: Serra Tüzün
Kapak Tasarımı ve Grafik: Yeşim Ercan Aydın

Birinci Basım: Aralık 2012
ISBN: 978-605-5340-87-2
Kırmızı Kedi Sertifika No: 13252

Baskı: Pasifik Ofset
Cihangir Mah. Güvercin Cad. Baha İş Merkezi B Blok
Haramidere-Avcılar İSTANBUL T: 0212 412 17 77
Pasifik Ofset Sertifika No: 12027

Kırmızı Kedi Yayınevi
kirmizikedi@kirmizikedikitap.com / www.kirmizikedikitap.com
www.facebook.com/kirmizikedikitap
Ömer Avni M. Emektar S. No: 18 Gümüşsuyu 34427 İSTANBUL
T: 0212 244 89 82 F: 0212 244 09 48

Yayına Hazırlayan

İlknur Özdemir

KAR İZLERİ ÖRTTÜ

ÖYKÜLER

KIRMIZIKEDİ

İÇİNDEKİLER

SUNUŞ

Geçtiğimiz yaz aylarında, Kalem Ajans'ın yöneticisi Nermin Mollaoğlu beni arayıp kendi ajansının temsil ettiği yazarlardan birer öykü isteyerek 'Yılbaşı, Kar ve Cinayet' konulu bir kitap yapar mısınız dediğinde hemen kabul ettim önerisini. Yurtdışında da bu tür özel kitaplar var, neden bizde de olmasın diyerek kolları sıvadık. Katılabileceğini düşündüğümüz yazarlara tek tek yazarak kitapta yer almaya davet ettim, öyküler için zaman verdim ve bekledim. Doğrusu konu herkese cazip gelmeyebilirdi, üstelik yazarlar arasında daha önce öykü yazmamış olanlar da vardı. Kabul etmeyenler çıkabilir diye düşünüyordum, ama öyle bir şey olmadı. Bizi kırmadılar, yazdılar.

Tek koşulumuz öyküde kar, yılbaşı ve cinayet olmasıydı, gerisi serbestti. Kısa öyküler de geldi, uzun öyküler de. Geçmişte gezinenler de vardı aralarında, fantastik dünyalarda yolculuklara çıkanlar da. Sonunda ortaya birbirinden farklı on dokuz öykü çıktı. Bütün bu öyküleri okuyup yayına hazırlarken şunu fark ettim: Öykü yazmayı özlemişim, yazanlara da imreniyorum. Böylece ben de son anda kitaba dahil oldum izninizle ve küçük bir öyküyle katıldım bu on dokuz deneyimli, değerli yazarın arasına.

Böyle farklı bir kitabın Kırmızı Kedi'de hazırlanması konusunda verdiği destek için Nermin Mollaoğlu'na teşekkür ediyorum. O olmasaydı bu değerli yazarları bir araya getirmek hiç de kolay olmazdı.

İlknur Özdemir
Aralık, 2012

Aslı E. Perker

ZİU'NUN KAR KÜRESİ

1

Perdenin arasından sızan güneş ışığı Selma'nın tam gözüne düşmeseydi biraz daha uyuyacaktı muhakkak. Hatta aslında son beş dakikadır o güneş ışığından kaçmanın bir yolunu arıyordu. Önce arkasını dönmüştü, fakat bu sefer de ensesinde bir yerde aşırı sıcaklığı hissetmiş, yatakta biraz ileriye kaymıştı. Tam tekrar dalabilecekken bir sinek musallat olmuştu. Omzunda; elini omzunun üzerinde savurunca burnunda; tekrar savurunca kulağında, boynunda. Derken sinirle yatakta doğruldu. Elleriyle sağına soluna vurdu, başını iki yana salladı, üzerindeki pikeyi bir kenara fırlatıp kalktı. Biraz fazla mı sıcaktı? Sonra yatağın hemen yanında, ayakta durdu, iki elini yukarıdan aşağıya doğru yavaşça indirerek aldığı nefesi ağır ağır verdi. "Sakin," dedi kendi kendine, "sakin." Ardından "Ali?" diye seslendi. Ses gelmeyince tekrar denedi, "Ali?" Pencereye doğru yürüdü, sinek umurunda değildi şimdi, sıcak da. Burada olduğu için mutluydu. Perdeyi iyice açtı, karşısında okyanusu gördü, gülümsedi. "Sonunda," diye geçirdi içinden, "kurtuldum Allah'ın belası kardan. Biraz daha güneş yüzü görmeseydim çıldıracaktım."

Çıldıracaktı gerçekten de. Üniversitede düzenlenen bir kongrede görevli olduğu için geçen yaz izin alamamıştı. Ondan önce de Erzurum'da kış çok ağır geçtiğinden, müsait olduğu zamanların hiçbirinde uçaklar kalkamadığı için üç günlüğüne bile bir yere gidememişti. Boşa giden birkaç uçak biletini kafasına takmamıştı; ama yaz bitip de bir önceki kışı aratmayacak soğuk günler bastırdığında artık dayanacak gücü kalmamıştı. En son şehir merkezinden eve giden servisi beklerken beresinin dışında kalan saç tellerinin kırağı tutması sabrını taşırmıştı. Ağlayarak eve gelmişti. Buz tutan kirpiklerinin arasından akan yaşlarla. Servisteki öbür yolcular, kocasının çalıştığı şeker fabrikası lojmanlarına dönüyorlardı ki çoğu da tanıdıktı, görüştükleri arkadaşlarıydı; hiçbirine aldırmamıştı. Kimseyle konuşacak hali olmadığından arka sıraların birinde tek başına oturmuştu; ancak buna rağmen aralarından biri gelip sormuştu: "İyi misin?" "Biraz asabım bozuk," diye cevap verdi, daha doğrusu kestirip attı, hatta yüzünü öteki tarafa öyle bir çevirdi ki kadın üstelemeyip uzaklaştı. Göz kaş hareketleriyle diğerlerini de "Boşverin, yalnız bırakın" manasında uyardı. Bilhassa ülkenin batısından olup bu uzak kentte çalışmak zorunda kalan herkesin zaman zaman yaşadığı bir ruh haliydi, biliyordu.

Genç kadın ilk geldiği günlerde iyi uyum sağlamış gibi gözüküyordu oysa. Alıştınız mı diye soran herkese ağzı kulaklarında "Alışmayacak ne var, hiç öyle dedikleri gibi kötü bir yer değilmiş," deyip duruyordu. Ali de memnundu Selma'nın uyum göstermesinden. O zaten Erzincanlıydı, Erzurum'a çıkan tayinini büyük bir şans olarak kabul ediyordu. Selma'nın memnun olması içini rahatlatıyordu. Gel gör ki bu durum uzun sürmemişti. İkinci kış, ilk karın düşmesiyle Selma'nın ruh hali de değişmeye başlamıştı. Kendisi öyle olmadığını söylese de. Eve gitgide daha neşesiz gelir olmuştu. Okul ile yaşadıkları yer arasındaki yoldan da sürekli şikâyet ediyordu. Yine hava muhalefetinden dolayı şehirdeki hiçbir etkinliğe katılamıyorlardı. Sinemaya gidemiyorlardı ya da arada bir uğradıkları kafelere; bunların haricinde de zaten şehirde yapacak fazla bir şey yoktu. Selma her gün eve girer girmez kendini sıcak suyun altına atıyordu. Ali karısının bunu ısınmak için yaptığını düşünse de Selma aslında sudan medet umuyordu. Yıkanmak, yüzmek, hiç değilse sahilde şöyle bir yürümek ona her zaman iyi gelirdi. Tüm vesveseleri ve hastalıkları ne hikmetse suyla buluştuğu anda sona ererdi. Hatta vertigo denen illetten bile zamanında bir sahil kasabasında kurtulmuştu. Şimdi Erzurum'un soğuğunda da duştan çıktığı dakikalarda kendini iyi hissediyor, üzerine temiz bir şeyler geçiriyor, saçlarının ucundan sular damlarken Ali'yle biraz muhabbet ediyordu. Ancak aradan dakikalar geçince, günün olaylarını konuştuklarında, kısacası hâlâ Erzurum'da olduğunu hatırladığında önce dudakları kenetleniyor, sonra gözü dalıp gidiyor, derin bir iç geçiriyordu. Yemeğe otururlarken Ali muhakkak televizyonu açıyordu. Artık o saatte konuşacakları bir şey kalmıyordu zira; hem sonra evin sessizliği ikisinin de gönlünü biraz daha daraltıyordu. Kavga etmeleri an meselesiydi. Ali'nin, söyleyeceği her lafı önceden düşünmesinin, tartmasının hiçbir faydası yoktu, Selma kavga çıkarmak istediği zaman muhakkak bir yolunu buluyordu. O ise kıvılcımı yakan kişi olmamakla beraber ortaya ateş düştükten sonra iyice harlatan taraf oluyordu. İlk dakikalarda sükûnetini korusa da bir yerden sonra dayanamıyor ve sonunda suçlu düşecek hale geliyordu. Hiddetini tutamayan bir adamdı. En ufak bir tartışmayı en büyük bir kavgaya ve trajediye dönüştürebiliyordu. Böyle karşılıklı birbirlerini yaralamaya alışıklardı gerçi; ağız dalaşları gitgide derinlere iner, ikisinin de tüm geçmiş travmaları ortaya dökülür ve ancak birbirlerini ruhen iyice hırpaladıktan sonra durabilirlerdi.

Şimdilerde Ali biraz daha alttan alır olmuştu; karısının bu bunalımlı hallerinden biraz da kendini mesul tuttuğu için. Ancak gösterdiği toleransın aslında onları gitgide birbirlerinden uzaklaştırdığının da farkındaydı. Yemekten sonra bir müddet daha hiç konuşmadan televizyonun karşısında oturuyorlar, Selma olduğu yerde uyuklamaya başlıyor, sonra da kalkıp yatağına gidiyordu. Beraber bir film seyretmeye, yahut herkes gibi televizyondaki onca diziden birine bakmaya bile yanaşmıyordu. "Uykum var," diyordu sürekli, "yorgunum." Ali de gitgide içine kapanmaya başlamıştı böylelikle. Konuyu kimselere açamıyordu. Yakınında dertleşecek kadar yakın ve güvendiği bir arkadaşı yoktu. Ailesinden birine bir şey söylemesi mümkün değildi, onlar en başından beri Selma'yı Batılı şımarık bir kız olmakla suçluyorlardı. Evlenmeden önce pek sancılı geçen isteme, nişan, düğün döneminde annesi defalarca "Ne örfleri var ne âdetleri, nereden gelmiş bu insanlar," diye serzenişte bulunmuştu. Sadece bir kez akıl danışmak için okuldan, hâlâ Ankara'da yaşayan bir arkadaşını aramıştı. Emre psikolojiden mezundu, muhakkak söyleyeceği birkaç söz olmalıydı. Emre telefonda Ali'nin anlattıklarını dinledikten sonra uzunca bir süre sessiz kalmıştı. Sonunda da sadece "Selma'nın içinde bulunduğu ruh halinde bir anormallik yok, geçiş dönemlerinde, bilhassa taşınmalarda yaşanır böyle sıkıntılar," demişti, ancak gerçeği Ali ile arkadaşlıkları bozulmasın diye söylemeye çekinmişti. Söyleyecekleri bir şeyi değiştirmeyecekti, Ali önce dediğine kıymet verse de sonradan içten içe arkadaşına kızacak, karısı ile ilgili düşüncelerinden dolayı ona düşmanlık beslemeye başlayacaktı. Emre bu ruh halini de öngörecek kadar tecrübe kazanmıştı. Selma'yı okul yıllarından, neredeyse Ali kadar uzun bir zamandır tanıyordu. Bu kızda her zaman bir tuhaflık olduğunu düşünmüştü. Duyguları arasındaki geçişleri her zaman çok hızlıydı. Emre biraz daha fazlasını biliyordu aslında. Ali'ye hiçbir zaman söyleyememişti ve Selma'nın da bu konuda tek kelime etmediğini biliyordu. Birkaç kez birlikte olmuşlardı. Selma'nın yatakta da birden fazla hali vardı. Kimi zaman aşırı coşkulu, kimi zaman fazlasıyla sakin, duygusal. Emre bu hallerini sıradışı bulduğu ve o dönemde tek istediği sıradışılık olduğu için ona âşık olduğunu zannetmiş, ancak çok geçmeden ilişkinin çabuk yıprandığını anlayıp Selma'dan vazgeçmişti. Tüm bunları Ali'ye anlatamazdı, bu sebepten kısaca teselli edip her şeyin geçeceğini şöylemişti, birkaç ay sonra ise konuştuklarını çoktan unutmuştu. İşi başından aşkındı.

Ali de Selma'daki bu gelgitlerin farkındaydı elbette. Zaten onu tıpkı diğerleri gibi sırf bu hali için sevmişti. Tutkuyla bağlanmıştı. Belki kendi de biraz öyle olduğundan, aynı savrulmaları yaşadığından. Ancak daha önce Selma'nın depresif halleri hiç bu kadar uzamamıştı. Bambaşka bir kadın vardı karşısında. Hayata karşı tüm heyecanını yitirmiş, bir beklentisi olan ancak bu beklentinin hiçbir zaman gerçekleşmeyeceğine çoktan karar vermiş bir kadın. Evet, önce anlayış göstermişti; onun gibilerin böyle bir şehirde yaşayabilmesinin çok kolay olmadığını biliyordu; ancak bir yerden sonra içerlemeye de başlamıştı. Dünya üzerinde istemediği yerde yaşayan tek insan oymuş gibi davranıyor olması, her gün muhakkak bir kez Doğu'daki yaşam ve Doğulular ile ilgili söyleyecek kötü bir sözünün olması kanına dokunuyordu. Bazen söyledikleri o kadar ağır geliyordu ki dayanamayıp karşı taarruza geçiyordu. "Şımarık" lafını son zamanlarda birden fazla ağzına almıştı. "Yettin be!" diye bağırıyor, kavga yine birden şiddetleniyordu. Barışmaları ise eskisi gibi tutkulu olmuyordu. Birkaç gün öyle dargın gezindikten sonra hiçbir şey olmamış gibi konuşmaya başlıyorlardı. Önceleri olduğu gibi birbirlerine özlemle sarılmalar, özürler, ağlamalar, sevişmeler yoktu.

Tam artık hayatları ve beraberlikleri çekilmez hale gelmişken bir gün Selma'nın eve keyifli gelmesi onu şaşırttı. Oysa soğuk, çok karlı bir gündü. Buna rağmen karısı eve yüzünde geniş bir gülümseme, fark edilmemesi olanaksız bir heyecanla girdi. Beresini, atkısını, eldivenlerini çıkarıp portmantoya atarken Ali onu tedirgin seyrediyordu. Nasılsın demeye çekiniyordu. Selma Ali'nin yüzüne dikkatle baktı:

"Hayırdır, iyi misin? Bir şeyin mi var?"

Ali boğazını temizledi ama ağzından tek çıkan "Yoo..." oldu.

"Suratın şeytan görmüş gibi de."

"Yoo... Öyle seni seyrediyorum."

Selma tereddütlü, inanmayarak yan gözle bir kez daha baktı. Sonra yine neşeli bir sesle, "Peki," dedi, "Gel bak ben bugün ne yaptım, onu anlatayım."

Ali'yi kolundan tutup masanın başına sürükledi. Karşısına oturttu, elinden bırakmadığı çantasından iki kâğıt çıkarıp, Ali'nin önüne koydu. Ali her şeyden önce en alttaki rakamı gördü: 7500 TL. Sonrasında bunun bir tatil planı olduğunu anladı. Miami'ye alınmış iki bilet ve bir otel rezervasyonu. Böyle bir para harcamak istemiyordu ama bunu Selma'ya söyleyemedi. Hem sonra o daha ağzını açamadan Selma konuşmaya başladı. Sesinde son zamanlarda hiç olmadığı kadar tatlı bir ton vardı. "Biraz daha güneş görmezsem çıldıracağım Aliciğim. Bak göreceksin çok iyi gelecek. Bana da sana da. Çoluğumuz yok, çocuğumuz yok, biz neyin eziyetini çekiyoruz kuzum? Biraz pahalı evet ama çok iyi olacak. Kurban bayramıyla yılbaşı birleşiyor, tatil neredeyse dokuz gün. Biz beş günlüğüne gideceğiz, zaten neredeyse ikişer günü gidiş dönüş yolunda geçiyor. Yüzeriz biraz. Yüzümüze renk gelir. Bak sarardık kaldık. Şu halimize bak. İnan aylardır ilk defa kendimi bugün iyi hissettim. Ohh be. Hem Elifleri de görürüz. Onlar bizi gezdirir de. Yeni yıla da başka bir yerde girmiş oluruz. Şimdi gitmeyeceksek..."

Ali, Selma'nın lafın gerisini getirmesine müsaade etmedi. Karısının sevincine katıldı. "Tamam... Tamam..." dedi, "İyi yapmışsın, böyle bir şeye ihtiyacın var." Selma yerinden kalkıp boynuna atladı. "İhtiyacımız var." Aylardır ilk kez gülüştüler. Yemekte televizyon seyretmediler, neler yapacaklarından, neleri görmek istediklerinden, yanlarında neler götüreceklerinden konuştular. Ali harcayacakları paranın aklının bir köşesinde takılıp kalacağını, birkaç ay sonra onları zor duruma sokacağını biliyordu ama o an Selma'yı mutlu görmenin bedeli buysa ödeyecekti.

O günden itibaren Selma'nın keyfi bir hayli yerindeydi. Ali gün içinde belli belirsiz bir huzursuzluk hissediyor, bunun harcanacak paradan kaynaklandığını anlıyor, ancak yapılacak bir şey olmadığı için unutmaya çalışıyordu. En azından evin içinde bir neşe vardı, gelmekte olan bayramın, yılbaşının mutluluğu şimdiden kendini hissettiriyordu. Selma yolculuk öncesi alışverişe kendini biraz fazla kaptırmıştı ama ona da bir şey demiyordu. Birkaç kez dilinin ucuna uyarmak geldiyse de kendini tuttu. Demek ara ara düşündüğü, hissettiği gibi karısının daha büyük, derin problemleri yoktu; sadece biraz güneşe, hava değişimine ihtiyacı vardı. Bunu bilmek bile içini rahatlatıyordu. Bazı geceler Selma uykusunda kendi kendine mırıldandığı, başını bir sağa bir sola çevirdiği ve zaman zaman da ter içinde uyandığında çok tedirgin olmuş, o gecelerin sabahlarında ciddi bir sorunu olup olmadığının uzun uzadıya muhakemesini yapmıştı. Selma'nın uykusunda yürüdüğü o geceyi ise hatırlamak dahi istemiyordu. İlkin her zamanki gibi tuvalete kalktığını zannetmiş, sonra gülme sesleri duyunca meraklanmıştı. Kulak verince sesin banyodan geldiğini anlamıştı. Kapı aralıktı; önce karısının mahremiyetini bozmak istememişti, bazı çiftler gibi biri tuvaletteyken ötekinin içeri girme âdeti hiç yoktu, ancak durumda bir tuhaflık vardı, Selma'nın iyi olduğundan emin olmak istiyordu. "Selma... Selma..." diye birkaç kez kapının dışından seslendi, yanıt alamayınca kapıyı hafifçe itip içeri baktı. Karısı külodu ayak bileklerinde, geceliği kollarının arasında klozetin üzerinde oturuyor, kahkahalarla gülüyordu. Ali tedirgin gülümsedi. "Selma, iyi misin?" Selma ona değil karşıya bakarak gülmeye devam etti. Sesini biraz daha yükselterek sordu: "Selma! İyi misin?" Selma bir anda başını yukarı kaldırdı, göz göze geldiler, kahkahası kesildi ve hatta gözlerinde bir korku belirdi. Sonra birden oturduğu yerden ayağa sıçrayıp sendeleyerek geri geri gitti. Ürkmüş bakıyordu kocasına, kim olduğunu bilmez gibi. Ali durumu hemen anladı, sakince "Selmacım, benim canım, Ali. Ben, sakin ol," dedi. Ancak Selma'nın gözlerindeki korku silinmedi. Ali karısına doğru bir iki adım attı, kollarını omuzlarına sardı, "Benim canım, benim, korkma, rüya görüyorsun herhalde." Sonra kollarını gevşetip başını geriye doğru aldı ki tekrar karısının yüzünü görebilsin, uyanıp uyanmadığını anlayabilsin. Selma bir müddet daha ürkmüş göründü, sonra tekrar gülmeye başladı. Bu sefer korkma sırası Ali'deydi. Karısını bırakıp geri çekildi. Selma külotunu çekip otomatik hareketlerle ellerini yıkadı, bir yandan da hâlâ kahkaha atıyordu. Gözlerinde hâlâ o tuhaf bakış. Banyodan çıkıp yatak odalarına gitti, gülerek yatağa geri yattı. İki dakika sonra derin bir uykuya dalmıştı. Ali sarsılmıştı; karısının yanına uzandı, ancak gözlerini kapatamadı. Birkaç kez dönüp yüzüne baktı, her zamanki Selma idi. Buna rağmen yüreği korku dolmuştu, gözlerindeki o bakışı ve gülüşünü unutamıyordu. Uykuda olduğu çok belliydi ama tamamıyla uyanıkmış gibi hareket edebiliyordu. Yerinden kalktı, bu sefer geçtiği her yerin ışığını yakarak mutfağa gitti. Bir yandan da sürekli tedirgin arkasına bakıyordu. Çekmecelerdeki bütün kesici aletleri toparlayıp en üst dolaplara kaldırdı. Tam yatağa geri dönerken alet kutusu aklına geldi, onun içinde de kesici ya da zarar verici olabilecek ne varsa alıp diğerlerinin yanına koydu. Sonra çaresiz, tedirgin odalarına geri döndü, yarım yamalak bir uykuya daldı. Selma bir yanından öbür yanına her döndüğünde o da yerinden sıçramış, ancak sabaha karşı tam bir uykuya dalabilmiş, sabah erkenden de çekmecelerin açılıp kapanma sesiyle uyanmıştı.

Mutfağa gittiğinde karısının soru dolu gözleriyle karşılaştı. "Kuzum bütün bıçaklar kayıp, nerede her şey?" Ali ne diyeceğini bilemedi. Gece olanları anlatıp korktuğunu itiraf edemeyecekti. Karısından hemen şüphelenmiş olduğunu söylemek istemiyordu. Yeni uyanmış olmanın verdiği mahmurluğun arkasına saklanarak anlamazdan geldi. "Ne bıçağı, ne diyorsun?"

"Allah allah, sen benimle dalga mı geçiyorsun Ali? Bıçakların hiçbiri yerinde yok. Neredeler? Ve... Neden?"

"Bilmiyorum Selmacım, ne dediğini anlamıyorum ki."

Sonra şaşkın bir ifadeyle karısının yanına gidip gerçekten de neden bahsettiğini anlamıyormuş gibi çekmecelerin içine baktı.

"Allah Allah. Bu ne ya? Nerede bütün bıçaklar?"

Selma'nın sabrı taşmak üzereydi, ama ne kavga çıkarmaya ne de olayı anlamaya çalışmaya vakti vardı.

"Neyse ne," dedi, "Ben gidiyorum. Servisi kaçıracağım." Tam mutfaktan çıkacakken Ali karısını bileğinden tuttu.

"Dün akşam rüyanda gülüyordun, ne gördün?"

"Bilmem. Hatırlamıyorum. Hadi hadi vaktim yok şimdi benim. Çıkıyorum. Bıçakların sırrını akşama çözeriz. Bana bak yoksa sen uykunda yürüyüp eşyaların yerini değiştiriyor olmayasın?"

"Yok daha neler. Kaç yıldır beraberiz, sen benim uykumda yürüdüğümü gördün mü?"

Selma kuşkuyla baktı kocasına. "Ne bileyim. Aman neyse, hadi ben gidiyorum, servis kaçacak."

Ve aceleyle gitti.

O gecenin ardından Ali bütün gün olayın etkisinden kurtulamamıştı. Aynı olayı tekrar yaşamaktan korkuyordu. Ancak Selma'ya hiçbir şey söylememek konusunda kararlıydı. Karısı olanları hatırlamadığı için suç kendi üzerine kalacaktı. Muhakkak onun uykusunda yürüdüğünü düşünecekti. Bir yandan işini yaparken bir yandan da buna nasıl bir açıklama getireceğini düşünüp durdu. Ancak akşam olup da eve geldiklerinde Selma konuyu açmadı. Hatta bıçakları arayıp bulmasına rağmen "İşte buradalarmış, bunlar buraya nasıl geldi izah et bakalım," bile demedi. Ali bir yandan konunun tekrar açılmamasına sevinmiş bir yandan da buna da bir anlam veremediğinden huzursuz olmuştu. Neyse ki ne o akşam ne de sonraki akşamlarda benzeri bir olay tekrarlandı. Ali ilk birkaç gün tedirgin uyuduktan sonra olayı unutup gitti. Yaklaşmakta olan tatille beraber karısının gerçek bir sorununun olmadığına ikna oldu. Yolculuktan bir gün önce -ki uçakların kalkmayacağına emin olduğu için Selma kara kışta korkutucu da olsa otobüs yolculuğu yapmalarında karar kılmıştı- eve yine birkaç paketle geldi. İçlerinden birinde Miami'deki arkadaşları Elif ile Arif'e aldığı hediye vardı. Neşeyle açıp gösterdi: "Onlar orada kara hasret kalmışlardır. İyi düşünmüş müyüm?" Bir kar küresi almıştı. İçinde İshak Paşa Sarayı'nın minyatürü vardı. Küreyi Ali'nin eline tutuşturup sallamasını söyledi. "Nasıl? Güzel mi?"

"Çok güzel bir hediye," dedi Ali biraz tutuk. "Buralardan Miami'ye götürülebilecek en güzel hediye bence."

Selma o gece o kadar heyecanlıydı ki ne kendisi doğru dürüst uyudu ne de Ali'yi uyuttu. Durup durup kalkıyor, valize bir şey daha koyuyordu. Zaten sabahın ilk saatleriyle de kalkıp giyinmeye koyulmuştu. Sonra da aylar sonra ilk kez yatağa atlamış, bir iki dakika daha uyumaya çalışan Ali'yi öperek uyandırmıştı. Ali eski günlerine döndükleri için mutluydu. Bu anların sınırlı olduğunu, kısa süre sonra biteceğini ve hatta akabinde evliliklerinin yine zorlu yollara gireceğini için için biliyordu. Ancak insanoğlu işte, bir yandan da bu kısa gezinin tüm yaralara iyi gelmesi ihtimalini de tamamıyla gözden çıkaramıyordu.

2

Bir süre daha pencereden dışarı, güneşli güne baktıktan, kıyıya vuran dalgaları sevinçle ve birazdan içinde olacağını bilmenin verdiği sabırsızlıkla seyrettikten sonra Ali'den hâlâ ses seda çıkmadığını fark etti. "Bu kadar zamandır tuvalette olabilir mi?"

Kocası mahremiyetine pek düşkündü. Tuvaletteyken dışarı seslenemezdi. Selma bir kez daha ismini seslenerek banyoya doğru yürüdü. İçinde belli belirsiz bir huzursuzluk dolandı. Hayatta en korktuğu şeylerin başında bir gün bir sevdiğini bilhassa tuvalette fena halde bulmak gelirdi. Banyonun kapısı açıktı. "Bunca zamandır boşuna sesleniyorum demek," diye düşündü, "bir şeyler almaya çıktı belki. Ya da alçak, benden önce keşfe gitti." Ancak banyo kapısına gelince ufak bir çığlık attı. Daha fazlası olmasın diye de eliyle ağzını kapattı. Kalbinin gümbürtüsü kulaklarındaydı. Başı dönmeye, midesi bulanmaya başladı. Geri geri gidip yatağın üzerine oturdu. Midesi iyiden iyiye kötüydü şimdi. Ancak yerinden kalkıp eline bir torba almaya mecali yoktu, hemen oraya, yatağın dibine kustu. Şakaklarındaki, alnındaki tüm damarları hissediyordu, her biri bütün gücüyle kan pompalıyor gibiydi. Gözlerinin arkasında hemen bir ağrı peydah olmuştu. Soğuk terler saçlarını ensesine yapıştırmıştı. "Bütün hayatım mahvoldu," diye düşündü, "bittim ben." Seslice tekrarladı, "Bittim ben" ve bir kez daha kustu. Annesinin midesi bulandığında söylediği aklına geldi. Burnundan nefes al, ağzından ver. Denedi, gerçekten de biraz olsun sakinleşmişti. Yerinden kalktı, başı halen hafifti, istemsiz bir hareketle burnunu kapatıp sadece ağzından nefes alarak bir kez daha banyo kapısına geldi. Bir koku yoktu oysa, neden öyle yaptığını bile tam olarak bilemiyordu. Yerde yatan bedene yaklaşıp parmaklarını bileğinin üzerine koydu. Nabız yoktu. Boynuna değmeye korkuyordu. Sanki eli yüzüne yaklaşırsa ileri gitmiş olacak, kim bilir belki de cansız beden bir anda canlanıp gözlerini onun gözlerine dikecekti. Birbirine bitiştirdiği iki parmağını boynundaki damarın üzerine koydu. Hayır, kalbi atmıyordu. Baş tarafı kan gölüydü, bedenin hemen yanında da kar küresi yan yatmış duruyordu. Kafadan sızan kan ona da bulaşmıştı. Ya da belki de zaten kafatasını yaran o kar küresiydi. O anda geceliğinin ucunda kırmızı bir leke olduğunu görerek ayağa sıçradı. Az kalsın bir çığlık daha atacaktı. Geri geri adımlarla banyodan çıkmaya başlamıştı ki oda kapısının açıldığını duydu. Dehşetten açılmış gözlerle dönüp baktı. Ali işaretparmağı dudaklarında, sus işareti yaparak bir elinde kocaman bir valizle içeri girdi.

"Şişşt..."

Selma ağlamaya başladı. Bedeninin kontrolünü kaybetmişti. Zangır zangır titriyordu. Ali kapıyı kapatıp kilitledikten sonra elindeki valizi bırakıp Selma'ya sarıldı.

"Şişşt... Sakin ol... Sakin ol... Şişşt..."

Böyle diyordu, ancak aslında ne yapacağını o da bilemiyordu. Selma'ya sarılırken neredeyse korkudan kendini kaçıran birine iyi davranmak zorunda olan kurban gibi hissediyordu. Elini kolunu nereye koyacağını, karısının yüzüne nasıl bakacağını bilemiyordu. Durumu ona nasıl izah edecekti? Dahası kendince yaptığı plan bir işe yarayacak mıydı? Banyodaki manzarayla karşılaştığı andan sonraki ilk saatini kendini dışarı atıp aklını toparlamaya çalışmakla geçirmişti. İkinci saatini ise dükkân dükkân gezip en büyük boyda bezden bir valiz ve diğer ihtiyaçları aramakla. Ona göre yapılacak tek şey vardı, o da cesetten bir şekilde kurtulmak. İşin kötüsü olayı gördüğü, ne olduğunu anladığı anda karısını aslında ne kadar çok sevdiğini ve onsuz bir hayatı düşünemeyeceğini fark etmesiydi. Ne olursa olsun onu ele vermeyecekti. Kollarının arasındaki Selma'nın titremesinin tek sebebinin şok değil korku olduğunu anlaması uzun sürmedi. Bir anda beyninden vurulmuşa döndü. Selma daha önce de olduğu gibi dün geceye dair hiçbir şey hatırlamıyordu. Tam bir şeyler söylemek için ağzını açacakken Selma kendini onun kollarından kurtararak hırıltılı bir sesle konuştu:

"Ne yaptın sen!?"

"Selmacı..."

Selma lafı tamamlamasına izin vermedi.

"Ne yaptın diyorum? Ne yaptın sen? O bavul ne? Neler oldu burada? Delireceğim şimdi Ali, delireceğim."

"Se-Selmacım, bir dakika saki..."

"Ne diyorsun sen? Ne sakinliği. Bitirdin. İkimizi de bitirdin. Hayatımızı bitirdin."

Selma da olanların farkına vardığı anda kocasını ne kadar çok sevdiğini anlamıştı. Ali ne yapmış olursa olsun ona sırtını dönemeyeceğini, ihanet edemeyeceğini, yakalanmasına müsaade etmemek için her şeyi yapacağını biliyordu. Bir dakika bile aklından kocasını ele vermek geçmemişti. Her şeyi sonuna kadar inkâr ederdi, ben yaptım bile derdi, ancak sonra ne olacaktı? Gerçekler muhakkak gün yüzüne çıkacaktı ve ayrılacaklardı. Bir şekilde bu bedenden kurtulmayı başarsalar bile –ki Ali'nin getirdiği valiz muhakkak onunla ilgiliydi, az çok anlıyordu– ömür boyu bu vicdan azabıyla ve kocasının katil olduğunu bilerek, ondan korkmadan, ona için için kızmadan nasıl yaşayabilecekti?

"Selma, dur dinle. Sakin ol. Gel, şöyle otur, yüzün sapsarı, konuşalım. Dün akşam olanlardan hiçbir şey hatırlıyor musun?"

"Bu ne? Oyun mu oynuyorsun sen benimle? Şimdiden nasıl yalan söyleyeceğimizin provasını mı yapmaya başladık? Ne demem lazım bu soru karşısında? Ne?"

"Hayır hayır. Prova falan değil. Gerçekten soruyorum, dün akşam ne olduğunu hatırlıyor musun?"

Ali'nin yüzünde öyle bir bakış vardı ki; saf, iyimser, hüzünlü, sevgi dolu, Selma bir an duraksadı.

"Ne diyorsun sen? Delirdin mi?" Hıçkıra hıçkıra ağlamaya başladı. "Neyi hatırlamam gerekiyor?"

Ali lafa başlamadan önce derin bir nefes aldı. Nasıl anlatacağını kestiremiyordu. Hoş, tam olarak ne olduğunu da bilmiyordu zaten. Olayı ne görmüş ne de duymuştu. Yoldan geldikleri gece uyuyamayıp da sabahı sabah edince bir sonraki gece uyku ilacı alıp uyumaya karar vermişti. Daha çok Selma'nın fikriydi bu. Zaten hazırlıklı gelen de oydu. "N'olur," demişti Selma, "bak yarın akşam yılbaşı, şimdi sabaha kadar uyuyamazsan yarın akşamı yorgun geçirirsin, erkenden uykun gelir. Gündüz de uyuyamazsın sen. Biliyorum ben seni. Bir kere adrenalinin yükseldi ya, bir daha kolay kolay inmez. N'olursun, bak çok özendim, yarın akşam güzel geçsin, çok eğlenelim istiyorum." Yatmadan bir saat önce ilacı almış, sabah ona kadar da deliksiz bir uyku uyumuştu. O yüzden hiçbir şey duymamış olmalıydı. Selma'nın cinayeti sabah işlediğini düşünüyordu. Kadının erkenden odalarında ne aradığı konusu ise zihnini elbette meşgul etmişti. Üzerindeki üniformadan oda servisi olduğu belliydi. Belki de kapıyı çalmış çalmış, açan olmayınca içeri girmişti. Belki tam o esnada Selma uykusunda yürümüş ve kadını öldürmüştü. Aklına başka bir alternatif gelmiyordu. Selma oda servisinin hep çok erken geldiğinden, tatilde bir rahat vermediklerinden şikâyet etmez miydi? Kadının ortadan kaybolduğu ne zaman fark edilecekti, kestiremezdi. Kaldıkları çok büyük bir oteldi, kadının işinin kısa zamanda bitmeyeceği muhakkaktı, ama en iyi ihtimalle gün sonunda işten çıkış yapmayınca bir terslik olduğu anlaşılacaktı. Hangi odalara girip çıktığı biliniyor olmalıydı, kesinlikle başlatılacak soruşturmanın bir parçası olacaklardı. Valizi ararken "En büyük şansımız kadının Uzakdoğulu olması," diye geçirmişti aklından. Çok minik bir kadındı, biraz eğip bükmeyle aldığı valize sığacağını düşünüyordu.

"Bu kadını sen öldürdün Selma."

Selma yerinden sıçrayıp bir çığlık attı: "Ne!?" Ardından başka hiçbir şey söylemeyince Ali devam etti:

"Selmacım, daha önce sana söyleyemedim, söylemek istemedim ama sen uykunda yürüyorsun. Ve..."

Selma bu kez sesini bastırmaya çalışarak ama kısık bir sesle olsa da yine bağırarak yineledi: "Ne!?" Ali tam söze devam edecekti ki karısı sinirle sözünü kesti: "Ne saçmalıyorsun sen be? Ne uykuda yürümesi? Hayatımda yaptığım bir şey değil. Her şeyi beklerdim de suçu böyle benim üzerime atmanı beklemezdim."

"Hayır... Hayır... Suçu üstüne falan atmaya çalışmıyorum."

Selma'nın ellerini iki kulağının üzerine bastırarak tıkamasına engel olmaya çalıştı.

"Dinle... Dinle... Ne suçlaması? Ben seni asla kimseye ihbar etmem. Gerekirse suçu üzerime de alırım. Beraber bunun bir çaresine bakacağız ama gerçekleri de bilmen lazım."

"Sen ne diyorsun Ali? Ne uykuda yürümesi? Hadi diyelim ki uykumda yürüdüm, sence o halde birini öldürebilir miyim? Hem ayrıca..."

"Hem ayrıca ne?"

"Bence uykusunda yürüyen sensin."

"Lütfen Selma, hiç böyle şeylere girmeyelim. Sen benim hiç uykumda yürüdüğümü gördün mü?"

"Görmedim ama hatırlıyor musun bir sabah kalktım, bıçakların hiçbiri ortada yoktu. Sana nerede diye sordum, bilmiyorum dedin. Bir daha o konuyu açmadım ama o gün aslında konuyu bayağı bir düşündüm. Herhalde uykunda yürüyüp böyle bir şey yapmıştın. Sabahına da hiçbir şey hatırlamıyordun. Sonra internette biraz araştırma yaptım. Bıçaklarla bir şey yapmaya korktuğundan dolayı bilinçaltının bıçakları sana saklattığına karar verdim. Aslına bakacak olursan ondan sonraki birkaç gece çok tedirgin uyudum ama sonra oluruna bıraktım. Sana bir psikoloğa gitmeni söylemek istedim, onu da yapamadım. Şimdi de..."

"Şimdi de ne?"

"İçinde bir yerde gizlediğin o şiddet duygusu ortaya çıkmış olmalı. Hem zaten sana Eliflere aldığım hediyeyi gösterdiğimde de suratındaki o garip ifadeyi gördüm. Korkutmuştu değil mi o kar küresi seni. O gün söylemedin ama o seyrettiğimiz filmden beri kar kürelerinden hoşlanmadığını biliyorum."

"Hangi film?"

"Richard Gere'in oynadığı. Hani Diane Lane karısını oynu..."

"Tamam.. Tamam... Yeter saçmaladığın Allah aşkına!" Ali şimdi ayağa kalkmıştı. Elleri belinde bir ileri bir geri yürüyordu. Delireceğini hissetti. Karısı kendi yaptığını bilmediği gibi bir de onu suçluyordu. Sonra birden gülmeye başladı. Şimdi Selma da ayaktaydı, aradaki mesafeyi koruyarak Ali'nin hareketlerini takip ediyordu. Kocası gülmeye başlayınca olduğu yerde dondu kaldı.

"Korkutma beni Ali, neye gülüyorsun? Gülünecek halimiz mi var?"

Bu sefer kısık sesle bağırma sırası Ali'deydi. Tek eli belinde öteki havada, vücunun üst kısmını biraz daha öne çıkarmış halde konuşmaya başladı.

"Bu işin dönüp dolaşıp beni kıçımdan ısıracağını tahmin etmem gerekirdi."

Selma "Rica ederim..." diyecek oldu, Ali dişlerini sıkarak gözlerini iyice açtı. Tek söz daha duymak istemediğinin ve uzun bir tirada başlayacağının göstergesiydi bu. Selma kocasının bu hallerini çok iyi biliyordu. Çok sinirlendiği zamanlarda ne söylediklerini ne de vücudunu kontrol edebilirdi. Genellikle sağa sola vurur, çoğu zaman kendini yaralardı. Onun içindeki bastırılmış şiddetin –muhtemelen yetiştiriliş tarzından kaynaklanıyordu; kaç kere babasından yediği dayakları anlatmıştı– çok iyi farkındaydı ve her zaman da ona bir zarar verebilme ihtimalinden çekinmişti. Ama bir yandan da içindeki adalet terazisi onu eyleme geçmeden yargılayamıyordu. Birkaç kez İzmir'deki kız arkadaşlarına bu konuyu açtığında "Ne yani, seni dövdüğünde mi şiddet gördüğünü kabul edeceksin? Bu sindirme politikası da şiddet sayılmıyor mu?" demişlerdi. Onun her büyük kavgada olduğu gibi kabalaştığını görmek istemiyordu. Küfürlü konuşmasından nefret ediyordu, ancak ok yaydan artık öyle bir çıkmıştı, başlarında öyle bir bela vardı ki kaygılanacağı en son şey Ali'nin küfürleri olurdu. Çekindiğinden susup dinledi. Ali konuşurken boğazındaki damarlar birazdan çatlayacak gibi görünüyordu.

"Sakın bana şimdi konuşma dersi vermeye kalkayım deme, fena olur. Anlıyor musun fena olur!"

Selma daha önceleri yaptığı gibi sormak istedi. "Ne olur? Ne yaparsın?" Ancak o anda ileri gitmeyi göze alamadı. Kocasının onu sevdiğini, hatta taparcasına sevdiğini biliyordu ama o an, o ruh hali içerisinde riske giremezdi. Ali devam etti:

"Evet o gece o bıçakları ben kaldırdım ama uykumda değil geri zekâlı."

Selma'nın sabrı taşmaya başlıyordu. Ne olursa olsun onun kavga esnasındaki hakaretlerine katlanamıyordu. Tam ağzını açacaktı ki Ali havada yumruğunu sıktı: "Susss dedimmmm!"

Selma yutkundu, olduğu yerde biraz geriledi.

"O gece sen uykunda yürüdün. Sadece yürümekle de kalmadın, delirmiş gibi kahkahalar attın. Klozetin üzerinde, oturduğun yerde. Endişelendiğim için içeri girdim, beni tanımadın. Benden korktun, geri geri gittin, sonra yine gülmeye başladın. Ama yüzünde öyle bir ifade, gözlerinde öyle bir bakış vardı ki korktum. İçine cin girdiğini bile düşündüm. Öyle şeylere hiç inanmam biliyorsun ama o kadın sen değildin. Sonra aynı halde ellerini yıkadın, kuruladın, gidip yatağa yattın ve derin uykuya daldın. Beni uyku tutmadı, korktum. Uykunda ne yaptığını bilmediğini anladım, o yüzden kalkıp bütün kesici aletleri kaldırdım. Anladın mı şimdi? Sabah da sana bunu söyleyemedim."

"Yani bir kez uykumda yürüdüm diye hemen seni keseceğimi mi düşündün? Ohoo, bizim ilişkimiz çoktan bitmiş."

Selma bunu söylediği anda boğazına bir şey düğümlendi. Ne olursa olsun Ali'siz yaşamayı düşünemiyordu, ilişkilerinin bitmiş olmasına ihtimal veremiyordu. Ama kavgalarının en şiddetli anlarında en fena şeyleri söylemeden de duramıyordu.

"Selma, lütfen böyle şeyler söyleme." Ali şimdi ağlamaklıydı. Bir yandan sinirden ağzından köpükler saçıyor bir yandan da gözlerinden yaşlar akıyordu. "O yüzden söyleyemedim işte. Senden şüphelendiğimi söylemek istemedim, anlasana. Ama inan anlattıklarım doğru. İlişkimiz bitmiş falan değil, bir anlık korku, zayıflık." Ani bir hareketle kendini yere atıp Selma'nın bacaklarına sarıldı. "Hastalıklı bir ilişki bu," diye düşündü Selma, ama iki eliyle kocasının başını tutup sevdi. "Şişşt... Şişşt... Tamam. İnanıyorum sana." Ancak bir yandan da "Hayır, Şişşt..." diye geçiriyordu içinden. "Belki uykumda yürümüş olabilirim ama bu birini uykumda öldürebileceğim anlamına gelmez. Suçum ne? Bir gece uykuda kahkahalar atmak mı? Belki de çok komik bir rüya görüyordum. Belki de bu bile yalan. Belki de uykusunda yürüyen oydu. Hem sonra kar küresinden korkmasını ve bu cinayetin onunla işlenmesini ne yapacağız? Hayır hayır, bunu ben yapmış olamam. Peki ne olacak? Ali'yi ele veremem. Veremem." O anda Ali kendini toparlayıp ayağa kalktı. Karısının yüzünü iki eliyle kavradı. "Seni çok seviyorum, her şeyden çok seviyorum," dedi. "Bırakalım saçma sapan tartışmayı. Başımız büyük belada. Çok. Benim bir planım var ama ne kadar işe yarar bilemiyorum."

Selma gözlerini kapayıp bitkin bir sesle sordu, "Ne? Planın ne?"

"Çok büyük bir bavul aldım, içinde de temizlik malzemeleri var. Şansımıza kadın da çok ufak tefek. Bu bavula sığar. Kesme... I-ıhm... Kesmemize bile..."

"Sus," diye inledi Selma. "Tamam anladım." Elleriyle yüzünü kapadı. "Allah'ım bu bir kâbus olsun. N'olur uyanalım, evimizde olalım. Allah'ım ne olur." Böyle zamanlarda görülen asla kâbus olmazdı, bunu biliyordu.

"Peki sonra ne yapacağız? Kadını nereye götüreceğiz?"

"Bir araba kiraladım. Aşağıda, binip uzak bir yere gideceğiz. Hava karardığında da boş bir yer bulup gömeceğiz."

"Ne bu? Amerikan filmi mi? Nereye gömeceğiz?"

"Amerika burası, her taraf arazi. Onu ben hallederim merak etme. Gerekli malzemeyi de aldım."

Selma'nın midesi bulandı. Bu sefer kusmamak için kendini tuttu. Halının bir bölümü batmıştı zaten, bir de onu temizlemek zorunda kalacaklardı.

"Aldığın temizlik malzemeleri şunu da temizler mi?"

Midesinden çıkanları gösterdi.

"Temizler."

"Peki sonra? Otele geri mi döneceğiz?"

"Evet."

"Delirdin mi sen? Katil her zaman suç yerine geri döner."

"Dönmemiz lazım. Yılbaşı gününde kim tatilini yarım bırakıp gider? Soruşturmada direkt şüphe çekeriz. Yarın sabah erkenden gideceğiz. Biletleri öne alman gerekiyor."

"Yakalanacağız. Kesinlikle yakalanacağız."

Buna rağmen "Gel yol yakınken teslim olalım," diyemiyordu Selma. Şansını sonuna kadar denemek istiyordu. Teslim de olsa yakalansa da alacakları ceza aynı olduğuna göre sonuna kadar kaçmalıydılar. Onun aklından geçenleri Ali söyledi:

"Belki de yakalanmayacağız. Denemek zorundayız."

Tekrar karısının yüzünü ellerinin arasına aldı: "Yeter ki sen bana güven." "Ben seni suçlamıyorum, bilerek yapmadığını biliyorum," diye devam etmek geldi içinden ama sustu. Bu konuyu bir daha açıp Selma'yı ajite etmek istemiyordu. O an bir kavgayla daha vakit geçiremezdi. Eninde sonunda o da zaten anlattıklarına inanacaktı. Selma ise kocasının aklından bir şeyler geçtiğini ellerinin yüzünde, gözlerinin ise gözlerinde biraz daha uzun kalmasından anlıyordu ama ne düşündüğünü sormadı. Suçsuz olduğunu biliyordu, yüreğinde hissediyordu. Ama o an kocasına "Katil sensin," diyecek gücü kendinde bulamadığı için susmayı tercih etti.

"Peki," demekle yetindi. "Sen ne dersen o olsun."

Ali adeta bir anda enerjiyle dolmuştu. Sanki yapmaları gereken bir cesedi ortadan kaldırmak değil de çıkılması zor bir tepeye tırmanmaktı. Hatta karısının kendisine duyduğu güvenle neredeyse neşesi yerine gelmişti.

"Önce," dedi, "Kadını bir temizleyip bavula kaldıralım. Bedeni sertleşmeden yapmamız lazım."

Selma sessizce "Evet," diyebildi. Ölüm sertliğinin ne olduğunu izledikleri CSI dizilerinden çok iyi biliyordu. "Peki kanı falan temizleyeceğiz ama hani böyle birtakım ışınlarla arama yapıyorlar ya. Kan lekesi ne olursa olsun anlaşılıyor. O ne olacak? Eninde sonunda bulacaklar bizi Ali."

"Hayır hayır. O ışınlarla bile görünemeyecek kadar iyi temizleyeceğiz. Ona göre bir malzeme aldım."

"Nasıl? Ne malzemesi?"

"Bu Amerikalılar marketlerinde her şeyi satıyorlar. Sanki millet suç işlesin diye her türlü malzeme sağlanmış. Işında bile görünmeyecek şekilde kanı temizler diye yazıyor aldığım kutunun üzerinde, bak."

"Sen delirdin mi? Böyle bir şey alınır mı? Kasadaki adam ya anladıysa, ya polise ihbar ederse. Sen ne yaptın?"

"Esas sen mi delirdin? Kimi şikâyet edecek? O şişkonun ne yaptığından, kasadan neyi geçirdiğinden haberi var mı zannediyorsun? Ayrıca böyle bir ürün satılıyorsa alan da bir ben değilimdir herhalde."

"Ama aksanın var, İngilizceyi doğru düzgün konuşamıyorsun."

"Sanki o benden daha iyi konuşuyor."

Selma derin bir nefes aldı. Olayın normalleşmeye başlamış, konuşmalarının sakinleşmiş, hatta fazlasıyla sıradanlaşmış olması onu rahatsız ediyordu. "Acaba ikimizin içinde de suç işleme potansiyeli mi vardı," diye düşündü, ama bu fikri zihninden silmeye gayret ederek Ali'yi takip etti. Ali karısından sadece temizlikçinin başını tutmasını istedi. Kadın gerçekten de sertleşmeye başlamıştı; bu da cinayetin sabahın erken saatlerinde işlenmiş olduğu anlamına geliyordu. Ali bir an için bir kez daha kadının o saatte odalarında ne işi olduğunu düşündüyse de daha fazla detaylarla vakit kaybetmek istemedi. Aldığı havluları kanı emmeleri için yere sererken ıslattığı bir başka havluyla kadının başını temizlemeye koyuldu. Selma "Ne gerek var?" diye sorduğunda Ali'nin verdiği cevabın mükemmelliğine şaşırdı:

"Kan bavulun dışına sızmamalı. Bu kanın burada bittiğine emin olmamız lazım. Hatta daha iyisi ben birkaç havluyu da başına sarayım."

Kadın ağırlaşmıştı, ama neyse ki Ali gücü kuvveti yerinde, iriyarı sayılabilecek bir adamdı, kadını bez valizin içine kolaylıkla yerleştirdi. Yerdeki havlular kanı emmişti, Ali onları da aldığı çöp torbalarından birine doldurarak valizin içinde getirdiği küçük başka bir çantaya yerleştirdi. Sonra da temizlik bezlerini ve sabunlarını ortaya çıkartıp silmeye koyuldu. Bu iş için küçük bir kova almayı bile akıl etmişti. Selma hiçbir şeye elini sürmüyor, şaşkınlıkla kocasını seyrediyordu. Bu kadar ince detayı düşünebilmiş olması ve soğukkanlılığını koruyabilmesi onun daha önce böyle bir şeyi aklından geçirmiş olduğunun kanıtı değildi de neydi? Hatta belki de yaptığının. Aklından geçenleri Ali hissedecek diye ürperdi. Bir anda yine başında bir hafiflik hissetti. "Hayır, olamaz," diye düşündü kendi kendine. "Ben tamamıyla tanımadığım bir adamla evlenmiş olamam. Bugüne kadar kendi dışında kimseye zarar verdiğini görmedim. Yok yok... Olamaz." Hem merak ettiği hem de belki söyleyeceği bir şey onun gerçeği anlamasına yardımcı olabilir diye sordu:

"Neden kova aldın? Küvette kanlı bezi akıtabilirdin."

"O riski alamam. Ya küvette izi kalırsa. Şimdi bu suyu klozetten döküp sifonu çekeceğim. Sonra da bütün bu alet edevatı da gömeceğiz."

Selma yine kendi kendine düşündü: "Bu suçu gerçekten ben işlemiş olsam izleri yok etmek için bu kadar gayret gösterir mi?" İçinde, çok derinlerde, bu suçu kendisinin işlemediğini hissediyordu, ancak aynı şekilde Ali'nin yaptığından da tam olarak emin olamıyordu. Nasıl olmuştu da hiçbir şey duymamıştı? Bir an için, ama sadece bir an, kendinden şüphe etti, ancak hemen sonra vazgeçti. "Asla," dedi içinden, "Ben karıncayı bile incitemem."

Ali bu arada temizliği bitirmiş, ortada tek bir iz bırakmamıştı. Kar küresini dahi silmiş, onu da gömecekleri çantanın içine atmıştı. Ayağa kalkıp banyo kapısına, Selma'nın yanına geldi ve elleri belinde eserine baktı. Yüzünde bir gülümseme mi vardı yoksa Selma'ya mı öyle gelmişti? Daha dikkatli bakamayacağı için emin olamadı. Ali son olarak da oda spreyini banyoya sıktıktan sonra elindeki bulaşık eldivenlerini ters çıkartıp çantanın içine attı. Selma'ya da aynısını yapmasını söyledi. "Hadi giyin," dedi, "Gidiyoruz."

O dakika Selma üzerinde hâlâ geceliğinin olduğunu fark etti. Onu da sırf bu seyahat için özel olarak almıştı. Bu tatilin cinsel hayatlarına da tekrar renk getireceğini ummuştu. Bu yüzden de bir sürü gecelik, iç çamaşırı, hatta sırf sevişirken işe yarayacak bazı kıyafetler için bir hayli para harcamıştı. Erzurum'da bunları satan bir dükkân bulduğunda çok şaşırmış, utana sıkıla içeri girmişti. Her yılbaşında yaptığı gibi kırmızı külot almayı da unutmamıştı. "Yeni yıla kırmızı donla giren donanır," derlerdi, o da küçüklüğünden beri öyle yapmayı âdet edinmişti. Şimdi üzerindeki o ipek, uzun, göğüs kısmı dantelalı geceliği yırtıp atarcasına çıkardı ve gömüleceklerin arasına koydu.

"Bunları yaksak mı acaba?" dedi.

"Gerek yok. Gömeceğiz. Merak etme."

"Hayır benim geceliğim de olacak da. Ne bileyim parmak izi, saç teli falan. Hatta... senin... spermin."

Bu son lafı adeta iğrenerek söylemişti. Şimdi bir gece önce seviştiklerini düşünmek bile istemiyordu ve o lafı ederek aralarında cinsel bir bağ olduğunu hatırlamak ya da hatırlatmak da. Ali'nin birden tedirgin olduğunu fark etti.

"Evet evet, bir tek onu yakalım."

"Tabii gerçekten öyle boş, kimsenin geçmediği bir arazi bulabilirsek."

"Buluruz merak etme. Topu topu bir gecelik yakacağız zaten. Bir de eldivenleri."

"Kusmuk? Kusmuk ne olacak? Temizlemedik."

"Tamam, sen giyin ben onu hallederim. Onda titizlenmeye gerek yok. Kimse sana kusmanın hesabını soramaz. Zaten kapıya 'Rahatsız etmeyin' kartını bırakıp gideceğiz. Biz gelene kadar kimse girmez."

"O zamana kadar kadını aramaya başlamazlarsa."

"Göreceğiz."

3

Otelden çıkarken Ali büyük valizi, Selma ise küçük çantayı taşıyordu. Ali tekerlekli olmasına rağmen valizi çekmekte biraz zorlanmıştı. Ya da Selma içinde ne olduğunu bildiği için ona öyle gelmişti. Ali'nin tembihlediği gibi Selma girişteki otel kayıt masasına hiç bakmadan geçiyordu ki oradan bir görevli seslendi.

"Bayım, pardon!"

Ali istifini bozmadan valizi Selma'nın yanında bırakıp genç adamın yanına gitti.

"Ayrılıyor musunuz?"

"Hayır, sadece bir arkadaşımızı ziyarete gidiyoruz, bazı hediyeler getirmiştik de o yüzden biraz yükümüz var. Ama akşam geri döneceğiz."

"Anlıyorum. Bir saniye oda kaydınıza bakabilir miyim?"

İşte o anda bir soru sorsalar Ali her şeyi itiraf edecek haldeydi. Zaten saatlerdir Selma'nın tedirginliğini anlamaması için büyük gayret sarf ediyordu ama sinirleri daha fazla dayanmayacak diye de korkuyordu. Şimdi üzerine bir de biraz önce verdiği gereksiz, uzun açıklamanın neden olduğu tedirginlik çökmüştü. İçi titriyor, bu sıcakta neredeyse üşüyordu. Karısını sakin tutmak için her şeyi yapmaya çalışırken kendi içinde fırtınalar kopuyordu. Hayatı o günden sonra sonuç ne olursa olsun tamamıyla değişecekti, mahvolacaktı, ancak sonuna kadar direnmeye de kararlıydı. Mümkün olduğunca rahat görünmeye çalışarak cevap verdi.

"Elbette. 603."

Genç adam bir yandan işini yaparken bir yandan da yandaki arkadaşının sorusunu cevaplıyordu. Ali kalbinin sesinin dışarıdan duyulacağını zannetmesine rağmen hiç itiraz etmeden bekledi. Amerikalılar tüm işleri yavaş yapardı, bunu biliyordu. "Ya başka bir şeye bakıyorsa? Ya beni böyle bekleterek zaman kazanmaya çalışıyorsa? Ya şu anda oradan bir mesaj geçerek yetkililere haber veriyorsa," diyordu içinden. Ancak genç adam "Tamam. Zaten ücreti baştan ödemişsiniz. Ayın ikisinde ayrılıyorsunuz. Kusura bakmayın beklettim," dedi. Ali ikisinde değil bir sonraki gün ayrılacaklarını söyleme gereği duymadı. Ne de olsa büyük ihtimalle yarın aynı adam orada olmayacaktı. Selma'nın yanına geri döndüğünde karısını alnı boncuk boncuk terlemiş buldu.

"Sakin Selmacım. Sorun yok. Etrafına bakmadan yürü. Arabaya biner binmez de şu bilet işini hallet. Hangi havayolu olursa olsun yarın ilk uçuşa bilet bulmalıyız."

Arabaya bindiklerinde ikisi de problemlerinin büyük kısmı hallolmuşçasına rahatladılar. Ali bir detayı daha düşünmüş, bir yol haritası almıştı. Her zaman çok iyi harita okuyan Selma'nın direktifleriyle anayola çıktıktan sonra uzunca bir süre konuşmadılar. "Bu beladan kurtulsak bile," diyordu Selma içinden "ben bir daha Ali'ye nasıl güveneceğim? Bir gece kalkıp beni de öldürmeyeceğini nereden bilebilirim? Onu bırakıp gitsem bile beni bulup zarar vermeyeceği ne malum?" O anda yine boğazına bir yumru oturdu. "Ben Ali'yi bırakamam. Yapamam. Neden böyle bir şey yaptı? Neden beni buna mecbur ediyor? Ben ondan başkasıyla yaşayamam ki." Aynı anda Ali de aynı şeyleri düşünüyordu. "Bir katille nasıl yaşamaya devam edeceğim?" Bir an birbirlerine baktılar, göz göze geldiler. Sonra sanki bu bakışmadan canları yanmış gibi bakışlarını yola çevirdiler. Ancak bir iki saat sonra bir yerde durup yemek almayı düşünebildiler. İkisinin de boğazından tek lokma geçmemişti. Ancak gözleri yine birbirine takılacak diye karşılıklı oturup yemeye bile cesaretleri yoktu, paketleri alıp yine sessizlik içinde arabada karınlarını doyurdular. Bir iki saat de öyle gittikten sonra yol gerçekten de Ali'nin dediği gibi tenhalaşmaya başladı.

"Haritaya bak bakalım, girebileceğimiz bir yan yol var mı? Tahminim hava karardıktan sonra buralarda kimseler olmaz," dedi Ali.

"Bir 20-25 kilometre sonra bir yol var gibi görünüyor. Gölet gibi bir şey var, zannediyorum oraya gidiyor."

Dönüp Ali'ye baktı. Ne düşündüğünü anlamış mıydı? Evet.

"Gölet olmaz. Avlanıyorlardır falan, bakarsın bulurlar. Gömmek en iyisi. Hem sonra bana inanç olarak ters geliyor."

"İnanç?"

Bu soruyu sorarken Selma'nın ses tonunda alaycılık vardı, "İnanç mı kaldı Ali?"

Ali cevap vermedi. Bir ömür sırtında taşımak zorunda olduğu bu yük ona şimdiden çok ağır geliyordu. O güne kadar hiç Tanrı inancı olmamasına ve daima vicdanıyla hareket etmesine rağmen, ilk kez o gün kendi insanlığına olan tüm inancını kaybedip Tanrı'ya kalpten bağlanmıştı. Bunların hiçbirini anlatmadı, yalnız "Kalmadı," demekle yetindi, "Kalmadı."

4

Otele döndüklerinde bitkindiler. Yeni yıla girilirken onlar hâlâ yollardaydılar ve saate bakmak akıllarına bile gelmemişti. Ali çukuru kazarken ve sonrasında da kaparken kan ter içinde kalmıştı. Arabaya bindiklerinde her tarafı titriyordu. Direksiyona Selma geçti ve yine tek kelime etmeden yol aldılar. Ancak otele girdiklerinde etraftaki hareket ve neşeden yeni yıla girildiğini anladılar. Her yıl olduğu gibi birbirlerine sarılıp öpüşmediler. Başları önde asansöre binip yukarı çıktılar. Odalarının kapısına geldiklerinde ikisi de tedirgindi, ancak her şeyi bıraktıkları gibi buldular. Belki de sürekli havalandırma çalıştığından içeride bir koku da yoktu. İlk iş banyonun kapısını açıp baktılar, pırıl pırıldı. Yatakları ise yapılmamıştı. "Tabii ya, temizliğe gelen kadını öldürdüğümüze göre," diye geçirdi Selma aklından. Ali de Selma da işlenen cinayeti hatırlarken çoğul düşünmeye başlamışlardı. Bütün yapılanlardan ve bilhassa da cesedin gömülmesinden sonra kadını kimin öldürdüğünün bir önemi kalmamıştı. Biri de öteki kadar suçluydu artık. Sessizlik içerisinde eşyalarını toparladılar; Selma Ali çukuru kazarken arayıp tarayıp ayın birine bilet bulmayı başarmıştı. Sabah 7'de çıkacaklardı odalarından. Temiz kıyafetler giyip yatağın üzerine oturdular. Pijamaydı gecelikti uğraşmaya gerek yoktu. İkisi de uyumayacaktı, biliyorlardı. Ayrıca belki de sabaha karşı kapılarına dayanacaklardı, belki bir iki saate soruşturma başlayacaktı. Aynı anda aynı şeyleri düşündüklerinden emin olarak Ali odanın karanlığında havaya konuştu: "Allah'tan yılbaşı, ortalıkta bir curcuna var, kadının kaybolduğunun belki de farkında bile değiller daha." Selma'dan ses çıkmadı.

Sırtları başucuna dayalı, arada bir dalarak ama duydukları en ufak bir seste, tıkırtıda tekrar gözlerini açarak sabahı sabah ettiler. Gelen giden kimse yoktu. Saatin yedi olmasını bekleyemeden aşağı indiler. Kayıt masasında genç, güler yüzlü bir kadın vardı. Başını bir yana eğerek "Erken ayrılıyorsunuz, bir sorun mu var?" diye sordu. Ali konuşmak için tüm kuvvetini topladı, aslında ağzını açacak takati yoktu. "Kötü bir haber aldık da, o yüzden tatili erken kesmemiz gerekti." Genç kadın bu sefer de o Amerikalılara özgü mükemmel mimiklerle dudaklarını ve kaşlarını aşağı sarkıttı: "Çok üzgünüm. Umuyorum çok kötü bir şey değildir." Sonra hızlı parmak hareketleriyle bilgisayarda tuşlara dokunduktan sonra hiçbir şey olmamış gibi yine kocaman bir gülümsemeyle: "Otelimizde kaldığınız için teşekkürler, yine bekleriz," dedi. Tüm bu konuşmalar esnasında Selma sürekli düşünüyordu: Yaptıkları sadece kötü sonu itelemek, biraz daha ertelemekti. Ne zaman yaptıkları fark edilecekti, ne zaman durdurulacaklardı? Aklından bunları geçirirken sık sık boynundan akan terleri silmiş, derin derin nefes alıp vermişti, Ali de genç kadının gözlerinin monitörde olmasını fırsat bildiği anlarda karısına bakıp kaş göz hareketleriyle uyarmaya çalışmıştı. Selma kendini ancak arabaya binene kadar tutabildi. Hareket ettikleri anda başını ellerinin arasına alarak ağlamaya başladı: "Bu böyle olmaz, elbet yakalanacağız. Kaçabilmemiz mümkün mü? Hayal kurma! Kurma! Beni de kendinle beraber felakete sürükledin. Belki de gidip itiraf etseydik cezamız daha az olurdu. Kadını bizim öldürdüğümüzü anlamamalarına imkân yok. Nasıl bu kadar aptal olabilirsin? Ne sanıyorsun, sen Amerikan polisinden daha mı akıllısın? Aptal herif!" Konuştukça öfkesi artıyor, sesi yükseliyor, göğsü ferahlıyordu. Elleriyle bir kendini bir Ali'yi dövüyordu. "Bütün o hallerinden bir gün bunu yapabileceğini anlamam lazımdı benim. Ben daha çok beni öldürmeni beklerdim ya da kendini! Ne istedin Allah'ın temizlikçi kadınından? Ha? Sana soruyorum, ne susuyorsun? Allah'ın belası! Psikopat olduğun şu halinden belli. Hâlâ sakinsin, hâlâ susuyorsun.

O nasıl rahatça çukur kazmaktı öyle, nasıl rahatça kadını gömdün? Beni de bitirdin. Allah belanı versin! Konuşsana be! Konuş! Ne susuyorsun? Suçla hadi gene beni! Suçla! Sen yaptın de! Pislik! Katil!" Ali birden başını direksiyona vurmaya başladı. Önce hafifçe, sonra daha sertçe; araba bir sağa bir sola kayıyordu. "Allah benim belamı versin," diyordu sürekli. "Seninle tanıştığım, evlendiğim, seni sevdiğim için Allah belamı versin!" Bir yandan da Selma'nın direksiyonu tutmaya çalışan elini itiyordu. Aralarında yaşanan arbede bu defa kısa sürdü. Selma'nın fal taşı gibi açılmış gözlerinin önünde gerçekleşti her şey. Ali'nin ise o anda başı direksiyondaydı. Araba süratle yandaki bariyerlere girdi, orada kalsaydı belki kurtulma şansları olabilirdi, ancak bariyerleri de aşıp birkaç takla attıktan sonra durabildi.

İkisi de oracıkta öldü. Olay yeri soruşturma açmaya bile gerek görmedi. Genç bir turist çift bir araba kazası yapmıştı, hepsi o. Bir kadının ortadan kayboluşu hiçbir zaman sorgulanmadı. Yun Ziu kaçak olarak ülkeye gelmiş, kimi kimsesi olmayan bir kadındı. Edindiği tek arkadaşı otelin kovulmuş bir çalışanıydı ve Ziu'ya hem eski üniformasını hem de çaldığı birkaç oda anahtarını vermişti. "Ben Amerikan vatandaşıyım, bunlar bir işime yaramaz ama sen zaten bu ülkede bir hayaletsin, şansını dene," demişti. Arkadaşı ortalardan kaybolduğunda da başına bir bela açılmış olabileceğini bildiğinden peşine düşmemiş, öyle birini tanıdığını bile unutmuştu.

Ziu sabaha karşı odaya girdiğinde ilk iş Ali ile Selma'nın yüzüne sprey sıkmış, sonra da ufak sprey kutusunu televizyon kabininin altındaki çöpe atmıştı. İkisinden biri odaya dikkatle bakmış olsaydı muhtemelen onun bir hırsız olduğunu anlayacaklardı. Kadın el yordamıyla baktığı valizlerin içinde kayda değer hiçbir şey bulamayınca son bir ümitle banyoya girmiş, ortalığı kolaçan etmişti. Lavabonun kenarında duran kar küresi ilgisini çekmişti. Bir gün önce geldiklerinde Selma hediye paketini beğenmediği için kar küresini kutusundan çıkarmış, odanın içinde bir çöp kutusu bulamadığından elinde kutu ve küreyle birlikte banyoya gelmiş, kutuyu atıp küreyi oraya koymuş, içeriye hemen yakındaki CVS dükkânından aldığı üzeri Noel desenli hediye paketini almaya gittiğinde kocasının arzu dolu kollarına yakalanmış, seviştikten sonra ne yaptığını tamamen unutmuş, sonra da Ali gibi ilacını alıp uykuya dalmıştı. Ziu kar küresini sallarken yüzüne uzun zamandır olmadığı kadar büyük bir gülümseme yayılmıştı. Karı ne kadar özlediğini düşünmüştü. İşte tam o saniyede nasıl olduğunu anlamadan ayağı kaydı ve başını küvetin dışındaki basamağın köşesine vurarak düştü. Miami'de son gördüğü şey havada uçuşan yalancı karlardı.

Ayşegül Çelik

EVCİLİK OYUNU VE BİRKAÇ DAMLA KAN

Trafik dört şeritten uğul uğul akıyordu. Durup durup yağan kar, refüjlerde kirli buz yığınlarına dönüşmüştü. Elektrik direklerinde irili ufaklı yılbaşı süsleri sallanıyordu. Buket, saate göz attı, terzi, pasta derken öğleden sonra olmuştu. "Güya yarın yılbaşı!" diye homurdandı, daha yapılacak kırk tane iş varken, burada, bu saçma trafikle uğraşıyordu. Döneceği sokak görününce sert manevralarla trafikte yer değiştirdi, arkasından korna sesleri yükseldi. Caddenin kalabalığına ve üstünde biriken karlara rağmen 'girilmez' tabelası sokağın başında kıpkırmızı parlıyordu. Buket döner dönmez frene asılmak zorunda kaldı, sokaktan çıkan bir arabayla burun buruna gelmişti. Sürücü, eliyle tabelayı işaret etti. Buket ilk kez görüyormuş gibi hayretle baktıktan sonra küçük bir çocuk gibi yüzünü ekşitti. Sürücü başını iki yana sallayarak geri vitese takıp yol verince beklenmedik bir hızla açılan yola sızdı Buket, gördüğü ilk aralığa sert bir dönüşle park etti. Cep telefonu cayır cayır çalıyordu, mantosunun aralığından kordonu kulağına geçirdi;

"Arabadayım dedim, inince ben ararım dedim, hâlâ sıkboğaz ediyorsun insanı! Ne var?"

Arka koltuktaki pasta kutusunu ve taze krizantem demetini aldıktan sonra kapıyı çarparak kapattı, anacaddeye yürüdü. Pastanenin paketi çok hafifti, böylece telefona bağırırken elini kolunu da kullanabiliyordu Buket.

"Hayır efendim, yılbaşı hediyelerini falan halledemedim, sadece kuaföre gidebildim, bir de terziye yetişebildim o kadar. Çıkışta ancak cehennemin dibindeki pastaneye gidip Gamze Hanım'ın pötifurlarını alacak vaktim kaldı!"

"Altı üstü bir kofi içeceksiniz," dedi telefondaki ses, Türkiye'ye geleli yirmi yılı geçmişti ancak hâlâ kahve yerine kofi diyordu, kocası Greg'ti bu. "Kadıncağız yalnız, mutsuz... Sonuçta eski arkadaşın... Yarım saat uğrayacaksın gönlü olacak... Hediyeleri düşünme, ben hallederim..."

"Gamze'den başka bir şey düşünecek halim mi var benim! Filmlerdeki bir türlü ölmeyen katiller gibi! Durup durup karşıma çıkıyor!"

"Abartma... Kadıncağızın senden başka arkadaşı yok..."

"Ben niye varım peki? Niye çekiyorum onu? Azize falan mıyım ben!"

"Ne münasebet... Sen şımarık, bencil, kaprisli sekiz yaşında bir kız çocuğusun!"

"O zaman buradan öte bir adım atmamam lazım."

"Atacaksın, Yavuz'un hatırı için, eski günlerin hatırı için..."

"Aa, yılbaşı süslerini elektrikçiye götürecekti Yavuz! Bir telefon et de hatırlat!"

"Tamam, sen de işini bitir gel, altı üstü bir kofi..."

Bıkkınlıkla, "İki saate evde olurum," diye mırıldandı Buket, öpücük faslını dinlemeden kapattı, karşıya geçmek için bekleyenlerin arasına karıştı... Gamze'nin evi şimdi tam karşısındaydı. İki yıl önce numarasını telefonundan sildiğinden beri, bu caddeden geçmemişti. Bu yüzden Gamze, pazartesi günü arayıp kahveye çağırdığında fena halde şaşırmıştı. "Deli işte!" deyip geçmesine rağmen Gamze yakasından düşmemiş, sonraki gün ve sonraki gün de arayınca, Buket telaşla, "Gideyim de kurtulayım, yoksa bu beni aramaya devam edecek," diye kabul etmişti. "Gelirken

Söğütlü Pastane'ye uğra da pötifur al," demişti Gamze, "ben arar ayırtırım. Biraz uzak ama olsun, senin altında araba var."

Buket karşıya geçerken salondaki perdelerin değişmiş olduğunu fark etti. Eski ağır dantellerin yerinde pembe tüller, fuşya çiçeklerle dolu yeni perdeler sallanıyordu. Birdenbire içinde bir korku belirdi, "Hayırdır inşallah..." diye mırıldandı... Pembeyi Gamze değil, onun kızı İnci severdi çünkü. Üç yıl önce 19 yaşında, Paris banliyölerinden birinde öldürüldüğünde bile üstünde pudra rengi bir süveter vardı. Pembe ve hatta onu çağrıştıran bütün renkler böylece yasaklanmıştı bu evde, Gamze'nin tamamen delirdiği zamanlardı.

Apartman girişinde kapıcı karlarla boğuşuyordu. Buket'in ince topuklu, rugan çizmesini görünce "Aman dikkat," diye feveran etti, "Yerler çok fena!" Buket, küçük, hızlı adımlarını bozmadan "İşine bak!" diye söylendi "On bir yaşımdan beri topuklu ayakkabı giyiyorum ben..." Aynı hızla basamaklardan çıkıp 2 numaranın ziline uzandı. Ancak eli havada kaldı, zilin üstünde, incecik, pembe harflerle "Gamze'yle İnci'nin yuvası" yazıyordu. Yüzünün solduğunu hissetti Buket, ne düşüneceğini bilemedi, öylece yazıya bakakalmıştı ki, kapı açılıverdi. Gamze, uzun ve karanlık bir leke gibi belirdi eşikte, "Geldiğini gördüm!" dedi, "kapının arkasında bekliyordum. Kendi kendime dedim ki, benim tanıdığım Buket bu zile elini bile süremez!" Sonra gülümsedi, "Gel haydi!"

Gamze'nin evinde antre yerine uzun, loş bir hol vardı. İki kadın birbirinin ardı sıra ışığa doğru yürüdüler. Salona gelince "Sen geç, otur, ben hemen geliyorum..." diyerek gülümsedi Gamze. Sonra da fokurdayan bir şeylere kulak kabartarak tarçın ve şeker kokularının geldiği mutfağa yöneldi. Buket, eşikte öylece duruyordu. Yeni salon, buradan göründüğü kadarıyla bile gayet tuhaftı. Şeker pembesi, kıvırcık bir halı içeriyi kaplamış, gelip rugan çizmelerinin burnuna dayanmıştı. Fuşya perdelerin kumaşıyla döşenmiş yeni koltukların arasında yeni bir cam masa vardı. Şöminenin arkasındaki duvarın bile değiştiğini fark etti Buket. Pudradan başlayarak her tondan pembe kuşun uçuştuğu romantik bir kâğıtla kaplanmış, üstüne yine pembe tonlarda belki otuz tane oval çerçeve asılmıştı. Bebek İnci, korodaki İnci, yüzen, bale yapan, kep atan İnci, başka pek çok İnci'yle birlikte bu çerçevelerden gülümsüyordu. "Hani bütün fotoğrafları atmıştı! Görmeye katlanamıyordu hani!" diye kekeledi Buket. Çerçeveler bebek İnci'den başlayarak dev bir helezon şeklinde asılmıştı duvara. Bunun bir tür delilik duvarı olduğunu düşündü Buket. Genç kızın gülümseyişi buradan başlıyor, baş dönmesi gibi eve yayılıyordu. Birden arkasından gelen sesle irkildi; "Aşk olsun, neden hâlâ ayaktasın?" diyordu Gamze, "Yeni salonumuzu beğenmedin mi yoksa?"

"Beğendim de... Çok şey olmuş..."

"Pembe?"

"Evet. Çok pembe olmuş."

"Olsun," dedi Gamze, "pembe, İnci'nin rengi!" Sonra kıkırdadı, "Hay Allah, ben de kime anlatıyorsam... Ona pembeyi sevdiren zaten sen değil misin..."

"Ben mi?"

"Bebekliğinden beri her şeyin pembesini alıp getirirdin ya, onu diyorum... Pembe toplar, pembe trenler, pembe taraklar, pembe elbiseler..."

"Ben... kız çocuğu diye..."

"İlahi... on birinci doğum günü için çingenepembesi topuklu ayakkabılar yaptırmıştın..."

Neredeyse çapkın bir ifadeyle göz kırptı, "Hafızam seninki gibi değil ama, bunu da unutamam doğrusu." Sonra gülümseyerek Buket'in elinden bırakmayı akıl edemediği krizantem demetine ve pasta kutusuna uzandı. "Kahveler hazır, sen otur ben hemen getireyim. Şahane bir aroma buldum, biraz tarçın, biraz da üzüm kokuyor, bayılacaksın..."

Buket, fotoğraflardan gözlerini ayırmadan, "Ben de geleyim," diye fısıldadı, "pötifurları hazırlarım." Bir şey demesine fırsat vermeden çantasını, telefonunu koltuğa bırakıp Gamze'nin peşine takıldı. Birkaç adım sonra dönüp delilik duvarına göz atmaktan kendini alamadı. Tam tahmin ettiği gibi İnci gözlerini dikmiş onu takip ediyordu. Buket, koşar adım mutfağa girdi.

Güllü tabaklar, fincanlar, bir örnek çatallar, peçeteler tepsiye sıralanmış, bekliyordu. Buket, fincanlardan birini alıp elinde tarttı, "Ne kadar büyük," dedi, "çorba kâsesi gibi!" Her şey normalmiş, öğleden sonraları bu mutfakta buluşur arkadaşlık edermiş gibi kıkırdadılar. Gamze'nin pastaneye sipariş ettiği frambuazlı pötifurlar da pespembeydi. Evcilik oynayan küçük kızlar gibi, pembe pötifurları, güllü tabaklara dizip güllü fincanlara kahveleri koydular. Tam işleri bitmişti ki, eli takıldı Gamze'nin, fincanlardan birini devirdi. "Sen tepsiyi götür," dedi, "yeni kahve doldurup hemen geliyorum."

Buket, mutfaktan çıkarken gülümsüyordu, ancak koridorda yeniden fotoğraflarla göz göze gelince, gülüşü donuverdi. Küçük çerçevelerden görünen İnci'nin yüzü, kırık bir aynaya dağılmış tek bir surata benziyordu. Buket, oralı değilmiş gibi adımlarını sıklaştırdı, salona girdiğinde iyiden iyiye ürpermişti, tepsiyi cam masaya bıraktı, fotoğraflara sırtını döndü. Neden sonra cep telefonu geldi aklına, Greg'i arayabilir, hediyeleri ne yaptığını sorabilirdi. Telefonu aldı ama daha bir şey yapmaya fırsat bulamadan elinde fincanıyla Gamze girdi içeri, "Bak, iyi aklıma getirdin! Hazır telefon elindeyken beni bir çaldırsana..." dedi, "zil sesini yeni değiştirdim!" Buket, şaşkınlıkla ona döndü:

"Yeni telefon mu aldın sen?"

"Yok canım, yeni değil... Haydi çaldırsana..."

Buket, iki yıl önce sildiği numarayı ekrana tek tek tuşlamaya başladı. "Ne kuvvetli hafıza..." dedi Gamze, "Unutmamışsın..."

Buket tek kaşını kaldırdı, "Biliyorsun," dedi, "ben hiçbir şeyi unutmam..." İki kadın sessizce gülümsediler. Birden İnci'nin sesi doldurdu salonu, şımarıkça bağırarak eski bir şarkıyı söylüyordu: "Senden başka, senden başka, sevemem ben hiç kimseyi..." Buket, az daha elinden atacaktı telefonu, parmak uçları buz gibi oldu. "Tanıdın değil mi İnci'nin sesini?" diye gülümsedi Gamze, "bunu ben kaydetmiştim!" Nakarat boyunca tempo tutarak kızının sesine eşlik ettikten sonra çağrıyı reddetti, İnci sustu. Buket'in gözleri faltaşı gibi açılmıştı, "bu iyice çıldırmış!" diye düşündü korkuyla. "Biraz daha kalırsam ben de keçileri kaçıracağım!" Bir an evvel gidebilmek için kahvesinden büyük bir yudum aldı.

"Çok güzel olmuş Gamze, eline sağlık."

"Afiyet olsun. Ama öyle hepsini birden içme de biraz sohbet edelim..."

Şöminenin yanındaki gümüşlükte krizantemler için bir vazo arıyordu, "Ne iyi oldu geldiğin..." dedi, "İşim var dersin diye ödüm kopuyordu..."

"Bu ara çok yoğunum..."

"Biliyorum, kitap müzayedeleri, bağış geceleri, nikâh, düğün hiçbirini kaçırmıyorsun. Takip ediyorum gazetelerden."

"Aman Gamze, onların yazdıkları kadar gezsem daha ne isterim...."

"Görüşmeyeli ne kadar çok oldu... İki yıl mı, iki yıl beş ay mı?"

"Bilmem."

"Dur, bunun hesabı kolay... İnci'nin öldüğü gün beraberdik, değil mi? Enginlerin restoranında yemek yemiştik, akşam bir yerlere gidecektik... Sonra büyükelçilikten telefon geldi, İnci öldü dediler, sadece eve dönebildik..."

"Gamze, yapma... Neden bunları açıyorsun? O kötü günden sonra çok görüştük, sayacaksan oralardan başlasana..."

Gamze, krizantem demetindeki ince ipi koparıyordu, "Pardon tatlım... İnsanın çocuğu ölünce bütün takvimler aynı yerden başlıyor işte," diyerek gülümsedi. Bu gülümseyişte korkunç bir şey sezdi Buket, irkildi. Gamze'nin sarıya çalan ela gözleri gülümserken kararıyor, kapkara oluyordu sanki. Onu incelemeye koyuldu, nihayet biraz kilo almış, o iskelet hali kaybolmuştu. Boya yüzü görmeyen kısacık saçları tamamen gümüşe dönmüştü. Kulağında ağırbaşlı inci küpeler, üstünde dümdüz, siyah bir elbise, ayağında siyah ev ayakkabıları vardı. Şu anda uzun ve karanlık bir lekeye değil, fuşya güller arasında yas tutan bir kraliçeye benziyordu. Salonun pembeleri onu çerçeveleyen bir kenar süsüne dönüşmüştü. Usulca kendine göz attı Buket; her zamanki gibi rengârenk ve parlaktı. Gözü, uzun tırnaklarındaki fuşyaya takılınca koltuğun pembeleri tarafından yutulduğu hissine kapıldı, içi daraldı. "Sen olmasan ilk seneyi nasıl atlatırdım?" diyordu Gamze, yine aynı konuya nasıl döndüyse... Hastalıklı bir ritimle krizantemleri tek tek vazoya yerleştiriyordu, "Sadece seninle avunabiliyordum. En çok da İnci'yi anlatışın rahatlatıyordu beni. Gittiğiniz konserde ne kadar eğlendiğinizi, Fransa'ya ilk uçuşunuzu, uçaktaki yaşlı kadını nasıl işlettiğinizi.... En çok bunlar işe yarıyordu. Ben kızımla hiç böyle şeyler yaşamadım..."

"Böyle söyleme."

"Ama doğrusu bu... İnci arkadaşlık etmek için hep seni tercih ederdi."

"Gamze..."

"Neden itiraz ediyorsun? İkiniz çok yakındınız, seni teyzesi zannediyordu... Kardeş olmadığımızı öğrendiği günü hatırlıyor musun?"

"İnci sana yaklaşmaya çalışıyordu Gamze ama..."

"Ama?"

"Olmuyordu..." dedi Buket, "Sen Yavuz'u atlatamamıştın." Sonra uzanıp Gamze'nin omzuna dokundu, "Bırakalım bunları, güzel şeylerden konuşalım, bunların üstünden yıllar geçti." Gamze son krizantemi de yerleştirmişti, vazoyu alarak ayağa kalktı. "İnsan kocasının terk edişini de hemen atlatamıyor," dedi titreyen bir sesle. Şömineye doğru birkaç adım attı ama kalbi ağlamaktan yorgundu, durup antika bir ayna ve biblolarla dolu rafa tutundu. Sırtının Buket'e dönük olduğuna şükrediyordu. "Ağlamayacağım!" diye geçirdi içinden, antika aynada kendine bir göz attı. Gözleri hemen kızarmış, dudaklarının kanı çekilmişti... İnci'yi düşündüğü her zaman olduğu gibi. Birden aynada Buket'i de görebildiğini fark etti. Yüzünde üzüntü ya da kaygıya benzemeyen başka bir ifade vardı. Gözlerini kapattı, krizantemleri koklar gibi başını çiçeklere sakladı. Buket'in gözlerindeki ifadenin ismini bulmaya çalıştı. Birkaç saniye sonra "Kin," diye mırıldanarak başını kaldırdığında kalbi deli gibi çarpıyordu. Yeniden aynaya baktı ancak Buket aynada değildi artık. Koltuktan kalkmış, şeker pembesi halıda ses çıkarmadan yanıbaşına sokulmuştu. "Ben gideyim," dedi, suratı allak bullaktı. Gamze birden içine saplanan korkuyu bastırmaya çalışarak "Saçmalama," dedi, "Daha yeni geldin!"

"Belli ki iyi değilsin..."

"Hayır benim bir şeyim yok ama senin suratın allak bullak olmuş."

"Biraz başım tuttu.

"Dur bir ağrı kesici vereyim!"

Gamze, telaşla çekmeceyi açtı, "Başın ağrıyınca korkuyorum..." Eline gelen ilk kutuyu uzattı, "biliyorsun, hastalığın benim ödümü kopartıyor!" Buket kahvesinden iki büyük yudumla ilacı yuttu, kutuyu cam masaya atıverdi. "Korkma," dedi, "önemli olan başımın ağrıması değil, senin delirmeye başlaman! Yavuz meselesinde senin yanında olamadığımı ima ediyorsun!"

"Bir şey ima ettiğim yok Buket. Seçim yaptığının farkındayım. Benim yanımda olamayacağını biliyorum, Yavuz'u seçtiğini biliyorum. Zaten herkes biliyor bunu."

"Ben değil, Yavuz beni seçti! Bana gelen, dertleşmek isteyen Yavuz'du."

"Neler anlattı sana? Bana hiç bahsetmedin."

"Bir faydası olmazdı."

"Ama aynı şeyleri İnci'ye de anlattı galiba..."

"Önemli değil, İnci akıllı çocuktu."

"İçimi rahatlatmaya çalıştığının farkındayım ama İnci Yavuz'a inanmış olabilir."

"Hayır, inan bana, İnci babasının saçmalıklarına hiç kulak asmadı."

"Hiç mi?"

"Biraz gerildi tabii, öfkelendi ama tek laf etmedi."

"Sanki yanlarındaymışsın gibi anlatıyorsun."

"Denk gelmişti..."

"Hiç görüyor musun Yavuz'u?"

Buket "Kırk yılda bir," dedi, "dernekte falan karşılaşırsak o kadar..." Sonra kahvesinden bir yudum daha alıp arkasına yaslandı. Gamze dalgınlaşmıştı, "Yavuz, sadece seninle konuşabildiğini söyleyince sevinmiştim," diye mırıldandı, "ikimizi de tercüme edebilirsin diye düşünmüştüm. Keşke bir şeyler anlatsaydın bana..." Buket, bu sözlerle birden zıvanadan çıktığını hissetti. Kendini tutamayıp "Anlamıyor musun!" diye sesini yükseltti "düzeltebileceğin şeyler değildi!"

"Nasıl şeylerdi?"

"Saçmaydı! Hiçbirini hatırlamıyorum!"

"Sen?"

"Off! Yavuz'un söylediklerinin elle tutulur yanı yoktu. Mesela Gamze benim ilaç saatlerimi unutuyor diye tutturmuştu! Karım bana özen göstermiyor deyip duruyordu!"

"Nasıl olur! Asla unutmuyordum! Hatta... hatta saat kuruyordum ya, sen gülmüştün bana! 'Yok daha neler... Duyan da ağır bir hastalığı var zanneder, altı üstü bir kırık,' demiştin!"

"Tamam da adam takmış işte, bir de İnci'nin öğretmenine yol vermiştin ya, dönüp dönüp onu söylüyordu. O kadar araştırdım adamı buldum, ben yurtdışına çıkar çıkmaz işine son vermiş diye köpürüyordu!"

"Nedenini söylemedin mi? Sana anlatmıştım, adamın İnci'ye bakışları çirkindi, çocuğun yanına sandalyesini çekişi çirkindi! İkisini baş başa bırakmaya korktum! Tacizci gibi davranıyordu, bunu söylemedin mi!"

"Yavuz laf anlayacak gibi değildi! 'Gamze her şeyi kontrol etmek istiyor,' diye bas bas bağırıyordu!"

"Adamın tacizci gibi davrandığını söyledin mi, söylemedin mi?!"

"Söylemedim! Yavuz'un sağı solu belli olmaz diye düşündüm! İkiniz zaten yapayalnız kalmıştınız, iyice huzurunuz bozulur diye korktum!"

Gamze hüzünle başını eğdi, "Haklısın," dedi, "Birdenbire herkes ortadan kayboldu... Enginler, Aynurlar, Cevdetler... O kadar insan nereye gitti Buket?" Genç kadın, bilmiyorum dercesine dudağını büktü...

"Ağız birliği etmiş gibi aynı şeyleri söylediler; kontrolcüsün dediler, insanı bezdiriyorsun, çok bencilsin, sadece kendini düşünüyorsun dediler... Galiba çoğu İnci'den dolayı böyle düşündü. Hani, Paris'e gitmesini istemedim ya, o yüzden..."

"Çocuk üniversitesini bile bulmuştu Gamze, sen ona engel oldun!"

"Evet ama o işte bir karışıklık var... İnci evden kaçıp Paris'e gidene kadar ortada okul diye bir şey yoktu!"

"Nasıl yoktu?"

"Yemin ederim yoktu! İnci'nin tek istediği, Pierre'di. Fransa'ya gidip onunla yaşamak istiyordu!"

"Sen de izin vermiyordun..."

"İlk gördüğümde çocukta bir tuhaflık olduğunu anlamıştım."

"Yapma Gamze, senin tek derdin kızının birine âşık olmasıydı! İnci, senin kontrolünden çıkacak diye ödün kopuyordu!"

"Oğlanın kollarında yaralar vardı!"

"Ah, fotoğraflara geçen şu meşhur yaralar!"

"Evet! Aynur'a gösterdiğimde 'Büyük ihtimalle kendisi kesmiş,' demişti, 'oğlan intihara meyilli olabilir!'"

"Fotoğraftan psikolojik tahlil... Gülünç oluyorsun!"

"Onun İnci'ye zarar vereceğini biliyordum! O yüzden istemedim Paris'e gitmesini!"

Buket huzursuzlanmıştı, cep telefonunu aldı, oynamaya başladı, "Kalkmam lazım artık" dedi. Gamze hemen uzandı, elini tuttu, "Sakın!" diye fısıldadı, gözleri yaş içindeydi, "Ne olur hemen gitme!" Sonra çaresizce pötifur tabağını uzattı, "Bir tane daha al." İki kadın usulca pötifurlarını ısırdılar, fuşya perdelerin arkasında güneş batıyordu.

Buket, bir şeyler diyecekti ama vazgeçti. Başındaki ağrı düşünmesini güçleştiriyordu, aksilenerek "Ağrı geçmedi," dedi, "Bir hap daha ver..."

"Daha yeni aldın, bekle de önce etkisini..."

"Başım zonkluyor Gamze! Ne dediğini bile anlamıyorum!"

Tepsinin yanında duran ilaca uzandı, bir tane daha attı ağzına, kahve fincanını kafasına dikti. Gamze boşalan fincana bakıp omzunu silkti, "Tabii," dedi, "Niye beni dinleyesin ki? Her zamanki gibi.... Sadece kendi bildiğini yapıyorsun!" Buket başını ovuşturuyordu, Gamze "Seni yıllar önce anlamıştım," dedi, "Senin niyetin arkadaşlık etmek falan değil, sadece senin isteklerini yerine getirecek insanlar istiyorsun etrafında!" Buket, başını kaldırdı, "Aşk olsun!" dedi, "Başımın ağrısından ölüyorum, sırf senin için duruyorum şurada!"

Gamze'nin yüzü bir maske gibi donuktu, "Fedakârca görünüyor..." dedi, "Ama sen gerçekten istemesen bunu asla yapmazsın!" Ellerini huzursuzca fincanın ağzında gezdirdi, "İnsanlara sözde fedakârlıklarla, sözde iyiliklerle yaklaşıyorsun. Yanına birilerini çekene kadar devam ediyor bu. Ama onların kendi bildiklerini yapmalarına izin vermiyorsun, sadece senin isteklerini yapacak bez bebekler arıyorsun sen."

"Neden yapıyorum böyle bir manyaklığı?"

"Çünkü hayatta kalmak için başka şansın yok! Bu şımarık, bencil, kaprisli karakterinle hayatında birilerinin olması mümkün değil!"

Buket, bu söz dizilişini bir kez daha duyduğunu düşündü ama nerede, ne zaman... "İki yıldır eve kapanıp bunları mı kuruyorsun?" diye fısıldadı. "Öyle sayılır..." dedi Gamze, "İki yıldır parçaları birleştiriyorum. Ne fark ettim biliyor musun, en kritik nokta tarihlermiş! Halbuki ben tarihlere gereken özeni asla göstermemişim! Mesela 21 Haziran... Bu tarihi biliyor musun?"

"Ekinoks," diye mırıldandı Buket, "en uzun gün..."

"Doğru. İnci Haziran'ın 21'inde evden kaçıp Paris uçağına bindi. Peki, Mayıs'ın 15'inin ne olduğunu biliyor musun? İnci'yle en büyük kavgamızı ettik. Pierre ile yaşamak için Fransa'ya gitmek istediğini söyledi, bağrıştık, ağlaştık ve çıkıp gitti evden. Tuhaf olan ne biliyor musun, o gün, o büyük kavgada Paris'teki okuldan hiç bahsetmedi bana!"

"Anlamıyorum, bu söylediklerini anlamıyorum!"

"Düşünsene! Bu çocuk irili ufaklı bütün mücevheratını gizlice satmış, babasının açtığı banka hesabını boşaltmış ve Paris'te bir üniversitenin giriş parasını yatırmış! Ancak niyetini açıkladığı, oraya gitmek için evi terk ettiği gün üniversitenin adını bile anmıyor! Neden?!"

"Bilmiyorum!"

"Çünkü... O gün, Mayıs'ın 15'inde, ortada üniversite diye bir şey yoktu!"

Gamze, Buket'e doğru eğildi, gözlerini ona dikti; "İşte seni bunun için çağırdım! Bunu sormak için.... Söyle, İnci'nin Fransa'ya kaçışını organize ederken çok mu uğraştın?"

"Delirdin mi sen!"

Gamze, Buket'e adeta fısıldarcasına, "Söylediklerine dikkat et!" dedi, "Çünkü İnci'nin Paris'ten gönderilen valizini açtım!"

Buket'in yüzündeki ifadeyi görünce gülümsedi ve tane tane yineledi: "Üç yıl sonra nihayet o küçük valizi açtım!" Gamze yerinde oturamadı, kalktı, anlatırken bir aşağı bir yukarı gezinmeye başladı. "Tıka basa ıvır zıvırla doluydu biliyor musun... Müze biletleri, oğlanın verdiği kolye, İnci'nin yaptığı deri bileklik falan... hepsini attım, geriye giysiler kaldı. Çoğu o kadar pisti ki, elimi süremedim. Nerde yatıp kalktıkları belli değilmiş anlaşılan..."

Gamze, salonun uzak köşesindeki piyano taburesine çökercesine oturdu ama hemen sonra gözlerini silerek kalktı. "Buradan götürdüğü bazı şeyler vardı valizde, odasındaki gece lambası mesela, sonra ikinizin bir fotoğrafı, eski mahalleden arkadaşlarının adresleri, telefonları... Bir de ne buldum biliyor musun..."

"Ne?"

"Bir defter... Günlük gibi ama tam günlük değil, aklına ne geldiyse yazmış, ne bulduysa içine yapıştırmış... Okula kayıt kâğıdı da oradaydı."

"Neden anlatıyorsun bunları!"

"2 Haziran 2009... Paris'teki üniversiteye kaydolduğu tarih... Yani İnci, daha Türkiye'deyken okula müracaat etmiş, imza atmış!"

"Mücevherlerini satmış, hesabını boşaltmış diye anlatıyordun ya..."

"O zaman bunlardan haberin var mıydı!"

"Hatırlamıyorum."

"Sen?"

"Bilmiyorum!"

"Bilmiyor olamazsın!"

"Aslında..."

"Ne?!"

"Biliyordum! Oldu mu! Biliyordum!"

"Ama bana söylemiyordun!"

"Aslında..."

"Okula başvuran İnci değildi! Sendin! Vakti gelince bu okul

meselesini öne sürmeyi düşünmüştünüz! İnci, üniversite deyince akan sular duracak, Paris'e gitmesine izin verecektim, değil mi! Okul parasını sen yatırdın! Türkiye'den ayrılmadan kayıt evrakının imzalanmasını sen hallettin! Bütün belgelere baktım Buket, tarih sırasına dizdim. Ama o kadar çok eksik vardı ki, kalkıp Paris'e gitmem gerekti!

"Sen Paris'e mi gittin?"

"Mecburdum değil mi? Gidip okulla konuştum! Bana, sarışın bir kadının gelip Buket için kayıt açtırdığını söylediler. Buna nasıl izin verildi dedim, çocuğun anne babası ayrıymış, annesinin de akli dengesi yerinde değilmiş dediler. Okulun hatırlı destekçilerinden Madam Jacqueline'in ricası ve hatırı sayılır bağışlarıyla kaydı aldık dediler."

"Sen... Sen... Neler anlatıyorsun..."

"Tabii bana dert oldu, kimdir bu Madam Jacqueline? Kızım için neden uğraşır diye düşünerek araştırdım, soruşturdum ama hiçbir şey bulamadım! Sonunda kalktım, kadının yaşadığı eve gittim!"

"Ne!"

"Korkma... Madam Jacqueline, İtalya'daymış, görüşemedik ama evde çalışanlarla konuşunca mesele ortaya çıktı! Türkiye'den geliyorum dediğim an, beni Greg'in gönderdiğini zannettiler! Madam Jacqueline, Greg'in akrabasıymış!"

"Bu kadar yeter," dedi Buket, koltuğun kollarına yüklenerek ayağa kalkmaya çalıştı, kafasında bulutlar geziniyordu, "Ben sadece İnci'ye yardım ettim..." dedi. Gamze ona doğru eğildi, omzunu tutarak kalkmasını engelledi.

"Arkana yaslan, anlat... Ne için yardım ettin?"

"Okumak istiyordu, okula gitmek istiyordu!"

"Ama Pierre'i buraya getirdiğinde ortada okul falan yoktu. İnci sadece Pierre'le olmak istiyordu!"

"Evet çünkü âşıktı! O aşkını yaşamaya giderse, sen de kendine gelirsin diye düşündüm. Çünkü..."

"Çünkü?"

İpi bırakılmış bir kukla gibi başı omzuna düştü Buket'in, mırıldandı, "Beni hayatından çıkarmak üzereydin, unuttun mu..." Gamze irkildi, Buket sayıklamaya başlamıştı "Ben yokmuşum gibi davranıyordun! Senin dikkatini çekmek için Yavuz'la, İnci'yle, hayatında kim varsa hepsiyle yakınlaşmaya çalıştım! Yavuz'u kulübe çağırmasak, İnci'yle yemeğe çıkmasak beni hatırlamıyordun bile... İnci bize gelip gittikçe sen de lütfedip kapıyı çalıyordun!"

"Gördün mü, senin yöntemin bu! Bir nedenden dolayı birini daha yakınında istersen ve yaklaşamazsan, etrafını boşaltmaya başlıyorsun. Bana da böyle yaptın, kızımı Fransa'ya yolladın, kocamı uzaklaştırdın... Yavuz'un seninle bir ortak yanı olmadığı için Greg'i soktun devreye... Aslında herkes senin yazdığın oyunda rolünü oynuyor."

"Rol falan değil seni ruh hastası! Beni fark etmeni sağlamaya çalışıyordum! Elime bayraklar almış beni görmen için sallayıp duruyordum! Greg ile Yavuz arkadaş olsun diye ne kadar uğraştığımı biliyor musun! Yavuz'la birlikte sen de gelirsin diye!"

"Ya İnci?"

"Deli gibi âşıktı..."

"Oğlan intihara ve öldürmeye meyilli bir keşti!"

"İnci'yi düşünmediğimi mi sanıyorsun! İnci... Benim canımdı! Pierre'i araştırdım, rehabilitasyona girmişti, düzelme evresindeydi, sonra aynı yerde İnci'nin seveceği bir üniversite gördüm! Ders programını İnci'ye gösterdiğimde neredeyse sevinçten ağlayacaktı!"

Gamze korkuyla irkildi, "Aman Allah'ım!" dedi, gözlerini Buket'e dikip "Okulu sen çıkardın!"

"Ben ona programı gös..."

"Kızımı, intihara ve öldürmeye meyilli bir müptelanın yanına Fransa'ya gönderdin! Bunu kapatmak, İnci'yi haklı, beni haksız göstermek için üniversiteye bile kaydettirdin onu!"

"Sus..." diye mırıldandı Buket, yeniden gözlerini açmıştı, Gamze yerinden fırlamış bağırıyordu, "Herkes manyağın teki olduğumu ve sırf dizimin dibinde otursun diye kızımı üniversiteye bile göndermediğimi düşündü! Aynur'u da, Engin'i de buna ikna ettin değil mi? Ama sonra işler elinden kaçtı! Yavuz size fazla yakınlaştı, ben fazlaca uzaklaştım, İnci öldükten sonra ikimizin ortak bir şeyi kalmadı!"

Buket cevap verecekti ki yüzünü buruşturdu, kusacakmış gibi kasıldı, Gamze hemen kolonyaya koştu, yüzünde endişe belirmişti. "Sana kahve yasak diye aromasını çok, kahvesini az koydum, tadı yabancı mı geldi?" dedi avcuna boşaltırken... Buket kolonyayı yüzüne sürdü, berbat görünüyordu...

"Kahveden çok tarçın içtim sanki..."

"Geceotunun aroması o. Bugün için hazırlık yaparken karşıma çıktı. O kadar çok aroma, ot, katkı malzemesi denedim ki, inanmazsın... Eylül'den beri bugünü planlıyorum ben."

Buket, "Eylül'den beri mi?" dedi inlercesine, "Seni çatlak, üç aydır hazırlık mı yapıyorsun?"

"Tabii ki! Tıpkı senin yaptığın gibi olsun dedim! Her şey olup bittikten sonra herkesle birlikte ah vah ederim dedim!"

Sonra tuhaf bir şekilde göz kırptı. "Gördün mü?" diye fısıldadı, "ince planlar yapabilen yalnız sen değilsin!"

Buket, kesik kesik nefes aldı, "Bana bir taksi çağır," dedi, "Çok fenayım, gideyim en iyisi!" Gamze, "Yok," dedi, "En iyisi kalman olacak." Sonra kalktı, şeker pembesi salondan çıkıp uzun ve loş koridora girdi. Buket, gözleri kapanmadan Gamze'nin dış kapıyı kilitlediğini duydu.

Yeniden gözlerini açtığında Gamze, ağzına limonlu bir şey akıtıyordu. Buket doğrulmaya çalışınca birazı gömleğine döküldü. Gamze, "Uslu dur," dedi. "Bu kadar hızlı içme demiştim sana. Daha konuşacağımız çok şey var." Buket artık onun yüzünü seçemiyordu, etrafına baktı, salonun kuşları nihayet kâğıdı yırtıp çıkmış, çiçekler kumaşlardan kurtulmuştu. Şimdi hepsi başında dönüyor, buğulanıp dağılıyordu. "Ne oluyor Gamze?" dedi güçlükle "Bana ne oluyor?" Gamze kendi fincanına uzandı, kahvesinden bir yudum aldı, gözleri kapkaraydı

"Ağrı kesiciyle birleşen geceotu, etkisini gösteriyor..."

"Zehirli mi!"

"Saçmalama! Sadece kalp ritmini artırıyor..."

Buket "doğru," diye düşündü, gerçekten de kalbi kulaklarında atıyordu, korkuyla yutkundu. Gamze kahvesinden bir yudum daha aldıktan sonra onun yüzüne yaklaştı. "Senin gibi embolisi olanların kesinlikle uzak durması gereken bir şey bu. Hele de kantaronla kaynatılır ve ağrı kesiciyle alınırsa," dedikten sonra "korkma," diye gülümsedi "burnun kanayana kadar bir sorun yok, burun kanaması beyin kanamasının habercisi oluyor seninki gibi durumlarda." Sonra kahvesinden bir yudum daha aldı, "Bu otu bulabilmek için nerelere gittim, kaç kişiyle konuştum bilsen...." Buket korkuyla kasılmıştı, zorla mırıldandı, "O fincanı bilerek mi kırdın?! Keşke senin fincanını alsaydım!"

"Bak bu çok kötü olurdu... Benim fincanımdaki arsenik, seni bir saat içinde öldürür ama senin fincanındaki geceotu bana hiçbir şey yapmazdı..."

"Kendini de mi zehirledin?!"

"Niye şaşırdın? Ben sen miyim, birini elimle ölüme yolladıktan sonra hayatta kalabilir miyim?! Bununla başedebilir miyim?"

Buket, işte o zaman ne kadar çaresiz olduğunu fark etti. Kalbi çılgınca atıyordu ancak bedeni uyuşmuştu, başının öne düşmesine engel olamadı. Aynı anda eteğinde iki damla kan belirdi, Gamze de görmüştü bunu, hemen ayağa fırladı, heyecanla fincandaki kahvenin sonunu kafasına dikti. Sonra Buket'in yanına gelip elini tuttu, "Korkma," dedi, "Sadece burnun kanıyor..."

Barış Müstecaplıoğlu

GERÇEK BENİ ÖLDÜRMEK

Kutup Ayısı, gövdesinin altına eşit aralıklarla dizilmiş otuz iki motordan aldığı güçle yavaş yavaş yükselmeye başladı. Üstüne çizili dev bir kutup ayısı motifi dışında, bu adı hak edecek bir görünümü yoktu, irili ufaklı binbir çıkıntısı olan bir puroya daha çok benziyordu. Yılın büyük bölümünü uykuda geçirdiği için muzip mühendisler tarafından bu ada layık görülmüş, halk tarafından bu isimle benimsenmişti. Böylesine görkemli bir araçtan beklenmeyecek ölçüde sessiz hareket ediyordu, beş yüz metre kadar yükseldikten sonra burnunu doğuya çevirdi ve bulutların arasında süzülürcesine uçmaya başladı. Orada olduğunu bilmeseniz, gökyüzüne düşmüş bir gölge gibi ruhunuz duymadan üstünüzden geçip giderdi. Aşağıda sıralanmış onlarca canlı yayın ekibi, kır saçlı Hava Kuvvetleri Komutanı'nın "Başlayabilirsiniz," komutuyla heyecanla işe koyuldu. Sunucular ellerindeki mikrofonlara telaşla konuşurken, boyunlarındaki aletler söylediklerini tüm dillere aynı anda çevirip dünyanın her köşesindeki televizyonlara aktardı.

"Sevgili seyirciler, birkaç dakika önce Kutup Ayısı on bir aylık uykusundan uyandı ve yeni durağı olan Türkiye'ye doğru yola çıktı. İki günlük bir uçuştan sonra operasyon noktasına ulaşacak ve nerodon ateşleyicileri otomatik olarak devreye girecek. Seni özleyeceğiz Kutup Ayısı, bize yaşattığın harika günü asla unutmayacağız! Hepimiz için çocuklarımıza coşkuyla anlatacağımız bir anı oldu bu! Bizden sonraki nesiller, geri dönüşünü büyük bir heyecanla bekleyecekler!"

Aynı anda İstanbul'da, otuzlu yaşlarda sakin görünümlü bir adam televizyon sehpasının üzerindeki üç boyutlu sahnede

Kutup Ayısı'nın uçuşunu seyrediyordu. Gözü bazen bulutların arasında süzülen devasa araca, bazen de kameraların gösterdiği şahane New York manzarasına kayıyordu. O şehre hiç gitmemiş olsa da bütün sokaklarını, dükkânlarını, plazalarını adı gibi bilirdi. Hatta amansız hapishanelerini, en rezil batakhanelerini bile... Birkaç sene önce neredeyse her akşamını başında geçirdiği "Yeni Bir Dünya" isimli bilgisayar oyununun önemli bir bölümü New York'ta geçmişti, oyundaki karakteri o şehirde doğup büyümüş, hayatının aşkını orada bulmuş, ne yazık ki yine orada kaybetmişti.

Üç boyutlu görüntü değişti, arkadaki manzara İstanbul'un kubbelerle dolu narin siluetine dönüştü. Beşinci köprünün yılankavi direkleri minarelerin ardında tüm görkemleriyle yükseliyordu. Genç ve güzel bir kadın, heyecanlı bir ifadeyle konuşmaya başladı.

"Sevgili seyirciler. Geçtiğimiz hafta sizlerle birçok defa paylaştığımız bu görüntüleri bir kez daha hatırlayalım istedik. Kutup Ayısı tam bir hafta önce Amerika Birleşik Devletleri'nden havalanıp Türkiye'ye doğru yola çıkmıştı. Çarşamba akşamı hava sahamızda operasyon noktasına ulaştı ve hiç vakit kaybetmeden nerodon ateşleyicilerini çalıştırdı. İlk kartopunu gökyüzüne yerleştirdikten sonra, tek tek bütün şehirlerimizi ziyaret edecek. Şimdi yanımızda Enerji Üniversitesi Doğa Bilimleri Başkanı Sayın Leyla Atakan var. Leyla Hanım, bize nerodon ateşleyicileri hakkında biraz bilgi verebilir misiniz?"

Orta yaşlı bilim insanı, kendinden emin bir ifadeyle gülümsedi ve anlatmaya başladı.

"Nerodon ateşleyicileri, bundan yirmi yıl önce hayatımıza girdiğinde, bu kadar büyük bir değişime yol açacaklarını kimse tahmin etmiyordu. Gökyüzüne doğrudan müdahale edebilen bu güçlü makineler, küresel ısınma nedeniyle altmış yıldır hiç yağmayan karı yeniden hayatımızın bir parçası yaptılar. Ne yazık ki bu işlem için çok fazla enerji gerekiyor, maliyeti çok yüksek olduğu için projeye katılan yüzlerce ülkenin ödediği parayla ancak yılda bir defa çalıştırılabiliyor. Bildiğiniz üzere,

geçen yılbaşı sıra Amerika'daydı, bu sene şanslı ülke biziz. Yılbaşında üzerimize yağan güzelim kar tanelerini seyrederken, bu buluşun fikir babası Profesör Kasper Nerodon'u hürmetle anmayı ihmal etmeyelim."

Sunucu heyecanlı bir ifadeyle başını salladı. "Umarım ileride bir başka büyük insan, bu işlemin maliyetini azaltacak bir yol bulur," dedi. "Böylece Kutup Ayısı bir ülkeye bir insan ömründe iki defa uğrayabilir. Ben doğduğumdan beri kar görmedim, ileride çocuğum olursa o hiç göremeyecek... Belki ancak torunum bu şansa sahip olacak. Gene de elbette hiç var olmamasından çok daha iyi. Size paylaştığınız bilgiler için teşekkür ediyoruz. Sevgili seyirciler, uzun zamandır her gün duyuruyoruz, kar yağışını seyretmek için başka ülkelerden Türkiye'ye giriş yapılması kesinlikle yasaktır. Yurtdışındaki dostlarınızı, akrabalarınızı lütfen ülkeye davet etmeyiniz, sınırdan içeri alınmayacaklar. Her ülkenin, aşırı sayıda turist akışını önlemek için güvenlik amacıyla uyguladığı bu yasak ülkemizde de geçerli. Yılbaşına birkaç saat kala Türkiye sınırları içinde son altmış yılın ilk kar taneleri düşmeye başlayacak. Hayatınızda yalnızca bir kez yaşayabileceğiniz bu deneyimi sakın kaçırmayın. Hepiniz sokaklara çıkın, kar yağışına özel hazırlanan birbirinden şahane yılbaşı kutlamalarına katılın. Yılbaşı senede bir kez olur, böyle bir yılbaşı ise hayatta bir kez! İyi eğlenceler!"

Adam, yüzüğündeki düğmeye dokundu ve üç boyutlu görüntü soluklaşarak yok oldu. Başını uzatıp pencereden dışarı baktı, sokak şimdiden kalabalıklaşmaya başlamıştı. Birkaç saat sonra tüm evler, ofisler boşalacak, yılbaşını lapa lapa yağacak karın altında kutlamak isteyenler sokağı hıncahınç dolduracaktı. Ofisten henüz çıkmamış son kişi, çaycı Rıza Efendi kapıya doğru yürürken ona seslendi.

"Ahmet Bey, gelmiyor musun? Karı seyretmek için iyi yerler kapılmıştır çoktan. Gecikirsen saçak altlarına mahkûm kalırsın vallah! Benim oğlan güzel bir yer tutacaktı, gel sen de bizle dur. Paltonu filan al ha, gerçek kar feci soğuk olurmuş, öyle diyorlar. Yapayına hiç benzemezmiş."

"Teşekkür ederim," diye karşılık verdi Ahmet mahcup bir sesle, "Siz çıkın, ben geliyorum birazdan. Ufak bir işim kaldı, beş dakikaya aşağıdayım. Bana yer tutacak bir arkadaşım var, keyfinize bakın."

Rıza Efendi, başını yeniden önündeki dosyaya gömen Ahmet'i acıyarak süzdü. Dışarıda eğlenen kalabalığa katılmamasına şaşırmamıştı, patronun tüm angarya işleri üstüne yıktığı, ofisteki herkesin arkasından güldüğü, kimseye hayır diyemeyen bu adama daima derin bir şefkat duymuş, kimi zaman da bu korkaklığına kızmış, itilip kakıldığı zamanlar "biraz dik dur be çocuk" diyeceği gelmişti. Dışarıda onu bir dostun beklediğini hiç sanmıyordu, aslında hayatında dost diyebileceği biri olduğunu bile zannetmiyordu, akşamları ofisten biriyle çıktığını ya da telefonla konuştuğunu hiç görmemişti. Ne yapabilirdi ki, kendisi sadece bir çaycıydı, koca adama akıl vermek ona düşmezdi. Derin bir iç çekip onu kendi haline bıraktı.

İhtiyar çaycı kapıyı kapadıktan sonra, Ahmet başını çevirip ofisi dikkatle gözledi. İçeride kimsenin kalmadığından emin olunca, heyecanla kalktı ve bilgisayarının başına gitti. Çantasından çıkardığı duygu aktarım aletini boynuna taktı, ellerine kumanda eldivenlerini geçirdi, ekrandaki görüntüyü gerçek bir manzaraymış gibi görmesini sağlayan kaskı dikkatlice başına yerleştirdi. Birkaç saat önce beklemeye aldığı oyunu, gözlerinin önünde beliren ışıktan tuşlara basıp çalıştırdı.

"Gerçek Ben" oyununa dört sene önce dahil olmuştu. Oyunu ilk keşfedenlerden biriydi, bir arkadaşı deneme sürümünü gönderdiği zaman bu oyunun diğerlerinden farklı olduğunu hemen anlamış, bir daha ondan kopamamıştı. Arada bir yeni oyunları denediği oluyordu ama dönüp dolaşıp kendisini yine "Gerçek Ben"in karşısında buluyordu.

Daha önce denediği sanal gerçeklik oyunlarında, insanlar hayallerindeki kişilere ya da en uçuk fantezilerine dönüşme fırsatı buluyorlardı. Güçlü bir büyücü, bir kılıç ustası, tarihi bir kahraman, çok yakışıklı veya güzel bir yıldız, gerçek hallerinden daha uzun, daha güçlü, daha akıllı, daha becerikli karakterler. Birçoğunda gerçekte var olmayan renkli dünyalarda geziniyor, oraların kahramanları oluyordunuz. Bu oyunu farklı kılan ise her şeyin sahici hayatın birebir kopyası olmasıydı. "Gerçek Ben"e sanal kimlik kartınıza erişim hakkı vermeniz gerekiyordu, kanunen her sene yenisi eklenen fotoğraflarınız, oyun boyunca farklı çağlarınızda kullanılmak üzere üç boyutlu modelleniyordu. Hem doğum bilgilerinizi, kalıtımsal özelliklerinizi hem de şu anki beden ölçülerinizi, hastalık kayıtlarınızı devletin e-sitesinden oyuna aktarıyordunuz. Ailenizle ilgili pek çok detay bilgi paylaşmak zorundaydınız. Başlamadan hemen önce çeşitli aritmetik ve duygusal zekâ testlerinden geçiyordunuz. Oyunda tüm güçlü ve zayıf yönlerinizle gerçekte kimseniz öyle yer alıyordunuz ve diğer oyuncuların da karşınızda öyle durduğunu biliyordunuz.

"Gerçek Ben"in sunduğu benzersiz heyecan, "farklı yolları deneme" özgürlüğüydü. Normal hayatta yaşamınıza yön verecek seçimlerin çoğunu yalnızca bir defa yapabilirdiniz, okuyacağınız bölüm, evleneceğiniz kişi, ev alacağınız semt, bir firmaya girip maaşlı çalışmak ya da kendi işini yapmak, şirket kuracaksanız ortak olacağınız kişiler ya da gireceğiniz sektör, bütün bunlar sahici yaşamda sadece bir iki defa değişebilirdi. Bir seçim yaptığınız zaman milyonlarca farklı ihtimalden ebediyen vazgeçmiş oluyordunuz. Belki değişik bir yoldan gitseniz çok daha mutlu olacaktınız, kim bilebilirdi ki bunu? "Gerçek Ben" dünyasında ise her gün bir aya eşit olduğu, mutlu olmadığınızı fark ettiğiniz an karakterinizi silip her şeye yeni baştan başlayabildiğiniz için birçok farklı yaşamı deneyebiliyordunuz. Her seferinde oyuna yavaş yavaş çocukluktan çıktığınız bir çağda, on yaşında başlıyordunuz. Farklı alanlarda kariyer yapabiliyor, gerçek hayattakinden çok farklı bir eş seçebiliyor, değişik ülkelerde yaşamayı tecrübe edebiliyordunuz.

Ahmet her zaman garantici bir adam olmuştu, sonu kötü biter korkusuyla yeni deneyimlerden, riskli işlerden daima uzak durmuştu. Değil bir insanla rekabete girmek, kendisine ters davrananlara sesini yükseltmek bile ona çok zor gelirdi. Cesaretini toplayıp büyük hedeflerin peşinden koşmak istediği birkaç sefer ise şansı yaver gitmemiş, hem maddi hem de manevi yaralar almıştı. Bu acılar onu daha da ürkekleştirmiş, kötü sonuçlanma ihtimali olan her şeyden ve mücadeleden kaçınır olmuştu. Uzun zamandır cinsel ihtiyaçlarını fahişe robotlarla karşılıyor, reddedilme ya da sonradan terk edilme korkusuyla hiçbir kadınla duygusal yakınlık kurmuyordu. Onu asla kovamayacakları, aynı maaşa yerine adam bulamayacakları, yeteneklerinin altında bir işte çalışıyordu. Yeni roket trenlerle Türkiye'den Çin'e ya da Birleşik Avrupa'nın en uç noktasına gitmek bir saate indiği halde yıllardır İstanbul dışına çıkmamıştı. Birçok dostunun yaptığı gibi başka bir ülkeye yerleşme, hayatının bir bölümünü farklı coğrafyalarda geçirme ihtimali aklının ucundan geçmemişti. Sıkıcı bir yaşamı olduğu düşüncesine ne zaman kapılsa, bir sanal gerçeklik oyununa dahil olup rengârenk diyarlarda gezinerek bu duygudan uzaklaşmayı başarmıştı.

Ta ki "Gerçek Ben" dünyasını keşfedene kadar...

Oyunu denediği ilk günlerde, gerçek hayatında alıştığı şekilde seçimler yapmıştı. Güvenli, mütevazı, sürprizlerden uzak. Ancak yavaş yavaş, başına gelebilecek en kötü olay oyuna yeniden başlamak olduğu için, kendisini bile şaşırtan yollar denemeye heveslenmişti. Hayatta daha çok risk alsaydı, hoşlandığı kadın onu reddettiği zaman hemen peşini bırakmasaydı, iş kurma deneyiminde başarısız olduğunda bir kez daha deneseydi, yapmak istediği şeylerde karşısına bir rakip çıktığında geri adım atmasaydı neler olacağını merak etmişti. Oyunda ilerledikçe,

"Gerçek Ben"in ne olduğunu daha iyi kavramaya başlamıştı. Oyunda yaptığı seçimlerle olgunlaşan karakteri, gerçek hayatta potansiyelinin ancak küçük bir bölümünü kullanabilen haline göre daha sahici bir Ahmet'ti. Kendisi vasat bir işte çalışırken o profesyonel hayatta çok başarılı olmuş, iki üç iflastan sonra kurduğu son şirketle başarıdan başarıya koşmuştu. Üç sene Fransa'da yaşamış ve orada harika vakit geçirmişti. Gerçek hayatta hiç yabancı dil öğrenmediği halde, oyunda üç dili mükemmel konuşabiliyordu. Hayallerine ulaşması o kadar da kolay olmamıştı, bazı zamanlar rakiplerini birer birer elemesi gerekmişti, gerçek hayatta kimseyi kıramazken "Gerçek Ben" dünyasında savaşmayı, yalan söyleyip arkadan iş çevirmeyi, birinin hayallerini yıktıktan sonra omuz silkip hayata devam etmeyi öğrenmişti. Oyundayken içindeki karanlık yan uyanıyordu ve zaman geçtikçe bundan hoşlanmaya başlamıştı. Burada sınırlar yoktu, hayal ettiği her şeye vicdan azabı çekmeden ulaşabilirdi. Son sene aşk hayatında da aradığını bulmuş, gerçek dünyada yanına yaklaşmaya cesaret edemeyeceği pek çok kadınla şansını denedikten sonra, kendisi gibi birini arayan harika bir kızla tanışmıştı. Onunla evlenip hayatını mükemmelleştireceğine, yaşam oyununda mutlak zafere ulaşacağına inanıyordu, ama önünde son bir engel vardı. Sevdiği kadına, güzel Meltem'ine âşık olan, onun aklını çelmek için yapmadığını bırakmayan bir başka adam. Rakibi kendisinden daha yakışıklı, daha havalı ve ilgi çekiciydi, bir kadının hoşlanabileceği her şeye sahipti. İnsan görünümlü bir "oyun sonu canavarı"ydı sanki. Normal şartlarda, böyle bir meydan okumayla karşı karşıya kaldığı an geri çekilirdi ama Gerçek Ben'de, Gerçek Ahmet bunu yapmayacaktı. Üstesinden geldiği tüm diğer sorunlar gibi bunu da alt etmenin bir yolunu bulacaktı. Gerçek Ahmet'in hiçbir zaman yenilgiye uğramayacağını hem kendisine hem de o adama gösterecekti.

Kutup Ayısı İstanbul hava sahasının merkezine yerleştikten birkaç dakika sonra, nerodon ateşleyicileri devreye girdi. Dev aracın yanlarında bulunan binlerce delik açıldı, üretim haznesinde biriken siyah bulutlar usul usul dışarı taşmaya başladı. Karınca kafasını andıran uç kısmından bir top namlusu uzadı, namludan dışarı küre şeklinde bir uydu fırladı. Kartopu ismiyle anılan bu uydu bulutların ortasında durup olduğu yerde hızla dönmeye koyuldu. Aşağıda toplanmış kalabalık, yüzlerce metre üstlerinde koyulaşmaya başlayan bulutları fark ettiklerinde coşkulu çığlıklar attılar. Kutup Ayısı birkaç gün içinde ülkenin tüm şehirlerini dolaşmış, hepsinin göğüne kara bulutlar ekmişti. Yılbaşı gecesi uydular bulutlara aynı anda enerji yükleyecek ve şehirlerin üzerine kar taneleri lapa lapa yağacaktı.

Uzun, siyah saçlı kadın, kendisine yönelmiş hayranlık dolu bakışların tadını çıkararak mikrofonu önündeki yaşlı adama uzattı:

"Kar yağışının başlamasına sadece birkaç saat kaldı. Bu özel günde duygularınızı öğrenebilir miyiz?"

"Bu ânı yaşayabildiğim için çok mutluyum kızım," dedi ihtiyar, titrek bir sesle. Kadının kocaman, mavi gözlerine hüzünle baktı. "Bu kadar uzun yaşayacağımı hiç sanmıyordum, Kutup Ayısı'nın gelişini görebileceğime ihtimal vermiyordum. Biz karımla birbirimize lapa lapa yağan karın altında âşık olduk, ilk defa karların içinde öpüştük. İnsanoğlu kış mevsimini öldürdükten sonra, onunla birlikte hep bu anın hayalini kurduk, günün birinde yeniden karın altında el ele tutuşup gökyüzüne bakacak, bu mucizeyi bir kez daha beraber seyredecektik. Karımı kaybettikten sonra, çok geçmeden yanına giderim diye ummuştum, ama olmadı. Onsuz yaşamam gereken zor yıllar varmış. Gene de şu an buradayım, ortak hayalimizi sevdiğim kadını düşleyerek gerçekleştireceğim. Bunun için yaradana şükrediyorum."

Sunucu, yaşlı adamın gözlerinin dolduğunu fark edince, bir an için çevresine toplanmış kalabalıktan soyutlandı ve ona sevgiyle baktı. İleride bir gün kendisini böyle sevgiyle anacak, yanında olursa elini tutacak birinin olmasını çok isterdi. Ekranda görüntüsünün kaybolduğunu, haber merkezindeki sunucunun sözü devraldığını fark edince, mikrofonu indirip gülümsedi.

"Sanırım bu akşam yalnızsınız. Benim de işim şu an itibarıyla bitti, bir bekleyenim yok. Dilerseniz karın yağışını birlikte seyredelim. Karınızın yerini tutmayacağını biliyorum ama yanınızda birinin olmasını isterseniz, kar tanelerini sizinle beklemekten mutluluk duyarım."

"Teşekkür ederim kızım," dedi yaşlı adam, gözlerinde saklamaya çalışmadığı bir minnetle. "Karımın adı Zeynep'ti. Tanısaydın onu çok severdin."

"Bundan eminim," dedi genç kadın, şefkat dolu bir sesle. "Benim adım da Meltem."

Ahmet dışarıda olup bitenlerle pek ilgilenmiyordu. Eğer işini erken bitirirse sokaktaki kalabalığa karışıp zaferini hayatında ilk defa göreceği karın altında kutlamak hoşuna gidecekti. Ama tüm geceyi bilgisayar başında geçirmesi gerekirse bundan da şikâyet etmeyecekti. "Gerçek Ben"in dünyasında şu an İstanbul zaten karlar altındaydı. Oyunun yapımcıları, bu özel geceye istinaden oyunun Türkiye sunucusunda böyle bir yenilik yapmışlardı. Bazı yüksek binaların duvarlarını boydan boya kaplayan reklam neonlarında yanıp sönen "Yılbaşınız Kutlu Olsun" da yapımcıların bir başka jestiydi. Türkiye sunucusuna kayıtlı yüzbinlerce oyuncudan ve kazandıkları milyonlardan memnun olmalıydılar.

Ahmet, bire bir modellenmiş İstanbul sokaklarında sanal karakteriyle koşarken, bir aynacının önünden geçtiğini fark etti ve aniden durdu. Dönüp iki metrelik bir duvar aynasında kendisini uzun uzun seyretti. Normalde oyunda gerçek görüntüsüyle yer aldığı için aynalar ona ilginç gelmezdi, ama şimdi, yansımasının gösterdiği adama tümüyle yabancıydı. Oynattığı karakter oldukça kısa boyluydu, kirli sakalı ve ince bir bıyığı vardı. Çenesini ve alnını kuşatmış taze morluklara bakılırsa, yakın zaman önce sıkı bir kavgaya karışmıştı. Gözlerinde insanın içini ürperten, uzun süre dik bakmaya cesaret edemeyeceğiniz sinsi bir bakış vardı, aynı asansöre binseniz bir an evvel inmek ister, karşınızdan gelse bir fırsatını bulup diğer kaldırıma geçerdiniz. Kendisinin hiçbir zaman olmadığı kadar yapılıydı, geniş omuzları üzerindeki eski ve yıpranmış cekete zor sığıyordu. Kendi yetenekleriyle başarmasının mümkün olmadığı bir plan için bu karakteri birkaç gün önce sahibinden satın almıştı, oyunun kurallarına göre çok ciddi bir suçtu bu, öğrenilirse gerçek karakteri bir daha canlanmayacak şekilde silinirdi. Bu yüzden sanal karaborsadan sadece bir karakter değil, kayıt numaraları yok edilmiş eski bir dizüstü bilgisayarı da edinmişti. Karaborsacı, işi bittiği zaman bilgisayarı İstanbul Boğazı'nın serin sularına atması için özellikle uyarmıştı. Robot polisler neyse de, insan polisler kayıtsız bir bilgisayarla yakalananlara hiç nazik davranmazdı. Birkaç ay önce hükümete ve yeni internet kısıtlamalarına karşı düzenlenen eylemlerin sorumluları da bu tür bilgisayarlar kullanmışlardı.

Planını gerçekleştirmek için bugünü özellikle seçmişti. Hayatlarında yalnızca bir defa görebilecekleri kar yağışını ve bu özel yılbaşını kaçırmamak için, oyuncuların neredeyse hepsi bilgisayarlarından uzaktaydılar. Karakterleri oyundaki evlerinde derin uykuda olmalıydı. Polis rolünü oynayanlar da buna dahildi, caddelerde in cin top oynuyordu. Koca İstanbul, "Gerçek Ben" dünyasında ıssız bir şehre dönüşmüştü.

Karaborsacıların günün birinde satmak için yarattığı bu karakter, oyunda hiçbir resmi kayıtta yer almamak için ehliyet başvurusunda bulunmamış, araba satın almamıştı. Bu yüzden şu an karların içinde bata çıka koşmak zorundaydı. Daha önce defalarca önünden geçtiği Alibey Konakları'nı gördüğü zaman durdu ve biraz soluklandı. Yüksek duvarlarla çevrili konaklara bakarken dudağının ucuyla gülümsedi, az sonra her şey sona erecek, Meltem tamamen onun olacaktı. Sağa sola baktı, etrafta kimsenin olmadığına kanaat getirince hızla konağın arka kapısına koştu.

Temizlikçilerin ve bebek bakıcılarının kullanması için yapılan bu kapıda bir güvenlik görevlisi yoktu, onun yerine son model bir alarm takılmıştı. Gerçek Ahmet, bu alarmı asla saf dışı bırakamazdı, fakat şu an oynattığı karakterin en önemli yeteneği buydu. Birkaç dakika uğraştıktan sonra, kimseyi uyandırmadan kapıyı açmayı başardı ve içeri süzüldü. Ağaçların gölgesinde ilerlerken karaborsacıya verdiği parayı son kuruşuna kadar helal etti.

B4 bloku bulunca yine dikkatle etrafı kolaçan etti. Bina zifiri karanlıktı, sanki tümden terk edilmişti, ne bir gece partisi vardı ne de uykusu kaçmış biri. Karakterleri oynatanlar şu an sokaklarda kar yağışını bekliyor olmalıydı. Cebindeki çengelli halatı çıkardı, birkaç kez salladıktan sonra ikinci katın balkonuna fırlattı. Çengel balkon demirlerine takılıp sabitlendi, güçlü kollarıyla ipe tırmanmaya başladı.

Dairenin camlı kapısı, oynattığı karakteri yalnızca bir dakika uğraştırmıştı. İçeri girdiği zaman kalp atışları yıllardır olmadığı kadar hızlandı. Kullandığı yetenekler oynattığı karaktere ait olsa da, duyguları ve düşünceleri kendisinindi, yapacağı şeyden dolayı hafif bir korku duyuyordu. Oyunda pek çok şeytanlık yapmış, gene de hiç bu denli ileri gitmemişti. Ama Gerçek Ahmet'in mükemmel hayatına ulaşması için başka şansı yoktu, bu dünyada da kaybeden olmayı kabullenemezdi. Karanlığın içinde zorlukla seçtiği yatağa parmak uçlarında yürüdü. Bir an için gözü duvara asılı ilginç aletlere kaydı, tarihi filmlerden hatırlıyordu, tahta ok tabancaları, devasa av bıçakları, kundaklı yaylardı bunlar. Biraz ötedeki duvarda ise çeşitli av hayvanlarının kafaları sergileniyordu, aralarında ürkütücü bir kaplan bile vardı. Birkaçının alnında okların bıraktığı derin yara izleri seçiliyordu. Meltem'e göz koyan rakibi hakkında araştırma yapmıştı ancak böyle bir hobisi olduğunu yeni öğreniyordu. Aslında onun hakkında pek az şey bildiğini itiraf etmeliydi, tek emin olduğu, bir erkek olarak kendisinden cazip olduğuydu ve bunu hayatıyla ödeyecekti.

Yataktaki adamı bir süre kıpırdamadan seyretti. Uykudayken bile yüzünde o nefret ettiği kendinden emin, huzurlu gülümseme vardı. Ona gerçek dünyada canını yakan, zayıflıklarıyla dalga geçen, yumuşak başlı olmasından yararlanan herkesi hatırlatıyordu, okulda onu hırpalayan kabadayıları, sevdiği kızları elinden alan havalı adamları, işleri kendisine yaptırıp başarıyı sahiplenenleri, gerçek hayatta hep düşeş atan, hiç yenilgiye uğramayan, kendisi gibileri küçük görenleri. Adam ona yaptıkları kısa sohbetlerde, "Gerçek Ben"e bir kez olsun yeni baştan başlaması gerekmediğini, her istediğine hiç sıkıntı yaşamadan ulaştığını söylemişti. Kendisi altı kez baştan başladığını itiraf ettiğinde ona gizlemeye çalışmadığı bir küçümsemeyle bakmıştı. Ondan nefret etmeye işte o an başlamıştı. Bir kez olsun kaybetme duygusu yaşamayan bu adamın incinmenin, hayallerinden uzak düşmenin, kendini güçsüz hissetmenin ne demek olduğunu anlamasını ölesiye istiyordu.

Cebindeki bıçağı çıkardı ve şöyle bir tarttı, hafif, keskin bir kamaydı bu. Yatakta kıpırtısız yatan adama hiçbir şey düşünmemeye çalışarak baktı, sonra beklerse bunu yapamayacağını fark edip bıçağı boğazına hızla sapladı.

Gerçek Ben oyununda her şey bire bir modellenmişti, insan vücudu da öyle. Adamın boğazından oluk gibi fışkıran kan üstünü kaplayınca korkup birkaç adım geriledi, ayağı bir sandalyeye takılıp yere düştü. Aynı anda sahici Ahmet de oturduğu koltukta geri sıçradı, neredeyse koltuk devrilecekti. Kanın kokusu, yoğunluğu bile sahiciydi, yapımcılar bu konuda masraftan kaçınmamışlardı. Hem gerçekte hem de oyunda midesi bulandı, kusacak gibi oldu ama kendine hâkim olmayı başardı.

Daireden hızla çıktı ve asılı bıraktığı ipten bahçeye indi. Üstünden kan damlayan yüzünü toprağı örten karla üstünkörü temizledi. Buraya geldiği kadar hızla Alibey Konakları'nı gerisinde bıraktı, birkaç sokak uzaktaki terk edilmiş inşaata koştu.

Oraya vardığında ellerini dizlerine koydu, hissedeceğini sanmadığı bir suçluluk duygusuyla içini çekti. Bu bir oyundu, o adam yalnızca bir karakter kaybetmişti, sabah eğlenceli bir yılbaşı kutlamasından döndüğünde durumu fark edecek, birkaç küfür savuracak, olayı araştırmayı güvenlik amirlerine bırakıp yeni bir karakter yaratacaktı. Oyuna en baştan başlayacağı için, kendisi Meltem'le mutlu bir hayat kurarken, o çocuk bahçesinde salıncak kavgası yapacaktı. Durumu fark ettiğinde hissedeceği çaresizliği ve yenilmişliği hayal etti, yüzünün alacağı hali gözünün önünde canlandırdı, içine bir mutluluk yayıldı.

Cebindeki tabancayı çıkarıp şakağına dayadı. Gözlerini kapayıp tetiği çekti.

Ahmet'in kaskının ekranında kocaman kırmızı harflerle, "Oyun Bitti" yazısı göründü. Oyundaki geçmişiyle ilgili görüntüler gözlerinin önünden bir bir geçerken, satın aldığı karakterin daha önce yaptığı pis işler onu rahatsız etti. Canını yaktığı oyun karakterlerinin acı ve korku dolu yüzleri üzerine üzerine geliyordu. Kaskın yanındaki kapama düğmesine çabucak bastı, başında yoğun bir ağrıyla kaskı çıkarıp masanın üzerine koydu. Boynundaki duygu aktarım aletinden ve kumanda eldivenlerinden kurtulması birkaç dakikasını aldı.

Sokaktan mutlu çığlıkların gelmesine bakılırsa, kar yağışı için geri sayım başlamış olmalıydı. Tek gerçek suç aleti olan, karaborsa dizüstü bilgisayarını alıp deri çantasına koydu. Onu bu gece serin sulara bırakacak ve geride hiç iz kalmayacaktı. Yarın oyuna yeniden dahil olduğunda, muhtemelen Meltem hoşlandığı adamın ölümünü duymuş olacak, onu teselli etmesi gerekecekti. Bunu da en iyi şekilde yapacaktı.

Çantayı sıkı sıkı kavrayıp kalktı, pencereye yürüyüp aşağı baktı. Sokak hıncahınç doluydu, şarkılar söyleyen sarhoşlar, öpüşen genç âşıklar, başörtülü kadınlar, dua eden dindarlar, bira kutularını tokuşturanlar, son dönemin gözde cemaatine bağlılıklarını omuzlarına taktıkları kırmızı bantlarla gösterenler, aşağıda çok renkli bir kalabalık aynı heyecanı ve keyfi paylaşıyordu. Hepsinin gözleri gökyüzünde, başlamak üzere olan kar yağışındaydı. Gözleri karşı gökdelenin bir yanını boydan boya kaplayan ışıktan "Yılbaşınız Kutlu Olsun" cümlesine ve altındaki sayaca kaydı, bir dakika sonra yeni yıl başlayacaktı. Binadan çıkması daha uzun süreceği için, gökyüzünü kaplayacak havai fişek patlamalarını ve kar yağışını oradan seyretmeye karar verdi. Aşağıdakiler gibi başını kaldırdı, usul usul düşmeye başlayan bembeyaz kar tanelerini görünce yüzüne bir gülümseme yayıldı.

O anda kendisine çok yabancı gelen bir ıslık sesi duydu. Tam göğsünün yanında büyük bir acı hissetti. Birdenbire içindeki tüm güç dev bir vantuzla emilmiş gibi yok oldu, dizlerinin üstüne düşerken son bir gayretle pervaza tutundu. Vücudundan dışarı uzanan bir parmak genişliğindeki tahta çubuğa hayretle baktı, ne olduğunu anlamaya çalıştı. Bir ucunda tarihi filmlerden hatırladığı, Kızılderili tüylerine benzeyen tüyler vardı, demir bir üçgene benzeyen diğer ucu böğrüne saplıydı. Kanı önce usul usul, sonra büyük bir hızla karnına ve dizlerine akmaya başladı. "Bu bir oyun olmalı..." diye geçirdi içinden, düşünebildiği son şey bu oldu. "Hâlâ oyunda olmalıyım..."

Kar yağışı hızlandıkça sokaktaki kalabalığın coşkusu artmıştı. Binbir türden insan, aynı heyecan ve keyifle bağırarak ya da dualar okuyarak bu unutulmaz ânı kutluyordu. Gökyüzünde asılı duran piramit şeklinde anons robotları ışıl ışıl yandılar ve gövdelerinde 10 rakamı belirdi. Kalabalık, robotların üzerindeki rakamlarla birlikte geriye doğru saydı; 9, 8, 7, 6... 0 dediklerinde bütün şehri bir gürültü kapladı, koca kent milyonlarca ağızdan çıkan kutlama haykırışlarıyla inledi.

Uzun boylu bir adam, çatısına kurulduğu binadan aşağı, çılgıncasına eğlenen insanlara baktı ve küçümseyerek dudağını büktü. Bir karınca sürüsünden farksız görünüyorlardı, soylarını tükettikleri o harika kaplanlardan daha nadide olmadıkları kesindi. Keyifleri için kış mevsimini bile katleden, sonra yılda bir kez geri getirmek için akla karayı seçen hoyrat bir güruh. Herhangi bir suçluluk hissetmiyordu, bu sıradan yaratıklardan birinin eksilmesi dünya için kayıp sayılmazdı, zaten olması gerektiğinden daha hızlı ürüyorlardı. Avlanırken kullanmayı sevdiği ahşap kundaklı yayı deri kılıfına koyup omzuna astı. Planını gerçekleştirmek için doğru günü seçtiğine bir kez daha emin oldu, bu kargaşada kimse onu fark etmemişti, polisler bile hayatları boyunca bir daha göremeyecekleri mucizeyi kaçırmamak için bulutlara odaklanmışlardı. Rakibinin kimliğini, yaşadığı ve çalıştığı yerleri öğrenmek için az para ödememişti, yaklaşık bir saat çatıda doğru zamanı beklemişti ama buna değmişti. Paralı av sahalarında mağaralarından çıkmalarını saatlerce gözünü kırpmadan beklediği klon kaplanlar gibi, sonunda avı yüzünü göstermişti.

Sevdiği kadının çıktısını her daim yanında taşıdığı fotoğrafını cebinden çıkardı, okyanus mavisi gözlerine, muzip gülümsemesine, omuzlarına dökülen gece karası saçlarına hayranlık ve tutkuyla baktı. Meltem artık sadece onun olacaktı, sahici dünyadan çok daha fazla benimsediği "Gerçek Ben" dünyasında âşık olduğu kadınla birlikte bir cennet kuracaktı. Vahşi hayvanların soyunun tükenmediği, dağlarda sırtında "Çin Malı" yazan ucube klonların değil gerçek kaplanların dolaştığı, karın insan ömründe bir kez değil her sene defalarca yağdığı o diyarı sahici dünya denen cehenneme bin kez yeğlerdi. Orası dünyanın gerçekte olması gereken mükemmel haliydi. Meltem de o dünyayı paylaşması gereken mükemmel kadın. Sahici hayatta asla yaşayamayacağı kusursuz mutluluğu orada bulacaktı.

"Gerçek Ben"e kaydolduktan bir ay sonra, öldü sandığı bir kaplana yaklaştığında yarısından çoğunu kaybettiği yüzüne ilk kar tanesi düştü.

Üzerlerinde 0 rakamı yanıp sönen uçan piramitlerden, yüzlerce havai fişek fırladı. Gökyüzü birdenbire coşkulu bir renk cümbüşüne boğuldu, patlamaların sesi her şeyi bastırdı. Aynı anda, uzun boylu adam karşıdaki binanın aynı odasına ucunu tutuşturduğu bir ok gönderdi. Bu keşmekeşin ve ışık oyunlarının arasında kimse uçan bir ateş parçasıyla ilgilenmezdi, düşündüğü gibi de oldu. Ok camın hemen arkasındaki masaya saplandı, gövdesine bağlanmış yakıt tüpü kırıldı, tutuşan yakıt oka monte edilmiş havai fişeği patlattı. Oda bir anda kızıl alevlere boğuldu. Birkaç saniye sonra geride hiçbir kanıt kalmayacaktı. Kayıtlara bu gece İstanbul'un birçok yerinde yaşanmış ve yaşanacak elim havai fişek kazalarından biri olarak geçecekti.

Son hamlesini de yapan avcı, yere oturup üzerine düşen kar tanelerinin tadını çıkardı. Koca bir oyuktan ibaret yanağının üstündeki tek sağlam gözüyle karşı binada yavaş yavaş yayılan yangına baktı. Bu yılbaşını hiçbir zaman unutmayacaktı.

Meltem, yüzüne yağan kar tanelerinin verdiği üşüme hissini hem büyük bir keyifle hem de aynı derecede hayretle karşıladı. Birkaç yıldır müptelası olduğu Gerçek Ben oyununda defalarca karın içinde yuvarlanmış, kartopu oynamış, kardan adam yapmıştı ama duygu aktarım aletinin verdiği his gerçeğinden çok uzaktı. Kendileri de hiç kar görmemiş yapımcılar, bu hissi modellemeyi becerememişlerdi. Aynı şu an elini nazikçe tutup gökyüzünde beyazın dansını seyreden, nemli gözleriyle sevgili karısını hayal eden yaşlı adamın içtenliği gibi, modellenmesi çok zor, nadide duygular vardı. O an uzun zamandır aklında dönüp duran düşünceyi kesin bir karara dönüştürdü, bu gece eve dönünce oyundaki hesabını iptal edecekti. Kendisini Gerçek Ben dünyasına fazlasıyla kaptırmıştı, daha ileri gitmek istemiyordu. Sahici hayatla rekabet etmeyen, kendini bu kadar ciddiye almayan bir başka oyun deneyecekti. Gerçek Ben'de ona aşklarını ilan eden iki iyi adamı düşündü, kuşkusuz biraz üzülecek, biraz kızacaklardı ama birkaç gün sonra yeni bir eğlence bulurlardı.

Sonuçta bu bir oyundu.

Kutup Ayısı, son kartopu uydusu da çalıştıktan sonra, nerodon ateşleyicilerini kapattı ve kendisi için hazırlanan dörtgen şeklindeki geniş piste doğru usul usul alçaldı. Alt kısmında uzayan yirmi sekiz sağlam ayağın üzerine sakin bir iniş yaptı. Tüm delikleri kapandı, motorları durdu, ışıkları söndü. Bir sonraki yılbaşında bir başka kentte farklı insanlara unutulmayacak bir gece armağan edene kadar, derin bir uykuya daldı.

Cem Selcen

RÜYA

I

Kapının koluna uzandığında yine nefes nefeseydi. Bazen neşesinden, bazen de sırf gençliğinden yaptığı bu altı katlık merdiven çıkışını, bu kez hırsından yapmış, karla karışık bir sepken altında, üzerinde ahı gitmiş vahı kalmış, sünger gibi su çeken bir paltoyla koşturduğundan iyice canı çıkmıştı.

Normal kapılara göre zaten epey kısa olan, üstüne üstlük çatının eğimine uyulmak zorunda olduğu için sağ üst köşesinin önemli bir kısmını da kaybetmiş olan kapıya omzunu yaslayıp, nefeslendi. Hırsı geçmemişti. Aksine, üzerine eklenen yorgunluk ve şu, mutsuz sokak köpeklerine benzer ıslak hali iyice kendisine acımasına neden oluyordu. Ağlamamak için zor tuttu kendini. Anahtarı, ıslak ceplerden birinde bulup, kapıyı açtı. Kafasını eğdi ve odasına attı kendini.

Burası, bir odadan ziyade bir çatı arasıydı. Tavan, normal bir çatı arasında olması gerektiği gibi, çatının karkasından ibaretti. Özensizce birleştirilmiş, sağa sola yamulmuş kafalarıyla inatçı çivilerin her yerinden fırladığı, dikenli ahşap çatkıların hemen üstünde, izolasyon için konmuş, ziftli kâğıt vardı. Bu siyah kâğıt, zamanla yer yer yırtılmış; orasından burasından küçüklü büyüklü parçalar sarkıtmaya başlamıştı. Bu parçalar, gelen rüzgârın gücüne göre, kendi kendilerine kımıldıyor, tavanda olmadık gölge oyunları yapıyor, mekâna gerçeküstü bir hava veriyorlardı. Bütün bu gariplik yetmezmiş gibi, zamanında, bir yabancı özentisi olarak, fazla dik yapılan çatının eğimi, oda tavanının ortasından başlıyor; bu yüzden iyice çömelmeden sağ tarafa sokulunamıyordu. Neyse ki, çatının acımasız eğiminin bitip duvarla buluştuğu yerde, ayakla diz arasında kalacak gibi, enlemesine yerleştirilmiş bir pencere vardı.

Bu garip odanın sahibi adam, ki apartmanda çatının hemen altındaki dairenin de sahibiydi, olur da gerekir diye, kapı girişinin sağına bir tuvaletçik yaptırmıştı.

Yatağıyla tuvaletin dış duvarı arasında kalan bir adımlık yere bir teldolap yerleştirmişti genç adam. Çatı aralarının gerçek sahipleri, minik fare çetelerinin saldırılarına karşı, gerekli bir iki parça yiyeceği koruyan bu koyu yeşil renkli dolap, bel hizasında bitiyor, üstü de kitap ve ıvır zıvır koymak için kullanılıyordu. Yatağın bitimindeki duvara, şöyle baş hizasında çakılmış çivilerde, beyaz bir gömlek, üstündeki kazağın altından paçaları gözüken, kumaş, siyah bir pantolon asılıydı. Pantolonun yere değdi değecek paçalarının altında kirli bir spor ayakkabı burnu sırıtıyordu. Onun yanındaysa daha düzgün gözüken, bir çift siyah iskarpin, yanlamasına, sanki korunmak ister gibi, duvara yanaşmıştı.

Gücünü toplayıp içeri giren genç adam, ortadan sarkan ampulün ölü denecek kadar ruhsuz ışığında, ona hüzünle bakan fakir odasını da görünce, artık dayanamadı. Kendini öylece yatağın üstüne attı ve ağlamaya başladı. Her şeyden, her şeyden nefret ediyordu. İçini çeke çeke ağlarken küfür ediyor, annesinin yaşadığı o küçük şehirden buraya, bu Allah'ın belası koca şehre gelirken; hatta ilk zamanlarda bu zavallı odada, şu yerden bitme camın önünde, yere uzanmış, dışarıya, o her şeyin olup bittiği dışarıya bakarken kurduklarını düşününce, içi daha da fena oluyordu.

Bu şehre geleli – göçeli, bu gece, bir yıl beş ay oluyordu.

Temmuzun son günü, annesinden ağlayarak ayrılmış, okumaya, bambaşka bir gelecek kurmaya gelmişti. İlk üç ay, bazı öğrencilerle birlikte bir evde barınmaya çalışsa da, olmamış, sonunda evi terk etmişti. Bir gün, öğrencilerden biri, yatağının altına sakladığı paranın kaybolmasından onu sorumlu tutmuş, herkesin içinde ona "Hırsız!" demiş, gururu incinen genç adam, ne yapacağını bilemeden, üç parça eşyasını toplayıp, kendini sokağa atmıştı.

Hemen o gün, annesinin yönlendirmesiyle, babasının eski arkadaşı olduğu söylenen bir adamın ofisine gitmiş, o adam da onu bu çatı arasına yerleştirmişti. Malum kapı müsveddesinin önünde, sırtını iyilikle tapıklayan adam "Burayı bir süreliğine kullanabilirsin. Ortalığı temiz tut, ses çıkarma, etrafa, komşulara pek bulaşma; sonrasına bakarız," gibi bir şeyler demiş, onu yoksul bavuluyla orada bırakıp gitmişti. O zaman, bu büyük ve acımasız şehrin tepesinde bir yere sığınmış olduğu için sevinmişti. Ama hayat hiç de kurduğu gibi gitmiyordu.

Gerçi yer sahibi adam iyi biriydi, görüldüğü gibi, bir yıldan fazla geçmesine karşın, hiç uğramamış, hiçbir haber de göndermemişti. Ama insanların iyiliğinin nerede biteceği belli olmazdı; birden çıkagelir ve artık kira diyebilir ya da sokağa atıverirdi. Her şeyden önce, bu şehirde, kimseye güvenmemesi gerektiğini öğrenmişti. Ama yapayalnızdı işte. Yapayalnız... Burada, bu çatı arasından bozma odada ağlayıp duran, hiçbir hayaline hiçbir zaman ulaşamayacağını düşünen zavallı bir gençti o.

Bugün yılın son günüydü. Ve akşam, okuldaki hiçbir partiye davetli değildi. Hiçbir buluşma için onu çağırmamışlardı. Akşama kadar orda burda gezinip rahatlamak istese de; hiç rahatlayamamış, tersine, çisil çisil yağan, soğuk, yapışkan bir yağmurun altında sinirleri bozulmuştu. Yollarda, bir yerlere koşuşturan insanların arasında ezilerek ilerlemiş, sonunda etrafını saran bu telaşeden mahrum olarak her şeye hırslanmış, birden paltosunu savurarak insanlar ve ışıklar arasında koşmaya başlamıştı. O sıra, sanki tam o anı bekleyen ayrı bir ceza gibi, gökyüzünün rengi iyice kararmış, o pis yağmur, hızlanarak karla karışık, yoğun, çamurumsu bir yağışa dönmüştü. Bu, gökyüzündekinin bile lanetini çekiyor olmak onu iyice çileden çıkarmış, ağırlaşan paltosuna aldırmadan, daha hızlı koşmaya başlamıştı.

Üzerindeki nemlilik rahatsız edince yataktan kalktı. Kafasına çarpacak gibi duran beşe on kalasa hırsla bir yumruk attı. Sonra da karkasın tepmesine yakalanmış gibi arkadaki yatağa oturuverdi. Eli acımıştı. Elini ovuştururken, aşağıdaki camdan, az önce üzerine acımasızca yağan çamurumsu suyun, artık tümüyle kara dönmeye başladığını fark etti. Hayır! Bu kadar kolay pes etmeyecekti. Kendini toparlaması gerekiyordu. Paltosunu çıkardı. Çivilerden birine astı. Islak ayakkabılarını tuvaletin duvarına eğik olarak dayadı. Çoraplarını küçük lavaboda şöyle bir duruladı, sıktı ve gidip çivi serisinin sonuna astı. Üzerindeki kazağı asılı duran kazakla değiştirdi. Bu daha güzel bir kazaktı zaten. Kırmızı bir kutuda, paralel iki ince koluyla bekleyen, minik elektrik sobasının tek tuşuna bastı. Kollardan biri hemen ışıldadı. İçerisinin daha ilk nefeste genze oturan, çürük küflü kokusu nemle ağırlaşmıştı. Çatının üzerine yapışmaya çalışan tanecikleri süpüren rüzgâr, kiremitlerin birbirine oturmayan aralıklarından girerek, bazen ince, bazen uğultulu bir ıslık çalıyordu.

Kendini bırakmayacaktı. Her şey bitmiş sayılmazdı. Önce biraz dinlenmeliydi. Sonra, gece yarısı olurken sokağa çıkar, yeni yılı bekleyen insanların arasına katılır, kendine gelirdi. Hem paltosu filan da kururdu o zamana kadar.

Birden aklına bir fikir geldi. Karyolanın üzerindeki yatağı, yere, camın önüne indirdi ve kendini onun üstüne attı. Kar taneleri telaşla cama yapışıyor, fakat fazla direnemeden su olup aşağıya, apartmanların arasındaki o büyük uçuruma akıyorlardı. Bir süre, içi rahatlayana kadar, camdan dışarıya, karanlık gri gökyüzündeki karışıklığa baktı.

Sonra kalktı. Teldolabı açtı. Biraz beyazpeynir ve reçel vardı. Sonunda daha iyi hissediyordu. Ekmeğin, içi elde ufalanıveren kuruluğunu umursamadan kenarından bir parça kopardı. İçine peyniri koydu ve küçük plastik kabından reçel döktü. Sonra teldolabın üstünde, tıpkı, o kocaman, güzel evlerde durduğu gibi, yan yana, asaletle duran kitaplardan birine elini attı. Bir aşk hikâyesiydi bu. Daha önce de kim bilir kaç kez okumuştu. Olsun... Bu akşam, bu yılbaşı akşamı tekrar okumak istiyordu. Daha ilkgençliğinden beri, okurken kendini iyi hissettiği, buraya gelirken yanında getirdiği kitaplardan biriydi. Oradaki mahcup kadını, kitabın kahramanından daha çok sevdiğini düşünürdü hep. Onun o çekinik, masum halini o adamın anlayamadığını, kendini maceralara adayan o pervasız, hatta bazen duygusuz adamın, o nazlı yüze gereken önemi veremediğini düşünür, kendisinin asla öyle yapmayacağını, macera yaşayacağım derken ona ait duran böylesi nadide bir çiçeği kırmayacağını kurardı.

Yatağa yüzüstü uzandı. Ekmeği yiyip, kitabın sayfalarını karıştırmaya başladı. Daha çok, kızın olduğu bölümleri buluyor, oralarda kızın tasvirlerini ve hareketlerini tekrar tekrar okuyor, ona ek hareketler ve kadının içinden konuştuğu yeni paragraflar ekliyordu. Ama bir süre sonra bir ağırlık bastı, kafası yavaşça kitabın yanına düştü, uykuya daldı.

II

Çok geçmeden, uçsuz bucaksız, yeşilli sarılı bir kırda, bilinmez bir yöne doğru nefesi kesilene kadar koşturduğu, o her zamanki rüyayı görmeye başlamıştı bile. Şimdi içi bulanana kadar koşacak koşacak, kırın bittiği o koca yarı bulup onun kenarında durarak, aşağılara bakacaktı. Her seferinde içini fazlasıyla ürperten o uçurumun kıyısında, içini boğan bir sıkıntıyla ter içinde kalıyor, dayanılmaz bir korkuyla oradan ayrılmak istese de aşağılarda ne olduğunu merak etmekten kendini alıkoyamıyordu. Yine aynısı oluyordu. Sadece bugün biraz daha cesaretli hissediyordu kendini. İçi garip bir boşluk duygusuyla hoplasa da uçuruma doğru bir adım daha yaklaştı. İşte tam o anda uçurumun dibinden bir ses duydu.

"Bakar mısınız?"

Bir kadın sesi...

Sonra da tıklatılan bir kapı sesi, derinlerden. Evet! Kapı çalınıyordu. Korkuyla bağırdı yattığı yerden, "Kim o?"

"Rica etsem, bir bakar mısınız?"

Evet! Güzel, hatta narin bir kadın sesiydi bu.

Şaşkınlıkla kalktı yataktan. Uyurgezer ya da sanki birden daldığı başka bir rüyanın içinde hareket ediyormuş gibiydi. Uzanıp kapıyı açtı.

Apartmanın zayıf merdiven ışığının önünde uzun saçlarıyla harika bir siluet duruyordu. Genç adam, kesinlikle ne olduğunu anlamıyor, benliği hâlâ rüya âleminde olduğu için, ne yapacağını bilemiyordu. Kırpıştırdığı gözlerinin algıladığı kadarıyla, olağanüstü bir güzellik karşısındaydı ve diyecek bir kelime olsun bulamadan, kadının omuzlarına dökülen saçlarında parıldayarak gözünü alan ışığa alışmaya çalışıyordu.

"Ay! Sizi rahatsız ettim," dedi kadın, onu o halde görünce.

Kendine gelir gibi oldu genç adam ve içgüdüsel olarak üstündekilere baktı. Neyse ki az önce yatağa, olduğu gibi yatıvermiş, pantolonunu filan çıkarmamıştı.

"Buyrun!" diyebildi, sesi titreyerek. Bu arada ışığa alışmış, kadını daha iyi görebilmiş ve tekrar heyecanlanmaya başlamıştı. Kadının ince dudaklarındaki seğirme, gözlerindeki hafifçe baygın çekingenlik, yeterince ihtiraslı bir burun, kulaklarda ışıldayan küçük pırlanta küpeler ve ince, uzun bir boyun... Gözlerini tekrar sımsıkı kapayıp açtı.

"Sizden bir şey rica edecektim. Ben üç kat altta oturuyorum. Binada sizden ve benden, bir de hiçbir şey yapmak istemeyen kapıcıdan başka kimse kalmamış."

"Evet!" dedi, içinden genç adam, "Bu kesinlikle rüya..." Kadını alıcı gözle inceledikçe iyice emin oluyordu ki bu kadın, o hep okuduğu romandaki, sevdiği tarafından anlaşılmamış olan ama onun hep delicesine sevdiği kadındı. Az önce uykuya dalmadan o romanı okuduğuna göre, aklı ona bir yılbaşı sürprizi hazırlamış, tasvirlerini yüzlerce kere okuduğu, kumral, nazik ve hafifçe korkak ve masum kadını kapıya getirmiş, ona hayal de olsa bir gece hediye etmek istemişti. Yapmayacaktı. Uyanmak istemeyecek, bu güzel rüya nereye giderse onun peşinden gidecek, bu hayal oyunu doyasıya yaşayacaktı. Hatta bir ara yarı uyur halde gördüğü rüyalarda yaptığı gibi, rüyayı az da olsa yönlendirebilir, aldığı zevki çoğaltabilirdi.

Genç adamın hâlâ doğru dürüst bir şey dememesini ondan rahatsız olduğuna yoran kadın, kendini "Sizi rahatsız etmiyorum, değil mi?" diye sormak zorunda hissetti ve tekrar aşağı inebilecekmiş gibi bir hareket yaptı.

"Yo, yoo!.." dedi, genç adam, heyecanını kontrol etmeye çalışarak, "Öyle dalmıştım, bir an ne diyeceğimi bilemedim." Böyle dürüst olmaya karar vermişti. Günlük hayatta olduğu gibi, kendini kurtarmak, ezilmemek için yalan söylemesine gerek yoktu. Çünkü bu anı kuran onun aklıydı ve doğal olarak ona ait her şeyin en doğrusunu biliyordu. Onu kandırmaya çalışarak rüyayı bozmaya, hatta daha da fenası, rahatsız olup uyanmaya ihtiyacı yoktu. Kendini roman kahramanı gibi hissedebilir, kadının karşısında olabildiğince dürüst bir erkek olabilir, onun aşkını kazanabilirdi.

"Buyurun!" dedi, tekrar kendine güvenini kazanmış halde, "Ne yapabilirim sizin için?"

"Sormayın!" dedi kadın, bir şeyden yakınmak ister gibi. "Az

önce, evdeki kitaplıktan bir şey alayım derken bütün kitaplık dolabı, olduğu gibi aşağıya, masanın üstüne devrildi. Yerinden kımıldatmam olası değil. Sizden başka biri de yok apartmanda. Kusura bakmayın lütfen! Ama böylesi bir akşamda şu sevimsiz kapıcının yüzünü göresim yok, akşam küçücük bir şey aldıramadım dışarıdan. Ben de sizi... Akşamüzeri, her zamanki gibi merdivenleri koşarak çıkışınızdan anladım evde olduğunuzu. Ama rahatsız ediyorsam yılbaşı akşamı, boşverin lütfen. Bir şekilde hallederim."

"Olur mu öyle şey?" dedi genç adam. Bütün hikâyeyi çok sevmiş, aklının bunları yaratmasına hayran olmuştu. Onun yapacağı, yıllardır kurduğu o erkek gibi davranmaktan başka bir şey olamayacaktı. "Şimdi geliyorum. Azıcık bekleyebilir misiniz?"

İçeri, ayağına geçirecek bir şey aramaya dönerken, böylesine düzgün konuşmuş olduğu için kendiyle gurur duyuyordu. Bir yandan da "Neden gerçek hayatta da böyle davranamıyorum, elim ayağıma karışıyor, laflar ağzımda dolanıyor, ne dediğim anlaşılmıyor, küçümseniyorum?" diyordu kendi kendine. Hızla siyah pantolonu ve beyaz gömleği geçirdi üstüne, sonra da çorapsız olmasını umursamadan siyah ayakkabıları... Kemeri, gündüz giydiği halen yarısı ıslak pantolondan çıkarıp siyah pantolona geçirdiğinde ancak birkaç dakika olmuştu. Tuvaletteki küçük aynada yüzüne baktı. Saçlarını düzeltti. Uzun boylu bir gençti aslında. Birden uzadığı için dal gibiydi, çelimsizdi ama; düzelirdi onlar, okulda onunla ilgilenen bir hocasının dediği gibi... İki günlük sakalını beğenmese de o an yapacak bir şey yoktu. Çok da göze batmıyordu. Dışarı neşeyle attı kendini.

Kadın şaşkınlıkla "Ay! Ne yaptınız? Öylece gelebilirdiniz. Gayet iyi gözüküyordunuz," demek zorunda hissetti. Ama bu gelişmeden memnun olduğunu belirten bir gülümseme, onun da hafifçe soluk olan yanaklarını canlandırmış, üzerine daha kadınsı, nazlı bir ifade gelmişti.

Bu da hoşuna gitti genç adamın. Romanlardaki gibi bir hareket yaparak yaptıklarını küçümsedi. "Aman canım! Onlar biraz ıslaktılar zaten."

"Peki o zaman, çok teşekkür ederim," dedi kadın ve gereğinden fazla yüksek merdivenleri, topuklu ayakkabılarını dikkatle basarak inmeye başladı.

Arkasından kadının saçlarına, elbisesinden taşan çıplak omuzlarına bakarak inen genç adamsa, kendini azıcık başka türlü gösterecek şekilde konuşmanın ilk kararını bozmayacağını, bu bir rüya olduğuna göre, kendi hoşuna gidecek her şeyi aklını da katarak yapabileceğini düşünüyordu.

Kadının –kitabın yazarı tam olarak söylemese de– hep otuzların başında olduğunu düşünmüştü. Tıpkı şu anda olduğu gibi... Böyle düşününce bir an başı döndü. Tırabzanlara tutundu. Ve merdiven boşluğundan aşağılara baktı. Bu kez de uçurumdan bakma rüyasına döner gibi hissetti, içi çekildi ve o korkulu istekten yine ürperdi. Hayır! Bu rüya bozulmamalıydı. Yıllardır istediği bir şeydi işte! Gözlerini kapattı. Derin bir nefes aldı.

Bu sırada kadın birkaç basamak inmiş, ona bakıyordu.

Üç kat indiler.

Kadının üzerinde, küçücük yakaları hemen göğüslerin üzerine oturan, kolsuz, parlak gri bir elbise vardı. Yakaların birleşim yerinde üç küçük düğme sırayla parlıyordu. Yakaların bittiği yerde, yani göğsün hemen üstünde başlayan transparan, siyah tül bant, güzel bir açıklık bıraktıktan sonra omuzlara yükseliyor, bütün elbiseyi nazikçe taşıyordu.

Böyle bir elbiseyi romanda okuyup okumadığını düşündü adam. "Okumadıysam da tam olması gerektiği gibi... Demek ki ben böyle bir şey de yaratabilirmişim," deyip, yine kendiyle gururlandı.

Kapıdan girerlerken "Bir davete mi gidecektiniz?" dedi genç adam, bütün bu yaratının özgüveniyle, "Çok şıksınız da..."

Ancak, bunu der demez kızardığını da hissetti. "Kendi yarattığım rüyada bile utanıyorum," dedi. Canı sıkıldı. Bu halinden asla kurtulamayacağını, hep o eksik adam olacağını, hayatı boyunca hiçbir şeye gerçekten ulaşamayacağını düşündü.

"Teşekkür ederim," dedi kadın, "Yo, bir yere gitmeyecektim. Aslına bakarsanız, kendi başıma bir kutlama yapacaktım. Ama insan, kendi başına bile olsa kutlamalara gereken özeni göstermeli, diye düşünürüm."

"Haklısınız. Ama şu yaşam bazen öyle imkânlar vermiyor insanlara. Küçük büyük, tonla derdin içinde kaybolup gidiyorlar. Hiçbir şeyi kuracak vakitleri de olmuyor, olanakları da..."

Kendi kendine memnuniyetle gülümsedi genç adam. Başkalarına diyecek bir fikrinin olması onu büyülemişti. İçinden daha çok konuşmak geliyordu.

"Bakın ben mesela... Ne yapsam, yeterince özenli olamıyorum. Milyonlarca insan, daha ne oluyorum demeden hızla yaşamın kıyısına atılırken, onlar bunun altında ezilir, ne yapacaklarını bilemeden var olmaya çalışırlarken, onlardan o özeni beklemek zor. Onlar, varlıklı olup sonra yoksul olmuş ya da bir şekilde biraz yalnız kalmış insanlar değiller ki... Onların hiçbir zaman hiçbir şeyleri olmamış. Bilemezler. Yoksullar bilemezler. Belki sağda solda onlara ulaşan görüntülere bakarak tahmin eder ve özenirler; ama gerçek özene, o beklenene asla sahip olamazlar."

Kadın öylece ona bakıyordu.

Genç adam ise, ağzından çıkanların şaşkınlığıyla, "Demek neler düşünüyormuşum," diyordu, kendi kendine. "Ama haklıyım, bize inadına hiçbir şey vermiyorlar, sonra da asil davranmamızı bekliyorlar."

O sırada daireye girmiş, salona varmışlardı. Ortalık kadının dediği gibiydi. Yüzlerce kitap sağa sola savrulmuştu. Ve ahşap, köşelerinde sağlam burgulu dikmelere sahip olduğu gözüken, kocaman kitaplık masanın üzerine devrilmişti.

"Tam olması gerektiği gibi," diye düşündü, genç adam. Kadın haklıydı. Bu onun tek başına halledebileceği bir şey değildi.

Kadın eğilip kitapları toplamaya, bir duvar kenarına üstüste dizmeye başlayınca; iyice etrafa ve duruma baktı genç adam. Şimdi ne yöne gidecekti hikâye? Onu ne yöne sürüklemeliydi. Kadınla bir aşk mı yaşamalıydı? Yoksa kibarca toplanmasına yardım edip, nemli yatağında sağa dönüp, öteki rüyaya, uçurum kıyısına mı dönmeliydi? Bunu derken midesinin üzerinde bir şehvet kıvılcımının çaktığını, o an parlayıveren alevin boğazına ve aşağıya, apış arasına doğru ilerlemeye başladığını hissetti.

Kadın, üzerine tam oturan dar elbisesiyle, kitapları toplamak için eğilmiş, bu esnada –doğal olarak– poposu, yuvarlak, parlak bir paket olarak yükselmiş, genç adamın gözlerinin önünde sağa sola ahenkle salınmaya başlamıştı.

Genç adam ne yapacağını bilemez haldeydi ki ikinci darbe geldi. Topladığı kitapları kucağına yerleştiremeyen kadın, bir ayağının üzerine hafifçe çömeldi. Bir ayak ileride kalmış, etek, altındaki kaygan astarın yardımıyla hafifçe geriye, baldırlara doğru kayıvermişti. Topuklu ayakkabılar yüzünden zaten gerilen bacak kasları daha da uzamış, ayaklardan gergin baldırlara sıçrayıveren bakış, gırtlağı ve avurtları yakan alevi genç adamın tüm bedenine yayıvermişti.

"Hayır!" dedi, kendi kendine "Bu bir şehvet rüyasına dönmemeli." Çünkü biliyordu ki, böyle oldu mu birden aleti büyür ve daha ne olduğunu anlayamadan sarsılarak yatağa boşalır, her şey rezil olurdu. Yo, bu kez şeytanın aldatmacasına bu kadar çabuk kapılmamalı, bu zevkli macera, bu kadar kısa sürmemeliydi. Ciddi şeyler düşünüp, rüyasını başka yöne sürüklemeye çalıştı. Neyse ki, içindeki şehvet, yerleşiverdiği yerleri tatlı tatlı karıncalandıran, baş döndüren etkisini azaltmadan sürdürse de öteki aşamaya geçip, vücudundan dışarı fışkırmamıştı. O da eğilip, koca bir kitap tomarını kucakladı.

Ona bakan kadın gülümsedi. "O kadar yormayın kendinizi. Acelem yok. Toparlayalım yeter. Yeni yıla böyle darmadağınık bir evde girmek istemiyorum. Aslında her şeyi, ne var ne yok toptan atabilsem en iyisi olacak ya!.. Şimdi zamanı değil. Öyle bakmayın. Belki bilmezsiniz; kadınlar, bazen bir şeyleri temelden temizlemek sonra yepyeni bir şeye başlamak isterler, erkeklere göre daha başarılı da olurlar. Bizim çizgilerimiz vardır."

Kadının konuşmalarından da gurur duyuyordu genç adam. Onu da yarattığına göre. Yine de altta bir yerlerde bir dengesizlik, huzursuzluk uç vermeye başlamıştı. Evet! Elbette romanda da konuştuğu oluyordu kadının ama bu kadar kendinden emin değildi sanki. Birden ürktü... "Bu rüya olmayabilir mi gerçekten? Olamaz! Bu o kitaptaki kadın. Hem daha tanışmamışlardı. Bu kadının adı..."

İkisi de salonun bir yanında dağılmış kitapları tek tek toplarken, kadın devam etti konuşmasına: "Hay Allah! Adımı bile söylemedim daha, benimki Serap,"

Tam düşündüğü anda söylemişti kadın. Rüyaydı... Peki kendi adı? Başka bir isim mi söyleseydi? 'Dartanyan!' gibi, şöyle vurgulu bir şey... "Murat," dedi, eğildiği yerden.

Kadın konuşmak istiyordu. "Sizin pek misafiriniz olmuyor sanırım. Genel olarak hep yalnız gidip geliyorsunuz. Hah! 'Koşa koşa,' demeliydim sanırım. Okuyor musunuz?"

"Evet! Haklısınız," dedi genç adam. Ve sustu. Pek fazla şey açıklamak istemiyordu. Aslında kadınla konuşmak hikâyenin ilerlemesi için doğru yoldu. Ama bu kadar açıklama büyüyü de, rüyayı da bozacaktı. Hem kadın gerçekten biraz fazla yüksekten konuşuyordu. Nerdeyse dalga geçecek gibi. Romandaki kadın daha çekingen olmalıydı. Onu daha az konuşturmanın bir yolu olmalıydı.

"Ben bir şirkette çalışıyorum," dedi kadın. "Siz de yalnız mısınız?"

"Evet!"

"Hayat kolay değil. Ben sizden biraz büyüğüm. –*Yoo! Bunu söylemesi hoş değil*– Umarım siz çok farkında değilsinizdir ama hayal kırıklıklarıyla dolu hayat." –*Bu iyi! Biraz kırılmış bir kadın. Benim onu teselli etmem gerek.*–

"Haklı olmalısınız... Ama siz, hem çok genç hem de çok güzelsiniz. Sanırım yüzlerce insan sizin için canını verir."

Bir an doğrulup ona baktı kadın.

"Ne kadar güzel konuşuyorsunuz. Oysa erkekler çoğunlukla böyle değil. İncitmekten keyif alıyorlar sanki."

"Biliyorum, o adam size layık değil zaten. Benim, sizi anladığım gibi asla anlayamaz," demek istedi. Ama olmazdı. O kadar atlamamalıydı. Hikâye düzgün devam etmeliydi. Kadına bakmamaya dikkat ederek –tekrar şehvetle dolmak istemiyordu– "Sizin gibi birini kırmaya kim cesaret edebilir?" dedi. "Siz ancak korunur ve güzel davranılırsa güzelleşecek birisiniz."

Kadın hâlâ ona bakıyordu.

Ona doğru bakmasa da kadının onu beğendiğini hissediyordu genç adam. Şu an çok memnundu her şeyden. İçinden ne yapması gerektiğini tarttı yine. "İyi ki üşümüyorum. Yoksa kalkıp yorganı almam gerek, o zaman da uyanırım," dedi.

"Kim bilir bu akşam nereye gidecektiniz," dedi kadın, "Gençler rahatça çıldırabilir sokaklarda. Ama belli bir yaş ve işten sonra olmuyor."

"Bir yere gitmeyecektim. Belki gece yarısı yeni yılı karşılamak için sokağa çıkar, kar yağarken kalabalığın içine doğru yürürdüm. Ama şimdi içinde olduğum rüyayı her şeye tercih ederim."

Gülümsedi kadın. "Angaryayı demek istiyorsunuz. Çok iyi birisiniz. Hem de çok yakışıklı."

Birden ne yapacağını bilemedi genç adam. Hem bu iltifat çok hoşuna gitmiş, hem de romandaki karakter için yine bu sözü fazla bulmuştu. Demek biraz böyle bir şey... Akıl, her şeyi kendi kafasına göre yeniden yapıyor. Ama... Şimdi böyle deyince...

Bocaladı, içinde bir boşalma oldu ve oracıktaki sandalyeye oturdu. "Benim âşık olduğum kadın değil bu."

"Yoruldunuz tabii!" dedi kadın, sevecenlikle. "Bir kadeh bir şey ister misiniz? Hem içiniz ısınır. Ben de içerim; biraz dinleniriz. Bakın, yine söylüyorum, bir yere gidecekseniz, lütfen ertelemeyin, gidin eğlencenize. Ben dağınıklığımla girerim yeni yıla. Sizin suçunuz değil ya!"

"Hayır, hayır! Hiç yorulmadım. Ne güzel! Ne kadar çok kitabınız varmış."

"Teşekkür ederim. Ama yeni bir şey yok aralarında. Biliyor musunuz, yeni kitaplardan pek bir şey anlamıyorum. Bu durumda, umarım yaşım çıkmaz ortaya. Siz gençler kim bilir neler okuyorsunuz. Neyse! Şarap vakti. Ne güzel!.. Tam ben de şarap açacaktım. Müzikle birlikte üst raftaki kitaplardan birinden bir şeyler okumak istiyordum. Başıma gelene bakın. Ama hayırlı bir şeymiş ki sizi getirdi bana. Hadi! Önce birer bardak şarap içelim. Sonra şu lenduhayı kaldırırız isterseniz."

Genç adam bin türlü duygunun içinde dönüp duruyordu. Bu rüya olmayabilir miydi? İmkânsız... Her şey bu kadar uygun olmazdı. Ama tam da böyle olmamalıydı. Huzursuzlanıyor, "Acaba uyansam mı?" diye düşünüyor; ama bundan hemen çekinerek, onu derinlemesine cezbeden, bu tatlı baştan çıkarma–çıkma halinden kopmak istemiyordu. "Niye bunu karıştırıp duruyorum. Bu büyük olasılıkla bir rüya. Nitekim geldiğimde şurada altı sandalye yok muydu? Şimdiyse dört tane var. Halının rengi de bu değildi. Demek bazı şeyler kayıyor. Ama rüya değilse de değil..." Bunu der demez bir ter boşandı genç adamdan. Ne yapacağını bilemedi. Ayağa kalktı. Kadına korkarak baktı.

Ona bakakalan genç adamın ne düşündüğünü anlamamıştı kadın. "İstemiyor musunuz?"

"Yo, acaba önce kitaplığı kaldırsak da sonra mı içsem diye düşünüyordum."

Güldü kadın. "Sonra da içilir. Şimdi de... Siz şöyle oturun şu sandalyeye bakalım. Arkanıza yaslanın, bir soluklanın."

Kadehlerini yeni yılın şerefine tokuşturarak içtiler. Genç adam bir dikişte içmiş, bitirmişti.

"Hızlısınız!" dedi kadın.

Bir şey demedi genç adam. Aklı karışmaya devam ediyordu. Kalktı, kitapların kalan birkaçını daha toplayıp kenara koydu. Kafasını kaldırdığında yeni doldurulmuş bir bardak daha uzatılmıştı kendisine.

"Bunu yavaş içelim isterseniz," dedi kadın, gülümseyerek. O gülümsemede başka bir şey daha vardı. Ama tam anlayamadı genç adam. Garip gidiyordu her şey. "Birden uçurumun kenarına mı gelirim yine acaba," dedi, kendi kendine. Şaraptan, kadını taklit ederek bir yudum aldı. Uyanmayı düşündü; ama bunu hiç istemiyordu. Gözlerini kapatıp, şarabın boğaza oturan buruk, ekşi tadını sindirdi. Hayır! Ne olursa olsun, devam edecekti bu oyuna. Gözünü açtığında, birden ortada dağınık kitap kalmadığını fark etti. "Tabii, rüyada ortalığı temizlemek bir akıl oyunu sadece," dedi mırıldanarak.

Koca bir yudum daha aldı şaraptan. Tekrar her şey hoşuna gider olmuştu. Gözlerini kapattı, açtığında; kadın, kaybolmuştu. Gelen tıkırtılardan onun hemen sağdaki mutfakta olduğunu anladı. Ayağa kalktı. Sonra birden mutfağın kapısına yaslanarak kadına bakmaya başladığını fark etti.

Tezgâhta bir şeyleri kesiyordu kadın. Bıçak tutan el hareket ettikçe, omuzlara dökülen kumral saçlar titriyor, zarif beden hafifçe sallanıyordu. İçine şehvet basmasını umursamadan daha dikkatle baktı genç adam: İnce vücudu saran elbisenin fermuar çizgisi, saçların hemen altından başlayıp elin hareketinin gücüne göre, hafif hafif çalkalanan poponun başladığı yere kadar uzanıyordu. Elbisenin uçlarının dalgalandığı diz arkasından gözükmeye başlayan, ince ve siyah çoraplara sarılmış bacaklar, siyah topuklu ayakkabılara kadar eksiksiz bir düzgünlükte ilerliyordu.

Birden geri döndü kadın. Genç adamı kendisini izlerken yakalamıştı. Gülümsedi.

Öyle yakalanmış olmamak için kafasını aniden başka tarafa çeviren genç adamsa tekrar kıpkırmızı olmuştu.

"Hadi bu kadehi de bitirip şu kitaplığı kaldıralım hayatımızın üzerinden," dedi kadın, garip, teatral bir el hareketiyle...

"Hayatımızın üzerinden?!.. Neler uyduruyorum ben?" dedi, genç adam. İçinde anlamadığı bir hafiflik peyda olmuştu şaraptan sonra... Tekrar her şeyin rüya olduğuna karar vermişti. "Şimdi şuradan zıplayıversem, şu camdan yola konsam... O da yanımda olsa, koluma girse, kar üstümüze yağsa usul usul... Herkes bizi görse... Okuldakiler, akşam partiye gidenler, beni görmezden gelenler, hatta annem... Annem ne derdi acaba, gerçekten böyle bir kadın olsa hayatımda?"

Kadın, şaraptan bir yudum daha aldı.

"Sizden bu akşam bende yılbaşı yemeğine kalmanızı istiyorum," dedi birden. "İkimiz de yapayalnız yeni yıla gireceğimize, yeni yıl dileği dileyecek biri olur karşımızda hiç olmazsa. Hem o kadar fazla yapmışım ki yemekleri..."

"Birisi... Tanrım birisi olsun şu anda!" Bunu ne kadar çok demişti, şu şehre geldiğinden beri. "Ona laf edeceğim, onun yanına saklanacağım, yanında yaşadığımı anlayacağım biri, bir arkadaş, bir komşu, bir sevgili, belki kavga ettiğim biri ama birisi..."

Burada olmak güzeldi. Sakin yağan karda, sessizlikle, içini dinleyerek yürümek gibi bir şey... Ama hayır! Ne kadar istese de o huzuru tam duyamıyordu. Az önce içine yerleşmiş olan dengesizlik orada dipdiri duruyor, olayların ne zaman elinden kaçtığını kestiremiyordu.

"Size yük olmayayım, kutlamanızı bozmayayım şimdi," dedi delikanlı, dik duruşuyla romanlardaki asilleri taklit ederek.

"Olur mu öyle şey! Beni sevindirirsiniz. Hadi şunu kaldıralım size zahmet."

İki tarafından tutarak, iterek, ayağa kaldırdılar koca kütüphaneyi. Genç adamın umduğundan uzun sürmüş, zorlanmışlardı. Bellerini tutarak ve yaptıklarından gurur duyarak baktılar birbirlerine.

"Uff! Akıl dolu dev kütüphane ile zevke düşkün çıtkırıldım masanın aşkı bitti sonunda," dedi kadın, neşeyle.

O an, masanın üzerinde iki kişilik bir servisin olduğunu fark etti genç adam. Belli ki çeşit çeşit bardaklar da vardı. Hepsi kırılmış, bazı kadehlerin sapsız dibi kalmış olsa da hikâyeyi yazacak kadar detay vardı ortada. "O adam gelecekti," diye düşündü. "Gelmedi. Onu yalnız bıraktı... Hem de böyle bir gecede... Kim bilir ne macera peşinde yine. Belki de kumar masasında, heyecandan dişleri takırdayarak oyun oynuyor, güzelim kadını aklına bile getirmiyor."

Kırık bardakları toplamaya başladılar.

"Kimse gelmeyecekti," dedi kadın, onun aklından geçenleri anlamış gibi. "Ben yalnız başıma yemek yesem de karşıma servis açarım; başka türlü çok fena geliyor."

Onun aklından geçenleri anlamasına şaşırmadı genç adam. Hatta her şey kafasında olup bittiğine göre doğal olan buydu. "Anlıyorum," dedi, olgunlukla.

Kadın süpürgeyle etrafı vakumlarken bir bardak şarap daha içti genç adam. Sonunda masaya oturduklarında "Başım dönüyor, her şey birbirine karışmaya başlayacak şimdi," diye düşünüyordu. Bir kere kusarak uyanmıştı. İçinde ağır bir tiksinti duygusu vardı ve kusmasını durduramıyordu. Kusmuş kusmuş, içinde hiçbir şey kalmasa da dakikalarca öğürmüştü. "Yine öyle olacak," dedi. Zaten aklı artık baş edemiyordu. Az önce dört taneye düşen sandalyeler beşe sonra da altıya çıkmıştı yine. Masanın rüyanın başında eliptik mi, yoksa yuvarlak mı olduğunu bilmiyordu. Sanki yuvarlaktı da az önce eliptikleşti gibi geliyordu.

Kadın masaya bazı tabaklar getirmeye başlamıştı. Her seferinde genç adama gülümsüyor, kadehini tokuşturuyor, bir yudum alıp tekrar mutfağa yollanıyordu. "Demek yeni yılla siz gelecektiniz evime." Onun da hafiften çakırkeyif olduğu belliydi. "Gencecik ve incecik bir Noel Baba! Hah ha!"

III

Sofraya çeşit çeşit meze, birkaç çeşit salata tabağı konmuştu bile. Son tabağı da neşeyle yerleştiren kadın, gülümseyerek baktı genç adama ve "İyi ki geldiniz," dedi, "Ne kadar mutluyum şu an. Sanki sadece bu geceyi değil, bütün bir yılı kurtarmış gibiyim. Bu akşam kimseciğin kalmadığı bu koca apartmanda sizin gibi anlayışlı ve yardımsever birinin kalmış olması ne kadar büyük bir hediye. Çok teşekkür ederim gerçekten. Hadi! İçelim!.."

Genç adamın kafası iyice bulanmıştı ama kadını reddetmek aklına bile gelmedi. Kadehin dibinde kalan kırmızı sıvının tamamını boğazına akıttı.

Fakat bir terslik olmuş gibiydi: Ona, o ana kadar her şeyden memnun bir gülümsemeyle bakan kadın, ne olduysa, birden ciddileşmişti.

"Size bir şey itiraf etmek istiyorum," dedi kadın, iç geçirerek... "Fakat her şeyden önce beni affedeceğinizi söylemelisiniz."

"Benim, sizi affedecek neyiniz olabilir ki?" dedi genç adam, hem şaşkındı hem de sağa sola sallandığını düşündüğü kafasını zapt etmeye çalışıyordu.

"Kitaplık kendiliğinden düşmedi. Onu, bir kızgınlık anında, ben ittim masanın üstüne. Size yalan söyledim."

Olgunlukla, olan biten acıyı tümüyle anlar gibi gülümsedi genç adam, "Anlamıştım," dedi. "Her şey, o, sizi anlamayan ve hak ettiğiniz şekilde sevmeyen adam yüzünden değil mi? Bütün bu sofrayı ona da hazırladınız; ama bir bahaneyle gelmedi. Sizi böyle bir gecede yalnız bıraktı."

Şaşırma sırası kadındaydı. "Nerden biliyorsunuz? Söyledim mi yoksa? Çok içtim tabii... Ama, bence, tüm bu tatsızlıkları unutalım şimdi. Çünkü benim içimde hiçbir kötü his kalmadı. Hepsi uçtu gitti. Siz... Siz, yukarıdan bir melek gibi indiniz evime. Hayır! Bu güzelliği, artık hiç önemsemediğim bir adamın kötü anısıyla berbat etmeyeceğim... Hem bakın! Birazdan yeni denediğim enfes bir yemek getireceğim. Kestaneli hindi... Tabii önce zeytinyağlılarımın tadına bakmanız kaydıyla... Sonra da bu yılbaşı için aylardır sakladığım şampanyayı açacağız, yeni yılı karşılarken... Ama size bir şey diyeyim, hazır her şeyi konuşmuşken: ben bu siz bizden biraz sıkıldım. Hadi! Yeni yılla birlikte ismimizle hitap edelim birbirimize."

Bu da, çoktandır oluveren her şey, her laf, her ima gibi fazlaydı genç adam için. İçindeki tatsızlık büyüyor, midesi bulanıyordu. O, romandaki kadınla, âşık olduğu o karakterle hiç senli benli konuşmamış, konuşacağını düşünmemişti. Güzel değildi öyle "N'aber?" filan. Yo, bu saçmalık onun istediği aşk değildi. Böyle olsun istemiyordu. O hep olmak istediği 'erkek' böyle yapmazdı. Bu kadın ona farklı davranıyor, işler istediği gibi gitmiyor, sanki giderek baştaki gücünü yitiriyordu. Ama şu an aklı da bedeni de tam yerinde değildi. Sanki koyu ve dalgalı bir suyun içinde, bir o yana bir bu yana hareket etmesi gerekiyor gibi, içindeki her şey dalgalanıyor, ne fikrini ne de bedenini bir an bile sabitleyemiyordu. Ayrıca ne uçurumla korkmak, ne de şehvetle yapış yapış olmak istiyordu. Kendini sürüklenişe bıraktı.

Zaten 'zaman' denen ve akmaktan başka bir şey bilmeyen saçmalık yine akmış, o malum vakit, gelecek diye beklenen her şeyin bir gün geliverdiği gibi gelmişti.

Yeni yılı karşılamak için ayağa kalktılar.

Kadın, elindeki şampanyanın mantarını saran altın renkli

kâğıdı parçaladı. Mantara bağlı teli bükerek çıkardı ve başparmağıyla mantarı çok hafifçe oynattı. Fakat o anda aklına geliveren bir fikirle şişeyi bırakıp, genç adamın elinden tuttu ve onu pencerenin kıyısına sürükledi. Pencereyi açtı.

Soğukla birlikte gürültü doluştu içeriye. Araba kornaları, bağırış çağırış, hep birden söylenen şarkılar, tezahüratlar...

İkisi de birbirine yanaşarak kafalarını dışarıya uzattılar. Arabaların üstünü, yol kenarlarını ve pencere pervazlarını beyazlatan kar hafiflemiş, ancak tek tük atıştırıyordu.

Kadın, biraz da pencereye rahat sığabilmek için, elini genç adamın beline dolayıverdi.

Bu son derece doğallıkla yapılan hareket, içini hoplatmıştı genç adamın. Açıkça titredi. Buna hiç hazır değildi. Ne yapması gerektiğine karar vermeliydi. O da elini kadının omzuna, hem doğal bir tepkiymiş hem de incitmek istemez gibi yavaşça koydu. Kafasının içinde her şey birbirine karışıyor, olabilecekleri karşılamak için ayık olması gerektiğini düşünüyor, aklına bazı laflar ve cümleler düşüyor ama bir türlü dile gelemiyordu.

Daha sıkı sarıldı kadın.

Vakit yaklaşıyor, sokağın gürültüsü her saniye daha da artıyordu. Karşı apartmanlardan da kimi pencereler açılmıştı. Birçok insan –tıpkı onlar gibi– üst üste yığılmış, dışarı bakıyor, yeni olanın o uçucu enerjisini herkesten önce emmek için sabırsızlanıyor, birbirlerine laflar atıyor, şakacıktan itişiyorlardı.

Birden, karşı pencerelerden sarkanlardan biri, sokağa doğru bağırdı. "Ooon!"

Herkes anlamıştı, coşkuyla katıldılar oyuna: "Dokuuuz, sekiiz, yediiii, altıı, beeş, döört, üüç, ikiiii.... Biiir..." En çok ses bunda çıkmıştı... ve büyük gürültü. Çığlıklar birbirine karıştı, bağırış çağırış, bir yerlerde silah sesleri ya da havai fişek patlamaları...

Kadın aniden döndü. Genç adamın sarhoşluk ve boşlukla gülümseyen yüzüne baktı ve uzanıp, dışarıya doğru çocukça kıvrımını hâlâ koruyan dudaklardan öptü. "Mutlu yıllar, genç adam!"

Gülümsemesi yüzünde asılı kalmıştı delikanlının. İçinden yine ağlamak geliyordu. Ama bu kez mutluluktan. Kadın, onun sırtını okşayıp içeri, salona doğru giderken, karşı camlara, sokağa filan bakarak tuttu kendini, dönüp kadına bakamıyordu. Tanrı ona acımış, mutlu etmişti işte! Bunun gerçek ya da rüya olmasının ne önemi vardı ki... Önemli olan hissettikleriydi. Bu hissin gerçek ya da gerçek olmadığı söylenen dünyada olmasının hiç ama hiçbir farkı yoktu. Şu an mutlu muydu? Evet! Beklediğinden de fazla.. Mutluluktan sarhoştu... O kitaplarda dendiği gibi... "Teşekkür ederim Tanrım!" dedi ve o an hemen kulağının dibindeki bir patlamayla korkuyla sıçrayarak salona döndü.

Kadın hemen arkasındaydı. Ve elindeki, az önce patlayarak açılmış, uzun boyunlu, şişman şampanya şişesi, köpürüp taşmaya devam ediyordu. "Şuradaki bardakları alır mısın?" dedi kadın, gözleriyle sehpayı işaret edip.

Şampanyalarını da içtiler.

Kadın, uzanıp tekrar öptü genç adamı. Yetmedi, boynuna sarıldı ve tekrar, bu kez kuvvetle bastırdı dudaklarını dudaklara.

Genç adamın vücudunun her yerinde birden atan kalbi bu kadar heyecanı taşıyamayacak gibiydi. O da öpmeye gayret ediyor ama kadının gittikçe uzayan, ağzının en içlerine uzanmaya çalışan dilini ne yapması gerektiğini bilemiyordu.

Kadın, onu elinden tutup salonun ortasına, az önce yerden kaldırdıkları kitaplığın önüne kadar sürükledi. Bir eliyle, kitaplığın bir rafını tuttu, genç adamı araya sıkıştırdı. Şimdi, bir yandan malum beyaz gömleğin düğmelerini çözüyor, bir yandan da delikanlının dudaklarından, dal gibi boynundan ve uzanabildiği her yerinden öpmeye devam ediyordu.

Zaten çoktandır sarhoş olan genç adam, sırtını kitaplığa vermiş, öylece kalakalmıştı. Arada hızla ağzına girip içerisini talan eden dil, midesini iyice bulandırırken; başı, ne yapacağını kestiremediği pozisyonlar karşısında, dengelenemez şekilde dönmeye başlamıştı. Bu baskıyla baş edemiyor, her anlamıyla boğulacak ya da bayılacak gibi hissediyordu.

O sıra, gömlekle işini bitiren kadının eli, usulca aşağıya, genç bedenin apış arasına kaymıştı.

Paniğe kapıldı genç adam. Az önce fışkıracağını düşündüğü şehveti çoktan tümüyle kaybetmişti. Aklına artık ne roman, ne de rüya geliyor; yıllardır düşlediği o erkek olamayacağını seziyor, hatta onu bu hale getirdi diye kadından nefret etmeye başlıyordu. O an bütün ruhuyla istediği tek şey, bu bunaltıcı ve aşağılayıcı durumdan kurtulmak, oradan kaçmak, bir şekilde yok olmaktı.

Fakat kadın durmuyordu. Hatta aradığını bulamayınca daha da hırslanmış gibiydi. Bedenini öteki bedene bastırarak yaptığı, o garip, yılansı hareketleri hızlandırmış; genç adamın apış arasını ter içinde bırakan ama yine de istediğine ulaşamayan elini ise tekrar yukarı kaydırıp, bu kez pantolonun kemerini açmaya başlamıştı.

Kusacağını düşündü delikanlı. Kadını olabildiğince nazikçe üzerinden itelemeye çalıştı ama kendisi de yeterince sarhoş olan kadın, boynun bir tarafından ayrılsa öteki tarafına yapışıyordu.

O anda telefon çalmaya başladı.

Kadın, umursamadan öpmeye devam etse de genç adam iyice paniklemişti. Arayan o adam olmalıydı. Belki de az sonra eve gelecekti. Kadın, bütün bedeniyle üzerine abanmış, bir eliyle kitaplığın rafını tutuyor, öteki eliyle genç adamın pantolonunun düğmelerine ulaşmaya çalışıyordu.

Genç adam dayanacak gibi değildi. Boynunu kurtarmak için kafasını eğdi ve aynı anda kadını iterek yana kaçtı.

Şaşkın ve sarhoş kadın birden dengesini kaybetmişti. Tutunduğu elinden güç alıp toparlanmaya çalışırken; kitaplık kadına doğru eğilmeye başlamıştı.

O an uçurum rüyasına dönmeyi diledi genç adam. Bütün bu saçmalığı istemiyordu. Midesindekiler yukarı doğru hücum ediyor, bedeni titriyordu. Gözucuyla kadına baktı. Kitaplığın dışına çıktı ve daha kolay düşmesi için zaten sallanan koca kitaplığı hafifçe itti.

Devrilmek için bu yardıma ihtiyaç duyan kitaplık, büyük bir hızla, tıpkı en başta olduğu gibi, masanın üstüne devrildi.

Kitaplıkla masa arasına sıkışan kadının kafası, az önce muhteşem bir salatayı taşıyan büyük cam kâseye girmiş, kadının boynundan ortalığa oluk gibi kan fışkırmaya başlamıştı.

Kadının bedeni çırpınır, elleri boşlukta bir şeyleri tutmaya çalışırken; öylece bakıyordu genç adam. Artık titremiyordu.

Uçurumun dibindeki telefon çalmaya devam ediyordu.

Artık içi birden boşaldığı için daha da fazla sallandığını düşündüğü kafasını dik tutmak istemiyordu genç adam. Gözlerini kapadı. O an, karanlıklar içindeki uçurumun içinden yankılanarak yükselen telefon sesine, tak! tak! vurulan kapı sesinin karıştığını fark etti. Sanki biri sesleniyordu. Evet...

"Aç şu kapıyı hayatım," diyordu bir erkek sesi.

Kasım 2012, Bodrum

Doğu Yücel

NOEL BABA'YI KİM ÖLDÜRDÜ LAN?

"Niye öldürdün lan Noel Baba'yı?" diye gürledi iri polis memuru, kulağımın dibinde.

"Abi ben yapmadım bir şey, ne Noel Baba'sı, lütfen ya," dedim kekeleyerek.

"Kes lan! Ne istedin zavallı adamdan?"

Bir insanı, üstelik Noel Baba'yı öldürmekle itham ediliyordum. Yaşadıklarım bir kâbus olmalıydı.

"Yeminle ben Noel Baba falan tanımıyorum. Bir yanlışlık olmalı."

Diğer polis memuru öne çıktı, masanın üzerine bir fotoğraf fırlattı.

"Kim lan bu o zaman?"

Fotoğraftaki Noel Baba'ydı. Bir kan gölünün içinde cansız yatıyordu. Şaşkınlıktan ne düşüneceğimi, ne diyeceğimi bilemedim. Yılbaşı gecesi için yaptığım planın kan gölüne düştüğü andı. Oysa çok daha güzel bir gecenin hayalini kurmuştum...

Yılın son günü Kerem'in erken saatlerde aramasıyla başlamıştı. Yılbaşı gecesi için ayarladığı organizasyona beni dahil etmeye çalışıyordu.

"Hayatının yılbaşını yaşatacağım sana, aha buraya yazıyorum."

İkna etme konusunda on reklam metin yazarı gücündeydi Kerem. Fakat bu defa ona direnmeye kararlıydım. Telefonu açarken apar topar hazırladığım yanıtı yapıştırdım: "Her yıl aynı tantana, değişen bir şey yok. Bu defa farklı bir şey yapmak istiyorum."

"Oğlum tamam ya, al sana farklı bir şey: Ev partisi! Nüfusunda kızlar ağırlıkta. Garanti veriyorum."

Neredeyse gardım düşüyordu ama direnişi sürdürdüm: "Benim başka bir planım var."

Son kozunu kullandı: "Ertesi sabah... Daha doğrusu öğlen... Daha doğrusu akşama ayılırsam arayıp ne kadar eğlendiğimizi anlatırım. Sana da tek başına iyi eğlenceler!"

Evet, planım sadece beni kapsıyordu. Hatırlamak istemeyeceğim kadar uzun bir süredir birbirinin kopyası yılbaşı geceleriyle yeni yıla giriyordum. Yeni yılın ilk günü de akşamdan kalmanın ağırlığını taşımakla geçiyordu. Hayatımın her yönden kötü gittiği bir süreçte buna benzer bir yılbaşı gecesini daha kaldıramazdım. Diğer tüm gecelerden farksız olan bu geceye büyük anlamlar yükleyip o büyüklüğün altında ezilmektense dertsiz, tasasız, az biraz mutlu olabileceğim birkaç saat yaşamam için ne yapmam gerekiyordu?

Bu soruyu yanıtlamak için geçmişte mutlu olduğum anları bir yol haritası gibi dizerek sahici mutluluğa giden rotayı çıkarmaya çalıştım. Klişelerden uzak durmam gerekiyordu. Romantik komedi filmlerinin kartpostal manzarası fonlu öpüşmelerinden, keplerin uçuştuğu mezuniyet törenlerinden, bürokratik evlenme merasimlerinden ve benzeri tüm yapmacık şablonlardan farklı doğal anlardı aradığım. Birkaç dakika önce olmuş gibi tüm berraklığıyla hatırladığım, hafızamın en sağlam bölgelerinde sakladığım, yaşadığım tüm psikolojik depremlere rağmen yıkılmamış kalıcı anları bulmalıydım.

Bir internet sitesine yazıp bu mutluluk listesini insanlarla paylaşmayacaktım. O yüzden kendime karşı tamamen dürüst olabilirdim. Geçmişimi didik didik tarayıp çocuksu olmuş, ayıp olmuş, ezikçe olmuş demeden en doğru hatıraları ortaya çıkarmalıydım. Buna uzun bir mesai harcamayı da düşünmüyordum, seçilmiş anlar ben onları çağırdığımda çabucak hatırıma gelmeliydi. Geldiler de...

Bana verdiği şaşırtıcı mutluluk hissiyle troleybüs yolculukları ipi ilk göğüsleyen hatıra oldu. Ailemin ekonomik durumundan dolayı okul servisine kayıtlı olmayan birkaç öğrenciden biriydim. Bu yüzden her gün yaklaşık on beş durağı troleybüsle kat ederdim. Gücünü cadde boyunca dizilmiş elektrik kablolarından iletken bir boynuzla alan troleybüs yavaştı, çokça sallanırdı, koltukları eski püsküydü ama ben bunlardan hiç şikâyetçi değildim. Hayal gücümün yardımıyla otobüsün içindeki insanlara uydurma hayatlar biçmek, sokakta birbirleriyle konuşan insanlara hayali dublajlar yazmak, gözümün önünden geçen tabelaları okumak ve dünyayı hareket eden bir faunusun içinden seyreylemek beni çok mutlu ediyordu. Bindiğim troleybüs zamandan bağımsız, mistik denizlerde yüzen bir şişe içindeki gemi gibiydi, ne yaparsam yapayım, elimdeki silahla şoförü tehdit etsem bile aracı hızlandırma veya yavaşlatma gibi bir şansım yoktu. Troleybüsün içinde zaman bize dokunamıyordu ve bunu bilmek açıklaması güç bir özgürlük hissiyle dolup taşmama sebep oluyordu.

Hiç unutamadığım bir diğer an bu troleybüs yolculuklarından birinde yaşanmıştı. İlk defa bir kızla el ele tutuşmuştum. Ne ilk öpüşme ne ilk sevgi sözcükleri ne de ilk seks beni o ilk el ele tutuşma kadar mutlu etmişti. Teninin tenime dokunduğu anda yaşadığım coşku, yörüngesinden çıkıp uzay boşluğunda sürüklenen bir uydudaki pili bitmiş robotun sürpriz bir elektrik akımıyla yeniden şarj olup canlanmasına benziyordu.

Ah bir de, ilk defa kar yağışını gördüğüm o an. Troleybüste gerçekleşmese de yine bir otobüs yolculuğuydu... İzmirli olduğum için sadece televizyonda gördüğüm karla Ankara'dan geçerken karşılaşmıştım. Otobüsün soğuk camına yüzümü dayamış, karın lapa lapa yağışını, kısa sürede tutuşunu, yol kenarındaki arazileri beyaza boyamasını yüzüme yapışan kocaman bir gülümsemeyle izlemiştim. Kara dokunamamış, kartopu yapıp oynayamamıştım ama bu sayede bir kar küresini onun içindeki başka bir cam küreden seyrediyormuşum gibi masalsı bir deneyim yaşamıştım.

Son olarak okumayı söktüğüm, öğretmenimin kırmızı kurdeleyi takmasından da önce etrafımdaki yazıları okuyabildiğimi idrak ettiğim aydınlanma anı aklıma geldi. Harflerin şifrelerinin kırıldığı, kelimelerin dillerinin çözüldüğü, cümlelerin kilitlerinin açıldığı o anda dünyanın içinde yeni bir dünya keşfetmiştim adeta. Bu mutluluğumu tek bir ana indirmeye çalışırken okumayla ilgili ilk ve en büyük hazzı yaşadığım *Macera Tüneli* serisi hafızamın kuytu köşelerinden çıkıp gözümün önünde belirdi.

Okuyucunun romanın esas kahramanına bürünerek karar anlarında seçim yapabildiği ve farklı sayfalara geçerek hikâyeye yön kazandırabildiği bu kitap serisini troleybüs yolculuklarında okumak her kitaptaki macerayı bizzat yaşadığım etkisini uyandırıyordu bende. Elektrik kablolarından aldığı güçle tıngır mıngır ilerleyen külüstür troleybüs, bu kitapları her açtığımda sanki yolun ortasındaki görünmez bir tünelden hızla geçip sayfaların içindeki maceraya götürüyordu beni.

Kar, sevgiliyle el ele tutuşma ve macera tünelleri... Otobüs yolculuklarında gerçekleşen, belki de otobüsün zamanı durduran etkisi ve dış dünyadan kopuk oluşuyla sihrini güçlendiren üç olay. Şimdi amacım bu üç olayı yılbaşında tekrar bir araya getirmekti, yine ve yeniden bir otobüste. Eskiyi taklit ederek eski mutluluklara ulaşma çabası biraz banal, fazlaca naif, oldukça anormal sayılabilirdi. Fakat banal ve naif olmayan normal yılbaşı geceleri de mutluluğa giden kapıyı açamamıştı. Kaybedecek bir şeyim yoktu.

Favori *Macera Tüneli* kitabımı yanıma aldım ve İzmir otogarına gittim. Ankara'ya bilet almak üzere otobüs firmaları arasında turlamaya başladım. Otogar hıncahınç dolmuştu. Yılbaşı gecesini sevdikleriyle geçirebilmek için otobüslere doluşan insanlar, yılbaşı gecesi sevdiklerine ekmek parası götürebilmek için insanları otobüslere doluşturan insanlar...

Yolculuğu öyle ayarlamalıydım ki saat 12.00'de otobüs seyir halinde olmalıydı. 12.00'den önce son durağa ulaşan bir otobüs tüm planımı suya düşürürdü. O yüzden saat 01.00'de Ankara'ya varacak bir otobüsü seçtim. Otobüste sadece bir tek yer kaldığını öğrendiğimde bunu iyiye işaret olarak algıladım, "pencere kenarı" olup olmadığını sormayı unutup bileti kaptım. Otobüse bindiğimde yanımdaki yolcu henüz gelmemişti, elimdeki bilette yazan 43'ün koridor mu pencere kenarı mı olduğunu koltuk kenarındaki silik göstergeden anlayamadım ve pencere kenarına oturdum. Bir süre sonra çember sakallı ve tombul bir ihtiyar elindeki 44 numaralı bagaj fişiyle iki koltuğa baktı, hangi koltuğun 44 olduğunu kurcalamadan bismillah çekerek yanımdaki boş koltuğa oturdu. İhtiyarın şişman baldırları aramızdaki sınırı ihlal etse de pencere kenarı benimdi ya, gerisi önemli değildi. Camın hemen yanından dünyayı seyreylemek çok daha kolay olacaktı.

"Dünya Arkeoloji Semineri'nde en çok alkışı alan konuşmacılardan biri oldunuz ama aklınız hâlâ gizemini çözemediğiniz o eski hazine haritasında."

Yanıma aldığım *Macera Tüneli*'nin ilk cümlesi buydu. Sonraki cümleye geçerken, ihtiyarın "Hayırlı yolculuklar evladım," deyişiyle kitabın içinden çıktım. "İyi yolculuklar," diyerek ona karşılık verdim. Tekrar kitaba dönecekken "Yolculuk nere?" dedi. "Ankara," dedim, bakışlarımı cama kaydırdım ki sohbet uzamasın, ben de kitabıma geri dönebileyim. Nafile. "Memleket nere?"den girdi, "Meslek nedir?"den çıktı. O arada kitabı kaç kere açıp, ikinci cümle bitmeden kaç kere kapattım, sayamadım. Bir süre sonra pes edip ihtiyara teslim oldum.

"Ne yapmaya gidiyorsun Ankara'ya?"

"Yılbaşını kutlamaya."

"Yılbaşı da neymiş?"

Ben şaka mı yapıyor diye yüzüne bakınca ciddi olduğunu gördüm. Çember sakalını ovuşturarak "Kimin yılbaşı bu, düşünmek icap eder, değil mi?" dedi.

"Nasıl yani?"

"Nasılı mı var? Gâvur icadı bu. Bizim ehlisünnet evlatlarımız da biner bu garabete, varır kıyamete. Yılbaşını kutlamak Müslümanlara caiz değildir. Siz bu gidişle Noel'i de kutlarsınız."

Geri adım atmaya, tartışmadan tez uzaklaşmaya karar verdim. "Yani evet öyle bakınca doğru diyorsunuz..." demeye çalışırken giderek sertleşen ses tonuyla sözümü kesti.

"Öyle bakınca, şöyle bakınca... Bir farkı yok. Hak dininden gayrısının örflerine uymak haramdır. Bizim kutsal günlerimiz bellidir. Bayramlarımız var Allah'a şükür. Kandiller ne güne duruyor? Sen var git yoldan sapanların icat ettiği uydurma bir doğum gününü kutla. Olacak şey mi?"

Geri adım değil, geri geri zıplasam zor uzaklaşırdım. "Haklısınız," dedim.

Tam o sırada Manisa şehir merkezinden geçiyorduk. Sokaktaki kalabalık yılbaşı kutlaması yapıyordu. Noel Baba sakalı takan gençler vardı kalabalıkta.

"Şunlara bak şunlara. Günaha girdiklerinin farkında bile değiller. Putperestlerin icadı Noel Baba'ya özenmişler, sorsan Müslüman'ım derler bir de. Allah yarattı demeyeceksin... Bunları tek tek..." dedi ve lafını bitirmeden derin bir nefes aldı. Cebinden tespihini çıkardı, onu haşin el darbeleriyle çevirmeye başladı. "Tövbe tövbe..." dedi. Sonra sessizce sayıkladı: "Yılbaşıymış, yılan başı o... Yılanın başını küçükken ezeceksin."

Gerim gerim gerilmiştim. Koltuğa otururken tonton, babacan bir ihtiyara benzettiğim adam ağzını açar açmaz bir seri katil adayına dönüşmüştü. Aklımızdan geçirdiğimiz iyi ve kötü düşüncelerin fiziğimizin değişmesine yol açan, sadece yılbaşı gecesinde etkisini göstermeye başlayan kadim bir büyüyü hayal ettim. Eğer böyle bir büyü olsaydı, hızlı bir mutasyon gerçekleşir, sarf ettiği her kötücül kelimeyle birlikte adamın vücudu kabuk bağlar, çember sakalındaki her kıl tanesi lanetli solucanlara dönüşür, en sonunda adam tespihiyle günahkârları boğmaya hazır bir iblise evrilirdi.

Aklımdan neler geçiyordu böyle! Hemen kafamı cama çevirdim ve koltuğumda uzaklaşabileceğim kadar uzaklaştım. Gözlerimi kapattım ve uyuyor rolü yaptım. Sonra rolümü ciddiye almış olmalıyım ki gerçekten uyudum.

Gözlerimi açtığımda ilk gördüğüm Noel Baba oldu, hediye dolu çuvalını sırtına almış iki büklüm yürüyordu. Önce rüya gördüğümü sandım ama sonra etrafa bakınca Afyon otogarında olduğumuzu fark ettim. Gece yarısına yaklaştığımız için insanlar daha bir coşkulu ve renkliydiler. Üfürdüğünde ses çıkaran kâğıt düdükleri şişiren gençler, rengârenk karton kukuletaları kafalarına takan başörtülü teyzeler, çam ağacı taşıyan bir hacı amca ve gözlerimi açtığımda gördüğüm Noel Baba kılığına girmiş, insanların bavullarını taşımak için dil döken hamal... Kısacası tam da yolculuk arkadaşımın bayılacağı bir tablo karşımdaydı!

Kesin saydırmaya başlamıştır diye düşünüp camdaki yansımadan komşuma baktım. Koltuk boştu. Sonra onu bavulunu otobüsün bagajından alırken gördüm. Geri kalan yolculuğumun onsuz geçeceğine sevindim. Molayı değerlendirmek için otobüsten indim. Tuvalet ihtiyacımı giderdikten sonra tost ayran ritüelini yerine getirdim. Ayranı yudumlarken uzaktan eski yolculuk arkadaşımı Noel Baba kılığındaki hamalla tartışırken gördüm. Anladığım kadarıyla Noel Hamal, çember sakallının eşyalarını taşımıştı ama emeğinin karşılığını yeterli görmemişti. Adamcağızın adına üzüldüm, tek suçu yanlış adamın eşyalarını yanlış kılıkla taşımaktı. Neden giymişti ki o kostümü? Sempati puanı toplayıp meslektaşlarıyla girdiği eşya taşıma yarışında öne geçmek içindi belki. Kayışı koparmış bir deli de olabilirdi. Kim bilir, belki de sadece eğlence arayan bir adamdı, yahut bir ayyaş. Kim olursa olsun iyi bir adamdı Noel Hamal. Bunu pamuk sakallarının ardına saklanmış gözlerinden okuyabiliyordum. Gözlerindeki iyilik pırıltısı yüz metre mesafeden fark edilebiliyordu. Belki de o gerçek Noel Baba'ydı, Noel Baba kılığına giren bir hamalın kılığına giren Noel Baba!

Aklıma düşen bu davetsiz hayali kovalayıp saat 11 olunca otobüse geri döndüm. Yanım boş olduğu için yayılarak oturdum. Otobüs kalktıktan sonra orta kapıdan bir ses geldi, otobüs durdu ve biri içeri girdi. Bir kız eli ayağına dolaşmış bir halde yanıma oturdu. Doğrudan ona bakamadım ama yan gözle ellerindeki tek parmaklı yün eldivenleri gördüm. İki eldiven birbirinin eşi değil gibiydi çünkü sağ elindeki sadece beyaz iken sol elindekinde kırmızı benekler vardı. İkisinin de bileklik kısmından bir tane ponpon sarkıyordu. Kız o eldivenlerle cebindeki bileti çıkarması zor olsa da inatla eldivenlerini çıkarmadı. Zaten biletini de bulamadı. Muavin sonraki durakta otobüs şirketini arayıp koltuğun satın alınıp alınmadığını öğreneceğini söyledi.

Muavin uzaklaştıktan sonra "Bayan yanı kuralı bu firmada geçerli değil galiba," diye hafifçe gülümseyerek kıza doğru döndüm. Gizemli kız beklediğim kadar güzel çıkmamıştı. Filmlerdekine benzer bir sahneyle otobüse son anda bindiği için daha havalı bir kız bekliyordum sanırım. Bu esnada o hâlâ burnundan soluyordu. Bana yanıt vermedi. Ben de bir espriyle ortamı yumuşatmak istedim.

"Bayan yanı dedim ama ben de bayan kelimesinin kullanılmasını doğru bulmuyorum. Gerçi kadın yanı demek de bir garip olur..." diye sayıkladım muzip bir ses tonuyla.

Kız ciddiyetini bozmadı, soluk alıp vermesi normale döndükten sonra "Sadece burası boştu, rahatsız oluyorsanız..." dedi, kalkar gibi yaptı.

"Yok yok, öylesine, takılıyorum dert etmeyin..."

"Tamam öyleyse..."

O sırada kızın gözlerinde "otobüse son anda yetişen yolcu"nunkinden daha büyük bir dehşet olduğunu fark ettim.

"Bir sorun mu var? Terlemişsiniz."

"Otobüse yetişmek için koştum, başka bir şey yok," diyerek geçiştirdi.

"Yolculuk nereye?" diyerek konuyu uzattım. Bir an eski yol arkadaşıma benzediğimi düşündüm.

"Buradan gideyim de nereye olursa olsun," diyerek konuyu kesinkes kapattı.

Belli ki kızın nefes nefese kalışının ve gözlerindeki dehşet ifadesinin ardında ilk kez tanıştığı, henüz adını bile bilmediği birine açıklanmayacak ciddi bir sebep yatıyordu. Kabuğuma çekilmeye karar verdim. Kitabıma geri döndüm, devam ettim okumaya. Bir süre sonra ilk bölümün sonu geldi, roman okuruna ilk sorusunu sordu:

"Sandığı açıp içindekilere bakacaksanız sayfa 33'e, sandığı alıp profesöre götürecekseniz sayfa 12'ye geçin."

Sandığı açsa mıydım, yoksa profesöre mi götürseydim?

Kız o sırada "Adın ne?" diye sordu.

Gülünç bir heyecanla dönüp "Emre," dedim.

Kız "Adı ne, demiştim," diyerek düzeltti beni, kitaba kaş göz işareti yaparak.

"Haaa. *Tibet'in Gizli Hazinesi. Macera Tüneli* serisinden, okuyucuya seçenek su..."

"Biliyorum, biliyorum, benim favorim *Kara Şato'nun Esrarı*'dır."

"Ben sadece bizim kuşak bilir sanırdım."

"Biz sahaflara gitmiyoruz çünkü, değil mi?" dedi, manidar.

Güldüm.

"Eee, ne yapacaksın, açacak mısın sandığı?"

"İbre profesörden yana ama bilmiyorum. Daha en baştan ölmek istemiyorum."

"Ama risk almadan da macera başlamaz."

"O zaman sandığı açıyorum."

"Aç bakalım," deyip gülümsedi. Gülümseyince yüzüne renk gelmiş, gözleri parlamıştı. İlk bakışta güzel bulmadığım kız adeta tek bir gülümsemeyle farklı bir canlıya, bir peri, bir melek gibi ama daha önce keşfedilmemiş düşsel bir varlığa dönüşmüştü. Ceketini çıkardığı halde inatla ellerinden çıkarmadığı tek parmaklı, biri kırmızı beyaz, biri bembeyaz eldiveniyle sanki kayıp bir mitolojiden fırlayıp günümüze gelmiş Yengeç Kız'dı o. Bir süre ondan gözlerimi alamadım. Sonra kendime gelip kafamı kitaba çevirdim.

Yengeç Kız'ın dediği gibi sandığı açtım. Böylece macera hareket kazandı ve sandık hakkındaki gizem perdesi biraz olsun aralandı. Derken ikinci soru geldi.

"Parşömeni çalan kadını polise ihbar edecekseniz sayfa 21'e, kadını takip edecekseniz sayfa 42'ye geçin."

Bana yardımcı olması için yüksek sesle okudum. Ses gelmedi. Kız uyuyordu. Bir süre sonra mayışmış bir sesle "İspiyoncu musun sen?" dedi.

"Hayır da... Kadın tehlikeli olabilir," diye savundum kendimi.

"Tehlikesiz bir macera olur mu sence?" deyip gülümsedi. Gözleri kapalıyken gülümsediğinde daha da güzel olmuştu. O sırada önümüzde oturan çocukların yeni yıla doğru geri sayım yaptıklarını duydum. Kıkırdayarak "10, 9, 8..." diye sayıyorlardı. Geri sayım tamamlandığında kızın sağ eli usulca benim sol elimin altına sokuldu. Sol elim onun tek parmaklı yün eldiveninin üzerine uzandı, tam saat 12.00'de. Tenlerimiz birbirine değmemişti ama bu tanıdık bir histi; yörüngesinden çıkıp uzay boşluğunda sürüklenen bir uydudaki pili bitmiş robotun sürpriz bir elektrik akımıyla şarj olup canlanması gibiydi.

Yeni yılın ilk saniyelerinde yaşadığım bu mutlulukla uyuyakalmışım. Uyandığımda elim yün eldivenin üzerinde yatmaya devam ediyordu ama eldivenin içi de, yan koltuğum da boştu. Hemen camdan baktım, Eskişehir'de mola yerindeki parktan çıkıyordu otobüs. Sonra kızı gördüm. Bana kırmızı beyaz eldivenli sol eliyle el sallıyordu. Yüzünde "Mecburdum," der gibi bir ifade. Üzüldüm, bu kadar erken bir terk ediliş beklemiyordum ama bir gün yeniden görüşeceğimize inandığım için yüzüme salak bir gülümseme kondu.

Gerçekleşmesine en az ihtimal verdiğim el ele tutuşma hedefim sürpriz bir gelişmeyle tutmuştu ama Ankara hudutlarına girdiğimizde halen daha kar yağışıyla karşılaşmadığım için hayal kırıklığı yaşadım. En azından Ankara'da kar yağıyor ve yeniden karı camın diğer tarafından seyredebilirim diye düşünüyordum. Mevsimlerin kayması hiç hoş değil. Üstelik otogara vardığımızda *Tibet'in Gizli Hazinesi*'nde ancak otuz sayfa ilerleyebilmiştim, böyle giderse kitabı bitirme hedefim de gerçekleşmeyecekti. Tek tesellim romanın sorduğu her soruda doğru seçimler yaptığım için karakterimin ölmemesi veya hiç hapse atılmamasıydı.

Tam buna sevinirken otobüse bir polis memuru girdi, benim koltuğuma doğru yürüdü. Yanımdaki boş koltuğun hâlâ talibi var demek ki diye düşünüyordum ki...

"Yürü bakalım!" diye sert bir emir geldi.

"Ne var memur bey?"

"Çık dışarı," dedi. Dışarıya bakınca beni bekleyen diğer polislerle göz göze geldim. Bu sırada otobüsteki yolcular aksiyon filmi izler gibi izliyorlardı sahneyi.

"Ne olduğunu anla..."

"Anlatırız, sen bir çık da."

Tek eşyam olan kitabımı ceketimin cebine atıp, Yengeç Kız'dan hatıra tek parmaklı eldiveni elime takıp dışarı çıkmamla polis arabasına tıkılmam bir oldu. Oradan da doğru karakola, sonunda da sorgu odasına...

İki memur beni sandalyeye oturttu. Önce iri olan sordu:

"Neden öldürdün lan adamı?"

"Kimi?"

"Bilmiyormuş gibi konuşma ulan," deyip tokadı suratıma yapıştırdı.

"Neden bahsettiğinizi bilmiyorum," demeye çalışırken polis beni yakamdan kavradı.

"Çok iyi biliyorsun. Molada otobüsten indin, adamcağızı öldürdün ve kaybolabileceğini sandın," dedi beni sarsarak.

"Kimi öldürmüşüm, hiçbir şey anlamadım memur bey."

"Kimi olacak, Noel Baba'yı."

"Nasıl ya?"

"Niye öldürdün lan Noel Baba'yı?! Konuş!"

"Abi ben yapmadım bir şey, ne Noel Baba'sı, lütfen."

"Kes lan! Ne istedin zavallı adamdan?"

"Yeminle ben Noel Baba falan tanımıyorum. Bir yanlışlık olmalı."

Tıknaz polis masaya bir fotoğraf atarak, lafı meslektaşından aldı.

"Kim lan bu o zaman?"

Fotoğrafta Noel Baba vardı. Bir kan gölünün içinde cansız yatıyordu.

"İyi bak, iyi bak! Adamı ne hale sokmuşsun. Psikopat mısın lan sen?!"

İyi bakınca fark ettim ki bu mola yerinde gördüğüm Noel Hamal'dı. Yere yatmış, boğazından akan kanlar takma sakallarını kırmızıya bulamıştı. Cansız bedenine rağmen gözbebeklerindeki pırıltı yerinde duruyordu sanki. Yoksa o gerçekten Noel Baba kılığına giren hamalın kılığına giren Noel Baba mıydı? Ama şu an bu sorudan daha önemli bir soruyu yanıtlamalıydım.

"Ben yapmadım, ne ilgim olur, neden beni suçluyorsunuz?"

"Cinayet mahallinde bunu düşürmüşsün," deyip masaya bir kâğıt parçası fırlattı. Bu bir otobüs biletiydi, 44 numaralı.

"Eee?" dedim.

"44 numaralı yolcu sensin. Tüm yolculara sorduk, teyit ettiler."

"Yanlışlık var. Ben 43 numaralı yolcuyum"

"Yok ya, seni aldığımızda da 44'te oturuyordun."

"Pencere kenarı diye..."

"Sus! Biletin nerede o zaman?"

"Ne bileyim, hiç saklamam ki."

"Hadi arkadaşım yorma bizi. Molada ortalıktan kaybolmuşsun..."

"Tost yedim..."

"Yedik biz de! 44 numaralı yolcu olmanı nasıl açıklayacaksın?"

"44 numaralı yolcu değilim, sadece cam kenarına oturmak istedim."

"Kim pencere kenarına oturmak ister! Tuvalete gitmek istesen gidemezsin, molada sigara içmek istesen yanındaki kalkmadıysa çıkamazsın," dedi iri olan. Tıknaz olan tamamladı: "Hem muavinden top kek, çay falan alırken de zorlanırsın."

"İyi de manzarayı izliyorum," diye karşılık verdim.

"Lan maytap mı geçiyorsun bizimle?! Karanlıkta ne manzarası? Gündüz yolculuğu olsa yine iyi."

"Ama yol kenarları, tarlalar..."

"Kes lan lagalugayı!"

O sırada tıknaz olan polis delil torbasındaki beyaz yünleri elimdeki Yengeç Kız'ın eldiveninin yanına koyarak "Cesedin üzerinde bulduğumuz beyaz yün ilmikler de eldiveninden geliyor," dedi.

"Yeminle ben öldürmedim," dedim.

"Sen öldürmediysen, kim öldürdü lan Noel Baba'yı?" diye bağırdı iri olan.

Hakikaten ben öldürmediysem kim öldürmüştü Noel Baba'yı? Gerçek katilin kim olabileceği konusunda zihnimde teoriler döndürmeye başladım. Afyon otogarında Çember Sakal'la Noel Hamal'ın tartıştıklarını görmüştüm. İhtiyar 44 numaralı yolcuydu ve kültürümüze sızan Noel'e dair her şeyden ölesiye ve öldüresiye nefret ediyordu. Fakat düşüncede kalmış nefrete önyargıyla yaklaşırsam ondan farkım kalmazdı. Hem gerçek bir dedektif gibi objektif düşünmeliydim. Sonuçta başka dinin kurucu peygamberinin doğum gününü kutlayanları öldürmek istemesi onu bir katil yapmazdı. Peki başka şüpheli var mıydı?

44 numaralı diğer yolcu Yengeç Kız'dı. Otobüse sanki birinden kaçıyormuş gibi hızla binmişti. Yanında bileti yoktu, bu da 44 numaralı biletin olay mahallinde bulunmasını açıklıyordu. Noel Hamal'ın fotoğrafına ve kanla kırmızıya boyanan sakalına baktığımda bir ipucu daha yakaladım; Yengeç Kız'ın sol eldiveni kırmızı beyazdı. O kırmızılık eline bulaşan kanın kırmızısı olmalıydı. Bu yüzden sol elindeki eldivenini inatla çıkarmamıştı. Suçu da benim üzerime atmak için diğer eldivenini otobüste bırakmıştı...

Kahretsin! Kızlara güvenmemem gerektiğini ne zaman öğrenecektim. Özellikle de Yengeç Kızlara.

Hayır! Biletsiz ve nefes nefese otobüse binmesinin birçok sebebi olabilirdi. Belki de belalı erkek arkadaşından veya töre adına peşine düşen akrabalarından kaçıyordu. Olay mahallinde bulunan bilet ona ait olmayabilirdi. Ayrıca gerçekten bilet satın aldıysa muavinden korkup ara durakta inmezdi ki. Eli de birçok sebepten kanamış olabilirdi. İbre ihtiyara döndü. Çember Sakal, nefret dolu fikirlerini nihayet eyleme geçirmeye karar vermişti ve bunun için kendisinden fazla para koparmaya çalışan Noel Baba'dan daha ideal bir hedef yoktu. Fakat ikisini kıyasladığımda kız hakkındaki deliller daha fazlaydı. Hem neden Eskişehir'de paldır küldür otobüsten inip beni yalnız bırakmıştı? Elimi tutup umut vermiş, sonra diğer kızlar gibi o da terk etmişti. Böylesine bir cani elbette Noel Baba'yı da öldürürdü.

Polisler olayı çözme adına bağırmaya çağırmaya devam ediyorlardı. Çapraz sorgu çapraz ikna çalışmasına dönüşmüştü. "Haydi itiraf et de, yılbaşı gecesini mahvetme koçum." "Konuşsana birader, yaptığını söyle, biz de evimize gidelim."

Gerçek katili açıklayacaktım onlara. Yengeç Kız veya Çember Sakal...

Derken elim ceketimin iç cebindeki *Tibet'in Gizli Hazinesi*'ne gitti. *Macera Tüneli* okuru bir kız eli kanlı bir katil olabilir miydi? Peki ya zar zor yürüyen bir ihtiyar bir hamalı yere yıkabilir miydi?

"Katilin Yengeç Kız olduğunu düşünüyorsanız sayfa 55'e, Çember Sakal olduğunu düşünüyorsanız sayfa 77'ye gidin"

İki seçenek arasında kararsızdım.

Çapraz ateş devam ediyordu: "Bak atalım seni nezarete, orada istediğin kadar düşünürsün. Ama önce şunu imzala", "Hadi arkadaşım, rahat ettiririz seni merak etme", "Bak yoksa sabaha kadar devam eder bu! At imzayı, sen de rahat et, biz de."

İtinayla hazırlandığım yılbaşı gecesi üzerine düşündüm. Aslında neredeyse hayallerimin yarısı gerçekleşmişti. Otobüsle seyahat etmiş, orada –en azından o esnada– sevdiğim bir kızla el ele tutuşmuştum. Geriye kitabı bitirmek ve kar yağışını izlemek kalmıştı. Biri benim elimdeydi, diğeri ise tabiat ananın. Bu sorgu devam ederse ilkini gerçekleştiremeyeceğim kesinlik kazanırdı. Kitap okumak için yanlış yerde, yanlış insanlarla birlikteydim. Fena bir çıkmazdı bu. Katili söyleyip özgür kalabilirdim. Tabii ikna olurlarsa! "Nereden bulacağız lan Yengeç Kız'ı, bu nasıl bir tarif böyle?" diye tersleyip sabaha kadar sorguya devam edebilirlerdi. Diğerini söylesem "Çember sakalına takılmışsın, başka bir şey hatırlamıyorsun, robot resmini bile çizdiremiyorsun, hedef mi şaşırtıyorsun lan?" deyip tokadı basarlardı. Fakat birinden birini söylemeliydim.

O esnada Yengeç Kız'ın söylediklerini hatırladım: "İspiyoncu musun sen?", "Tehlike olmadan macera olur mu?", "Risk almadan macera başlamaz..."

Yaşadığım 'Macera Tüneli'nde yeni bir soruya gelmiştim: "Suçu başkasının üzerine atacaksanız sayfa 72'ye, risk alacaksanız sayfa 97'ye geçin."

Düşündüm ve sayfa 97'ye geçmeye karar verdim.

Hazırladıkları ifadeyi okumadan imzaladım. "Aferin"i aldım.

Nezarette benimle birlikte sekiz kişi vardı. Hepsi de uyukluyordu ve nefeslerinden leş gibi bir alkol kokusu nezarete yayılıyordu. Olsun, hepsi nakavttı. Nihayet kitabımı okuyabilecektim. Hemen kaldığım yerden okumaya devam ettim. Yılbaşına dair hedeflerimden dörtte üçünü tutturacağımı düşünerek keyifle okuyordum ki yeni bölümün ortasına gelmemle ışığı kapatmaları bir oldu. Bir anda dünyam karardı.

Nezaretin küçük penceresinden ay ışığı az da olsa geliyordu. Kitabı oraya tutarak okumaya çalıştım. Nafile. Dolunay ters tarafta kalmıştı. Ay ışığı sayfayı yeterince aydınlatmadığından harfleri seçemiyordum. Ah salak kafam! Niye normal bir yılbaşı gecesi yerine kendimi böyle bir maceraya atmıştım ki? O ev partisine gitseydim belki de şimdi fıstık gibi bir kızla yatakta oynaşıyordum. Nezarette yedi tekinsiz adamla birlikte olmaktan daha iyi olurdu bu.

Ne gece ama! Önce Çember Sakal'ın zehirli düşüncelerine maruz kalmış, sonra adını bile bilmediğim katil zanlısı bir kız tarafından terk edilmiştim. Sonunda Noel Baba'nın acıklı hikâyesine şahit olmuş, bu da yetmezmiş gibi onu öldürmekten içeri atılmıştım. Bunu düşünmek için artık çok geçti ama çocukken beni mutlu eden anıları tekrarlamanın ne âlemi vardı?! Geldiğim noktaya bak. İzbe bir odada, kuyruksokumumu acıtan bir taburenin üzerinde elimdeki çocuk kitabını okumaya çalışıyor, bunu bile beceremiyordum. Cep telefonum yanımda olsa, onun ışığıyla okurdum ama nezarette telefon ne arar...

Karanlık boşluğa çaresizlikle baktığım o anda bir mucize gerçekleşti. Gökyüzünden kar taneleri düşmeye başladı. Lapa lapa yağıyordu kar. Zamanın dokunamadığı, dış dünyadan kopuk nezaret odasından resimli masal kitaplarındaki gibi iri iri tanelerle yağan karı izledim. Tanıdık bir histi bu; bir kar küresini onun içindeki başka bir cam küreden seyrediyormuşum gibiydi. En umutsuz anımda yılbaşına dair hayallerimden biri gerçekleşmişti.

Kısa bir sürede tuttu kar, karakolun etrafındaki binalar, tepeler, yollar, ağaçlar beyaza boyandı. Daha sonra bu mucize başka bir mucizeyi doğurdu: Etrafa serilen beyaz örtü ay ışığını bir ayna gibi nezaretin küçük penceresinden içeri yansıttı. Elimdeki kitabın sayfaları aydınlandı, harfler göründü, kelimeler ışıldadı, cümleler parıldadı ve nezaretin soğuk duvarında bir macera tüneli açıldı. Ben de kitabı okuyarak tünelden kaçtım. Tünelin diğer ucundaki heyecanlı maceraya doğru...

Yüzüme yapışan gülümsemenin başka bir açıklaması yoktu; mutluydum ve bu hayatımın en güzel yılbaşı gecesiydi.

Ece Erdoğuş

YILBAŞI ATEŞİ

Kar birden bastırmıştı.

Ahmet, yılbaşı gecesinin karmaşasında, huzursuzluktan mı, yoksa sığınma duygusunun şiddetinden mi bilinmez, bir caminin eteklerine çöktü. Şehir, sevinçten ne yapacağını şaşırmışlara dönmüş haldeydi... Gülümseyen yüzleri gördükçe, ruhlarındaki hafifliği hissettikçe içi bunalıyor, kararıyordu. Çünkü bir sırrı vardı, kendinden ağır, düşünmekten korktuğu... Yağan karın, önündeki manzarayı beyaz beyaz beneklediği, her yanını ışıklar basmış Boğaz'a baktı. Ama içi durulacağı yerde daha bir köpürdü. Yağan kara da, bu şehre de, yılbaşısına da bela okudu. İşte o vakit kendini yeniden bulur gibi oldu. Yanı başından gelip geçen sarhoş suratların, ellerindeki bira ve şarap şişelerinin, bağırış çağırışlarının arasında, kendi içine daldı...

Ahmet'in düşüncesinin kelimelere bürünmüş hali şöyleydi:

Yaksam ya ben bu şehri! İstanbul'u yaksam ya... Bir küçük kıvılcımken şahlanıp alevler bir atın üstünde dörtnala koşturur gibi her yanı sarsa, ortalık hepten aydınlansa ya! Ateşe kesse şehir, cayır cayır kımıltısıyla içimi okşasa, ferahlatsa... Yaksam ya ben bu şehri, sonra uzak bir köşede sır olup seyretsem ya!

Terelelli kuşları, aklına düşünce şeklinde işte böyle konmuştu. Bilmezdi ne yaptığını Ahmet; ne yapmadığını bilirdi, yapamadığını. Allah affetsin ama, aklı biraz eksikti... Durup durup öfkelenmesi de belki biraz bu yüzdendi.

Caminin eteklerinde oturduğu yerde bir kibrit çaktı. Bir tane daha. Yaktı yaktı yere attı. Kimi yere bile varmadan söndü. Alevin yüzünde kendini bir buldu, bir kaybetti. Bir çakımlık alevlerin dumanında, o yılbaşı gecesi Ahmet bir rüya gördü.

Ahmet'in rüyasının kelimelere bürünmüş hali şöyleydi:

Kibritim vardı. Çaktım, söndü. Bir kar tanesi alevi yuttu, tuttu içinde, gizledi. Neden sonra Boğaz'ın ortasında beliriveren bir ejderhanın ağzından dışarı salındı. İlkin karı kuruttu. Değdiği birkaç yalıyı tutuşturup dev meşalelere dönüştürdü. Manzaranın bu yeni yüzünü gören kalakaldı. Şarkısı, tepinmesi, kahkahası sustu, elindeki yere yuvarlandı. Nefesini tutup şaşkınca, kıyıdan içeri çoğalarak yürüyen alevleri seyre daldı. Zaman da akmaktan vazgeçti sanki o an, çaresizliğinden izlemekle yetindi olup biteni. O vakit, onları susturan hakikat beni dile getirdi... Boğaz Köprüsü'nün korkuluklarından, hem de tüm o ışıkların altında, mikrofon varmış gibi elimde, şehrin de dört bir yanında hoparlörler varmış gibi sesim çoğalarak haykırdım, "Tutuşur eşya olan, eşyaya öykünen. Cismini bulan, oldum sanırken ölmeye durur!" Duymuştum da kendi sesimi, inanmamıştım.

Sesini bilmezdi Ahmet, kelimelere güvenmezdi. Sırf nefesini bilirdi. Ama sesine hayran olmuştu bu kez, söylediklerineyse aldırmamıştı. Çünkü onlar ağzından öylesine çıkmıştı, düşünmeden. Yahut bir ömür düşündükten sonra. Düşündüklerinden belki çarpılıp taşlaşmış, kelimelere dönüşmüşlerdi. Bir Fatiha okuyup af dilemek geldi içinden. Nedendir bilinmez, saniyesinde vazgeçti.

Günlerden bir yılbaşını bilirdi Ahmet, onun için zamanda bir im olduğundan. Gelgelelim zamanı tanımazdı. Olsa olsa kendini yollara vurmaktı onun için. Atılmıştı çünkü bu dünyaya. Annesinin karnından, düşüncesinden, bedeninden, nefesinden, köyünden, hep atılmıştı...

Sık sık iç geçirirdi... Nefesiyle konuşurdu. Nefesiyle türküler söyler, Allah'a yakarır, kimi vakit küfreder, bela okur, kimi vakit de şimdi olduğu gibi bir kıvılcımı beslerdi.

Ahmet'in iç çekişinin kelimelerle söylenişi şöyleydi:

Nefes alıp veririm, hava ateşi besler, zira bir kıvılcım ancak havayla buluşunca alev olur. Neşe, heyecan ve gece birer çıradır, hepsi ateşi çağırır. Bu yüzdendir ki yılbaşılar insanı delirtebilir. Öfkem kıvılcıma döndü mü, bakarım da görmem sanırlar, oysa alev büyütmekteyimdir. Bilmezler ki kendimi ancak böyle bulurum. Uzanıp zamana da dokunmak isterim. Dün dediklerini tutuşturmak, geleceğin gözünü korkutmak için. Çünkü bir inandığım güneşin doğup batmasıdır. Yahut dünyanın doğup batması. İçime içime... Düşüncemin bir alevlenip bir sönmesi... Bir de gözümün önünde parlaması, ışıması var; sırrımın alevlenmesi, peşime düşmesi, içimin daldığı yerden kaçması, soluduğu nefesi bırakması, matlaşıp kararması, sonra karın onu örtmesi var...

Eteklerine çöktüğü caminin önünden gelip geçenlere bakmıyordu şimdi. Bir nokta bellemişti gözü havada. Rengi kaçmış uzun yüzü de o saydam noktadan uzanan bir çengelin ucuna asılıydı. İçi, düşüncesinden başka boş muydu ki Ahmet'in? Bileklerini kesse kan akar mıydı? Belki gri, kirli su gibi bir sıvı süzülecekti. Çok kötülük etmiş miydi? Hiç adam öldürmüş müydü mesela? Öldürdüyse, üzülmüş müydü? Bacakları uzundu, iyi koşabilir miydi? Bu dünyada bir kişiyi olsun sevmiş miydi?

Ahmet'in ömrüne dair soruların kelimeler şeklinde akıllara düşmüş halidir:

Ahmet birden ortaya çıkmıştı. Kendi hakkında iki çift laf ettiği görülmemişti. Nereden gelir, nereye gider belli değildi. Sessizliğinden olacak, kimse de ona ilişmemiş, ancak gizliden gizliye çekinmişlerdi. Deli bu ya, belli mi olur? Semtin kahvesinde, caminin eteklerinde, bazen bir bankta yahut yüksek bir duvarın kıyısında dikilirken görebilirdiniz onu. Bazen de aradığı bir şeyi bulmuş gibi yoldan geçen birine, bir duvara, bir pencereye yahut boşluğa saplardı gözünü. O vakit yüzü türlü ifadelerin arasında seyahat ederdi. Ama Ahmet'i görmek cevap değildi ki... Ahmet'in sustukları, baktığı yerde görülemeyenler hep soruydu... Kimse bilmez ya, Ahmet de belki bir cevabın peşindeydi. Belki de içine düşünce halinde doğanların sorularının. Zaten düşüncesinden başka kimsesi var mıydı ki Ahmet'in...

İşte, birkaç saattir oracıkta oturuyordu. Bakışı aynı yerde. Gözleri arada kısılıyor, başı geriye doğru kaçıyordu. Gördükleri belli ki artık zihnine dar geliyordu. Kuvvetle nefes üfürüyordu arada, tükürükleri yere saçılıyordu. Yanı başından geçenlerden kimi ona acıyarak bakıyor, kimi bir iki laf edip gülüyor, kimi de karşısına geçip birkaç saniyeliğine göbek atıyordu. Şahidim ki kolundan tutup kaldırmak isteyen, şarap şişesini uzatan, dil çıkaran, önüne bozuk para atan, yanaşıp aniden bağırarak korkutmaya çalışan, yanağından makas alan bile oldu. Aldırmadı Ahmet. Belli ki bir yerde olmaya inanmadığından. Ama yazık ki canını da mekândan bir türlü koparamıyordu. İstanbul, çoluk çocuk evlerden dışarı taşıyordu o saatte. Sokaklar yeni yıla yaklaşıldıkça kalabalıklaşıyor, yağan karla coşuyor, çılgınlığın azgın dalgaları şehirde büyüdükçe büyüyordu. Belli ki zamandan bir yılın daha kopup gitmesine ancak böyle razı olunabiliyordu.

Birazdan kapıldığı düşünceden sıyrılıp kalkacaktı belki Ahmet. Azıcık da olsa sakinleşmek için daha ıssız sokakları seçerek semtte bir tur atacaktı. Köşede bir sigara yakacak, soluduğu dumanı düşüncelerine katık yapacaktı. Yüzünü etrafındaki hengâmeden, Noel Baba kostümlü adamlarla kırmızı kukuletalı kadınlardan, renk renk ve şekil şekil parlak maskelerden, üflenen düdüklerden, taşlaşmış gülücüklerle kaymış gözlerden kurtarıp kızarmış göğe bakacaktı bir müddet. Kötücül hayaller kuracaktı... Yüzüne konan kar tanelerini fark edecekti sonra... Kar taneleri, yıllardır kendi elinden ve kararmış havlusundan başka yumuşaklık değmemiş yüzünü okşayacaktı. Karı tadacaktı, çocukluğundaki gibi. Bir an için mutlu olup utanacaktı. Düşünmeye tövbe edip af dilemek bile geçecekti aklından... Sonra yere uzanıp epey müddet öylece kalacaktı. Kar bütün bütün örtecekti üstünü. Gözünü kapatmasıyla birkaç kötülük kuşu düşünce biçiminde belki yeniden zihnine konacaktı. Belki de sırrı, kim bilir... O vakit gerçek, onu bir kez daha yakalayacaktı.

Ama kalkamadı işte... Caminin eteklerinde bir heykele öykünmüş gibi oturmayı sürdürdü. Bu kez her zamankinden fazla vakit aldı dalıp gitmesi. Belli ki sırrı, onca vakit sonra gelip onu kıstırmış, kıskıvrak yakalamıştı. Düşüncesinden dışarı çıkamıyordu. Kaçmak istiyor, olduğu yerde ileri geri debeleniyor, sırrıyla içten içe kavruluyordu. Çırpınıyordu zehrini dökmek için. Bir uyansa, uyanabilse, sanki kendini yerden yere atacaktı. Elleriyle yüzünü örtüyordu utanmış gibi... Görmeye daha fazla dayanamadığından yahut gördüklerinin ona yaptıracaklarından korktuğundan... Nefesini tuttu sonra, kızarıp bozardı. Kollarını bir kemer gibi sıkıca beline dolayarak, sanki kendini, kendine bağladı.

Ahmet'in sırrının, kelimelerin cesaretiyle söylenmiş halidir:

Gece, henüz bildik karanlığında. Ateşin ardında bıraktıklarını şimdilik yeterince tanımıyor Ahmet, yangını tanımadığı gibi. Ama ateşe doyamıyor. Nedensiz bir heyecan denizinde savruluyor o yılbaşı gecesi, zamanda koşmak istiyor. Öyle sabırsız ki, birbiri ardına çakıyor kibritleri. Sönen her bir kibritle gerildikçe geriliyor. Her bir yan ışıl ışıl olsun istiyor. Bu kez her zamankinden kararlı. Banyodan gaz bidonunu aşırıyor bir çırpıda. Zaten ne olduysa ondan sonra oluyor. Sahiden de bir ışıltıdır sarıyor her yanı. Ahmet dayanamayıp kahkahayı basıyor. Yaptı işte sonunda! Küçücük bir alevden bir ateş topu yaratmayı başardı! Koşuşunu izliyor alevin, oradan oraya sıçrayışını, kavuruşunu değdiği ne varsa, kendine katışını, kendi kendini yercesine çoğalışını. Çığlıklarla alevler yarışıyor o vakit, Ahmet nedendir bilinmez çakısını kapmış dışarı koşuyor. Evinin önünde öylece durmuş yangını izliyor şimdi. Köyün azar azar oraya toplandığından henüz habersiz. Ateşin yansısı yüzünü yalarken tutuşan her yeni parça içini rahatlatıyor. Onca vakit küçük kıvılcımların peşinde koştuktan sonra hazdan çıldırıyor... Evinin bacasından nazlı dumanlar yerine alevler yükseliyor Ahmet'in, pencereleri de alevden, kapısı da, annesiyle kardeşlerinin saçları da belki, etleri de, lakin ateş doymak bilmiyor...

Köylüleri onu, yüzünde daha önce hiç görmedikleri bir gülümsemeyle yakalıyorlar. Onları fark edince sessiz çığlıklar saçıyor, nefes üfürüyor üstlerine, kim bilir belki de masallarda geçen dev ejderhalara öykünüyor. Köylüsü ayaklarının altına alıp ezmek, linç etmek istiyor Tırlak Ahmet'i, çünkü yaptı işte sonunda yapacağını! Çakısını sağa sola savuruyor Ahmet, her yaklaşana acımasızca saplayıveriyor. Koşabildiğince koşuyor sonra uzun bacaklarıyla, aşabildiğince aşıyor gece yeryüzünü, kaçabildiğince kaçıyor Ahmet, tanımadığı yüzlerle dolu bir kalabalığa karışıncaya değin... Sonunda hikâyesiyle bir sır olabiliyor.

Şimdi, sırrından kurtulabilmek için işte oracıkta kıvranıyordu hâlâ. Saniyeler de dudaklarda azalan rakamlarla on ikiye yürüyordu sabrını yoklar gibi.

Rakamlar tükendiğinde birbiri ardına havai fişekler uçuşmaya başladı Boğaz'ın yüzünde. Bir an için unuttu sanki sırrını da, o da başını göğe çevirdi. Ama patlayıp sönen ateşler düşüncesini daha da alevlendirdi. Sırrını saklamak için daha da kendine döndürdü. Başını dizlerinin arasına sokup iyiden iyiye kıvrıldığında, bedeninin içinde gizlenmiş bir başka bedeni arıyor gibiydi... Öyle ki, kendini bir kış gecesi ayağından yakalayıp dünyaya fırlatan ebenin elini gördü sanki yeniden, küfretti... Allah'a yakardı çaresiz. Uçmayı, uçup da yok olmayı diledi. Kanadı olmadığına dövündü sonra... Çenesi kilitlendi. Diyecek kelimesi de yoktu ya, yine de kilitlendi işte.

Dağınık kalabalığın gözü havada, alevler gökyüzünde her çakışında alkış kıyamet, çığlıklar, ıslıklar, kahkahalar... Aklı hepten tutuştu o vakit, içini bir yangındır aldı! Sırrı, bütün o kalabalıkça yüzüne vurulmaktaydı! Dertop olduğu yerden kurtuldu sonunda, elindeki çakıyla ok gibi fırladı. Geçirdi soğuk ince demiri ilk karşısına çıkanın midesinden içeri.

"Yandım!" diye bağırdı adam. Ahmet koşmaya davrandıysa da, kaçmayı başaramadı.

Şaşkın kalabalık çığlıklar ve küfürler arasında, ezdi bu kez onu, düşüncesi dahil hiçbir şeyi kalmayana dek.

Ahmet'in cismi bu dünyadan silinirken kıpkırmızıydı gökyüzü.

Yeni bir yıl başlamıştı.

Kar sabaha kadar sürdü...

Elif Tanrıyar

BİR CİNAYETİN TANIKLARI

Yakut Gerdanlık

Benim uğursuz olduğumu söylerler. Ben olsam 'öldürücü bir güzelliği var' denilmesini tercih ederdim.

Kibirli miyim?

Evet, belki biraz... Ama bayağı tanımlar yerine, zarif bir şekilde seçilmiş sözcükleri tercih ederim doğrusu. Ne de olsa hep zarif eller dokundu bana, hep zarif boyunları süsledim. Ve o boyunlardayken ben, hep zarif fısıltılar geldi kulağıma.

Şey, belki ara sıra utanmaz birkaç itiraf da kulağıma çalınmış olabilir!

Yaşımı sormayın bana. Kaç yıldır dünya güzelliklerine tanık olduğumu hatırlamıyorum. Ama ilk ustamı çok iyi hatırlıyorum bakın. Yaşlıydı ama işinin ehliydi. Çok da zevkliydi doğrusu. Benim üstümde aylarca uğraşmıştı sabırla. İnce ince işledi. Bir türlü içine sinmedi. Hep yeni ayrıntılar ekledi. Uzun uzun parlattı taşlarımı. Ve nihayet genç karısının güzelliğine yaraşır, eşi görülmemiş zarafette bir yakut gerdanlık yapmayı başardı. Yani beni!

Ancak bir yılbaşı akşamı, beni hediye etmesinin gecesine kalmadan daha, güzeller güzeli karısını yine kendi elleriyle öldürüverdi. Çünkü onu sadık(!) çırağıyla aynı yatakta yakalayıvermişti. O güzel kadının kesilmiş boğazından akan kana bulanıvermiştim ben de, bir anda. Kendi kırmızılığıma bir de kanın kırmızılığı karışmıştı.

Ustamın o anki ilk tepkisini unutamıyorum hâlâ. Beni büyük bir telaşla, daha cesedi soğumamış karısının boynundan çıkarıverdi ve sanki yanı başında uzanan cesedin farkında değilmiş gibi, hiç telaşlanmadan büyük bir titizlikle üstümdeki kanı yavaş yavaş temizledi.

Onu tutuklamaya gelen polisler, işte bu haldeyken buldular ustamı. Beni ellerinde sımsıkı tutmuş, sanki karısıymışım gibi benimle konuşurken... İşte bu sahnenin kulaktan kulağa yayılmasıyla birlikte, benim de adım uğursuza çıktı elbet.

Aman benim de çok umurumdaydı sanki! Bu söylentiler aslında daha çok bana yaradı. Değerim bir anda daha da yükseldi. Satışım için düzenlenen ilk açık artırmada güzelliğim kadar hakkımdaki bu söylentilerden de etkilenen, Avrupa'dan bir Kraliyet ailesine mensup orta yaşlı bir prenses satın aldı beni. Ama o da çok uzun süre sahip olamadı bana maalesef. Kısa bir süre sonra ciğerlerindeki bir hastalık nedeniyle ölüverdi. Sonrasında ise bir sürü hızlı el değiştirme yaşadım. Her seferinde değerimi ve uğursuzluğuma dair etrafımdaki söylenti halkasını daha da büyüterek...

Çok da eğlendim doğrusu. Dünyanın neredeyse bütün önde gelen zengin ailelerine mensup kadınların boyunlarını süsledim. Güzel, çirkin, genç ya da yaşlı olduklarına bakmadan, hepsi de hırsla sahip olmak istediler bana. Ah! Doğrusu onların boyunlarındayken katıldığım lüks partiler ve davetlerde tanık olduklarımla, yanı başımda yaşanan gizli, açık pek çok skandalla çok da eğlendim. Son birkaç on yıldır da çok sıkılıyordum aslında. Çünkü yaşlı ve sıkıcı bir zengin tarafından satın alındıktan sonra gün yüzüne çıkmadan, kapalı bir kasada tutsaktım maalesef. Neyse ki ihtiyar moruk nalları dikti de oğlu çarçabuk satılığa çıkardı beni. Artık hakkımda duyduğu lanetli söylentilerden mi çekindi, yoksa borçlarını kapatmak için tek çaresi bu muydu orasını bilemiyorum. Çok da ilgilendirmiyor beni.

Dün yeni sahibim tarafından satın alındım ve işte nihayet

yeniden özgürüm. Daha doğrusu özgür sayılırım. Çünkü beni bu akşamki yılbaşı partisinde genç karısına hediye etmek üzere satın alan yeni sahibim, beni henüz eşine vermediği için işte hâlâ burada kadife kutumun içinde bekliyorum.

Konuşmalardan duyduğum kadarıyla yeni sahibim olacak genç kadın çok güzelmiş. Ah, umarım onun boynunda yine çok sayıda davet görürüm de yeniden güzelliğimle büyüleyebilirim bana bakanları!

Ayakkabı

Bu akşamki yılbaşı partisini hangimiz daha büyük bir heyecanla bekliyoruz, emin değilim. Ben mi, yoksa beni dün satın alan güzel sahibem mi?

Dün öğle vakti, mağazanın kapısından içeriye girdiği anda benim için geldiğini, beni satın alacağını anlamıştım. O nedenle hiç telaşlanmadım, bana yakışacak bir serinkanlılıkta, onun beni fark edeceği anı bekledim. Bu arada bir yandan da onu inceledim. Çok güzel bir kadındı. İnsanı görür görmez çarpan şu nadir güzellerden... Ama bir o kadar da kırılgan bir hali vardı. Hani güzelliğinin ve dolayısıyla güçlerinin farkında olmayan o kadınlardandı... Mağazada dolaşırken incecik, zarif vücudunu dans eder gibi attığı adımlarla öyle hoş bir şekilde taşıyordu ki sırf onu hareket ederken izlemek bile insana bir tür sanat eseri izliyormuş hissi veriyordu.

Her neyse, lafı fazla uzatmayayım. Önce çevremdeki diğer ayakkabılarla ilgilenir gibi yaptı. Ama asıl aradığını, yani beni, henüz bulamamıştı. Derken göz göze geliverdik adeta. O an, bir kalbim olsa heyecandan dururdu kuşkusuz! Ya da nefesim olsa, incecik bilekli zarif kollarını uzatıp, o güzel elleriyle beni tutup aldığında tutuluverirdi.

Beni eline alır almaz gözleri parladı. Sonrasında da bir çırpıda ayağına geçiriverdi. O an aynı anda anladık ki biz birbirimiz için yaratılmıştık! Uzun, güzel bacaklarıyla aynanın önünde çeşitli pozlara bürünüp beni her yönden incelemeye çalışırken, aynada hangimiz hangimizin güzelliğinden daha çok büyülenmiştik doğrusu tartışılır.

Onlarca incecik banttan oluşan zarif bedenim, o güzel, fildişi beyazlığındaki ayağını bir eldiven gibi sarmış, incecik yüksek topuğum ince bedenine daha da zarif ve dik bir duruş eklemişken... Ah! İşte tam o anda, aynada kendi güzelliğini izlerken etrafına öylesine büyüleyici bir hava yayıyordu ki bir dilim olsa "Tanrım, bu güzellik adamı öldürür!" derdim herhalde. Onun dudaklarındaki muzip gülümseme ise bu akşam birlikte büyüleyeceğimiz özel birinin varlığının ipucunu veriyordu adeta.

Ve sonra her şey çok çabuk gelişti. Beni hemen satın aldı ve birlikte mağazadan ayrıldık. Şimdi bir kutunun içinde akşamın olmasını ve o güzel ayaklarda yılbaşı partisine katılmayı bekliyorum heyecanla.

Parfüm

Bir erkek parfümünü bir kadın parfümünden ayıran en önemli özellik nedir bilir misiniz? Onu kullanan erkeğe dozunda bir kibir taşıyan, bir tür üstünlük duygusu katması...

Ben de öyleyim. Aynı beni kullanmayı seçen beyefendilerin de olduğu gibi... Bu doğamdan gelen bir özellik. Çok nadir bulunan bir tür dağ keçisinden salgılanan özel bir misk kokusudur benim ana maddem. Dolayısıyla çok nadir bulunan bir güzelliğim ben. Bana sahip olmak isteyen beyefendilerin yalnızca kabarık bir cüzdana değil, seçkin ve ince bir zevke de sahip olmaları gerekiyor. Nadide bir güzelliğe sahip olmak için özel olarak hazırlandığım, Paris'teki kişiye özel bir parfüm butiğinin gizli adresine dek izimi sürecek ve hazırlanmam için siparişimi verdikten sonra, bu süre boyunca beni sabırla bekleyecek denli inceltilmiş bir zevke sahip bir beyefendi sahip olabilir bana yalnızca. Bu kadarı da yeterli değil ayrıca. İkimizin de aynı ortak ruha sahip olmamız da gerekiyor.

İşte tam da öyle biri bir gün geldi, ustamla birlikte sayısız kokuyu denedikten sonra beni seçti ve hazırlanmam için siparişini verdi. Sahibim eşi az bulunur bir centilmen. Ailesini küçük yaşta kaybedince, hatırı sayılır bir servetin sahibi olan amcası tarafından özenle ve büyük bir titizlikle yetiştirilmiş. Vücudunu hareket ettirişindeki doğal zarafet bile onun ne kadar köklü ve aristokrat bir aileden geldiğinin ipucunu veriyor zaten. Kolay kolay beğenmeyen, ancak bir kez bir güzelliği keşfettiğinde de onun için dünyanın öbür ucuna gidecek kadar kararlı ve güzelliklere düşkün biri aynı zamanda. Zaten beni arayıp bulmasından da belli bu! Çok da tutkulu biri bir yandan da... Bu tutku mevzuunu boşu boşuna açmadım bu arada. Beni hazırlayan ustalarımın konuşmalarına kulak misafiri olduğumda, kulağıma en çok çalınan kelime buydu. Anlattıklarına göre sahibim genç beyefendi, nadir güzellikte genç bir kadınla tutkulu bir aşk yaşıyormuş. Hatta beni sipariş etmek için dükkâna geldiğinde de aynı hanımefendi içeriye girmeyip dışarıda beklemiş. Demek o nedenle bu esrarengiz kadını görememişim. Bir yandan da merak etmiştim, neden dışarıda beklediğini. Konuşma ilerleyince merakım da giderildi. Dediklerine göre sahibim amcasının genç eşiyle gizli bir ilişki yaşıyormuş. Birbirlerine büyük bir tutkuyla bağlanmışlar ancak amcanın anlamaması için gizlilik içinde hareket ediyorlarmış. Benim hassas burunlu olduğu kadar keskin gözlü de olan ustalarım, o genç hanımefendiyi daha önceki alışverişlerinden tanıyorlarmış. O nedenle de mevzuyu hemen anlamışlar!

Ya, işte böyle... Belli ki tutkulu ve bir o kadar da tehlikeli bir aşk hikâyesinin tam da içine düşmüşüm. Tutku benim doğamda var zaten. Dolayısıyla duyar duymaz bayılmıştım bu hikâyeye. Daha sonra da büyüleyici kokumun en özel anlarında dahi eşlik ettiği bu çiftin aşkına en yakından tanık oldum zaten. Konuşmalarından anladığım kadarıyla bu akşam özel bir şeyler olacak. Sahibimin, "Artık bu akşam son! Parti bittikten sonra amcamla açık açık konuşacak ve seni de alıp buralardan gideceğim," demesine şahit oldum dün.

Sahibim az önce akşam için giyindi ve her zamanki gibi son olarak Murano kristalinden şişemi eline alıp, kokumdan da birkaç damla süründü. Yeşil mavi gözleriyle aynaya bakarken öylesine çekici bir görünümü vardı ki dayanamadım, "Bu güzellik adamı öldürür!" deyiverdim kendi kendime.

Saat

Sahibimle kaç yıldır birlikteyiz unuttum artık. Beni koluna taktığı ilk günü dün gibi hatırlıyorum. Yalnızca Avrupa'nın aristokrat ailelerine ve seçkin köklü ailelere hizmet veren, ünlü bir saat ustasının ellerinde doğmuşum. Artık yitip giden bu ince işçiliğe, değerli malzemelerim de eşlik edince, daha doğduğum ilk gün geleceğin nadir antika parçalarından biri olmaya hak kazanmıştım zaten. Özel biri için hazırlandığımı biliyordum. Ve derken bir gün hazırlanmamı uzun bir süredir sabırla bekleyen o kişi geldi ve beni bir daha ayrılmamacasına koluna taktı. Sahibim, o zamanlar henüz yirmilerinde olan bir gençti. Daha o zamandan güçlü, seçkin ve asil bir beyefendi olmuştu bile. Omuzlarında büyük bir yük taşıyordu aslında. Köklü ve zengin ailesinin tek vârisi olarak, daha o yaşlarda büyük bir sorumluluğu üstlenmişti.

Görür görmez onunla ruh ikizi olduğumuzu anlamıştım. O da benim gibi güçlü bir malzemeden yapılmıştı adeta. Yıllar geçtikçe birlikte türlü çeşitli badireler atlattık ama gücünü ve vakarını kaybettiğine bir kez dahi tanık olmadım. Benim yıllardır her bir saliseyi dahi hiç şaşmadan göstermem gibi, ince bir tutarlılıkla yaşadı hayatını ve tıkır tıkır çalışıp, servetini daha da büyüttü. İkimiz de aynı asil ve ciddi havaya sahip olduk her zaman. İkimizin adı da seçkinliğin simgesiydi.

Ben tüm o yıllar boyunca hiç şaşırtmadım sahibimi, bir kez dahi bozulmadım. O ise yalnızca bir kez şaşırttı beni, ne yalan söyleyeyim. Uzun yıllar evli olduğu asil ruhlu ilk eşinin ölümünün ardından tanıştığı genç bir kadınla kısa sayılacak bir sürede evlenince, evet gerçekten de çok şaşırmıştım. Dahası beklenmedik bir tutkuyla bağlanmıştı bu kadına. Onu hayatının merkezi haline getirmişti. Evlendikleri gece beni kolundan çıkarıp, yatağının yanına bıraktığında genç karısına duyduğu tutkulu aşka bir kez daha tanık olmuş ve kadına bakarken, elimde olmadan *"Bu güzellik adamı öldürür!"* diye geçirmiştim aklımdan.

Ben yıllardır sahibimin bileğinde yaşıyorum. Yani onun etine, damarlarının içinden geçen kana herkesten daha çok aşinayım. En küçük bir heyecanını dahi o damarlardan geçen kanın akışından hissederim ben. O yüzden de bir süredir sahibimin hiç olmadığı kadar gergin ve mutsuz olduğunun da farkındayım elbet.

Sebep tabii ki o genç karısı! Sanırım onu aldatıyor. Üstelik de sahibimin biricik yeğeniyle! Ben bile ikisinin arasındaki gerilimi çoktan fark ettim. Bu normal tabii, doğam nedeniyle havadaki en ufak gerilimi ve titreşimi hisseder benim zembereğim. İşte ben de anlamıştım çoktan bu ikisinin arasında bir şeyler olduğunu. Sahibim de bir şeyler sezmiş olacak ki peşlerine bir özel dedektif takmış. Tabii çok geçmeden dedektif çok sayıda fotoğrafla geldi bir gün. Bizimkiler gizli gizli Paris'e kadar gitmeyi bile becermişler baş başa. İkisinin bir parfüm butiğinin girişinde çekilmiş çok samimi hallerini gösteren bir fotoğraf var ki mesela akıllara seza!

Neyse olay ortaya çıktı ama beni asıl korkutan mesele, sahibimin o günden beri hâlâ bir şey söylememiş olması. Tuhaf bir sessizlik ve gerginlik içinde hiçbir şey olmamış gibi davranıyor.

İşte, mesela dün de gitti, o kadın için küçük bir servet değerinde yakut bir gerdanlık bile aldı! Bu akşam da onun onuruna özel bir yılbaşı daveti düzenliyor, başka hiçbir yer kalmamış gibi Galata Kulesi'nin tepesinde!

Hissediyorum, bu akşam bir şeyler olacak ve son derece endişeleniyorum. Size havadaki tuhaflıkları hissettiğimden söz etmiş miydim?

Yakut Gerdanlık

Her şey bir anda olup bitti. Ve yine tüm olup biteni anlatmak, her zamanki gibi bana düştü!

Biraz sersemlemiş bir haldeyim, o yüzden eğer karmaşık anlatırsam kusuruma bakmayın lütfen. Evet, nereden başlasam acaba?

Akşamın ilk saatlerinde sahibim beni kasadan çıkarmak için geldiğinde doğrusu çok heyecanlanmıştım, nihayet gün yüzünü göreceğim diye. Ama çok geçmeden hevesim kursağımda kaldı, evet, kasadan çıkmıştım belki ama içinde bulunduğum kutunun kapağı hâlâ açılmamıştı! Sonuçta gecenin büyük bir bölümünü, kutunun içinde, etrafta akıp giden partinin neşeli seslerini dinleyerek geçirmek zorunda kaldım. Oysa bir an önce yeni sahibemle tanışıp, onun boynunda güzelliğimi etrafa sergilemek için sabırsızlanıyordum.

Neyse, sonuçta zaman ilerledi ve nihayet o beklediğim an geldi. Saatler 12'ye yaklaşırken kutum açıldı ve beni satın alan yaşlı beyefendi beni incelikle genç karısının boynuna takıverdi. Partinin neşeli gürültüsünün bir anda kesildiği o an, tüm bakışlar bana doğru dönmüşken, ben de varlığımın biricik nedeni olan hayranlık duygusuyla sarılıvermiş bir halde adeta hazdan titredim. İşte yıllar süren karanlık dolu esaretim sona ermiş ve ben de ait olduğum ışıltılı dünyaya dönmüştüm. Üstelik boynuna takılmadan önce kısa bir süreliğine yüzünü gördüğüm yeni sahibemin güzelliğinden de son derece memnun kalmıştım. Benim gibi görmüş geçirmiş bir güzellik için bile hatırı sayılır bir çekiciliğe sahipti doğrusu.

O kısa sessizlik anını her taraftan yükselen alkış seslerinin sarmasıyla birlikte aynı anda hem saatler 12'yi vurdu hem de yaşlı beyefendi yeni sahibem olan güzel eşinin dudaklarına hoş bir öpücük kondurdu. Bana mı öyle geldi bilmiyorum ama o anda bu yaşlı beyefendinin gözlerinde aşktan çok daha karanlık birtakım duygular görür gibi olduğumu hissedip, hafifçe ürperiverdim. Hatta sahibem de aynı duygulara kapılmış olmalı ki elleri gayriihtiyari uzanıp, beni okşadı.

Bu anı çok çabuk unuttum çünkü hemen arkasından başlayan müzik sesiyle birlikte karı koca dans etmeye başladılar. Bir vals eşliğinde tüm salonu uçarcasına dönerek dolaşırken, onlarla birlikte benim de hafifçe başım dönüyor, tavandaki kocaman avizelerin ışıkları altında ışıl ışıl parlarken, mutlulukla yeni hayatımı da kutluyordum. Paha biçilemez güzelliğimin yansımaları beni hasetle karışık bir hayranlıkla izleyen diğer davetlilerin gözlerinden yansırken, yeniden eski görkemli günlerimi anımsamaya başlamıştım.

Derken yaşlı beyefendi bir elini karısının belinden ayırmadan, terasın kapılarını açtı ve aynı valsi bu kez karlar altındaki terasta sürdürmeye devam etti. Gerçekten masalsı güzellikte bir manzaraydı. Gökyüzünden süzülen kar tanelerinin altında dans eden bir çift... Sahibemin kıpkırmızı tafta tuvaletinin üstüne dökülen altın rengi saçları döndükçe hafifçe havalanıyor, saçlarının ışıltısı taşlarımınkine karışırken, yüzüne bambaşka bir ışık veriyordu. Terastaki karların üstünde süren bu dans görülecek manzaraydı. Ta ki genç bir erkeğin hışımla bize doğru yaklaştığını görene dek...

Genç adam yanımıza gelmeden yoğun parfümünün kokusu çoktan ulaşmıştı bize. Onun bize doğru geldiğini görmemizle birlikte, yaşlı adam karısını daha da büyük bir hızla döndürerek dansı sürdürdü. Ben tabii bulunduğum yer itibarıyla sahibemin gözlerini göremiyordum ama bir an için terasın cam kapılarından yansıyan görüntüsünden gözlerinin dehşetle büyüdüğünü fark ettim. Hemen ardından da üçümüz, yani ben, sahibem ve yaşlı beyefendi havalandık.

Yaşlı beyefendi dansa ara vermeden aynı hızla karısını da belinden yakaladığı gibi kuleden kendini aşağıya bırakıvermişti. O an tuhaf bir şey oldu. Aslında hızla yere çakılmamız gerekiyordu ama sanki o an zamanı yavaş çekime aldılar ve biz de düşmüyor da dans ediyormuşçasına gökyüzünden süzülen kar tanelerinin eşliğinde usulca döne döne zemine yaklaştık. O geri dönülmez düşüş anında bile yaşlı beyefendinin karısına sıkıca sarıldığını hissetmiş, genç kadının ağzından ise tanımadığım başka bir erkeğin adının döküldüğünü duymuştum.

Ve sonunda o yumuşacık karların üstüne düşmedik de adeta konduk. Ben huşu içinde gökyüzünden süzülen karları izlemeye koyulmuşken, birden insanların benim gibi ölümsüz olmadığını anımsayıverdim. Aynı anda da o çok yakından bildiğim, kendimle aynı renkteki sıvıya bulanmaya başlamış olduğumu da fark ettim. O güzel genç kadın belli ki yere düşer düşmez ölmüş ve sızan kanı, karların üstüne yayılmış kırmızı tuvaletinin yanı sıra beni de kaplamaya başlamıştı. Bembeyaz karların üstündeki o tuhaf kırmızılık; kanın, tuvaletin ve benim, farklı tonlar ve parlaklıklardaki kırmızılığımızın yansıması, doğrusu bence olağanüstü bir sanat eserini andırıyor olmalıydı. Ancak özel bir sanatçının ustalıklı fırça darbeleriyle oluşturabileceği 'ölümcül bir güzellik'! O, bana göre huşu dolu sessizlik, kısa bir süre sonra dört bir yanı saran çığlıklarla kesiliverdi elbette. Derken yanı başımızda polisler bitiverdi. Hatta bir tanesi "Bu olayın şahitleri kimler?" diye dört bir yanı araştırırken, küçük, sinirli bir kahkaha bile atmış olabilirim elimde olmadan, emin değilim.

Son olarak terasta gördüğüm o parfüm kokulu genç adamın bize doğru eğildiğini gördüm. Ölen sevgilisinin üstüne eğilmiş hıçkırırken, hâlâ genç kadının boynunda duran beni adeta transa girmiş bir şekilde usul usul okşuyor, bir yandan da *"Bu güzellik insanı öldürür!"* diye mırıldanıyordu.

Fark ettiniz mi bilmiyorum ama bana 'lanetli' demedi, tam da benim istediğim gibi *"Bu güzellik insanı öldürür!"* dedi. Parfümü bir yana gerçekten de ince zevkli biri olduğu belli!

Of neyse, işte her şeye yeniden başlıyoruz! Bakalım bir sonraki sahibim kim olacak ve yine ne kadar karanlıkta beklemem gerekecek? Bana "lanetli" diyenlerin, asıl lanetin geçmek bilmeyen yıllar boyunca karanlıkta beklemek olduğundan haberleri yok belli ki!

Gül İrepoğlu

JULIA'NIN İSTANBUL'UNDA BİR YILBAŞI

"Gemi Topkapı Sarayı bahçesinin duvarları boyunca hızla limana doğru ilerlemekteydi. Hava kar yüklüydü; İstanbul'u ilk defa mevsimlerin bu en kasvetlisinin kürk paltosuna bürünmüş haldeyken gördüm. Sanki bir periler ülkesine bakıyor, en çılgın hayallerimin gerçeğe dönüşmesini izliyor ve bu şekilde yeni bir dünyanın insanı oluyordum."[1]

"Julia, demek buradasın, bu fırtınada güvertede en önde! İçeri gel demeyeceğim ama, bari sıkı sarın şalına!"

"Teşekkürler efendim, merak etmeyiniz!"

"Ben kızımı bilirim, merak etmeyiniz dediği anda meraklanırım. Yoksa bir yandan yazmaya mı koyuldun bu havada, küpeşteye dayanıp?"

"Sadece defterime birkaç satır karalıyorum sevgili pederim, hepsi bu, birkaç satır... Duygularım bekleyecek gibi değil, heyecanın tazeliğiyle yazmalıyım, üşümek umurumda değil."

Babamla birkaç gün önce varmıştık o sihirli kente, takvimler 1836 yılına dönmeden hemen önce, günün pek erken bir saatiydi. Zorlu yolculuk boyunca boğuştuğumuz Marmara'nın dalgaları sonunda bizi her gezginin özlemi olan yere getirmişti, binyılların

1 *Miss Pardoe* olarak anılan Julia Pardoe (1806-1862) 1835 yılının Aralık ayında İstanbul'a gelerek altı ay kalmış, ardından anılarını 1837 yılında Londra'da *The City of Sultan and Domestic Manners of the Turks* başlığıyla yayımlamıştır. Bu öykü onun İstanbul'da geçirdiği zamandan esinlenerek kurgulanmıştır.

Konstantinopolis'i! Okuduğum tüm seyahatnamelerde sözü edilen yarımada, ucundaki tepede, duvarlar ardında ince kuleleriyle eski saray... Ardından hakkında çok okuduğum Altın Boynuz, karanın içine saplanan su. Ve karşıda Scutari, karları yüklenmiş servilerin alçakgönüllü peyzajı. Nefes kesen bir karşılama, her yer kar beyazına bulanmış, denizse kararmış gümüş...

Kış sabahının mahmurluğundan yeni yeni uyanan yaşlı kentteki tek hareket sarayın dizi dizi bacalardan tüten, beyazlığı titrek grilerle yaran dumanlar, bir de uzakta tek tük birkaç kayık, rüzgâra aldırmamaya çalışan, suya tutunan.

Fırtına içime girip esmişti birden, öyle bir garip duygu. Gözümün hiç alışkın olmadığı bu peyzaj neler getirecekti bana? Minareler, kubbeler, limana yaklaştıkça aralardaki servilerle birbirine yaslanmış evler. Ve limanın yukarısında kocaman bir kule, beyaz bir heyula gibi dikilen o pek eski, pek meşhur Ceneviz kulesi ve büyük taş binalar. Rüzgârla savrulan ince kardan perdenin ardında gerçekdışı bir görüntü, dalgalanan bir siluet. Bakışımın ulaştığı her şeyi derin bir arzuyla içime sindirmeye çalışırken, bu ani benimsemeye kendim de şaşıyordum.

Sabah güneşi bulutların ardındaydı, o sönük aydınlıkta tüm ayrıntıları seçmeye çalışıyordum. Bembeyaz kubbelerin tepelerindeki alemler kentin üzerine serpilmiş altın tozuydu sanki. Belki de yalnız benim gözüme görünüyordu onlar bu havada, bakabilene. Rüzgârla üzerlerine biriken kardan silkinip gökyüzüne doğru yükselişleri İstanbul'un hayalimdeki anlamlarına nasıl da uyuyordu... İlk bakışta soyluluk ve biricikliк ileten bir dünyanın yalın görkemi.

Her şey yeni, her şey yeni yeni bilinmezliklerle doluydu benim için. Sonradan bu benzersiz kentin her semtini, her büyük yapısını tanıyacaktım, isimlerini ezberleyecektim, ama o sırada her şey yabancı...

* * *

Anılarımı koca bir kitapta topladığımda bu kentin ve insanlarının birçok betimlemesi yerini aldı orada, ama bu öyküyü; benim öykümü koymadım. Çünkü bu satırları yalnızca bir kişi için yazdım, asla okuyamayacağı halde. İstanbul'da geçirdiğim o yılbaşı yarını düşünmeksizin mutluluğa uzandığım bir zamandı. Her anınını yaşam boyu anımsayıp yüreğimin derininde saklayacağım kısacık bir zaman, hayatımı değiştiren birkaç hafta. Belki beni bu kentte tanımış olup ardından anılarımı okuyacak olanlar "A, evet, sarışın bir İngiliz kızı binbaşı babasıyla birlikte gelip, birkaç ay kaldıktan sonra dönmüştü memleketine, bak nelere dikkat etmiş, neler yazmış hakkımızda!" dediler. Yıllar sonra okuyacak olanlarsa pek eskimiş, unutulmaya mahkûm ayrıntıları canlandırdığımı düşünecekler belki, her şeyi kendi penceremden gördüğümü, sevdiklerimi öne çıkardığımı, bazılarınıysa görmezden geldiğimi... Kitabım hakkında söylenenleri, söylenecekleri bilmeye istekli değilim, paylaştım, herkese ait oldu, gizli anılarımsa yalnızca benim.

* * *

Ne kocaman, ne süslü bir evdi... Nakışlı yüksek tavanlar, Venedik camından ağır avizeler, ipek ve dantel perdeler, yerdeki Hint hasırlarının üzerinde rengârenk nadide Şark halıları, kabartma kadife çiçek desenli yastıklarla aşırı dolu divanlar, sedef kakmalı abanoz sehpalar, sim işlemeli saten örtüler, billur vazolarda tavus kuşu tüyleri... Neyse ki bizim tarzımızda koltuklarla sandalyeler ve masalar da vardı; Avrupa'dan uzanmış izler taşıyan, ama burada kök saldığını inkâr etmeyen renklilikte bir ev, her ayrıntısı bana ilginç gelen. Bizi konuk eden Levanten ailenin konağında akşamki baloya gitmek üzere hazırlanıyordum, onların kızları ve genç gelinleriyle. Hepsi bizimle birlikte olmaktan mutluydu, sanki pek eski bir ahbapmışım gibi karşılamışlardı babamla beni. Yol yorgunluğum uçup gitmişti bile, bu konuksever insanların bana gösterdiği –biraz abartılı bir tarzda da olsa– özenin tadını çıkarıyordum. Aklım bu farklı yerde yaşayacağım farklı yılbaşı gecesinde giyeceğim tuvaletteydi o sırada, bir de tepemden ve yüzümün iki yanından sarkacak buklelerimi doğru dürüst düzenlemekte. İnce telli saçlarım biçime girmekte direniyordu, başıma takacağım mücevher çiçeğin kilidi açılmıyordu, yolculuk sandığında uzun zaman geçiren uçuk pembe tafta tuvaletimin kırışıkları burada kullandıkları basit kömürlü ütüyle adamakıllı giderilecek gibi değildi, bana yardımcı olması için verilen genç hizmetçi kızın beceriksizliği beni yok yere huysuzlandırıyor, telaşlandırıyordu. Ne beyhude dertler, geriye dönüp baktığımda...

Babam da aynı konağın bir başka odasındaydı, ev sahibi beyefendi ile sohbette. Giysim konusunda kimselere güvenmeyip onun fikrini almak istedim ve her zamanki teklifsizliğimle yanına koştum birden. İşte tam o sırada kapı açıldı ve siz içeri girdiniz. Beklenmeyen bir konuktunuz. Hatta önden giren kâhya ev sahibine adınızı bildirdiğinde adamcağız şaşkınlığını gizleyememişti. Sonradan gizli bir görevle orada bulunduğunuzu, babamın oradaki varlığını bilerek onunla padişah adına nazik bir konuyu görüşmeye geldiğiniz sonucuna varacak, ancak konunun ne olduğunu hiçbir zaman bilemeyecektim, zaten benim için önemi de yoktu.

Siz de orada benimle karşılaşmaya hazırlıklı değildiniz, görmeyi beklediğiniz bir İngiliz binbaşıydı yalnızca. Birbirimize baktık. Çevrede her şey durdu. Böyle bir şeyin olabileceğine inanmazdım, edebi eserlerde okuduklarıma... Sizden bana görünmez bir şey aktı sanki. İçimi ısıttı, ısıtmak ne kelime, kavurdu. Nasıl da heyecan veren bir kavrulma... Bal rengi parlak gözleriniz. Siyah bıyıklarınız, hafif kemerli burnunuzun altına pek güzel yaraşan, kalınca dudaklarınızın üzerini örterek kısa, bakımlı sakalınıza karışan. Uzun ve esmer yüzünüzde sade bir soyluluk. Başınızda sizden başka kimselere yakıştıramadığım ama sizde fevkalade duran kırmızı fes, siyah püskülü arkada. Ve duruşunuz, dimdik. Osmanlı subay üniforması içinde. Ben o eski, Avrupalı imajının giysileri yeğlerdim doğrusu, sizi bir kaftanın içinde görmeyi isterdim ama sultanınızın yenileşme çabaları içinde bunun gerekli olduğunu da anlayacaktım; bunca ayrıntıyı bir bakışa sığdırdığıma da şaşacaktım, sonradan. Üzerinizdeki aslında hiç de iyi dikilmemiş bir ceketti, boğazına kadar ilikli, altın düğmelerle. Omuzlarınız alabildiğine geniş. Bizim oralarda çok sevilen kürek sporuyla ilgilenenlerin pek gurur duyduğu gibi. Ama siz sanki tüm bunların farkında değilmişçesine alçakgönüllü, ciddi. Yine de gözlerinizdeki bir anlık parıltıyı yakalamıştım, tam bir Avrupalı gibi, bizim dilimizde uygun birkaç sözcük mırıldanarak, âdetlerimizi bildiğinizi göstererek eğilip dudaklarınızı elime değdirdiğinizde, beni şaşırttığınızda. Ya ben? Artık en genç günlerimde değildim, 30 yaşında, bilinen dünyamızı epey dolaşmış ve evlenmemiş bir kadın. O güne kadar çevremdekilerin, en çok da ailemin giderek sıklaşan imalarına karşın, buna hiç aldırmamıştım, şimdiyse bir anda bunun nedenini anlıyordum; ben sizinle karşılaşmak için beklemiştim. Yüreğim hiç böyle çarpmamıştı. Size gülümserken iyice yaklaşmamak için zor tutuyordum kendimi, galiba siz de öyle. Gözlerimin mavisine hayran olduğunuzu söyleyecektiniz bana daha sonraları. O sırada gözünüzün içine bakarken büyülenmek böyle mi oluyor diye düşündüğümü hatırlıyorum. Hemen ardından babamı ve ev sahibini fark ettim. İkisi de bizi süzüyordu. Tuhaf bir sessizlik. Kaygılanmadım, utanmadım. Aslında beni size çeken o "şey"in dışındaki tüm duygularımın üzerine kalın bir perde örtülmüştü. Sizden de bana o elle tutulmaz karşılık geliyordu, insan bunu ancak deneyimlerse anlar, betimlenmesi sahici olamaz, çabalamak gereksiz.

Yılbaşı balosu Rus Sefareti'ndeydi. Bu kentteki yabancı misyon arasında politik üstünlüğü kimselere bırakmak istemeyen

Rus sefirinin ve Paris terbiyesi almış sefirenin ev sahipliği kusursuzdu. Yüksek tavanlardan kalın zincirlerin ucunda sarkan kristal avizelerden ve duvarlara sıkça sıralanmış apliklerden yansıyan yumuşak ışıkların ipek kaplı duvarları, brokar kaplı zarif kanepeleri, oymalı yaldızlı aynalı mermer konsolları ve motifli parkelerin üzerine serilmiş ve binbir motifine basmaya kıyamayacağım güzellikteki halıları aydınlatıp olduklarından da haşmetli gösterdiği, yıpranmışlıklarıysa örttüğü bir mekân. Bu kente özgü karmaşık ve enfes tatların sunulduğu uzun büfe; pullarla işlenmiş beyaz örtülerin üzerine karmakarışık yerleştirilmiş büyük gümüş tepsilerde av etleri, pilavla doldurulmuş koyun etleri, ismini bilmediğim balıklar, asma yaprağına sarılmış pirinçli, fıstıklı harika lezzette dolmalar, peynirli ve kıymalı börekler, çiçekli porselen kâselerde sonradan tek tek öğreneceğim meze denen sebzeli ve otlu çeşit çeşit yiyecekler, ömrümde görmediğim bollukta portakal ve mandalina, ağdalı şerbette yüzen kızarmış hamur tatlıları, içinden fıstıklar, cevizler taşan baklavalar, canlı turuncusuyla sofrayı büsbütün renklendiren balkabağı tatlısı... Büfenin köşesindeki kocaman kristal kâsede içine daldırılmış gümüş kepçesiyle duran bulanık meyveli "bol", bu klasik balo içkisine tercih edilen şarap ve şampanya, hepsi altın yaldızları eskimiş görkemli kadehlerde. Koşuşan hizmetkârlar. Paris modasını izlemeye çalıştıkları belli olan, ama kendilerini Şark'ın o azla yetinmeyen süsüne kaptırmış, çok renkli, çok dantelli giysilerinin neredeyse her yanını kaplayan mücevherlere boğulmuş kadınlarla ve bu baloyu nasıl çıkar getiren bir buluşmaya dönüştürebileceklerini hesaplayıp duran erkeklerle dolu bir salon. Sonradan daha iyi kavrayacağım tam bir Pera atmosferi, Osmanlı'nın merkezinde yapay bir Avrupa, başka hiçbir yerle karşılaştırılması olanaksız kendine özgü bir dünya.

Baloda başkalarının erkekleriyle dans ettim, hepsi de kanıksanmış nezaket kurallarına uyarak dansa kaldırdılar beni, usulünce. O gece İstanbul'daki ilk görkemli gecemdi, daha görkemlisi de olmayacaktı. Siz dans etmediniz. Ama benden de uzaklaşmadınız, hep belli bir mesafede, sizi görebileceğim yakınlıkta durdunuz, tavırlarınız çevreye kayıtsızca, bakışları size takılan kadınları görmezden gelerek. Yalnız sizin varlığınızı algılıyordum o pek süslü ve pek kalabalık salonda. Arada bir göz göze geliyorduk, o zaman o belli belirsiz gülümsemeniz... Yeni yılı karşılarken sizi arandım usulca, size bakarak gizli bir dilekte bulundum. Bunun yaşamımdaki diğer yıllardan farklı olacağını biliyordum.

Dışarıda kar yağıyordu İstanbul'a. Yorgun tepelerine, akıntılarla motiflenen gümüş denizine, ağırbaşlı kurşun kubbelerine, zarif minarelerine, taş kulelerine, servili mezarlıklarına, yan yana dizili kiremit damlarına, ahşap cumbalarına, kafesli pencerelerine, gizli bahçelerine, çamurlu sokaklarına, yangın yerlerindeki yıkıntılara, garip sürüler halinde dolanan sokak köpeklerinin üzerine. Geldiğimden beri hep kar.

Bu "monden" balo sabahın ilk ışıklarıyla sona erince kapıda, o karın altında titreyerek bekleşen arabacılar da üşümüş hayvanları kırbaçlayıp konukları evlerine taşıyacaklardı, tekerlekler karlar üzerinde gıcırdayacaktı, bezgin atlarsa soluk soluğa... Ve belki araba sokaktaki çukurlara girip sarsılarak, eğlence mahmuru yolcuları ister istemez birbirine yaklaştırarak. O saati bekliyordum. Beni eve bırakmak için izin istemiştiniz. Sizinle arabanın içinde yalnız kalacaktık, bir süre için de olsa. Kardan alacakaranlıkta bile yansıyan o betimlenmesi güç ışık içimizi de aydınlatacaktı. Doğrudan ulaşamadığımız birbirimize usulca sokulacaktık belki de. Her şeye hazırdım. Daha önce böylesi bir heyecanı hiç duymamış olan ben. Nedenleri de sorgulamıyordum. Ona pek farklı geldiğim için mi benimle ilgilendiği, bana zarar verme olasılığı, ona duyduklarımın yasak olup olmadığı hatta. Hiçbiri yoktu düşüncelerimde, hiçbiri. Aklın baştan gitmesi bu olsa gerekti ve çok güzeldi. Gittiğimiz yönün de, gittiğimiz yerin de önemi yoktu, önemli olan o anlardı. Pek kısa, pek değerli.

* * *

O soğuk kış gününde Yerebatan Sarayı'nı sizin eşliğinizde ziyaret etmem için babamı razı ettiğimde yaşamımın unutulmaz günlerinden birini yaşayacağımdan emindim, yanılmamışım. Nerelere kadar uzandığı bilinmeyen bu kadim yeraltı sarnıcının tarihini anlattınız bana, bense o kadar mutluydum ki, bütün bunları yarım kulak dinledim. Bizans'ın ölümsüz gölgelerinin kol gezdiği bu geniş sarnıcın sığ suyunda sandalla dolaştık, ama çok da uzaklara gitmeden; meğer daha önce meraklarına yenilip gözden uzaklaşana kadar kürek çekenler ve bir daha geri dönmeyenler varmış o garip yerde. Biz de öyle yapsaydık... Uzaklara kürek çeksek ve bir daha hiç dönmeseydik... Meşalemizin ışığı sönseydi ve... Elimi avcunuza aldığınızda düşüncelerimi okudunuz sanrısına kapıldım... Sandalcı adamın bizi bu gizemli tehlikeye karşı uyarmak için heyecanla, hızlı hızlı anlattığı ve sizin bana tercüme ettiğiniz bu kaybolma öyküsünden ürkmeyen ilk kadındım galiba. Sarnıçtaki suyun içinde kim bilir ne kadar zamandır tepesi üzerinde duran dev Medusa başı

Sonra böyle birkaç gezi daha yapacaktık, hepsi beni kollarınıza aldığınız o gizli mekânda sonlanan.

* * *

"Birlikte bir gelecek mümkün müdür bizim için? Yoksa bütün bunlar bir rüyadan mı ibaret?"

"Kararlıyım Julia. İnanın bana. Doğruyu söylediğimi göreceksiniz. Ve eğer başaramazsam... Bedelini ödeyeceğim."

"Sevgili varlık. Karamsarca konuşmayınız. Aşkımızdan söz ediyoruz, bedeli ödenecek bir günah olamaz bu bence."

"Zamanın ilerisindeymiş gibi konuşuyorsunuz güzelim.

Bazen gerçek misiniz diye düşünüyorum. Evet, ecnebi bir kadın. Ama bundan öte bir şey... Belki bir gün bu olağanüstü fikirleriniz rağbet görecektir, ancak günümüzde... Saray, babanız, ailem... Kolay olmadığını biliyorum."

Bazen cevap veremiyordum size, zihnimde peş peşe dizilen olası sahnelere karşı koymak... Bizlere biçilen rollerin dışına çıkamamak... Kum saati... Kum saati bir an için duraksamış mıydı, yoksa bana mı öyle gelmişti yalnızca? İncecik kumlar bunu düşünene kadar boşalmıştı bile üstteki sırça hazneden alttaki sırça hazneye.

* * *

"Bakın şöyle diyor Percy Shelley, pek sevdiğim şair: 'Madem kış geldi diyorsun... Bahar uzak olabilir mi?'"

"Harikulade dizeler. *Batı Rüzgârına Övgü*'nün sonundan. Onun şiirlerini bir arkadaşımdan ödünç aldığım kitapta okumuştum ve şimdi sizin dudaklarınızdan, sizin sesinizden... Ve böylesine bir anda. Rastlantı diyemem. Sizden öğreneceğim ne çok şey var Julia. Yani olabilirdi. Benim de size öğreteceklerim... Bir saadet hayali..."

"Umutsuz olmayın sevgilim, madem bu aşk yüreklerimize girdi ve içimize işledi, bir anlamı olmalı. Benim lisanıma bunca hâkimiyetiniz bile bir işaret sanki. Shelley'nin dizelerine tutunmak istiyorum ben, ne olur siz de elimi tutunuz, bırakmayınız!"

"Elinizi hiç bırakmamak... Keşke her şey şairin dediği gibi olabilseydi, keşke hayatımın koşulları farklı olsaydı, keşke..."

* * *

Üsküdar'ı hep çok sevmiştim, gemimiz kente doğru yanaşırken usulca gönlüme giren karşı kıyıdaki o duru manzarayı... Kaç zamandır yağan kardan sonra ilk kez bulutlar dağılmıştı, deniz sakinleşmişti, kürekçilerin ustalığıyla üzerinde kayar gibi ilerlediğimiz derinliklerin kış denizi olduğunu unutturmayan yalnızca o gümüşlü soluk mavisiydi. Keskin soğuğu hissetmiyorduk ikimiz de. Işık... Güneş kar yığınlarından yansıyıp gözümüzü kamaştırırken içimize de dolan ışık. Her yan ışıklı. Durdurmak istediğim zaman bile ışıklı. Ama kıyıya yanaşırken tepede onca serviyi bir arada görmek içime bir kasvet bulutu çökertmişti bir anda, yoksa sizin gözlerinizde arada bir beliren o anlaşılmaz hüzün müydü buna yol açan? Üsküdar'a gelmeyi arzu eden bendim, sizse biraz duraksamıştınız, ama benim ısrarımla buradaydık işte. Neyse ki "hatırlı İngiliz kızı"na İstanbul'u gezdirmek bahanesi...

Kayıktan inip az ilerde bizi bekleyen atlı arabanın rahat koltuğuna kurulana kadar sürdü huzursuzluğunuz, bana belli etmemeye çalıştığınız.

Aslında biraz yürümek ve Mimar Sinan'ın sultan kızı Mihrimah'a aşkının nişanesi olduğu söylenen camiyi yakından görmek istiyordum, mücevher gibi işlenmiş çeşmeyi ve sahildeki diğer küçük camiyi de, ama oralarda attığımız her adımda adlandıramadığım o tedirginliğiniz... Tüm geziyi sizin yönlendirmenize bıraktım, yanınızda nereye olsa giderdim. Hem bunların hepsini böylesine soğuk bir gün yerine ılık bir bahar gününde yapmak üzere erteleme fikri çekiciydi.

Buraların sizin semtiniz olduğunu sonradan anlayacaktım.

Arabayla dolaştık cumbalarla daha da daralan sokakları, küçük meydanlıkları. Zaman bir önceki yüzyılda durmuş duygusuna kapıldım burada. Bana sabık hükümdarınız Selim'in yaptırdığı, dört yüksek kulesiyle pek haşmetli görünen büyük kışlayı gösterdiniz uzaktan. Sonra arabacıya talimat verdiniz, daha uzaklardaki tepeye doğru yol aldık. Gelişigüzel kürenen karların yolun iki yanında oluşturduğu alçak duvarın arasından, yalnızca atların, arabanın çıkardığı sesleri dinleyerek... Arada bir kulağıma çalınan kuş sesleriniyse sahiden duyuyor muydum?

Kar yüküyle ağırlaşan dalları neredeyse yere değen, tepeleriyse gökyüzüne uzanan ulu çamlarla kaplı Çamlıca Tepesi'ne varmıştık sonunda. Arabadan iner inmez İstanbul önümüzde uzandı, içinden binyılların aktığı Boğaziçi, üzerinden uygarlıkların gelip geçtiği eski yarımada, önündeki yalı köşkleriyle, denize inen bahçeleriyle, arkasındaki muazzam Ayasofya ve zarif Sultanahmed Camii ile bütünleşmiş görünen saray... Her şey gerçek dünyanın dışındaydı sanki. En çok da biz.

Bana verdiğiniz tek armağanı o zaman elime tutuşturmuştunuz, biraz mahcup, biraz gururlu. Deri ciltli eski bir şiir kitabı, sizin harflerinizle, bir gün öğrenmeyi dilediğim sizin dilinizde yazılmış, sararmış sayfalarına altın yaldız serpilmiş, ince, naif çiçek resimleriyle bezenmiş; güller, lâleler, sümbüller, karanfiller, leylaklar, zambaklar, menekşeler. Bir de o zaman henüz tanımadığım pembemsi morumsu küçük çiçekli bir dal. "Erguvandır bu," demiştiniz, "İstanbul'da her yerde olduğundan daha yoğun açar bu çiçekler baharda, ağacın dallarına yapışık gibidirler, sanki ayrılığa karşı dururlar. Ancak kısa sürer o taze sevinçleri, dökülür, toprağı renklendirirler bir süre de o solgun halleriyle. Evet, ömürleri kısadır. Güzellikleri iç burkan derecededir, ama doyamazsınız onlara, tıpkı imkânsız aşklar gibi." Zihnim bu sözlerinize ne kadar sık dönecekti ilerde... Kitabı çok beğenmiştim ve ailenizden kalan bu eserin değerinin farkındaydım. Yine de o sırada bunun yerine bir yüzük olsaydı diye düşündüğümü hatırlıyorum. Bilemezdim.

* * *

"Siz engelleri görmezden gelebilme yeteneğine sahipsiniz benim eşsiz çiçeğim, belki de yetenek dememeliyim buna, bir tür umursamazlık, ya da iyimserlik. Veya anın kıymetini bilme... Her ne ise, ben sizi sonsuza kadar sevecek olsam da, hayat karşısında böyle rahat olamam, belki yetişme tarzımdan, belki yaradılışımdan."

"Yine aynı yere gelmeyelim sevgili. Bu dünyayı değiştirmiş olanlar da, değiştirecek olanlar da, hep meydan okuyabilenler. Bunu biliyor olmalısınız, kendi tarihinizden de."

"Saflığınız güzelliğiniz kadar etkiliyor beni Julia. Bir an ben de inanıyorum her şeyden kaçabileceğimize. Keşke..."

O sarılmamızı hiç unutamadım. Sizden bana akan o harikulade sıcaklığı, o sarsıcı heyecanı, o yoğun sevgiyi...

Dünyayı değiştiremedik. Çalıntı zamanlarımızın sonuncusu oldu bu.

* * *

Karlar savruldu arkanızdan. Bir kere bile geri dönüp bakmadınız. Her zamanki gibi dimdik yürümüyordunuz, aksine, omuzlarınızda ağır bir yük vardı sanki. Kapıyı kapatamadan öylece durdum, siz karla kaplı sokağın sonundan dönüp gözden kaybolana kadar, hatta daha sonra da yerimden kıpırdayamadım. Saçlarıma, yüzüme vuran, entarimi ıslatan karları hissetmeden, evin eşiğinden dolan karları fark etmeden öylece durdum, çaresizce. O uzaklaştıkça yüreğimi kanatan görüntüyü içime sindirmeye çalıştım. Sanki bir daha görmeyeceğimden emin olmuş gibi zihnime nakşettim.

Kardaki o karşı durulmaz şiddet, o amansızlık bir şeyler iletiyordu bana sanki... Gökyüzünden dökülen yaralayıcı elem tohumları. Kar herşeyi hızla örtse de, benim duygularımı örtemiyordu.

Az önce söylediklerinizi dinlerken aklım anlamayı reddetmişti. Siz de, ben de bu aşkın yaşamda kolay bulunmayacaklardan olduğunu biliyorduk. Tahmin ettiğimiz o zorlukların hepsini göze almıştık. Ben kendimi çok güçlü hissediyordum, yaşamımı değiştirmeye hazırdım, ailemden kopmaya, çevremden dışlanmaya, aşağılanmaya, yoksulluk çekmeye. Her şeye razıydım. Avrupa'yı kasıp kavuran romantik romanlardan birinin içinde gibiydim, satırlar arasında öylesine yoğun duygular... Sizden de aynı cesareti bekliyordum. Boşuna beklemişim. Onca vaade rağmen sonuna kadar mücadele etmemeyi seçtiniz. Sonuçta gururunuzu korumayı seçtiniz. Ama böylesini tahmin edemezdim, hafife almışım o sonsuz elemler yansıtan bakışınızı, anlamak istememişim. Sanmıştım ki, yalnızca elimi tutmaktan vazgeçip evinize, ailenize döndünüz. Bu "rezalet"i kaldıramayacağınız kararına vardınız demek. Ne rezaleti? Neden rezalet olsun böylesine âşık olmak? Ben her şeyi göze almışken, siz... Korktunuz.

Bana bir de bu acıyı yaşatacağınızı bilemezdim.

Gazetedeki intihar haberi, alışılmış resmî yazıların yanında hayata dair ender haberlerdendi. Kurbanın sarayda pek sevilen, pek makbul bir zabit olması mıydı buna sebep? Ne fark eder! *"Üsküdar semtinde müessif bir vak'a: Yüzbaşı Fikret İrfan Bey kendi hanesinde beylik revolveriyle canına kıymıştır. Komşularının naklettiğine göre Fikret İrfan Bey güya hayli zamandır adı malum olmayan bir Frenk hatun ile münasebat-ı âşıkanede bulunurmuş, hatta başlangıçta karısını boşayıp nafakasını temin ile o kadını nikâhına alıp beraberce terk-i diyar eylemek niyetinde imiş, ancak bunun Devlet-i Âliyye tarafından hoş karşılanmayacağını bildiğini dostlarına söylemiş. Karısı da onsuz yaşamasının mümkün olmayacağını, kendini öldüreceğini haykırarak beyan edince aniden bu müessif kararı alıp tabancasını şakağına dayamış ve oracıkta terk-i hayat eylemiştir. Karısı bunun üzerine ne söylenenleri doğrulamış, ne de bir başka kelam etmiştir. Merhumun otuz beş yaşlarında bulunduğu öğrenilmiştir."*

* * *

Bu büyülü kenti, üzerinden tarihin binbir türlü halinin geçtiği yollarını, yıpranmış kadim kiliselerini, servili, çınarlı, kestaneli, baharda güllü sümbüllü bahçelerini, masmavi Boğaziçi'nin pitoresk manzaralar sunan kıyılarını, kalabalıkların gönlünce eğlendiği ağaçlıklı tatlısu kenarlarını, hanedanın gösterişli sahil saraylarını gezmek, paşaların azametli konaklarının haremlerinde göz kamaştıran giysili güzeller tarafından ağırlanmak, şaşırtıcı armağanlara boğulmak... Padişahı, bu yüzlerce yıllık imparatorluğun devrimler yapan hükümdarını uzaktan da olsa görmek, Galata'da kendinden geçerek dönen dervişleri izlemek, Rum patriğini ziyaret etmek... Hatta tehlikeyi göze alıp tebdili kıyafet ederek camileri dolaşmak, o rengârenk çinilerin solmayan çiçeklerine yakından bakmak... Bir de türlü parlak mücevherlerin, sihir vaat eden, aşk vaat eden muskaların, nadide dokumaların, baş döndüren kokuların, her derde deva çeşitli baharatın satıldığı çarşılarında ikramları kabul ederek alışveriş etmek, her sınıftan İstanbullu ile sohbete dalmak... Babamla benim için sonu gelmez sürprizler sunan sürekli bir keşifti İstanbul, en çok da dost canlısı insanlar tarafından ağırlanmak, onların dünyalarına girmek, sükûnete, tevekküle ve güzelliğe hayran olmak... Bunların hepsini yüreğimin sızısını dışa vurmadan yapıyordum, neyse ki böyle eğitilmiştim. Kısacık bir süreye o kadar yoğun duygular ve o kadar hızlı gelişen olaylar sığdırmıştım ki, bazen onunla her kelimesini anımsadığım konuşmamızda söylediğim gibi, bütün bunların yaşanmış olduğuna inanasım bile gelmiyordu zaman zaman. Yine de her şeyi günlüğüme yazıyordum gizlice. Bir zamanlar konularıyla üslubunu abartılı bulduğum Lord Byron nasıl yazardı bunları acaba? İstanbul'da bir kar ve duygu fırtınasının ortasında kalsaydı eğer, Babil'in nehirleri misali manzara betimlemelerini buraya uygulayabilir miydi, yahut kraliçeliği Venedik'ten alıp kar altındaki Konstantinopolis'e verir miydi? Belki bir şiirine alırdı, hep karşıtlıklarını vurgulayarak... Yine Shelley'ye gitti aklım, artık bize şiiriyle umut vermesi olası değildi ama, o harikulade pastoral şiirlerinin karşılıklı duran kahramanları arasına katar mıydı bizi, eğer öykümüzü bilseydi? Veya burada bulunduğum sürede merak edip öğrendiğim, sırrına varamasam da bana tercüme edilen sözlerine hayran kaldığım Rumi? Belki onun yazdıklarını çevrilerek değil de, kendim okuyup anlayabilseydim derdime derman olurdu, bir derece. Ancak hiçbiri o günlerde, o kentte yüreğimden geçenleri aktaracak kadar yetkin olamazdı, hayır. Her aşk kendi kahramanlarına aitti, her aşkın rengi farklıydı, farklı olmalıydı. Zihnim böyle şimşek gibi gelen dağınık düşüncelerle beni avutmaya kalkışsa da, avunmam olası değildi.

Olay kulağıma geldiğinden beri başka biri olmuştum, ama yalnızca kendim için. Babamı üzmeye hakkım yoktu. Güler yüzümü parlayan güneşe benzeten insanlar yüreğimin derinliklerindeki karanlığı göremiyorlardı, saklamayı başarıyordum. Sonradan o insanüstü gücü nereden bulduğuma şaşırdım durdum, sanırım kendi dünyamın dışına sığınmaydı o halim.

Bir de, kendime bile itiraf edemesem de, sokaklarda, konaklarda size rastlama hayalini bir türlü aklımdan uzaklaştıramıyordum. Mantığım bunun olamayacağını biliyordu kuşkusuz. Yüreğimse... Bilemiyordu.

Bu kentten yayılan kadercilik beni de kollarına almıştı sanki. Özellikle mezarlıkların doğal mesire yerleri olarak kabul görmesi, ölüme yaşam kadar doğal yaklaşmak... Mezarlıklara gidip piknik yapmak, ölüleriyle bağlantıyı koparmamanın hüzünlü olmayan yoluymuş. Evet, galiba beni en çok etkileyen ve aynı zamanda dayanma gücü veren buydu, kimseye söyleyemesem de, oralara sıkça gitme arzumun açıklaması buydu. Oralarda huzur buluyordum, kendimce. Herkes bu İngiliz kızının garipliklerine alışmıştı, kimse sorgulamıyordu gezindiğim yerleri. Ancak tek bir kabristan vardı ki, oraya gitmeyi göze alamamıştım.

İstanbul'dan ayrılık günü gelip çattığında cesaret edemediğim işi sonunda yapmaya karar verdim, aylardır düşündüğüm, ama yüreğimin dayanamayacağına inandığımdan bir türlü gerçekleştiremediğim ziyaret. Üsküdar'ın ötesinde bir yerlerde olduğunu bildiğim, hatta yerini uzun uzun soruşturduğum, servilerin gölgesindeki o sessizlik. Bir ömrü birlikte geçirmeyi hayal ettiğim kişinin yeryüzünün üzerinde değil de, altında bulunduğunu gözlerimle görmemek, kabullenmemek için ayak diremiştim kendi kendime. Öte yandan, sizinle vedalaşmadan ayrılmak da bir o kadar dayanılmaz geliyordu bana. Bir daha bu topraklara ayak basmayacaktım ve siz orada kalacaktınız.

Ayaklarım ne kadar geri geri gitse de zorladım kendimi. Yalnız başıma gitmeliydim. Öyle de yaptım. Mevsimin ilk erguvanlarının renklendirdiği peyzajın iç burkan çelişkisini görmezden gelerek girdim içeri. Mezarların arasından sendeleyerek ilerlerken kendimi altında yattığınız basit tümsekle, ola ki otların bürüdüğü bir ıssız toprakla karşılaşmaya hazırlamıştım. Ancak hiç aklıma getirmediğim biriyle karşılaştım orada, beklenmedik bir hayalet gibi. Hemen anladım kim olduğunu, oysa hiç görmemiştim onu. Duruşu muydu bana bunu ileten, yoksa bakışı mıydı? Bir anda kavradım, o her gün oraya gelmişti o korkunç günden beri ve benim gelmemi beklemişti. Bir gün gelecektim, biliyordu. Gelmiştim işte. Belki de yaşamının sabit fikri olmuştu benimle orada karşı karşıya durmak. Bir anda öyküler üşüştü zihnime. Pişman mıydı? Sanmam. Öfkeli mi? Emin değilim. Ama çok kederli olduğu kuşku götürmez. Feracesinin içinden bana karmakarışık duygularla bakan kendinden sürmeli bir çift siyah göz, o güne kadar gördüğüm hem en hüzünlü, hem de en kararlı bakışlar. O ufak tefek bedenden umulmayacak kadar güçlü bir duruş. Ve birden zarif parmağından çıkarıp avucuma bıraktığı bir küçük, gösterişsiz elmas yüzük. Belki onu ve onun yaşamına vurduğum darbeyi unutturmamak için düşündüğü bir çare, belki de artık zaten sahip olamayacağım kocasının ruhunu huzura kavuşturmak için tasarladığı bir yol. Tam bir fedakârlık nişanesi. Görülmemiş zarafette bir ceza mı yoksa? Avcumdakini reddedecek gücü bulamadım kendimde. Büyülenmiş gibi baktım ona, hiçbir şey söylemeden arkasını döndü ve gitti. Belki bir daha gelmeyecekti buraya. Sanki siz de onaylamıştınız yaptığını.

Kabristanın kapısında bekleyen arabaya atlayışım, hep sevdiğim, her manzarasını yüreğime işlediğim kente son bir defa bile bakmadan limandaki gemiye binişim, kimseyle konuşmaksızın kamarama girişim... Hepsi bulanık.

* * *

O yüzüğü bir daha parmağımdan çıkarmadım. Hayal kırıklığıyla ve bitmeyen hasretle baş etmeyi öğrendim. Hiç evlenmedim. Beni tanıyanlar yıllar yılı hiç yaşlanmamış göründüğümü söyleyip durdular, bilmem bir hayatı çalmış olmamdan mı? Sevgilimin katili benden başkası değildi ki... Tetiği çeken elin benimki değil de, onunki olması bir şeyi değiştirmezdi. Evet, bu düşünce aklımdan da, yüreğimden de çıkmadı hiç.

Ara sıra o kadının ne yaptığını, nasıl yaşadığını merak ettiysem de, asla öğrenmeye kalkışmadım. Olan bitenin bana gerçek dışı görünüp de avunduğum ender anları yitirmek istemediğimden. Yoksa tercümanım eşliğinde konakların haremlerinde dinlediğim masalcı kadınların her anını adeta yaşayarak, canlandırarak anlattıkları, tüm harem halkının da gözyaşlarıyla dinlediği o öykülerden biri miydi bu yaşantı parçası? İçten içe dilediğim buydu. Eğer o elmas yüzük; bakırımsı renkli altın halkanın taşıdığı, yeraltının binlerce yılda eskimiş değerli cevherinden koparılmış o küçük parçanın elimi yakan solgun ışığı olmasaydı, belki de inanırdım her şeyin güzelim bir rüya ve onu izleyen bir karabasandan ibaret olduğuna...

Gülşah Elikbank

HESAPLAŞMA

"Nasıl olsa unutursun, demek isterdim ama; hiçbir zaman iyi bir yalancı olmadım. Büyük ihtimalle, bu acıyı ömrünün sonuna kadar içinde taşıyacaksın, hatta önüne çıkan birçok fırsatı, bu acının ağırlığının altında ezip geçeceksin. Aşk yarası bir kere sızdı mı yüreğine, mantığın sesi değil; hayallerin sıcaklığı avutur seni," diye yazmıştı annesi bir mektubunda. Bunları kızına mı, yoksa bir türlü sesini kısmayı başaramadığı kendi kalbine mi yazmıştı emin değildi. Kızların kaderi, her zaman mı annelerine benzerdi? Yoksa tahtını yaptım, bahtını yapamadım sözünü mü doğrulamak isterdi kader? Hande, annesinin o mektubu yazdığı yaştaydı şimdi. Bir yılbaşı günü, karların aydınlattığı bir gecede doğmasını, yaşamının hep arafta; karanlıkla aydınlık arası bir yerde kalacağının bir habercisi olarak görüyordu.

O zamanlar, annesi bu mektubu kaleme aldığında; sadece yirmi yaşındaydı. Şu satırların koyuluğuna bakıp, aradan on beş yıl geçtiğine kim inanabilirdi? Sanki cümlelerin mürekkebi bile daha kurumamıştı... Bunları kızına ilk hayal kırıklığında, ilk aşkının ardından döktüğü gözyaşlarını dindirmek için yazmıştı. Umutla başladığı mektubu, kendi iç karanlığına gömülüp ümitsizce ama son derece gerçekçi sonlandırmıştı. *"Aradığın şeyin ne olduğunu sor kendine. Eğer huzur arıyorsan, aşktan uzak dur. Çünkü eğer aşk arıyorsan, bir daha rahat bir uyku yüzü görmeyecek gözlerin..."*

Gerçekten de böyleydi hayat. Annesinin bu yazdıklarına o zaman pek önem vermemişti. Menopozlu bir kadının buhranları olarak adlandırmış, mektubu kaldırdığı çekmecede unutup gitmişti. Şimdi bir anda eline çıkıp gelmesinin nedeni neydi? Annesi artık yoktu... Onu kaybedeli tam üç sene olmuştu. Ve aslında o, bu üç yılda büyümüştü. Çocukluğu daha yeni terk etmişti ruhunu. Annesi nefes aldıkça, o hep çocuk kalmış, hep onun biricik, küçük kızı olarak yaşamıştı. Koca kadın olduğunda, aldatıldığında, o hep çocuktu! Hayatına giren her yeni adamı ona beğendirmeye çalışması, her sevişmesinde içindeki o suçluluk duygusundan kurtulamaması, bu nedenleydi belki de. Annesi, büyümesine hiç izin vermemişti. Kanatlarını üzerinden hiç çekmemiş, her düştüğünde, elinden ilk tutan o olmuştu. Ağladığında, hıçkırarak ağlamasına izin veren; sonrasında soluğu kesilirken ona yeni bir nefes üfleyen hep annesi olmuştu. Belki de bu yüzden, yüreği büyümek için böylesi geç kalmıştı. Hayır, onu suçlamıyordu. Eğer bir kızı olsaydı, ondan farklı hareket etmezdi. Ah, bir kızı, bir çocuğu olabilseydi!

Annesinin bu satırlarını şimdi okumasının sebebi, artık hiçbir zaman çocuğunun olamayacağı gerçeğiyle yüzleşmesi miydi? İki hafta önce olduğu ameliyatın, ondan yalnızca rahmini değil, anneliğini de söküp alması mıydı, geçmişi bu kadar net anımsamasının nedeni? Bilemiyordu. Bu mektubu okuduğunda, ilk kez âşık olmuştu ve ilk kez terk edilmişti. Hem de ne terk ediliş! Adamın, onu bırakıp gittiğinin ertesinde, başkasıyla evlendiğini duymuştu. Aldatılmayla tanışması böyle olmuştu işte. Ah, sakın akıllandığını sanmayın. Bundan sonra da sıkça, sevdiği ya da kendini sevdiğine inandırdığı adamlarca aldatıldı. O da pek masum sayılmazdı, o da aldattı. Her aldatmada, tüm aldanışlarının intikamını aldı, kendi bedeniyle!

Evet, bu mektubu okuduğu gün, yıllardır âşık olduğu adamın, çocukluk aşkının evlendiğini öğrenmişti. Annesinin bu deli saçması öğütlerine lanet edip, mektubu buruşturmuş, önce yerdeki Isparta halısına fırlatmış, sonra gözü görmesin diye çalışma masasının çekmecesine tıkıştırmıştı. O gece ne çok hayal kurmuştu, düşündüklerinin yalnızca bir hayal olduğunu bilmeden üstelik. En kötüsü de budur belki, inanarak düşlemek. Sanmak!

Sevdiği adamın gerdek gecesini hayal etmişti en çok. Kendine acı çektirmeyi o zaman da severdi. Ona en çok acı verecek anı, defalarca ve her seferinde farklı kurgularla düşlemiş durmuştu o gece.

Şöyle olacaktı: Düğünün can sıkıcı, yorucu kalabalığından kurtulduklarında, kendilerini bir otel odasının önünde bulacaklardı. Sevdiği adam, evlendiği o lanet olasıca kadını, geleneklere uyup –her zaman gelenekselci biri olmuştu– kucağına alacak, odaya nefes nefese dalacaklardı. Sonrasında kadını kucağından yavaşça yere bırakacak, eski moda filmlerden gördükleri üzere, kendilerini ilk adımda sevişmeye mecbur hissedeceklerdi. Ateşli bir öpücükle başlayacaklardı birbirlerini soymaya. Belki de daha da ileri gidip, onu hızlıca duvara yaslayacak, elini gelinliğinin altından daldıracak, baldırlarında aceleyle dolaşacaktı o çok sevdiği nazik elleri. Kadın birkaç hileli inlemeyle onu baştan çıkaracaktı. Kendine doğru daha kuvvetli çekip, bacaklarını onun beline dolayacaktı. O anda sevdiği adam, kadının zarif boynuna sokulacak; işte tam da o anda, ondaki lavanta kokusunu içine çekecek ve kendine gelecekti. Bir koku, bir an... Her şey o anın içinde olup bitecekti. Çünkü o her zaman Hande'deki yasemin kokusunu severdi. Başka bir koku, ona başka bir bedene sarıldığını anımsatacaktı. Yaptığı hatayı o anda fark edecek, eli ayağına dolanacak, ona dönmek isteyecek ama odadan çıkmasının nasıl bir felakete yol açacağını bildiğinden, geceyi sessizce, yan yana uyuyarak geçirmeye çabalayacaktı. Evet, kesinlikle her şey böyle olacaktı. Ama olmamıştı. Aşkta yanıldığı gibi, tahminlerinde de yanılmıştı. Kadının tam dokuz ay on gün sonra doğurması, o gecenin hiç de sakin geçmediğini anlamasına yetmişti. Onlar evlendiğinde mi, yoksa onları sokaklarının başında, bir çocuk arabasını şefkatle iteklerken gördüğünde mi canı daha çok yanmıştı, emin değildi.

Bu sarsıcı tecrübenin hatırası, onu geçmişin karabasanına çekmeye çalışırken, gözü yeniden annesinin mektubundaki sararmış satırlara kaydı. Yine avuntuyu onun göğsünde arıyordu sanki. *"Kızım, biliyorsun ki hayat sana birkaç fırsat sunacak. Ama sen de muhtemeldir ki benim gibi, ortalama bir hayata razı olmayacağın için, o fırsatları görmeden geçip gideceksin. Sonunda benim gibi yalnız kalmak istemiyorsan, seni seven bir kalbi sevmeyi dene. Aşk acısı çekmek istemiyorsan, kural basit. Âşık olma!"*

Ama bu söyledikleri doğru değildi... Çünkü onun yaşamında, tüm o bahsettiği çekilmez yalnızlığının arasında, 'kızı' vardı. Oysa onun ne karanlık nasihatler vereceği bir evladı vardı, ne de ameliyathanenin ölümcül soğukluğuna yol alırken, elini tutan bir sevdalısı. Ona her şeyi, her tecrübesini anlatmıştı annesi... Bir tek unutmayı, ne kendi öğrenmiş ne de kızına öğretebilmişti! 'Öğüdünü tuttum anne, bir daha hiç âşık olmadım öyle delice ama, hiç unutmadım zaten o ilk aşkın adını, tendeki tadını...' diye fısıldadı karanlığın içine...

Oysa karanlık odasından tek duyabildiği ses, bir çığlık gibi sessizliğin içine düşen gök gürültüsüydü. Her ne kadar yastığının altına saklansa da, şimşeklerin yalın ayak izleri beyaz bir sızıntı olup giriyordu odasına. Tüm dünya ona karşı birlik olmuştu sanki. Yağmur bardaktan boşanırcasına yağıyor, her seferinde biraz daha hızlı vuruyordu pencerelerine. Gece onu dışarı çağırıyordu, pes etmek için çok erken diyordu belki de. Gök, ortadan ikiye ayrılırcasına bir hiddetle sesleniyordu geceye. Kafasının içinde serseri mayın gibi gezinen düşünceler birer yıldırım olup düşüyordu yüreğine. Şu ıslak geceden ne farkı vardı ki zaten? Gece gibi o da, üzerine doğacak bir parça güneşin hasretini çekiyordu. Tan yeri öncesi, en karanlık anı paylaşıyordu geceyle. Onun da gözyaşları her seferinde daha hızlı akıyordu, içinde açılan oluklardan sızıp, nefesini kesercesine. Bu sessiz hallerinin ardında gizli bir çığlık yok muydu? Gözlerinden bile okunan bir isyan ya da... Onun da dudakları titriyordu rüzgârın karşısında direnen bir yaprak gibi. Her an kopup dağılmaya başlayacak sözler yığını vardı, dudaklarının arasında zorlukla tuttuğu. Gecenin mahremiyetini bozan, hesapsız bir fırtınaydı...

Oysa gece, yitirdiklerine yarın yeniden kavuşacaktı. Yine durgun, yine suskun bürünecekti, kendi kimliğine. Hande ise, yarın gece de, diğer tüm geceler gibi, asıl bakması gereken yerden çok uzakta, yastığının altında arayacaktı; geçmişinin hesaplarını.

Birazdan saat gece yarısını vurduğunda, yeni yaşıyla ve yeni bir yılla tanışacaktı. Oysa kendi için dilek tutmayalı kaç yıl olmuştu, hatırlamıyordu. Ne zaman yolu yarılamıştı böyle? Yaşananlardan son sürat kaçarken sığındığı bu liman da dar gelmeye başlamıştı kalbine. Kendini hiçbir yere ait hissedemiyor, hiç kimseye kendini teslim edemiyordu. İleriye doğru bir adım atmalıydı artık, geçmişi ardında bırakmalıydı. Bu gece, kendini kemiren gerçeklerle yüzleşmeli ve yeni bir yol çizmeliydi kendine.

Yatağından kalkıp odasının ışıklarını açtı önce. Aydınlık, gözlerini kamaştırsa da kapamadı tekrar gözlerini. Bundan böyle göz yummayacaktı bu bilinmezlikte kaybolmaya. Kestane kahvesi saçları omuz başlarına düşerken, bal rengi gözleri ağlamaktan kızarmıştı. Buğday teni, uykusuzluk ve yorgunluktan ürkek bir güvercin gibi bembeyaz kesilmişti. Göz kenarlarına yerleşen çizgiler, neyse ki henüz derinleşmemişti. Yanaklarındaki gamzeler hâlâ genç kızlığındaki gibi çekiciydi üstelik. İnsan ömrünün ortasına gelince, dönüp şöyle bir geriye bakmadan edemiyordu galiba. Hele ki böyle uzayıp giden bir gecenin içinde tutsak kalmışsa...

Perdesini aralayıp dışarıya göz gezdirdi önce, yakınlar gözüne çok uzak geldi birden. Geçmişin hiç yaşanmamış bir dünde kalmasını arzuladı. Yağmurla dans eden sokakları kendinden olabildiğince uzak saymak istiyordu belki de. Gecenin bu vaktinde karşı apartmanda onun gibi çatı katında oturan, ışıkları hep yanık olan yaşlı teyze düştü aklına, nedense. Bu gece ilk kez, ışıkları sönmüştü yaşlı kadının. Dış dünyayla uzun süredir tek bağlantısı olan bu teyze, her akşam aynı saatte sokağın başından ağır aksak adımlarla, başörtüsünü sağa sola çekiştire çekiştire ve sokakta top oynayan çocuklara laf yetiştirerek görünüverirdi. Üstelik her akşam, hiç usanmadan, karşılık beklemeden gülümseyip, yarı yaşındaki Hande'ye el sallamayı da ihmal etmezdi. Ama bu akşam başı önünde, sessiz sedasız geçivermişti sokaktan. Oysa sokaktaki tüm evlerde ayrı bir telaş yaşanıyordu o gün. İnsanlar yeni bir yılı geride bırakırken, tüm dertlerini de eski yılın kucağına atıverecekti sanki.

Hande, aynanın karşısına geçip yanaklarına akan rimelleri elinin tersiyle sildi. Dağılan saçlarını dikkatle topladı. Aynadaki suretine dikti bakışlarını, sonunda kendiyle göz gözeydi işte. Göze göz, dişe diş bir hesaplaşmanın eşiğinde olduğunu biliyordu ama o kapıyı aralamadan önce, yapması gereken başka bir şey vardı.

Bu sitede üç yıldır oturduğu halde, karşı apartmana hiç ayak basmamış olduğunu o an fark etti. Altı katlı kendi apartmanında, kapıcı ve yönetici dışında kimseyle, iki kelimenin üzerinde bir sohbeti de olmamıştı zaten. Kafasını kaldırıp, 'İyi günler', demek bile güç geliyordu çoğu zaman. Ne anlamı vardı bu sözlerin? Kendi günü iyi geçmedikten sonra hiç tanımadığı, tanımak da istemediği diğer insanların günlerinin nasıl geçtiğinin bir ehemmiyeti olabilir miydi? Zoraki dileklerin kadını değildi o. İçinden gelmeden sarf ettiği her sözcük dilini yakarak dudaklarından kurtulur, o yakıcı tat da yüzündeki her bir mimiğe nüfuz ederdi. Sevmiyordu insanları. Kendini sevmeyen birinin bir başkasını sevmeye yüreği yeter miydi? Hayat denen şey, öylesine zalim ve çekilmezdi ki; kendinden başka bir kalbin yükünü sırtlanmaya tahammülü yoktu. Yaş otuz beş, yolun yarısı eder, demişti şair...

Keşke yolun sonu olsaydı, diye iç geçirdi karşı apartmanın loş ışıklı merdivenlerini tırmanırken. Asansöre binmeyi oldum olası sevmemişti. Kare, çelik bir kutunun içinde yol almak, üzerine çiviler çakılan tahta bir tabutun içinde yatmaktan farklı değildi ona göre. Yalnızca bu nedenle, plazalardaki hiçbir işe başvurmamış, daha fazla maaş alacağını bildiği halde önerilen yönetici asistanlığı işlerini, hiç düşünmeden geri çevirmişti. Zaten bu yönetici asistanlığı işine de hiç aklı ermiyordu. Bildiğimiz sekreterlik değil miydi ondan istenen? Adını değiştirmek mesleğe daha sevimli bir hal mi verecekti sanki? Düpedüz, kendi randevularını aklında tutmayı bile beceremeyen, oradan oraya kuş misali uçmakla ömrünü tüketen ve bu uçuşları kendi organize etmeyi akıl edemeyen birilerinin akıl danışmanı olacaktı. Birileri, sekreterlik kelimesini değiştirmek istiyorduysa, adını Akıl Danışmanı koysa, daha isabetli bir seçim yapmış olurdu. Üniversite okuduğu yıllarda onun da farklı hayalleri vardı elbette. Dünyayı kurtarmanın, aşkı dünya meselesi ilan etmenin dışında, kesinlikle ünlü bir yazar olacaktı. Okul sıralarında, korsan kitapçıların tezgâhlarını aşındırarak edindiği Rus klasikleri onun yazdıklarının yanında hafif kalacaktı. Nobel'e aday gösterilecek ama almaya bile gerek duymayacaktı. Henüz, tek bir romanın tek bir cümlesini tamamlamamış olabilirdi ama, tüm bunlar zamanlama meselesiydi. Vakti yoktu... Olsaydı, kim bilir ne şaheserler kaleme alacak, kelimelere hâkimiyetiyle kimlere parmak ısırtacaktı. Onun yerine, bir şirketin muhasebe hesaplarını tutuyordu. Hiçbir zaman hazzetmediği matematiğin, hayatının tam ortasına yerleşmesine, her gün daha yüksek sesle isyan ediyordu.

Apartmanın son katına ulaştığında, merdiven sahanlığının ışığının da sönük olduğunu fark etti ve şansına küfrederek yaşlı kadının ziline bastı. Bu kapıya neden geldiğini tam olarak kendi de bilmiyordu. İlk kez içinden gelen sesi dinlemiş ve kendini hiç tanımadığı bir kadının kapısında, karanlıkta bulmuştu. Oysa karanlık ve sessiz kapı eşiklerine alışkındı yüreği. Çocukluğu böyle kapılarda beklemekle geçmişti. Annesi elinden sıkıca tutarak, kaç gece, kapı kapı babasının gönlünü kaptırdığı genç kızı aramaya götürmüştü onu? Kaç gece elleri boş, yürekleri ağırlıklarla dolu dönmüşlerdi kendi evlerine. O kapıların hiç açılmaması için kaç gece dua etmişti Hande? Bir gün, dualarının kabul olduğunu umduğu gecelerden birinde, üstelik de doğum gününde, on yaşının ilk gününde; sonuna kadar, genişçe açılmıştı ahşap kapılardan biri. Her gece, rüyalarında tekrarlanan o kapı sesi. Kulaklarında çınlayan bir kadın ağlaması, annesinin iç burkan çaresizliği...

Hayır, o annesi gibi olmayacaktı. Umudunu bir kapı eşiğinde, bir erkeğin peşi sıra yitirmeyecekti. O sebeple, yalnızlığı seçmişti. İnsan, hayattan daha az yara almak istiyorsa, tek başına yol almayı öğrenmeliydi. Annesinin mezarını, cenazesini kaldırdıktan sonra hiç ziyaret etmemesinin nedeni, bu muydu peki? Onu aradan geçen onca yıla rağmen hâlâ affedememiş miydi? Emin değildi, bu sorunun yanıtı her gün değişiyordu çünkü.

Hande, kulaklarında hâlâ capcanlı duyduğu annesinin sesini bastırmak için, kapının ziline uzun uzun bastı. Gecenin bu saatinde, yaşlı bir kadının kapısının böyle ısrarla çalınmayacağını ancak karşı komşunun içeriden yükselen uyarısıyla fark etti. Parmağını zilden çekip eve dönmeye hazırlanırken, kapı gıcırdayarak açıldı.

Yaşlı kadın, koyu yeşil geceliği ve alelacele başına geçirdiği kahverengi başörtüsüyle Hande'ye bakıyordu. Hayır, hiç de uykulu değildi. Aksine uyku, kadının gözlerine uzun süredir uğramamış gibiydi. Bu ortak eksikliklerinin yanında, üzerlerine sinen yalnızlık kokusu iki kadını birdenbire yakınlaştırmış, Hande davet beklemeden kendini evin salonunda buluvermişti. Yılbaşı gecesini yalnız geçirenin sadece kendisi olmadığını fark etmek, bir parça yüreğini hafifletmişti.

Yaşlı kadın, aynı kayıtsızlıkla, koşar adımlarla mutfağa gitmiş, iki köpüklü Türk kahvesiyle geri gelmişti. Kahveyi Hande'ye uzatırken, adının Zehra olduğunu fısıldamayı da unutmamıştı. Kahve fincanları, Hande'ye çocukluğunun işlemeli porselenlerini anımsatmıştı. Zamanında oldukça değerli bir parça olduğu anlaşılan fincanların, usta bir elden çıkan işlemeleri, genç kadının çocukluğunun hatıraları gibi silikleşmişti. İki kadın, karşılıklı kahvelerini içerlerken sessizliğin ortasında, kalp çarpıntılarının yüzlerine vuran heyecanıyla birbirlerini süzüyorlardı.

"Sizi merak ettim. Bu akşam görünmediniz. Malum yılbaşındayız," diye lafa girdi Hande, kelimeleri titrek ve kendine güvensiz çıkıyordu. Sorusunu sorar sormaz, kaçarak evine dönmek istedi ama bu kadarının kabalık olacağına karar verip, hızlı yudumlarla kahvesini bitirmeye çalıştı.

"Bu gece mazi yakamı bırakmıyor. Ben yaşlı bir kadınım, mazimi hatırlamanın ve anmamın ne kadar uzun süreceğini tahmin edersiniz," diye gülümsedi Zehra. Gülümsemesinde kahveden daha acı bir tat vardı.

"Geçmişi düşünmek kimseye bir fayda sağlamaz. En güzeli, geçmişi bırakıp geleceğe odaklanmak," diye yanıtladı Hande. Sonra birden, karşısında iki büklüm oturan kadının önünde uzanan bir gelecek kalmadığını fark etti. Yüreğini bildik bir pişmanlık yokladı, dudağını ısırdı.

"Bizim gibiler için, geçmiş her şeydir," diye konuştu yaşlı kadın, kahvesinden bir yudum alarak. Çatlamış dudaklarının arasında kalan kahve telveleriyle gülümsemeye çalıştı ama dudakları bunu reddetmiş gibi kasılıp kaldı. Hande'nin konuşmasına fırsat vermeden, aceleyle sözlerine devam etti Zehra.

"Pişmanlıklar... Keşke olanları geri almanın bir yolu olsa. Geriye baktığımda, farklı yapmayı istediğim o kadar çok şey var ki. Ama artık ne fayda! Her şey oldu ve bitti. Ömrümün son günlerindeyim ve özür dilemem lazım gelen insanların listesi, kalan günlerimden daha fazla," diyerek yutkundu. Ölümün soğuk nefesi, yüzünü yalamış gibi koltuğunda geriye yaslandı, bir besmeleyle dudakları aralandı.

"Olsun, siz yine de özür dileyin. Onlar duymasalar da, dünya bunu bilecek ve elbet o insanlar bir gün bunu hissedeceklerdir," dedi Hande. Söylediklerine en başta kendisi inanmıyordu. Ama bu kadını avutmak için bir şeyler söylemeye kendini mecbur hissediyordu.

Zehra, başörtüsünü telaşla başından çekti. İyice seyrelmiş, ince örgülü beyaz saçları omuzlarına düşerken sordu. "Sen affeder miydin?"

Hande, bu beklenmedik soru karşısında afalladı. Neden onu bu işe karıştırıyordu sanki. "Bilemiyorum. Affetmek zaman alır," diye kaçamak bir cevapla kadını geçiştirmeye çalıştı ancak Zehra'nın aradığı yanıt belli ki bu değildi.

"Doğru söyle, Hande... Gözlerini kapat ve düşün. Kalbini kıran, seni mutsuz bir kadın, yalnız bir genç kız yapan birini affedebilir miydin? O kadın artık ölüyorsa, kanser her bir hücresini sarmışsa, pişmansa, ama zamanında, gençliğinde; hayatının baharında, yaptıklarıyla gurur duyuyorduysa; yine de onu affeder miydin? Beni affeder miydin?" diye sordu.

Her bir söz, boğazını yakan bir hırıltıyla kesintiye uğrasa da, konuşmasını tamamlamayı başarmıştı. Bir öksürük nöbeti Zehra'nın zayıf bedenini sarsarken, Hande ela gözleri kocaman açılmış halde ona bakıyordu. Gözleri, sorunun ağrılığından kaçmak isterken, birden duvardaki resimlere takıldı. Zehra'nın hasretle bahsettiği gençliğinden kalma fotoğrafları, eskide kalmış yaraları nasıl da deşip ikisinin arasına yığmıştı böyle.

On yaşında bir çocuğun, tüm hayallerini yıkan, vakur ve tok bir sesle açılan o kapının ardındaki kadının, şimdi karşısında ölümün pençesinde kıvranması nasıl bir tesadüfün ürünüydü? Adalet diye bir şey gerçekten var mıydı yoksa? Evrenin kendi içinde hesapları mı vardı? Her hesap bir gün kapanıyor muydu böyle? Yirmi yıla rağmen, bu hatıranın canını yakması nasıl mümkün oluyordu peki? Hande sakin kalmak için derin derin nefes alırken, evdeki eşyalara gözucuyla bakmaktan kendini alamadı. Kaliteli bir el işçiliği ile şekillendirilen koltuk takımının ahşapları, nasıl da toz tutmuştu. Camlı vitrindeki ince belli bardakların üzerine kapatılan oyalar sararmış, bardakların ağzını geçmişin seslerini kesmek ister gibi sıkıca kapamıştı.

Genç kadın, yırtılmaya yüz tutmuş kumaşının her bir parçasına buruk anılar sığdırılmış ahşap koltuktan ayağa fırlayıp, bir süre evin rutubetli duvarlarındaki tüm fotoğrafları inceledi. O annesiyle, mutsuzluğun her bir metrekaresine hâkim olduğu evde çürürken, babasının aşkla bakan gözlerinin içinde görülen kadının gençliği, her bir fotoğraf karesinde ne de güzel resmedilmişti... Oysa onun çocukluğuna dair hiç resmi yoktu, hepsini on sekiz yaşına geldiğinde yakmıştı çünkü.

Hande'nin sessizliği, aralarındaki gergin bekleyişi uzattıkça, Zehra yerinde kıpırdanıp duruyordu. Oturduğu koltuk, kendine dar gelir gibi, ayaklarını nereye koyacağını bilemiyordu. Ölüyordu... Kaç günü, alacağı kaç soluğu vardı bilmiyordu. Kemoterapiyi kabul etmemişti. Yaşayacağı ne kalmıştı, daha kaç kalbi kırabilirdi? O, yolun sonundaydı. Oysa Hande, o daha çok gençti. Onların yanlışları yüzünden, hayatını heba etmesine müsaade edemezdi. Bu siteye onu bulmak, onunla yüzleşmek için taşınmıştı. Genç kızın mutsuzluğuyla yüzleştiği her yeni günde, onunla olan karşılaşmasını ertelemişti. Onları bu gece, farklı bir kapı eşiği buluşturmasaydı; bu dünyadan sessizce çekip gitmeyi umuyordu. Hande'nin karşısına çıkacak cesareti bulamamıştı. Her gün, yeni kelimelerle anlatmaya çalıştığı sebepler, bahaneler kendini ikna etmekten bile uzaktı çünkü. Şimdi pişmandı ama yirmi yıl önce, değildi. O yıllarda bunları düşünecek zamanı bile olmamıştı. Saadeti öyle büyüktü ki, geriye dönüp de kimleri, neleri ardında bıraktığını düşünmeyi hiç aklına getirmemişti. Öleceğini öğrendiği güne kadar, hayatının muhasebesini yapmayı hep ertelemişti. Oysa artık geciktiremezdi bunu. Yarını çıkarabilir miydi, yeni doğan günü görebilir miydi, bilemiyordu. Bu, son şansıydı. Gözlerini rahatça kapamak için, yıllar önce hayatını mahvettiği o küçük kızın affına muhtaçtı.

Hande, yaşlı kadının ürkek gözlerine baktığında, onun da ne kadar yalnız olduğunu sezmişti. Babası, onu da bir başka kadın için terk etmişti. Hiç çocukları olmamıştı. O, yapayalnız ölecekti. Bu, en ağır ceza değil miydi? Peki ya annesi? O da mı hak ediyordu bu cezayı? Tek suçu, yanlış bir adamı sevmek olan annesi, geçmişinin tozlu anılarını her gün yad ederek ölmeyi hak ediyor muydu?

Annesi, affedilmez iki hatadan söz ederdi hep. Ona göre aldatılma, en büyük suçtu, düpedüz cinayetti. En sinsi öldürme biçimiydi; çünkü yok ettiği şeyler, ortalığa saçılmazdı. Aldatılmak, insanlara duyduğunuz güveni, kadınlığınızı, ruhunuzun masumiyetini, yarınlara dair umutlarınızı öldürürdü. Üstelik kimse öldüğünüzü de fark etmezdi. Etten bir yığın olarak, kalabalıkların içinde soluk almaya devam ederdiniz çünkü. Her şey içinizde olup biterdi. Bu suçun cezası çok ağır olmalıydı ama ne yazık ki, hiçbir mahkeme böyle bir zalimliği suçtan saymazdı. Yalnızca vicdan... Vicdanı yargılardı insanı. O da hep geç kalırdı bu hesaplaşmaya... İkinci hata ise intihardı. Annesine göre, intihar dünyadaki en kabul edilemez cinayetlerden biriydi. Zira kişi, hem kendini hem de içindeki Tanrı'yı öldürürdü... Düpedüz yaradılışa, yaşama, insani tüm duygulara ihanetti intihar etmek. İşte bu yüzden, babasının aldatmasının ardından hayatta kalmayı seçmişti annesi. Oysa Hande onun erken yaşta, kalp krizinden ölmesini, bu kalp kırıklığına bağlamıştı. Annesi, ölümü çağırmıştı. Tetiği kendisinin çekecek ne gücü vardı ne de inancı buna müsaade ederdi. Ama insanın yüreği ve beyni, ölmeye karar verdi mi, artık onu kimse durduramazdı... Hande, annesinin listesine bir ek daha yapmıştı o gece. İnsanın geçmişini ve o geçmişin sorumlularını affedememesi. Üçüncü hata, insanın hep sırtında bir yükle, zamanında yapılamamış hesaplaşmalarla dolaşması ve her geçen gün, o yükün altında bir parça daha ezilmesiydi. Ve aslında, tek bir hata vardı hayatta. Yaşamı bir hesaplaşma arenasına çevirmek... İnsanı olduğu gibi, hatalı, eksik hamurlu bir varlık olarak kabullenememek. Affedilemez olan, keşke'lerle, belki'lerle, ucu açık sorularla ruhunu köreltmekti. Aldanılan her aşkı, bir diğer aşka referans göstermekti.

Hande, yaşlı kadına iyice sokularak, "Sizi affediyorum," dedi. Gözlerini onun yarı kapalı gözkapaklarına dikti. "Korkarım, sizi affetmek için çok geç kalmışım," diye ekledi ve telaşlı adımlarla evin kapısına yöneldi.

Zehra, gözlerinden süzülen yaşlarla genç kadının peşi sıra gelirken, "Lütfen kal. Nereye gidiyorsun? Bu gece beni yalnız bırakma. Bugün yılbaşı," diye adeta yalvardı.

Hande, "Başka bir hatamı düzeltmeye gidiyorum," dedi telaşlı adımlarla açtığı kapının dışına süzülürken. Merdivenleri ikişer ikişer inerken, annesinin yattığı mezarlığın yerini hatırlamaya çalışıyordu. Sitenin çelik kapısından çıktığında, karanlığa aldırmadan, yeni yaşını annesiyle kutlamak için çevik adımlarla bir taksi çevirdi ve geceyi bir deniz feneri gibi aydınlatan ay ışığına yüzünü dönüp, gülümsedi. Yüzünü ve yüreğini aydınlığa çevirmeyi seçmişti artık!

Hacer Yeni

KARMEN

Pencerenin kenarında durup kardan adamına baktı. Bembeyaz görünüyordu. Ne kömürden gözler ne de havuçtan burun kondurmuştu yüzüne. Bir yüzü olduğu bile söylenemezdi. Kardan yapılmıştı ancak bir adam mıydı onu da bilmiyordu. Bir an evvel donmasını diledi.

Saatlerce kar taşımaktan buz kesmiş ellerinin kendi bedeninden çok kardan adamınkine ait olabileceğini düşündü. Damarlarında çılgınca bir hızla akıp vücudunun geri kalanını ateşlere boğan kan sıra ellerine geldiğinde duruyor, bileklerinde donuyordu. Elleri belki de bir daha asla ısınmayacaktı. Kalorifere dokunduğu anda onu da çoktan kapattığını anımsadı.

Akşam olduğunu pencerelerde rengârenk çiçek ve yıldızların görünüp kaybolmaya başlamasından anladı. Günlerdir bir nevi ışık ziyafeti vardı sokakta. Bu gece son geceleri olduğu için daha bir heyecanla yanıp sönüyorlardı. Yeni yıl kendi ışıltısıyla gelecek, yılbaşının ışıkları bir sene boyunca kutulara konmuş halde bir dolabın içinde ya da bodrumda bekleyecekti. Tam karşı apartmanın birinci katındaki kırmızı minik çiçek ampuller önce beş, sonrasında sırasıyla dört, üç, iki ve bir defa hızlı hızlı parlayıp söndü. Aralarında birkaç saniyelik molalar vardı. Işıklar tamamıyla kararıp ev on saniye boyunca karanlıklara gömüldüğünde, kendini içerisinden tam karşısındaki bu kırmızılı renk cümbüşünü hayranlıkla izlediği evindeymiş gibi hissetti. Bu durumda kaç saniye geçtiğini bilmiyordu zira saymaktan çok bitmesi için dua etmişti hep. Çiçek ampuller belirli belirsiz bir şekilde yanmaya başladığında tekrardan karşı evdeydi. Kan kırmızısı tonuna ulaşmaları yine bir on saniyeyi buldu. Gecelerdir tek yaptığı bu anı beklemekti. Şanslıydı zira gün ağarana değin aynı görüntüyü yüzlerce kez seyredebiliyordu. Üç yıldır yılbaşı o penceredeydi. O evdekiler için yeni bir yılın başlamasına saatler kalmıştı.

Nefesiyle buğulanan cama bir şeyler yazmak istedi ancak ellerini hâlâ hissedemiyordu. Üçüncü kattaki pencerelere baktığında gördükleri kendi evinin karanlığının aydınlık haliydi. Az evvel yapmayı tamamladığı kardan adama benzeyen bir adam, bembeyaz floresan lambanın ışığında karısı ve üç çocuğuyla yaşıyordu. Bileklerinde iyiden iyiye pıhtılaştığını düşündüğü kanının kırmızısı geldi aklına. Ellerini ısıtabilmek için sokağa çıkması gerektiğini düşündü.

Odasına gitti. Birkaç saat evvel yerlerden tek tek toplayıp tuvalet masasının üzerine özenle koyduğu saçlarına dokunduğunda ellerine bir nebze olsun can geldiğini hisseder gibi oldu. Aynadaki görüntüsünü gördüğünde yine kardan oldu elleri, kan bileklerinde pıhtılaşmaya devam etti. Kendini bildi bileli beline uzanan saçları dört saattir kulak hizasındaydı. Bu haline baktığında floresan lamba yanan evin salonunun başköşesinde oturur gibiydi. Gözlerini kapadı. Şimdi kendi evindeydi. Olmak istediği yer kırmızı minik ampullerin yandığı evdi. Önce beş, sonra dört, sonra üç ve bir saniyelik zaman dilimleri boyunca ağladı. Aynaya baktı, floresan lamba yandı. O evdeki kadın dayak yaralarını ve yumruk morluklarını kapatmak için hep yara bantları yapıştırırdı yüzüne. Çekmecedeki selobant geldi aklına. Belki tek tek bütün saç tellerini ait oldukları yerlere yapıştırabilirdi. Kan bilekleri terk edip ellerine akmaya hazırlandı. Bantı aldı. Masa lambasını yaktı. Masanın üzerindeki gür ve sağlıklı kapkara saç telini hemen kafasının sağındaki bir saça yapıştırdı. Beş tane daha saç teline uyguladığı bu işlemin ardından tüm ışıklar söndü. Asla eskisi gibi olamayacaktı. Kısa küt saçlarıyla karanlıkta kalması en iyisiydi. Yılbaşı ve ışıkları, üç senedir gittikleri evde sonsuza dek kalabilirlerdi.

Belki de günlerdir yaptığı planı uygulaması gerekirdi. Saat henüz geç olmamıştı. Evden çıkmadan evvel dönüp kardan adamına baktı. Bembeyazdı.

Kar yağışı şiddetlenmiş, kalınlığı da ayak bileklerine ulaşmıştı. Kar taneleri yılbaşı sevincinden zerre kadar nasibini almamış ölü taklidi yapan sokak lambalarının etrafında uçuşan birer sinek olmuştu. Aynı sineklerin kendi üzerine de üşüştüğünü görüp eliyle birkaçını defetmeye çalışsa da gökyüzünden düşen milyonlarcasıyla baş edemeyeceği aşikârdı. Kardan adam yine de şanslıydı. Sineklerden uzaktaydı.

Yanından hızla geçen saçları dümdüz fönlü kadına baktığında içinden elini çantasına atıp kardan adam kadar cansız saçlarını bembeyaz karların üzerine serpiştirmek geldi. Artık işine yaramayacaklarından emindi.

Sabah böyle olacağını düşünmemişti. Haftalardır mahallenin köşe başındaki kuaförüne gitme planı yapmış; aslında üç yıldır hemen her gün bunu hayal etmişti. Hep neşeli müzik sesleri gelirdi içeriden. Önündeki demir çamaşırlıkta pembe havlular asılı olurdu. Kuaför kadını birkaç defa dükkânın önünde görmüştü; dudakları daima pespembeydi. Masmavi gözlerine açık mavi rimel sürer, gece mavisi göz kalemi çekerdi. Üzerinde siyah renk görmemişti hiç. İçeride saçını yaptıran kadınların kahkahaları sokağın başından duyulurdu.

Ölmekten korktuğunda hep o kuaförün önünden geçerdi. İçeriye girip saatlerce saçını yaptırdığını hayal ederdi. Bir gün kocasından bunun için izin istemiş; üstelik kuaförün erkek değil kadın olduğunu anlatmıştı. Yanıt: "Olmaz"dı. Hiç olmazdı.

Her yeni yıl "olmaz"larıyla gelip geçmişti. Bu yıl başka olacaktı zira ilk defa her şeyi göze almıştı. Kuaföre iki üç saat kadar önce gelmeyi planlarken kardan adam yapması saatler aldığı için geç kalmıştı.

Sokağın başına varıp kahkahaları duyduğunda kendisinin ve lambaların etrafında uçuşan sineklerin gözden kaybolduğunu gördü. Üç kadın neşeyle dışarı çıkarken içeriye ilk adımını attı. Demir sandalyeler, koskocaman fön makineleri, günün kalabalığıyla lekelenip kirlenmiş aynalar ve deri kaplaması yırtılıp içindeki süngeri çıkmış bir kanepeydi ilk gördükleri. Kuaför kadın bağırdı: "Haydi çocuklar, hemen toparlanıyoruz. Olcay yerleri süpür. Şermin hemen o lavaboları yıka. Haydi, hani benim şarkım? Buyurun, nasıl yardımcı olabilirim?"

Dudaklarına yine neon pembe rujunu sürmüştü. Şarkısı çalmaya başladı. Elleriyle tempo tutarken dinledi.

"Şey, benim saçlarım kesildi de. Acaba bir şey yapabilir miyiz?"

Maşa yaptırmayı hayal ederken planını değiştirmek zorunda kalmıştı.

"Bir bakayım. Nasıl kesildi?"

Masalardan birine oturup çantasından saçlarını çıkardığında kuaför kadının incecik dudakları iyice incelip gözden kayboldu.

"Siz mi kestiniz? Yazık değil mi? Hem makasla kesilmemiş bunlar. Nasıl kıydınız bu güzelim saçlara?.."

Aynadan göz göze geldiklerinde her ikisinin de gördüğü birbirleri değil kardan adamdı.

Saçlarını yerlerine takıp takamayacağını sorduğunda kuaför kadın kaynak yapabileceğini ancak bunun doğal durmayacağını anlattı.

"Çıt çıt yapabiliriz istersen. İstediğinde takarsın," diye ekledikten sonra da duraksayarak "Gelemezsen de beni çağırırsın, gelir takarım evde, dışarı çıkmana gerek kalmaz canım. Üzülme lütfen. Bak şimdi bu akşamlık saçlarını sımsıkı toplayıp ucuna da bunları takalım, upuzun bir atkuyruğun olsun. Şöyle havalı bir saç," dedi.

Bu arada Olcay'ın az evvel neşeyle dışarı çıkan kadının kestirdiği saçları süpürüp farașa doldurduğunu gördü. Hepsini alıp çantasına koymamak için kendini zor tuttu. Sonsuza dek burada kalıp kuaför kadının kahkahasını dinleyerek saç süpürmenin dünyanın en güzel işi olduğunu düşünürken Şermin yanına gelip buz kovası içi ısısındaki ellerini kendi sıcacık ellerinin arasına alıp tırnaklarına baktı. "Manikürünüz var mı?"

Daha önce hiç manikür yaptırmamıştı ki. Birlikte temizlik malzemeleri almaya gittikleri bir gün, kardan adam yalnızca evin içinde sürmesi şartıyla buz beyazı oje almasına izin vermişti. Dışarı çıktığında da yanında hep o vardı zaten. Gittikleri yer de genellikle akraba evlerinden biri olurdu.

"Bordo oje sürüp pek iyi çıkaramamışsınız herhalde. Kenarlarda kalmış."

Saatlerdir hissetmediği ellerine baktı. Tırnaklarının kenarları donmuş kırmızıydı.

Şermin asetonla tırnak kenarlarını temizlemek istediğinde ellerini geri çekti.

"Tamam karmen yapalım size."

Karmenin ne olduğunu bilmeyen gözlerle Şermin'e baktı.

"Normalde tırnakların üzerine tentürdiyot döküp az biraz yıkarız. Burada asıl önemli olan tırnakların kenarlarında kırmızı bir çerçeve kalmasıdır. Sonra da beyaz oje süreriz. Kırmızının ortasında beyaz iyice kar beyaz görünür. Sizinkilerin kenarları zaten bordo olduğundan tentürdiyot kullanmamıza gerek yok. Eskiden çok modaydı ama ben hâlâ severim. Yılbaşı gecesi süper gider hem."

Kuaför kadın bir yandan saçlarını sımsıkı atkuyruğu yaparken bir yandan da müzik setinden yükselen şarkılara neşeyle eşlik etti. Şermin ellerini içine sokmasını istediği sıcacık suyla dolu minicik beyaz bir kap getirdi. Parmakları kabın içine soktuğunda su buz kesti.

Aynada yansımasını gördüğü sesi iyice kısılmış televizyon ekranında yayınlanan haberler sırasında, yılbaşı günü olmasına rağmen o gün de değişen bir şey olmadığını, beş kadının daha çeşitli bahanelerle erkekler tarafından öldürüldüğünü belirten bir altyazı geçti. Kuafördeki kimse okumadı bu haberi.

Spikerin saçlarından da bahsettiğini duydu sesi kısık televizyondan.

"Bir adam kuaföre gitmekte direten karısının saçlarını kesti eline aldığı bıçakla sayın seyirciler. Hiç acımadı. Saçlar, bir kadını öldürmenin en güzel bahanesi. O güzelim saçları kesti."

Birisi televizyonu kapattığından haber yarıda kesildi.

Eğlenmeye geldiği kuafördeki tüm manikür suları buz oldu. Fön makineleri sıcak değil soğuk hava üfledi.

Kuaför kadın atkuyruğunu bitirip Olcay'dan aynayı getirmesini istedi. Saçlarını gördüğünde inanamadı. Televizyonda gördüğü şarkıcılar gibi olmuştu. Ellerine krem sürülmüş; tırnakları bordomsu kırmızı çerçevenin içinde buz rengindeydi.

İçeri girerken kurduğu kahkaha hayallerini anımsadı dışarı çıkarken. Yüzünde belirli belirsiz bir gülümsemeden başka bir şey yoktu.

Son müşterisini uğurlayan kuaför kadın müziği kapatıp televizyonda haberleri açtı.

"Bugün bir kadın kuaföre gitmek istediği için saçlarını kesen kocasını üç yerinden bıçaklayarak öldürdü."

Kar şiddetlenmişti. Aceleyle eve giderken gözü sürekli tırnaklarına takıldı durdu.

Kapıyı açıp salona koştu. Sokaktan eve taşıdığı karlar eridiğinden kardan adam kanlar içindeydi.

Bıraktığı gibi, salonun ortasında boylu boyunca yatıyordu.

Hakan Günday

İLK

Büyük demir kapının içindeki küçük demir kapı açıldı ve Demir, ıslahevine girdi. Karşısına çıkan her kapıda dura dura yürüdü. Bu arada, dört gardiyan, beş koridor, yedi pencere ve bir avlu gördü. Önünde durduğu son kapıyı, gardiyan anahtarı değil, kendi eli açtı. Islahevinin, "sınıf" denilen odasındaydı.

Bir masa, bir tahta, bir harita, bir duvar saati, dört duvar, bir cetvel, biri kırmızı dört tebeşir, ikisi katil beş çocuk karşıladı Demir'i. Katiller dahil hepsi ayakta. Demir gülümsedi. Zorla da olsa...

"Merhaba çocuklar."

Çocuklar oturdu.

"Aslında bugün ders yapmayacağız."

Çocuklar kalktı.

"Oturun, oturun, ders yapmayacağız dedikse... Bugün biraz konuşalım, diyorum."

Çocuklar oturdu. Katillerden biri ayakta kaldı.

"Ne konuşacağız hoca?"

"Bilmem," dedi Demir. "Otur bakalım, buluruz bir şey..."

Demir, çift camlı pencereden avluya baktı. Ama bakışları, çift camın arasındaki tel örgüde kaldı. Daha ileriye gidemedi. Gidebilseydi, avluya düşen ilk kar tanelerini görebilirdi. Yorgundu. Gözeneklerinden hâlâ bir önceki gecenin alkolü çıkıyordu. Ceketinin iç cebinden bir kâğıt mendil çekip alnını sildi. Mendilin üzerinde, geceyi sabah ettiği barın adı vardı.

Yumruğunda buruşturup cebine attı. O kadar istemişti müdürden ama sınıfa hâlâ bir çöp tenekesi alınmamıştı.

"Efendim?"

"Hadi, konuşalım, diyorum hoca... Ne konuşacaksak!"

Demir, ağzı yeni kapanmış Sefo'ya baktı. 15 yaşındaydı. Babasını öldürmemiş ama sağ kulağını koparmıştı. Neden mi?.. Kimin umurunda!

"Tamam," dedi Demir. Sonra da gidip yerine oturdu. Sınıftaki tek masanın ardındaki sandalyeye. Alnı yeniden ıslanmış ancak mendili kalmamıştı. Saçını tarar gibi yapıp sağ avucunu silecek olarak kullandı. O an aklına, ıslahevi öğretmenliği semineri geldi. O zamanlar da terini silecek mendil bulamazdı. O zamanlar da kadehleri saymazdı. Seminer günleri. Karşısına dikilen her konuşmacının ağzını, "vicdan" kelimesiyle açtığı, o hiçbir boka yaramayan seminer ve günleri...

"Peki... Mesela kim anlatacak şimdi, vicdanın ne demek olduğunu?"

Gazi el kaldırdı.

"Söyle."

"Vicdan, hocam, uyutmaz adamı, döndürür böyle, yatakta."

Diğerleri güldü. Gazi'nin adı, doğuştan değil, doğumundan geliyordu. Annesi olacak kadının bacaklarının arasından bir türlü çıkamamıştı. Doğumu öyle bir savaştı ki babası adını Gazi koymuştu. Doğumu öyle bir savaştı ki annesi şehit düşmüştü. Daha cepheden çıkalı on üç yıl olmuştu ki Gazi kendini başka kadınların bacaklarının arasında bulmuştu. Ve o aralardan da çıkamamıştı bir türlü. Gazi, tabii ki doğuştan topaldı ve tecavüzden yatıyordu. Kaç yaşındaydı?.. Kimin umurunda!

"Gülmeyin, doğru söylüyor arkadaşınız," dedi ıslahevi öğretmeni. "Başka?"

Sefo, elini kaldırmadan girdi konuya.

"Bir de Vicdan diye bir karı vardı bizim orada. Ne karıydı!"

Diğerleri güldü.

"Şımarmayın hemen," dedi Demir.

"Öyle deme hoca," diye diretti Sefo. "Millet birbirini kesti o Vicdan karısı yüzünden."

"İyi, anladık, kes... Sen ne diyorsun Nedret? Nedir vicdan?"

Nedret, altı çocuğun en büyüğü, katillerin en irisiydi. Sol bileğine, sağ elindeki kalemle bir şimşek kazıyordu. Başını kaldırıp Demir'e baktı ve konuştu. Yağmur gibi.

"Vicdan dediğin, sızlar, hoca. Ama bende sızlamaz. Şimdi tutsam seni şurada, dayasam bunu gırtlağına, isyan desem, sen de, çoluğum çocuğum var, yapma, desen, sızlamaz mesela benim vicdanım."

Diğerleri güldü.

"Ne zaman sızlar peki?" diye sordu Demir.

"Bilmem... Belki de hiç sızlamaz," deyip şimşeğine döndü Nedret.

"Anlaşıldı," dedi Demir. "Böyle olmayacak... Çıkarın kâğıtları. Kompozisyon yazacaksınız. Başlık: Vicdan nedir?"

Çocuklar uğuldadı.

"Kes sesini! Bakmayın suratıma, hadi!"

Kâğıtlar hışırdadı.

"Feri, sen de çıkar kâğıdını, sallanma."

Feri 12 yaşındaydı ve 27 eve girip 27 bilgisayar çalmıştı. Ama son işinde bir aptallık edip bilgisayarı açıp kurcalamıştı. İşte, o zaman görmüştü *Evrenin Dışına Yolculuk* adlı öyküyü. Evine girdiği kadın, çocuk öyküleri yazarıydı ve işinde o kadar iyiydi ki Feri, yarım kalmış *Evrenin Dışına Yolculuk*'un sonunu öğrenmek için yanıp tutuşmuştu. Kavrulduğuyla kalmış olan Feri, bir aptallık daha edip kadını aramış, bilgisayar karşılığında öykünün sonunu öğrenme pazarlığı yapınca da köpek gibi enselenmişti. Öykünün sonunu öğrenebildi mi?... Kimin umurunda!

Feri de, önündeki kâğıda bir şeyler karalamaya başlayınca,

geriye sadece Çoban kaldı. Hiçbir şey yapmayan, sınıfa girdiğinden beri gözlerini öğretmenden ayırmamış olan ve Demir'in bir türlü cesaret edip de göz göze gelemediği Çoban.

"Ben size söyleyeyim mi, vicdan nedir?"

Diğerleri Çoban'a, Demir önüne baktı.

"Söyleyeyim mi hoca?"

Demir kalkıp sınıfın kapısına doğru yürümek için bir adım attı ama Çoban daha hızlıydı. Kravatından yakaladığı gibi duvara yasladı Demir'i. Çocuklar dondu. Öğretmen ağzını bile açmadı. Ne gardiyanı çağırmak ne de nefes almak için. Karşı koyacak hali yoktu. Hiçbir zaman olmamıştı.

Çoban, başını çevirip bağırdı sınıfa.

"Hoca ne istedi benden, biliyor musunuz? Geçen derste, geldi yanıma, bir kâğıt verdi. Üstünde bir adres. Ne bu, dedim. İçeride, dedi, kim varsa, temizlenecek, dedi. Hafta içi, gündüz girilecek, dedi. Saat tam dörtte."

Demir, son gücüyle Çoban'ı itip uzaklaşmak istedi ama duvar mıknatıs gibiydi. Çoban burnunu Demir'inkine değdirip konuştu.

"Şimdi ne yapacağız, biliyor musun Demir Hoca? Şuna bakacağız."

Şuna, dediği, duvardaki beyaz kadranlı saatti.

"Sonra da bekleyeceğiz."

Saat 15.47'ydi.

"Çünkü o adrese bugün girilecek, anladın mı?"

Demir'in gözleri doluyor, gözbebekleri titriyor ve bütün bunları çok sessizce yapıyordu. O kadar sessizce ki ne dediği bile anlaşılmıyordu.

"Anladın mı, dedim!" diye fısıldadı Çoban. Öğretmenin yüzünün tam ortasına.

Sonra da tek adımda çekilip bıraktı Demir'in yakasını. Buruşmuştu Demir. Gömleği, ceketi, kravatı, her şeyi. Bir mahkûm gibi geçip oturdu sandalyesine.

Yeni öğretmen artık Çoban'dı. Sırtını Demir'e, yüzünü çocuklara dönmüş, konuşuyordu.

"Bakın, bunu sizin için yapıyorum ha! Vicdanlı olduğum için! Bu herifin işi görülecek. Ama bak, bu sınıftan çıkarsa bu mesele, yakarım! Kimse bilmeyecek! Ama sonra ne olacak? Söyleyeyim: Ne istersek, o olacak! Bu herif, biz ne istersek yapacak! Telefon mu lazım, tak getirecek! Ne istiyorsak sokacak bu herif içeri! Çaktınız mı?"

Demir kalkacak oldu ama Çoban hâlâ en hızlı olandı.

"Nereye?"

"İstemiyorum!" dedi Demir. "Vazgeçtim! Bırak beni!"

"Hadi lan!" dedi Çoban. "Otur oturduğun yerde!"

O an... İşte o an, yarı dikilmiş bir halde, Demir bir hesap yaptı. Aklının son kalanıyla. Ve oturdu, oturduğu yere.

Beklediler. Ve beklediler. Bir cinayetin işlenmesini beklediler. Islahevinden on iki durak ötede, Çoban'ın ağabeyi Merzif'in bir eve girip, içeride kim varsa, onu temizlemesini beklediler. Kompozisyon yazmadılar, duvardaki saate baktılar. Önce 15.52 oldu, sonra bir ara, 15.57.

16.00'da, Çoban, "Geçmiş olsun hoca!" dedi.

Nedret sordu:

"Kimi vurdurdun hoca?"

Çoban karıştı:

"Karıştırma, bizi ilgilendirmez. Biz işimize bakalım."

Sonra şöyle bir etrafına baktı. Aralarında en küçük olan Feri'ydi. Güldü.

"Lan Feri, söyle bakalım, ne istiyorsun hocadan? Hadi, ilk, senin hakkın!"

Feri heyecanlandı.

"Abi, ne bileyim, ne desem... Abi, dur, buldum! Abi, yılbaşı ya bugün. On ikiyi görelim de öyle yatalım bu gece."

Artık hiçbir şey hissetmeyen Demir'deydi konuşma sırası. Sesi, bir hafta önce, üzerine bir adres yazıp verdiği kâğıt kadar beyazdı.

"Müdüre söylerim ama dinlemez ki beni..."

"Başka bir şey iste!" dedi Çoban.

Feri'nin gözleri, çift camlı pencerede, avluya kireç gibi dökülen kardaydı.

"Çıkarsın o zaman dışarı, kar oynayalım avluda!"

Çoban, Demir'e baktı. Demir, buruşuk neyi varsa, iki eliyle düzeltip sınıftan çıktı. Duvardaki saat, 16.12'yi gösteriyordu ki kapı aralandı ve arasından Demir'in sesi geçti.

"Müdür, tamam dedi, hadi."

O gün, ikisi katil beş çocuk, ıslahevinin avlusunda düşe kalka karla oynadı. Ders saati bitene kadar, tam kırk dakika. Üşüdükçe titreyen öğretmenlerinin gözetiminde, birbirlerine kartopu atan mahkûm çocukları, bütün ıslahevi kıskandı. Hatta dünyanın bütün ıslahevlerindeki bütün çocuklar... Hepsi kıskandı. Ne de olsa, tarihte, şantajla kartopu oynamış ilk insanlar onlardı.

Peki, Demir kimi öldürttü?.. Kimin umurunda!

İlknur Özdemir

PLANLI BİR CİNAYET

Evden çıkarken saate bakıyorum: Yediye geliyor. Akşamın yedisine. Apartman gürültülü, merdivenlerden inenler, çıkanlar, çarpılan kapılar, çalınan ziller, alt katların birinden gelen müzik sesi. Bir başka dairenin açılan kapısından fışkıran çocuk çığlıkları. Hepsi birbirine karışıyor, bir uğultu halinde yükselip kulağıma doluyor. Uyumsuz bir orkestra çalıyor sanki; duymak istemiyorum ama mümkün değil. Yılbaşı akşamlarını oldum olası sevmem zaten. Son yıllarda iyice huzursuz eder oldu beni, neyi kutluyoruz ki, hayatımızdan bir yılın daha eksilmesini mi? Öbür uca bir yıl daha yaklaşmamızı mı? Neyi?

Kapının dışında duruyorum bir an, aklıma bir şey geliyor, anahtarımı çıkarıp yeniden açıyorum kapıyı, içeri giriyorum, yatak odasına gidip başucumdaki komodinin üzerinde duran gece lambasını yakıyorum, yanında duran kutuyu alıyorum, kapağının üzerini silip açıyorum. Yatağın üzerine oturuyorum yavaşça, kutu elimde, kararsızca bekliyorum içine bakmadan. Evim sessiz, her zaman açık bıraktığım koridor ışığından yayılan cılız bir aydınlık dışında karanlık. Loş odada kutunun içindekiler iyi seçilemiyor ama ben ezbere biliyorum neler olduğunu. Bir yüzük, pili bitmiş, çalışmayan bir kol saati, ucundan nazar boncuğu sallanan bir anahtarlık, vesikalık bir fotoğraf, üstünde parlak taşlar olan kahverengi bir saç tokası. Hepsini teker teker elime alıyorum, parmaklarımın arasında bir süre tutuyorum. Canlanmalarını, bana bir şeyler söylemelerini bekler gibiyim.

Ne çok şey söylüyorlar aslında, unutmak istediğim ne çok şey. Orada öylece ne kadar oturduğumun farkında değilim, sonra anahtarlığı alıyor, gerisini yerine bırakıyorum kutuyu kapatıp eski yerine koyuyorum, ışığı söndürüp çıkıyorum odadan. Merdivenin başında gözüm yine saate gidiyor: Yediyi geçmiş. Basamakları ağır ağır inip sokağa çıkıyorum.

Hafiften kar serpiştiriyor, rüzgârsız, dingin bir soğuk çarpıyor yüzüme, gözlerimi kırpıştırıyorum, kirpiklerime kar taneleri değince. Yakamı kaldırıp kapının önünde birkaç dakika duruyorum, kararsızlığım nereye gideceğimi bilmediğimden değil, gideceğim yeri, yapmaya karar verdiğim şeyi düşündükçe huzursuzluğumun artmasından. Dün yapmazdım, yarına kalsa yapamayabilirim, bu gece olmalı, yoksa bir anlamı olmaz. Cebimden çıkardığım atkımı boynuma sarıp sağa dönüyorum, iri adımlarla ilerliyorum, hayatımın bundan sonrasını çizecek dakikalara doğru. Korkuyor muyum? Hayır, korku değil hissettiğim ama bir tedirginlik, 'yarı-bilinir'e dair bir ürkeklik. Sonrası değil beni ürküten, öncesi. Sonrası umurumda değil, hem de hiç değil. Elimle cebimi yokluyorum, tamam, her şey yerli yerinde, gündüzden yapmışım zaten hazırlığımı. Köşede duruyorum, arabaların arasından tehlikesizce geçebilmek için. Tehlikesizce sözcüğü gülümsetiyor beni. Anlamsız, yersiz geliyor kulağıma. Yılbaşını kutlamak için acele eden, telaşlı insanlar doldurmuş otomobilleri, taksileri, otobüsleri. Kavşak kalabalık, trafik lambasının yeşile dönmesini sabırsızlıkla bekliyorum. Gözüm geçen arabalardan birine ilişiyor. Beyaz BMW'nin direksiyonundaki orta yaşa yakın erkekle yanında oturan beyaz tenli, uzun, düz koyu kumral saçlı genç kadını görünce bir an irkiliyorum. Kadın yüzünü benden yana dönene kadar kalbim göğsümü delecek gibi atıyor, dizlerim titremeye başlıyor, kanımın çekildiğini hissedebiliyorum. Eğilip bakıyorum arabanın içine, iyice göreyim diye: O değil, ama öyle benziyor ki. Toparlanıyorum, kalp atışlarım yavaş yavaş eski temposuna dönüyor, bacaklarım gücüne kavuşuyor, gözlerimi çeviriyorum, trafikte akan öbür arabalara bakıyorum. Birden sağımdan solumdan itenler oluyor, öfkeyle dönüyorum, ama haklılar, ışık yeşile dönmüş, insanlar aceleyle karşıya geçmek istiyorlar, yollarını tıkıyorum. Beyaz araba çoktan uzaklaşmış, silikleşmiş, başka görüntüler gibi.

Uçsuz bucaksız bir sahilde, kumlara çıplak ayaklarımızla basarak yürüyoruz. Uzun, düz, kumral saçları omuzlarından aşağı iniyor. Güneşte pırıl pırıl. Dönüp baktığında çocuksu gözlerinde de aynı pırıltılar. İçim eriyor bana baktığında, onu kaybetmekten, ona bir şey olmasından korkuyorum. Gülüyor, nereden çıkarıyorsun bunları diyor. Ta başından, ilk günden beri taşıyorum bu korkuyu içimde, elimde değil. Eğilip yerden bir avuç kum alıyor, parmaklarının arasından akıtıyor. Geçip giden zamanı düşünüyorum, durdurmak mümkün olsa... Elimi tutuyor, dünya duruyor.

Karşıya geçip ara sokaklardan birine giriyorum, en sakin sokaklar bile hareketli bu akşam. Vitrinler ışıklı, dükkânlar dolu, hediyelik alışverişini son dakikaya bırakanlar telaşlı. Gözüm takılıyor kimilerine, hiçbirinin yüzünde yalnızlık okunmuyor, neredeyse hınçlanıyorum onlara. Ama aklım karışmamalı, yapacağım işe odaklanmalıyım, dikkatli ve tedbirli olmalıyım. Beş dakika kadar yürüyorum, geniş bir caddeye açılan bir sokağın ucuna kadar gidip caddeye çıkmadan kapısının her zaman aralık olduğunu bildiğim bir binanın önünde duruyorum. Günler öncesinden yokladım bu sokaktaki kapıları, binaları. Hangisinin akşamları boş, hangisinin hareketli olduğunu, kimlerin ne zaman girip çıktığını ezberledim günlerdir. Kapalı gibi duran kapıyı yavaşça itiyorum, açılıyor, içerisi sessiz, ıssız. Giriyorum, camlı kapının arkasında, köşeye yaklaşıyorum. Bina buz gibi, ısıtılmadığı belli, tamamı işyeri, ufak bürolar var, önceden araştırdığım için biliyorum. Saat altı, altı buçukta herkes gider, bugün daha da erken boşalmıştır yılbaşı nedeniyle. Karanlık giriş holünde durup dışarıya göz atıyorum, kar hızlanıyor, taneler lapa lapa düşmeye başlamış. Ne kadar bekleyeceğimi bilmiyorum, yarım saat de olabilir, bir saat de. Düşüncelerim geçmişe, başka yılbaşı akşamlarına takılıyor, geçmiş ne kadar geride kalmış gibi şimdi, oysa daha bir ay önce... Kendimi toparlıyorum ama ister istemez yine dönüyorum o sancılı döneme.

Dokunuyorum, kasılıyor. Hem de ilk kez olmuyor bu, kaç gündür böyle. Elim değince kendini geri çekiyor, konuşurken gözlerini kaçırıyor. Üstelemiyorum, soru sormuyorum, alacağım yanıt korkutuyor beni. Fark etmemiş gibi yapıyorum, ama fark ettiğimin farkında. Tabii farkında. Onca yıl sonra başka türlüsü düşünülebilir mi? Ne zaman kendini böyle geri çekse, konuşmadan kalsa, koyu, derin bir uçurum açılıyor önümde, ben de içine düşüyorum. Bildiğimi bilmezlikten gelmek, korkularımla yüzleşmekten daha kolay ve ben de işin kolayına kaçıyorum. Yine de olmuyor, bazen kolay, zordan daha zordur.

Kapının önünden geçenlerin hiçbiri binanın içine bakmıyor, hiç kimse farkımda değil. İyi bu, tanık istemiyorum. Gözlerimi karşıdaki beş katlı binaya dikiyorum şimdi, alttan iki katı işyeri, üst katlar mesken. 30-40 yıllık bir bina bu, eski yüzlü ama bakımlı. Geniş, ferah daireler. Biliyorum, kaç günüm, kaç gecem geçti orada eskiden, kaç kez gittim evine, ilk aylarda. En üst kata çeviriyorum bakışlarımı, salonda ışık yanıyor, sanırım mutfakta da. Bulunduğum yerden, yan tarafta kalan mutfak iyi görünmüyor, zaten hızlanan kar da görüşü azaltıyor. Ayaklarımı yere vurarak ısıtmaya çalışıyorum, hissizleşmeye başladılar bile, ama buna izin veremem, yapacağım şey bütün bedenimin hazır olmasını gerektiriyor, uyuşukluğa, donukluğa, hareketsizliğe tahammülüm yok. Pencerenin tülleri kapalı, arkasında kıpırdanan bir siluet, yo iki siluet. Kanım çekiliyor, tahminim doğru, henüz evdeler ama çıkacaklar, arkasında beklediğim kapının önünden geçip caddeye sapacaklar. Ne zaman? En fazla bir saat içinde, zor olsa da öğrendim bu gecenin planlarını. Hazırım onları görmeye; gülerek, konuşarak geçecekler mutlaka. Süslenmiş, parfüm sürüp, kusursuz bir makyaj yapmış olacak. Uzun bir elbise, herhalde gece elbisesi giyer, mantosunun altından eteği görünecektir. Her zamanki gibi, yanındakine yetişmek için küçük adımlarla yürüyecektir, yüksek topuklarının üzerinde. Benim yanımda yürüdüğü gibi.

Dursana, beklesene, diyor. Durmuyorum, aksine gitgide hızlanıyorum, uzaklaşmazsam istemediğim sözler çıkacak ağzımdan. Yetişemiyor bana, adımları küçük, dengesiz, yüksek topukların üzerinde. Tökezliyor, sesleniyor arkamdan, duymak istemiyorum, yalanlar üzüyor beni, sussa daha iyi. Anlamıyor, anlayamıyor. Sonunda susuyor, dönüp bakıyorum, iyice geride kalmış, noktaya dönüşüyor sonunda. O zaman duruyorum, gözlerim o noktada, gözlerim doluyor, yaşlar istemsizce yuvarlanıyor yanaklarımdan aşağı. Çaresizim. Çaresiz miyim? Böyle mi kalmalı? Kalmamalı. Çözmeliyim. Ama çözüm ne? Kesin çözüm?

Birden irkiliyorum. Arkamda bir tıkırtı, biri mi var? Merdiven otomatiği yanıyor, sonra ayak sesleri duyuluyor, genç bir adam görünüyor, elinde büyük bir kutuyla. O da beni görünce şaşırıyor, ne aradığımı soruyor, kuşkulanıyor belli ki. Beni kuşkulanması değil, tanık sayılacak olması rahatsız ediyor. Yanıt vermemek daha kötü, ama ilk anda bir türlü toparlayamıyorum söyleyeceğimi, üşüdüm, biraz ısınayım diye kapının içine sığındım gibi anlamsız sözler çıkıyor ağzımdan. İnanmadığı belli, ama o da çekiniyor benden, neyim, uğursuzun biri miyim, karar veremiyor. Çıkalım, kapıyı kilitleyeceğim diyor. Kilitlemek mi? Bu sokak kapısı hiç kilitlenmez ki. Yapacak bir şey yok, kusura bakma, ürküttüm deyip peşine takılıyorum, çıkıyorum dışarı. Ağır adımlarla uzaklaşırken gözucuyla arkama, genç adama bakıyorum. Baktığımın farkında o da; cebinden bir anahtar çıkarıyor, ağır hareketlerle –belli ki uzaklaşmamı bekliyor– eğilip kapının kilidine sokuyor anahtarı ya da sokar gibi yapıyor. Köşeyi dönüp bekliyorum. Genç adamın binadan uzaklaşmasına yetecek kadar bir süre geçtiğini hesaplayıp usulca köşeden uzatıyorum başımı. Yok, gitmiş. Hızla sokağa girip binaya doğru gidiyorum koşar adım, bir yandan da gözüm karşıki apartmanda. Henüz giren çıkan yok, beşinci kattaki ışık sönüyor ansızın. Birden paniğe kapılıyorum, iyice hızlanıp gizlendiğim binanın önüne varıyorum. Sokak kapısı kapalı. Ya da öyle görünüyor. Umudumu yitirmiyorum, elimle yavaşça itiyorum. Evet, tahmin ettiğim gibi kilitli değil, açılıyor. Hemen içeri dalıyorum, yan gözle sokağı kollayarak. İçeriye girip köşeye sinene kadar geçen zaman bana çok uzun geliyor. Kalbim gümbür gümbür. Gözüm karşıdaki sokak kapısında, her an çıkabilirler, her an. Hazırlanıyorum. Aradan dakikalar geçiyor, üç dakika, beş dakika. Deli olacağım, kimse yok. Merdiven otomatiği bile yanmıyor. Ama beşinci kat karanlık. Gözlerimi kapatıyorum, bir saniye, üç saniye, beş, on... Sonra ansızın açıyorum, karşıda ışık görmek umuduyla. Yok. Dayanamıyorum, sokağa göz attıktan sonra kapıyı açıp dışarıya çıkıyorum, gözümü karşıki kapıdan ayırmadan cadde tarafına yürüyorum, beşinci katın mutfağının olduğu yana doğru. Sonra bir an başımı kaldırıp bakıyorum. Mutfak da karanlık. Peki neredeler o zaman? Yoksa, yoksa? Yo, olmaz, planları var, gidecekleri yer var... Tekrar koşar adım sığınağıma dönüyorum, kapının arkasına sinip karşıya bakıyorum. Dakikalar geçiyor, birden dikkat kesiliyorum. Karşıdaki binanın merdiven otomatiği yanmıyor ama içeride, giriş holünde bir kıpırtı olduğu sezilebiliyor. Karanlıkta mı indiler merdivenleri? Akla yakın değil, ama olabilir. Harekete geçmeye hazırlanıyorum, fotoğraf kareleri zihin gözümden hızla geçerken, renkli, renksiz kareler, deniz kıyıları, kırmızı şaraplar, sabah mahmurlukları, yağmurda yürüyüşler, kavgalar, barışmalar... Kendimi toparlıyorum, sırası değil bunların, hiç değil. Elim paltomun derin cebinde, sıkı sıkı kavrıyorum soğuk aleti.

Cep telefonu yatak odasında, çantasında, kendisi banyoda. Sokaktan gelir gelmez banyoya attı kendini. Daha üç-dört dakika oldu gireli, hemen çıkamaz. Yatağın yanında ayakta dikiliyorum, çanta mıknatıs gibi çekiyor beni kendine. Az önce mesaj sesi geldi, duydum. Biraz daha beklersem çok geç olacak, yakalanabilirim. Ses çıkarmamaya çalışarak çantasını açıyorum, elimi sokup iç cebindeki telefonu çekip alıyorum. Ellerim titreyerek mesajlara bakıyorum. İşte... Her bir kelime içime işliyor, bıçak gibi saplanıyor yüreğime. Telefonu eski haline getirip çantaya sokuyorum, telaşla çıkıyorum yatak odasından. Paltomu giyip dışarıya fırlıyorum. Silah nereden alınır?

Karşıdaki sokak kapısı yavaşça açılıyor. Hâlâ anlam veremiyorum, neden karanlıkta çıkıyorlar? Yoksa bir şeyden mi kuşkulandılar, oysa ben akıllarına bile gelmiyorumdur. Kapıdan bir kişi çıkıyor, bir erkek, tek başına. Tanıyorum adamı. Peki, o nerede? Erkeğin arkasına bakıyorum gözlerimi kısıp ama kimse yok. Adam kapıda bir-iki saniye durup iki tarafa bakıyor, yüzünü göremiyorum ama hali garip geliyor bana; sonra paltosunun yakasını kaldırıp hızla uzaklaşıyor, caddeye çıkıp kalabalığa karışıyor.

Şaşkın kalakalıyorum olduğum yerde. Hiçbir anlam veremiyorum gördüklerime. Bekliyorum orada, ne yapacağıma karar veremeden. Birkaç dakika geçiyor. Gitmekle kalmak arasında bocalıyorum. İçim içime sığmıyor, tir tir titriyorum, tabancayı kavrayan parmaklarım uyuşmuş, hissetmiyorum onları. Tabanca büyüyor, büyüyor, elime sığmaz oluyor, elimi yakıyor. Daha fazla duramıyorum, kapıyı açıp sokağa çıkıyorum, alt taraftaki cadde kalabalık yine, sesler, ışıklar, klakson sesleri. Sokağın üst başı daha sessiz, bulunduğum yerden de gelen geçen yok. Hızlı adımlarla karşıya geçip binanın kapısını itiyorum. Açık. Yüreğim ağzımda tırmanıyorum merdivenleri. Ses çıkarmamaya çalışıyorum ama o sessizlikte ayak seslerim gümbür gümbür. Beşinci kata ulaştığımda daire kapısına usulca yaklaşıyorum, duraklıyorum. Elim cebimdeki alete gidiyor yine, hafif bir hayal kırıklığı var içimde. Ben ikisini birlikte yakalamak istiyordum, ikisini birden, bir seferde... Şimdiyse... Toparlanıp kapıya elimi dayıyor, itiyorum. Kapalı. Cebimden anahtarlığımı alıyor, anahtarı kilide sokuyor, usulca açıyorum kapıyı. Hafif bir gıcırtıyla açılıyor, ses çıkarmadan giriyorum. Ne yapacak beni görünce? Şaşırır mı? Bağırır mı, bağırırsa ne yaparım? Neden evde kaldı, neden birlikte çıkmadılar? Böylesi daha zor değil mi? Planım bozulmuş, şaşkınım. Sorular kafamda dönüp duruyor, hiçbirine yanıt bulamıyorum, ama yanıtlar çok da önemli değil, odaklandığım tek şey var artık: Öç almak. Alacağım da. Son anda bana bakan gözlerini görmek istiyorum, bende son kalan o gözler olmalı. Arkada, yatak odasının olduğu tarafta cılız bir ışık yanıyor, o ışığa doğru gidiyorum, birden bir tabureye takılıyor ayağım, tabure büyük bir gıcırtıyla kayıyor, parkenin üzerinde. Panikliyorum, olduğum yerde kalıyorum. Beni duymamış olabilir mi, hiç ses yok çünkü. Tuvalette belki diyorum içimden. Daha iyi, çıkınca birden karşısında görür beni. Tabancamı cebimden çıkarıyorum, biraz bekleyip sessizce odaya yaklaşıyorum. Az sonra her şeyi bitireceğim, o beklemeler, kuşkular, acılar, çaresizlikler... Hepsi bitecek. Ne demişti bir gün bana, beni seviyor musun diye sorduğumda: *Kimse kimseyi sonsuza kadar sevmez. Herkesin kendi hayatı başlar bir gün.* Haklı, benim hayatım da şimdi başlayacak. Seninkinin bittiği gün, diyorum. Benim hayatım ancak seninkini bitirirsem başlayabilir, ancak öyle başlayacak. Başlaması için bitirmeliyim.

Tabancayı doğrultup odaya giriyorum usulca. Yatakta sırtüstü yatıyor, oysa hep yan yatar o, garipsiyorum biraz. Uyuduğunu düşünüyorum, ne kadar güzel, saçları yatağın üzerine dağılmış. Üzerinde uzun kırmızı bir tuvalet, ayaklarında yüksek topuklu ayakkabılar. İyice yaklaşıyorum, uyanmıyor, hissetmiyor geldiğimi. Üzerine eğiliyorum, kokusu geliyor burnuma, bir an gözlerimi kapayıp kokuyu içime çekiyorum, başım dönüyor ama hemen kendimi topluyorum. Yılbaşı akşamı bu kıyafetle neden yatıp uyuduğunu sorardım başka zaman olsa. Elimi uzatıp usulca omzuna dokunuyorum. Gözlerini açmalı, bana bakmalı, gözlerini görmeliyim, gözlerimi görmeli son anda. Yoksa hiçbir anlamı olmaz yaptığımın. Gözlerimdeki acıyı ve acımasızlığı görmeli. Sonra bitmeli, bir anda. Tek kurşunla.

Bir daha dokunuyorum omzuna, hiç kımıldamıyor, bu sefer sarsıyorum. Hareket yok. Gözüm kırmızı tuvaletinin göğüs kısmına gidiyor sonra. Şimdi fark ediyorum: Kumaşın kırmızısı orada koyulaşmış, biçimsiz bir leke oluşmuş, gitgide genişleyen, yayılan bir leke, ıslak, koyu kırmızı. Tabancam kasılmış parmaklarımın arasından kayıp yere düşüyor, tok bir sesle; dizlerim gevşiyor, yere çöküyorum, gözlerimi kapıyorum, öylece kalıyorum yatağın yanı başında.

Karakola gittiğimde şafak sökmek üzere. İçerideki uykulu polisin önünde duruyorum, ben birini öldürdüm, diyorum.

Levent Mete

SİYAH KAR

Her şey o cam küreyi gördüğüm anda başladı. Önceden verilmiş bazı kararlarım, incelikli bazı hazırlıklarım varsa da, olayların hızla gelişip, beklenmedik sonuçlara yol açmasının sebebi oydu. Ters çevrilip yeniden doğrultulduğunda küçük parçacıkların kar yağıyormuş gibi aşağı doğru indiği, içi su dolu kürelerden biriydi bu. Ancak, dükkânın rafında yan yana durduğu diğerlerine hiç benzemiyordu. Ötekilerin içindeki parçacıklar beyazken, bunun içindekiler siyahtı. Onların ortasında, gülen şirin çocuklar, havuç burunlu bir kardan adam, bir Noel Baba, bebeğine sevgiyle sarılmış bir anne, kırmızı tombul bir kalp ve buna benzer, insanın içini ısıtan, mutlu bir yılbaşı akşamına hazırlayan figürler vardı. Neden satın aldığımı bilmediğim o lanet şeyin ortasındaysa, hiçbir canlıya benzemeyen kıpkızıl bir yaratık, ağzını açmış, ellerini ya da pençelerini, yakarıyor ya da isyan ediyormuş gibi, yukarı doğru kaldırmıştı. Belki şaka yapmak için alınabilecek bir hediyeydi bu. Benim içinse olumlu hiçbir anlam taşımıyordu.

Zeynep, küreyi televizyon sehpasının üzerine yerleştirirken, duraklayıp bana baktı. İçinde birçok soru barındıran, kararsız bir bakıştı bu. Ama aynı zamanda ona özgü aşırı güvenin izlerini taşıyordu. Paketi açtığında, bir an gülümsemiş, ancak içinde bulunduğum ruh halini sezmiş olacak, gülümseme dudağında donup kalmıştı. Hiçbir şey söylemeden, dönüp mutfağa gitti. Pişmekte olan yemeklerin kokusu evi dolduruyordu. Salondaki masanın üzerinde mumlar vardı. Pencereden, dışarıda yağan kar görülüyordu. Melek, ellerini uzatmış, sevgi dolu sesler çıkarıyor, küçük tombul parmaklarını açıp kapatarak, babası tarafından kucaklanmayı bekliyordu. Bense kendimi ikisine de yakın hissetmiyordum. Sanki yanlışlıkla başka bir eve gelmiştim. Az sonra herkes durumun farkına varacaktı. Korku ve şaşkınlık dolu çığlıklar arasında, dalgınlığım için özür dileyerek çıkıp gidecektim.

Zeynep'i sevmiştim. Âşık olmuş, aylarca peşinde dolaşmış, sonunda gönlünü kazandığımda, sevincimden, kalabalık bir caddede, soluğum kesilinceye kadar koşmuştum. Zeynep'le evlendiğimizi, kızımız doğduğunda hastane koridorunda sevinçten ağladığımı, ona Melek ismini verdiğimizi elbette hatırlıyordum. Ancak bütün bunlar, bir başkasının hayatı kadar yabancıydı. Film seyrederken sesin birden kesilivermesi gibi, duygularım buharlaşıp yok olmuştu. Yalnızca düşünceler kalmıştı geriye. Acımasız, korkunç bir eylemin nasıl hayata geçirileceğiyle ilgili, birbirine eklenen fikirler vardı. Şöyle ya da böyle, şurada ya da burada yapacaktım bu işi. Kendim olmaktan çıkmış, eylemin hizmetinde bir zihne ve bedene dönüşmüştüm.

Zeynep'in beni aldattığını altı ay önce öğrenmiştim. Altan Bey çalıştığımız büronun patronuydu. Benden çok daha yakışıklıydı, başarılıydı, herkesin hayran olduğu biriydi. Geçmişte aralarında bir ilişki olduğunu duymuştum. Ancak Zeynep'e hiç sormadım. Kendimi o kadar güçlü hissetmedim. Birden sinirlenip beni terk edebilirdi. Böyle bir şeyin olabileceğinden korktum. Geçmiş geçmişte kalmıştı. Evlilik törenimiz sırasında, Altan Bey, beni tebrik ederken, dimdik gözümün içine bakmış, hayatın bana çok değerli bir hediye verdiğini söylemiş, "Kıymetini bil," demişti. Zeynep'in yan gözle onu izlemekte olduğunu fark etmiştim. Karnımda, kramp girmek üzereymiş gibi bir burulma olmuştu. Bir çığlık atma isteği duymuştum. Ama sonra unuttum bunu.

Daha doğrusu, üzerine başka düşünceler yığdım, derinlere doğru ittim. Böylesine güzel ve akıllı bir kadın evlenme teklifimi kabul etmiş, benimle bir hayat kurmayı, çocuk yapmayı, birlikte yaşlanmayı istemişti. Hayallerimin ötesine geçmiştim. Melek aramıza katıldığında bulutların üzerinde yürümeye başladım. Zeynep'in iri yeşil gözleri, hokka burnu, ince zarif yüzü, bir bebeğin içinden geçerek yeniden çıkmıştı karşıma. Biz artık üç kişilik mutlu bir aileydik. Hiç kimse, hiçbir şey bu mutluluğu bozamazdı. Öyle olduğunu sanıyordum. İşyerindeki masamın üzerinde, Zeynep'in Altan Bey'le ilişkisi olduğunu söyleyip, beni uyarmaya çalışan "bir dost"un notunu bulduğumda, önce inanmadım buna. Yaşadığım hayatı kıskanan birisinin, aklımı karıştırıp beni huzursuz etmek için yaptığı bir oyun olduğunu düşündüm. Yine de içime kurt düşmüştü. Onları izliyor, bir ihanetin ipuçlarını arıyordum. Bu davranışım en azından Zeynep'e karşı saygısızlıktı. Yapmamaya çalışıyor, ancak kendimi tutamıyordum. Dikkat etmeye başlayınca, arada bazı bakışmaları tuhaf bulmaya, bazı davranışlardan şüphelenmeye, olaylara değişik anlamlar vermeye başladım. Sonunda cesaretimi topladım, banyoya girdiği sırada, karımın cep telefonunu kurcaladım. Gördüklerim karşısında beynimden vurulmuşa döndüm. Mesajlar olup biteni apaçık ortaya seriyordu. Seks filmi çevirir gibi sözler yazmışlardı birbirlerine. Zeynep bunları silmeye gerek bile duymamıştı. "Neden?" diye sordum o zaman, "Neden yaptın? Neden? Neden?" diye bağırdım. Gürültüden Melek ağlamaya başladı. Zeynep, cevap vermeden dinledi beni. Dalgın ve düşünceli bir hali vardı. Aklı söylediklerimle değil de, konuyla ilgisiz bambaşka şeylerle meşgul gibiydi. Sonunda, "İstersen boşanalım," dedi. Ne diyeceğimi bilemedim. Melek avazı çıktığı kadar bağırarak ağlamaya devam ediyordu. Onu kucağına aldı, "Tamam güzelim, tamam bir tanem, önemli bir şey yok meleğim," diye konuşup sakinleştirdi. Sonra, "Ben çocuğu alıp çıkacağım biraz. Sen düşün. Vereceğin her türlü karara saygılıyım," dedi. Konuşurken kullandığı kelimeler, sanki aramıza görünmez bir duvar örüyor, duvarın karşı tarafına geçemeyeceğimi, buna hakkım olmadığını bildiriyordu. İçimde büyüyen isyan, yumruklara, tekmelere dönüştü. Zeynep çıktıktan birkaç dakika sonra, duvarlara, kapılara bütün gücümle vurdum. Bileğim, dizim, parmaklarım ağrıyor, acı çektikçe sanki başka birisine vurup onun canını yakıyormuşum gibi rahatlıyordum. O gün ilk kez bir cinayet işlemek içimden geçti. Bütün bunlara neden olan Altan Bey'i öldürmeyi, ona yaptıklarının hesabını ödetmeyi şiddetle istedim. Ancak daha bunu düşünmeye başladığım anda elim ayağım titredi. Karımın ve kızımın geleceğini kirletmek istemiyordum. Zeynep, iki saat sonra döndü. Melek'i odasına götürüp yatırdı. Salondaki koltuklardan birine oturup bir sigara yaktı. Evlendiğimizden beri sigara içtiğini görmemiştim. Bu olay onu da etkilemiş, sinirlerini bozmuştu anlaşılan. "Seni ne kadar sevdiğimi biliyorsun," dedim, "Kızımız bizim canımız, bizim meleğimiz. Hayatımın en mutlu yıllarını seninle geçirdim. Ama böyle bir şeyi nasıl sineye çeker insan? Neden yaptın bunu Zeynep? Hiç mi sevmedin beni? Başından beri her şey yalan mıydı?" Sigarasından derin bir nefes çekip bıraktı, "Seninle güzel günler geçirdik" dedi, "Böyle olmasını istemezdim. Melek için de kötü olacak." Kelimeleri özenle seçiyor, neredeyse hiçbir yargı belirtmeyen cümleler kuruyordu. Beni seviyor muydu? Yaşadığı gizli ilişki için pişmanlık duyuyor muydu? Evliliğimizin sürmesini istiyor muydu? Sözlerinde, bunlara ilişkin tek bir ipucu yoktu. Sorumluluk tümüyle benim üzerimdeydi. Devam edelim dersem, olanlar için hesap sorma hakkımdan vazgeçmiş olacaktım. Altan Bey'le ilişkilerini bitirip bitirmeyeceği bile belli değildi. Bir saat kadar sonra Zeynep "İyi geceler," deyip yatak odasının yolunu tuttu. Sabaha kadar düşündüm. Hayatımda ilk kez sigara içtim. Gün doğarken kararımı vermiştim. Karımı ve kızımı çok seviyordum.

Ancak, "bir dost" rahat vermiyor, sürekli notlar bırakıp duruyordu. Sabahları ilk işim masamı kontrol etmek olmuştu. Bir başkasının bu notları okumasını istemiyordum. Bu arada, Altan Bey'in bana karşı tavırları değişmişti. Odasına daha çok çağırıyor, daha çok iş veriyor, eskisinden daha yüksek sesle konuşuyordu. Sanki benden hesap soruyor gibi bir hali vardı. Sudan bir sebeple azar işittiğim bir gün, onu öldürmek istediğim anı hatırladım. Nasıl baktıysam tedirgin oldu adam. İlk kez benimle konuşurken heyecanlandığını hissettim, bundan müthiş bir doyum sağladım. Hayatımı yakmayı göze aldığım anda, elimden kurtulması imkânsızdı. Ne yapar eder, bir biçimde canını alırdım onun. Güçsüz değildim, beceriksiz değildim, yalnızca korkaktım. O günden sonra ölçülü davranmaya başladı. Üstünlük bana geçmişti. Hiç beklemediği anda söylediği bir şeye karşı çıkıyor, kimi zaman birden sesimi yükseltiyordum. Belki aralarında konuşuyorlardı. Zeynep de evde daha dikkatli davranıyordu. Bazen, başka bir yöne baktığım sırada, bakışlarını üstüme diktiğini, beni incelediğini hissediyordum.

Cinayeti planlamaya o sıralar başladım. Altan Bey'i gerçekten öldürecektim. Gösterdiğim kararlılık beni de şaşırtmış, kendime duyduğum saygıyı artırmıştı. Herkese karşı daha rahat, daha yukarıdan bir tavırla konuşuyordum. Dalga geçilen, küçümsenen, hakkını arayamayan, pısırık adam değildim artık. Haksızlığa uğradığım, aldatıldığım doğruydu. Ama bunu yapanın cezasını verecek, karımla yattığına, beni küçük düşürdüğüne pişman edecektim. Önce bir tabanca satın almaya niyetlendim. Bir süredir davranışlarımdan şüphelenip, beni izletiyor olabileceğini düşününce, bundan vazgeçtim. Onun konumunda birisi için, peşime adam takıp nereye gittiğimi, ne yaptığımı öğrenmek hiç de zor değildi. Farkına varırsa, polise haber verip beni yakalatabilirdi. Zehir satın almak çok daha kolay, daha az şüphe çekiciydi. Ancak bir süre sonra ondan da vazgeçtim. Adamın bir şeyler yiyip içmesini bekleyecek, gizlice onu zehirlemeye çalışacaktım. Başarılı olsam bile korkakça ve tatmini düşük bir yöntemdi bu. Şüphe çekmeyecek, aynı zamanda yeterince şiddet içeren yöntemleri tek tek gözden geçirdim. İçlerinde en garantili olanı bıçaktı. Sokak çetelerinden savaşçılara kadar herkesin kullandığı, evrensel bir silahtı bıçak. Çarşıyı dolaşıp, her çeşidini bulabilirdim. Daha önce tatmadığım heyecanlar ve hazlar duyarak, çeşitli bıçaklar denedim, değişik kullanım amaçları uydurarak, satıcılardan tavsiyeler aldım. Sonunda iki yüzü keskin, ince, orta uzunlukta bir et bıçağında karar kıldım. Mutfaktaki çekmeceye, diğer bıçakların arasına koymadan önce, bir akşam et doğramak için kullandım bu aleti. Böylece, eğer gerçekten aralarında konuşup yaptıklarımı izliyorlarsa, Zeynep için şüphe çekici bir yanı kalmayacaktı.

İnsan kendisini neye ikna ederse, olayları ona uygun biçimde görmeye başlıyor. Cinayeti ilk kez aklımdan geçirdiğimde, karımın ve kızımın geleceğini kirletmekten korkup, fikrinden hemen vazgeçen ben, bunun onlar için onur duyulacak bir olay olduğuna inanmaya başlamıştım. "Namusunu temizlemek için patronunu öldüren adam" düşüncesi kulağa hiç de kötü gelmiyordu. Şimdi artık yapılması gereken, uygun zamanın ve yerin kararlaştırılmasıydı. Onunla en doğal biçimde karşılaştığım yer büroydu. Dolayısıyla cinayetin nerede işlenmesi gerektiğine karar vermekte hiç zorlanmadım. Bıçağı çantama koyup getirecek, uygun bir anda, tercihen iş yoğunluğunun azaldığı akşam saatlerinde, kolumun altında bir dosyayla, bir konuda akıl danışmak için odasına gidecektim. Aklına kendisine hayranlık derecesinde güvenen birisinin en zayıf yanıydı bu. Ayrıca, dosyayı masaya koyup yanında ayakta durarak, kör noktasına sokulmuş olacaktım. İlk darbeyi kalbine indirmeli, ne olup bittiğini anlayıncaya kadar olabildiğince hızlı hareket etmeli, bıçağı arka arkaya sokup çıkarmalıydım. Kan kaybıyla güçten düşeceği için, ondan sonrası çok daha kolaydı. Odanın ses geçirmez kapısı, eğer fırsat bulabilirse atacağı çığlığın dışarıdan duyulmaması için bir güvenceydi. Bu iş için yılbaşından sonraki haftanın uygun olduğuna karar verdim. Böylece, karım ve kızımla birlikte son kez eğlenecek, uzun süreli bir ayrılıktan önce son kez birlikte yeni yıl kutlaması yapacaktım.

Ancak, o akşam beklenmedik bir şey oldu. Sabah geldiğimde masamda notlar bulmaya alışmıştım. Yılbaşı günü, çıkış saatine doğru, koltuğumun üzerine atılmış kâğıdı görünce şaşırdım. "Bir dost" her kimse, tuvalete gitmek üzere odadan ayrıldığımı görünce hemen işe koyulmuş, belki duyduğu bir ayak sesinden tedirgin olmuş, hazırladığı notu aceleyle oraya düşürmüş, hızla odayı terk etmişti. Hemen çıkıp koridora baktım. Görünürde kimse yoktu. Zeynep'le Altan Bey arasındaki ilişkiyle ilgili alışık olduğum cümlelerden birini görmeyi beklerken, hiç ummadığım yerden gelen darbeyle sarsıldım. "Melek ne kadar da Altan Bey'e benziyor," diye yazılmıştı. Bu cümle bende bardağı taşıran damla etkisi yaptı. Birden hıçkırarak ağlamaya başladım. Hayatım boyunca bu kadar ağır bir sıkıntı duyduğumu hatırlamıyorum. Sanki ciğerlerime hava yerine ateş çekmiş, nefes alamayacak hale gelmiştim. Kalbim deli gibi atıyor, kaslarım seğiriyordu. Başım döndü, düşmemek için koltuğa oturmak zorunda kaldım. Melek'in yüzünden bana bakan kişinin, yalnızca Zeynep değil, aynı zamanda Altan Bey olduğunu, aklım bana şimşek hızıyla gösteriverdi. Gamzeleri, geniş alnı, hatta kemerli bir burnun öncüsü olarak görülebilecek o minik çıkıntısıyla, Melek basbayağı Altan Bey'e benziyordu. Tutunacak dalım kalmamıştı. Mutlu ailem diye bir şey yoktu. Altan Bey'in ailesiyle yaşıyordum. Adam karımı elimden almakla kalmamış, çocuğunu da evime yerleştirmiş, kendi kızına babalık ettirmişti. Bunları arkamdan konuşup güldükleri canlandı gözümde. Birden Zeynep'in annesi geldi aklıma. Bembeyaz saçlarıyla kertenkele boynuna benzeyen gerdanı dışında, kızının bir kopyasıydı bu kadın. Aynı dimdik duruş, aynı kararlı bakışlarla insanın alnına saplanan parlak yeşil gözler. Olanların farkındaydı mutlaka, kızının yakışıklı ve güçlü Altan Özkan yerine benimle evlenmiş olmasına üzülüyordu. Belki de, "Hiç olmazsa torunum bu sünepe heriften değil," diye düşünüp teselli bulmuştu. Evliliğimiz boyunca yalnızca birkaç kez karşılaştığımızı hatırladım. Aynı şehirde yaşamıyor gibiydik. Melek doğduktan sonra bile değişmemişti bu durum. Torununu, kızı ve gerçek damadıyla birlikteyken görüp, bilmediğim başka yerlerde sevip okşuyor olabilir miydi?

Korkunç bir öfkeyle ayağa fırladım. Bir an masanın başında ileri geri sallandım. Ne yapacağıma karar veremedim. Bıçak yanımda olsaydı, hiç tereddüt etmeden soluğu patronun odasında alır, aylardır planladığım işi hemen bitirirdim. Çılgına dönmüştüm. Kapıyı bütün gücümle çarpıp çıktım. Koridoru ve bekleme odasını geçtim. Kapıdaki görevli gülümseyerek, "Çıkıyor musunuz? İyi seneler," dedi. Kendimi toparlayıp, "İyi seneler," dedim. Öfke, sel gibi, güçlü bir hava akımı gibi, beni önüne katmış sürüklüyordu. Binanın kapısından çıkarken, kaldırımda yürüyen birisiyle çarpıştım. Hemen yakasına yapıştım. Gözlerini kocaman açıp baktı bana, korkuyla bir şeyler mırıldandı. Zayıf, ufak tefek bir gençti. Suratına yerleştirdiğim yumrukla savrulup gitti. Yolda taksiciyle kavga ettim. "Daha hızlı git," diye bağırdım. Trafiğin kar yağışı yüzünden yavaş ilerlediğini söyleyince, küfrettim adama, hemen indim, ön kaputa sıkı bir yumruk indirdim, "Namussuz, uyuşuk, kansız herif!" diye bağırdım. Önce arabadan inecek gibi oldu. Halimi görünce korktu benden, "Belanı başkasından bul!" dedi.

Hediyelik eşya dükkânının vitrininde o şeyi görmesem, öfkemin yatışacağı yoktu. Herhalde eve asla ulaşamaz, birisiyle ya da birileriyle kavga edip başıma bela açar, geceyi karakolda geçirmek zorunda kalırdım. O lanet şey yatıştırdı beni. Öfkemi, nefretimi aldı, yerine soğukkanlı cinayet sahneleriyle dolu görüntüler verdi. Altan Bey'e ulaşmam mümkün değildi. Kim bilir nerede, kimlerle birlikte yılbaşı eğlencesine hazırlanıyordu. Geceyi bir gazinoda ailesiyle birlikte geçirecekti belki. Önceki yıl bir gazetenin magazin sayfasında çıkan fotoğraf geldi aklıma. İki ailesi vardı adamın. Birisini benim evime yerleştirmişti. Karısına ve kızına ben göz kulak oluyordum. Zeynep'le doğru düzgün ilişkimiz bile yoktu. "Bir dost" notlardan birinde, onun aslında Altan Bey'le evlendiğini, benim durumu idare etmek için "kenar süsü" olarak kullanıldığımı yazmıştı. "Paravan," demek istemişti herhalde, bu sözü yanlışlıkla kullanmıştı. Ama en çok da "kenar süsü" olmak utandırmıştı beni. İnsanı hem küçümseyip önemsizleştiren, hem de erkekliğine dil uzatan bir ima gibi algılamıştım.

Altan Bey'in ailesi elimdeydi. Olaya bu açıdan bakınca, zevkten titrediğimi hissettim. Hayatın bütün cephelerinde yenilgiye uğradığım, onun karşısında hezimetten hezimete koşan bir zavallı olduğum doğruydu. Ancak yumuşak karnına düşündüğünden çok daha yakın duruyordum. Zeynep öğleden sonra çıkmış, gece için hazırlık yapmak üzere eve gitmişti. O saate kadar, bakıcı kadını da göndermiş olmalıydı. Hiç beklemediği anda hayatının en büyük darbesini alacaktı Altan Bey. Öldürülmekten daha büyük bir ceza olacaktı onun için. İyi ki işler planladığım gibi gitmemişti. Öyle olsa, birkaç dakikalık acının ardından uykuya dalar gibi dünyadan çekip gidecekti. Şimdiyse, yıllarca acı çekecek, belki küstahça davranıp beni kışkırttığı için pişmanlık duyacak, son nefesine kadar, "Keşke o adama bunları yapmasaydım," diye sayıklayacaktı.

Zeynep'in arkasından mutfağa girdim. Bir an, her şeyin farkına varıp bıçağı çekmeceden almaya niyetlendiğini düşünmüştüm. Bunca kötülüğe uğradıktan sonra, tek intikam olanağının elimden alınması korkunç bir haksızlık olacaktı. Neyse ki, böyle bir niyeti yoktu. Fırının kapağını açmış, etin pişip pişmediğini anlamaya çalışıyordu. Kendimi tutamadım yine de, çekmeceyi açıp, bıçağın yerinde olup olmadığını kontrol ettim. Tüm göz alıcılığıyla orada durmuş, bana bakıyordu. Canlı, soluk alıp veren bir yaratık gibi algıladım onu, elimi uzatıp parmak uçlarımla hafifçe okşadım. "Benim gerçek dostum sensin," diye mırıldanırken, gözlerim yaşardı. "Bir şey mi dedin?" diye sordu Zeynep. "Yok bir şey," dedim. "Sen şu ete baksana biraz, ben gidip Melek'in altını değiştireyim," dedi. Yanımdan geçip gitti. Olaylara ne kadar hâkimdi, söylüyor ve yapıyordu. Hiçbir konuda kararsız kaldığını görmemiştim. Böyle bir kadını nasıl öldürecektim? O beni öldürmek istese, hiç zorluk çekmezdi herhalde.

Birden tedirgin oldum. Bir şeylerin yolunda gitmediğini hissettim. Zeynep içeride telefonla konuşuyordu. Hemen salonda aldım soluğu, "Kiminle konuştun?" diye sordum. "Annem," dedi, "Bir ara uğrayacakmış." Şaşırmıştım. Neden uğrayacaktı annesi bize. "Ne zaman gelecek?" derken sesim titredi. Zeynep, bir süre konuşmadan yüzüme baktı, "İyi misin sen? Bana söylemek istediğin bir şey mi var?" dedi. "Annenin ne zaman geleceğini sordum," derken açıkça bağırdım. Bütün vücudum titriyordu. Sakin ve güvenli bir ses tonuyla, "Bu kadar önemli mi?" dedi. Onunla bu şekilde başa çıkmam mümkün değildi. "Melek kimin kızı?" diye doğrudan konuya girdim. Bu kez daha uzun süre baktı yüzüme. "Cevap versene!" diye bağırdım. "Kimse istemediği şeyi yapmak zorunda değil," dedi. "Lafı geveleme, açık konuş! Senin bu çokbilmiş hallerine karnım tok benim!" Bunları nasıl söyleyebildiğime ben de şaşırmıştım. "Kendine gel," dedi. Eliyle göğsümden hafifçe itti, yanımdan geçip mutfağa yöneldi. Nazik davranmak için değil, beni daha fazla dokunulmaya layık bulmadığı için böyle yaptığını hissettim. Peşinden koştum, "Söylesene, Melek kimin kızı?" derken dilim dolaştı. Zeynep, ne dediğimi anlamadı ama ne halde olduğumu anlıyordu. Ona zarar verebileceğimi sezmiş olmalıydı. Yine de, fütursuzca, belki yalnızca bana haddimi bildirmek, onunla bu şekilde konuşabilecek düzeyde biri olmadığımı kafama sokmak için, "Çocuğu korkutacaksın," dedi, "Kendine hâkim olamayacaksan çık git buradan."

Yapabileceğim tek şey vardı, suratına bir yumruk indirdim. Öyle korkutmak için falan değil, bütün gücümle vurmuştum. Yere düştü. Mutfak tezgâhının kenarına tutunarak güçlükle ayağa kalktı. Burnu kanıyordu. Her zamanki meydan okuyan bakışın yüzüne yerleşmesi birkaç saniye aldı. "Bunun hesabını vereceksin," dedi. Kendinden nasıl bu kadar emin olabiliyordu. "Hiç suçluluk duymuyor musun?" dedim, "Beni aldattığın için, aptal yerine koyup böyle kullandığın için üzüldüğün olmuyor mu?" Kâğıt peçeteyle burnunu sildi, "Herkes layık olduğu hayatı yaşar," dedi. Konuşarak bir yere varmamız imkânsızdı. Yalnızca özür dilemesi, bunları yapmış olduğu için üzgün olduğunu söylemesi yeterli olacaktı. Olanları unutup, her şeye baştan başlayabilirdim. Ancak istediğimi yapmayacağı ortadaydı. Belki beni insan değil de, başka türden, daha aşağı bir canlı olarak görüyordu. Dikkate alması, derdimi dinleyip, ne istediğimi anlamaya çalışması mümkün değildi.

Çekmeceden bıçağı aldım. "Öldürecek misin beni?" derken, dudağının kenarında alaycı bir gülümseme belirdi. "Kendine nasıl bu kadar güvenebiliyorsun?" dedim. Soruyu içtenlikle sormuştum. Nasıl olduğunu anlatsa, oturup dinleyecektim. Anlatmayacaktı. Onu neden öldürmeye karar vermiş olduğum aklımdan çıkıp gitmişti bu arada. Elimde bir bıçak tutuyordum. Karşımda, o bıçağın kolayca içine girip çıkabileceği, yumuşak etten yapılmış bir beden vardı. Ne kadar kolay olacağını düşündüm. Yalnızca bu düşünceyle, hatta biraz da acaba gerçekten düşündüğüm gibi olacak mı diye merak ettiğim için, karnına sapladım bıçağı. "Ih!" diye bir ses çıktı ağzından. Aynı biçimde bakmaya devam ediyordu. Şaşırmamıştı, korkmamıştı. Sanki hepsi bu kadardı. Onun bu halinden etkilenecek, bıçağı çıkarıp, masanın üzerine bırakacaktım. Beni elimde bıçak varken bile önemsemediğini göstermiş olacaktı. Oturup ağlayacak, affetmesi için yalvaracaktım. Gözlerinde korkuyu gördüğümde belki yirmi kez saplamıştım, bileğime bir ağrı girmişti. "Öldürme beni," derken soluk almakta zorlanıyordu. Bunca zahmete değen bir şey varsa, rollerimizin ilk kez değişmiş olmasıydı. Şimdi artık onun hayatı benim elimdeydi. Ama uzun sürecek bir durum değildi ne yazık ki. Zeynep'in yapmış olduğu gibi, tadını çıkararak yaşayamayacaktım. O anı yalnızca konuşmak uzatabilirdi. Son bir umutla, "Neden?" diye sordum. Bir şey söyleyecekmiş gibi yüzüme baktı. Sonra başı birden düşüverdi.

Ellerim kan içindeydi. İçimde büyük bir boşluk vardı. Sanki bir av hayvanını kovalamış, köşeye kıstırmış, tam vurmak üzereyken elimden kaçırmıştım. Midem bulanıyordu. Küçük kız ağlamaklı huzursuz sesler çıkarıyordu, o tuhaf küre elindeydi. Onu da öldürmeliydim. Altan Bey'e vurulacak darbe Melek'in ölümüyle güçlenecek, iyice derine işleyecekti. Bir yaşında bir bebeği öldürmek çok kolay olacaktı herhalde. Boğazını kesebilir ya da bıçağı kalbinin ortasına saplayabilirdim. Onun eti Zeynep'inkinden daha yumuşak olmalıydı. Gülmeye başladı birden. Neye güldüğünü anlayamadım. Acemi hareketlerle küreyi sallamaya çalışıyor, taneciklerin uçuşmasını izliyor, sonra başını arkaya yatırarak küçük bir bebek kahkahası atıyordu. O anda, tüm olup biten anlamsız göründü. Zeynep'in belki de ölmemiş olduğunu düşündüm. Mutfakta, küçük bir kan gölünün ortasında yatıyor, nefes almaya, doğrulup kalkmaya çalışıyordu. Ancak gidip bakacak halim yoktu. Dışarıda kar yağmaya devam ediyordu. Çıkıp hava almak iyi gelecekti. Portmantonun aynasında kendimi gördüm. Giydiğim beyaz kazak kırmızıya dönmüştü. Yüzüm kıpkırmızıydı. Dışarı çıktım. Alnıma, yanaklarıma ıslak taneler düşüyordu. Onları görmüyordum. Belki bütün hepsi hayal diye düşündüm. Belki ben o cam kürenin içindeki şekilsiz yaratıktım. Küçük kız, neşe içinde küreyi salladıkça, siyah bir karın yağmakta olduğunu sanıyordum. Ellerimi gökyüzüne doğru kaldırdım, bağırmak için ağzımı açtım ama söyleyecek söz gelmedi aklıma. Çok yorgundum. Oracıkta kıvrılıp uyumak geçiyordu içimden. Ancak bıçak cebimdeydi, yapmam gereken son bir şey daha olduğunu hissediyordum.

Menekşe Toprak

TEK TANIK

O kadını kimin öldürdüğünü biliyorum. Adını cinayet bile koyamayacağım cinayeti gördüm ama bunu kimseye anlatamam. Çünkü inanmayacaklar bana. Eminim, detaylı inceleme sırasında onlara anlatacaklarımı doğrulayacak delillere rastlayacaklardır. Cesedin boynundaki yaralar, bedeninden çekilmiş kan ve bu kanın cinayet mahallindeki yokluğu (hoş, bu durumda cinayetin başka bir yerde işlenme ihtimali üzerinde duracaklardır), onun bana sadece bir gözdağı vermek amacıyla ardında bıraktığı ve bir noktada bıçakla kesilir gibi kesilen kan damlaları dışında bir ize rastlanmaması... Ama tüm bu delillere rağmen tanıklığım inandırıcı gelmeyecek onlara, anlatacaklarımı otuzların ortasında çocukluk korkularına hapsolmuş bir delinin saçmalaması olarak değerlendireceklerdir. Hoş, şimdi günün ilk ışınlarıyla birlikte yaşadıklarıma ve gördüklerime ben bile şüpheyle bakıyorum ya. Ama işte kadın yatıyor orada, belli ki sabahın ilk trenine binmek üzere istasyona gelen şu iki yolcunun bulduğu cansız bedeni, gırtlaklanıp bırakıldığı yerde duruyor. Ben gördüm bunu, hem de biraz önce. Minik kan damlaları bile kar tarafından tam emilip ortadan kaybolmamış; o kadar taze kadının ölümü. Kasılmaktan ağrıyan gövdemin yaşadığı korku kadar taze.

Belli belirsiz işitilebilen sirenin sesi biraz daha yaklaşıyor, ölünün başındaki iki adam kıpırdanıyor. Uzun siyah paltolusu başını yukarı çevirip oturduğum pencereye doğru bakacakken panikle geri çekiliyorum. Adam görmüş olabilir mi beni? Üstelik ışık da yanıyor hâlâ. Hemen yanı başımdaki ayaklı lambaya doğru seğirtiyor, düğmeyi çevirip ışığı kapatıyorum. Oda dışarının cılız ışığı altında donuklaşıyor; televizyon, duvara yaslanmış yemek masası, üçlü koltuk, bilindik gövdeleriyle koyu bir sessizliğe gömülmüş. Bir şey kıpırdanmıyor artık. Tüm nesneler doğal görünüşünde. Okumakta olduğum kitap, açık sayfalarıyla koltuğun kolçağı üzerinde, nasıl bırakmışsam öyle yüzüstü duruyor.

Her şey o kitabı okumaya ara vermemle başladı. Neredeyse kitabın sonlarına gelmiş, yorulmuş, susamış ve gerilmiştim. Kitabı bir kenara koyup ayağa kalkmıştım ki tavandaki ışık söndü, oda karanlığa gömüldü. Aklıma annemin telefonda söylediği gibi kabloları arada bir devre dışı yapan lambanın arızalanmış olma ihtimali gelmedi. Zaten haftalardır boş kaldığı için tozlanıp sessizleşmiş bu evin (Uzun süre boş kalan evlerin böyle kötü bir enerjisi oluyor. Tozu, boşluk duygusunu çoğaltan cansız kokusu, muslukların uzayan fıslaması bende kederli ve yalnız insanların ürkütücü ruhunu hatırlatıyor.) bazıları ta çocukluğumuzdan kalma kimi nesneleri arasında tek başıma geceyi geçirmek, annemin dolaplarda sakladığı eski eşyalar arasında bulduğum, genç kızlığımdan kalma şu kitabı okuyor olmak sinirlerimi yeterince yıpratmıştı. Işık söndüğünde tüylerim diken dikendi, karanlıkta korkudan kasılıp kalmıştım.

"Beni unutmadığını biliyordum. Hâlâ benden korktuğunu da."

Sesi duyduğumda adeta kanım dondu. Biliyordum, bu oydu, koca gündür aklımda büyümüş, şimdi ise karanlıkta karşıma çıkarak korkumu sınıyordu. Aydınlığa çıksam korkum geçecek, ilk kez doğrudan benimle konuşan sesi kesilecekti. Ama dikildiğim yerde adeta kilitlenip kalmış, adım atamıyordum. Soğuk nefesini ensemde hissediyordum – bu çok tanıdık, yumuşak ama ürkütücü sesi sanki arkadan değil de derinlerimde, beynimde yankılanıyordu. Durduğum yerde perdesi açık pencerenin ardındaki beyazlığa diktim gözlerimi. Hafif buharlı camın ardında, karşı evlerin çatılarına yüklenmiş karın beyazlığıyla dikkatim dağılır gibi oldu. Korku da zaten bir dikkatten ibaretti. Gövde hareket ettiğinde dikkat dağılıyor, duyularla duygu arasına başka bir mesafe koyuyor. Hareket edebilmiştim işte. Pencerenin önündeydim, elimin ayasıyla camın buharını siliyordum.

Aşağıda, tren istasyonunun ışıkları çoktan sönmüştü, sabahtan beri aralıksız yağan kar sanki artık yağmaktan yorulmuş, üzerine beyaz örtüsünü serdiği şehirle birlikte dinlenmeye yatmıştı. Beyazlığı tire tire aralayarak uzayan trenin kara rayları bir uçurumdan aşağı düşer gibi ufukta kayboluyordu. İstasyonun sağında ve solundaki şimşir ağaçları o karanlıkta, tepelerindeki kar ve koyu gövdeleriyle koca kıvırcık başlarına beyaz birer başlık geçirmiş, bodur koyu hayaletleri andırıyorlardı –ağaçlar ufuk çizgisinden koşar adım pencere tarafına akın ediyorlarmış gibi göründüler gözüme.

Gitmemişti, biliyordum, hâlâ odadaydı. Sanki omzumun tam üzerinde başının kıpırdadığını hissediyordum. Bir şeyler konuşuyor, dertlenir gibi sohbet ediyordu. Ne istiyordu benden? Niçin burada kalmakta direniyordu?

"Hep canlı kalan ağaçlar. Kışa rağmen," dedi yeniden garip bir şekilde tanıdık gelen bir aksanla. "Şimşir ve çam ağaçları, bir de ben. Bu yüzden en çok bu topraklarda kök salabildim. Sen de bilirsin, geçmişimi en iyi tanıyanlardansın. İklimi sıcak, kayaları sarp ve çıplak bir ülkede doğdum. Ama yazlarına pus düşen, kışları karlı bir memleketteyim artık. Toprağını bana can veren toprağım belledim. Buralara nasıl göç ettiğimi biliyorsun, bu evdeki çocukluğunu hatırla, o puslu kış günü kanala yanaşan gemiden karaya nasıl çıktığımı düşün."

İtiraz etmek, böyle bir şeyi görmediğimi, onun sadece bir

hayal ürünü olduğunu söylemek istedim ama sesim çıkmıyordu. Konuşmaz, hiç yokmuş gibi davranırsam çekip gidecekti. Ancak kendisini çağırana gelir, kapıyı açanın evine misafir olur denmez miydi onun için? Ama yıllar yılıdır hakkında o kadar çok söylence üretilmiş, hikâyesi farklı ağızlarca o kadar çok değiştirilmişti ki, hangi rivayetin doğru, hangisinin yanlış olduğunu bilmiyordum artık. Zaten çoktan beri ilgilenmiyordum onunla. Bugün karşıma çıkması sadece bir tesadüftü. Haftalardır boş kalmış, içinde soluk alınmamış bu evin kasvetli ruhu, yıllar sonra geceyi burada tek başıma geçiriyor olmam ve annemin hâlâ dolaplarında sakladığı eski eşyalarımız arasından çıkan şu kitap.

Sesini duymamış gibi yapabilir, bedenimin kaskatı kesilmesine neden olan korkuyu atabilirdim üzerimden. Yazı, güneşi, ışığı, eskiden beri baharları şu istasyonun demir rayları ve çakıltaşları arasından sivrilen gelincikleri, minik papatyaları, lavantaların mor çiçeklerini gözlerimin önüne getirmeye çalıştım. Hayalimle korkuyu uyutuyor, lavanta kokusuyla onu kovuyor, düşlediğim güneşle onu itiyordum. Birden aşağıda bir karartının hareket ettiğini fark ettim. Her şey silindi, başımı refleks halinde pencereden geri çektim. Gördüm mü sahiden o yüzü? O çürük beyazlıktaki sureti, bakanın gözlerine bir çivi gibi saplanmaya hazır duran gözleri? Kanı çekilmiş o yüzde kan kırmızılığındaki ağzı? Görmüş olamam, bir baş, bir gövde bile değildi gördüğüm. Sadece sarı bir şey, bir an parıldayıp sönen bir kızıllık ve kıpırdayan bir gölge. Bir kez daha usulca pencereye yaklaştım. Korku ruhumu ele geçirse de gözlerim hafızamı yanıltmamıştı. Kendi etrafında yalpalayarak hareket eden, uzun sarı saçlı bir kadındı bu ve ağzındaki sigarasından çekerken sigaranın ucu korlanıp parıldıyordu. Kadın sarhoş gibiydi, dönüşümlü olarak ağzına bir eliyle sigarayı, diğeriyle başka bir şey götürüyordu: Bir içki şişesi, belki de bir kutu bira... Kadının bu karakış ortasında, gecenin bu saatinde dışarıdaki korkusuzluğu karşısında benim sıcak evdeki korkularım nasıl da saçma ve yersizdi. Yana kayıp biraz önce kapattığım şu ayaklı lambanın düğmesini çevirdim. Gerçekten de sadece tavandaki lambanın düğmesi arıza yapmıştı; oda aydınlandı, pencere karardı, karşıdaki kadın görünmez oldu. Ama onun yerine pencerenin yeniden buharlanmış, bir tül perdesi arasındaymış gibi duran sırrında kocaman açılmış korku dolu kara gözlerimi, sıkıca kenetlenip bir çizgi halini almış dudaklarımı, renksiz yüzümü gördüm.

Alnımı dayadığım pencerenin soğuğu tenime yapışıp perçem perçem yüzüme yayıldı. Gerilmiş gövdem ağrıyor, midem kasılıyordu. İyi ki gündüz alışveriş yaparken süt almıştım. Ilık süte bal karıştırmalı, rahatlamalı, şu çocukluktan kalma korkularımdan arınmak üzere uyumalıydım. İstasyondaki kadın, saçlarını savura savura kendi etrafında dönmeye devam ediyordu. O dışarıda, ben içeride, ikimiz de delirmiş olmalıydık. Belki ikimiz de birer uyurgezerdik, birinin dürtmesiyle uyanacaktık. O uykusunda dans ederken, ben bir kâbusun ortasında, korkudan yere mıhlanmışken, kendimize gelecektik.

Neden sonra odaya dönebildim, usulca ahşap zemine bastım, hiçbir şey olmadı, eşya kıpırdamadı, ışık sönmedi, sesi yükselmedi. Yoktu ama yine de sanki her yerdeydi, kapının arkasında, ışığın ulaşamadığı karanlık bir köşede... Antrenin alacakaranlığında tam karşıda salınan o pelerin... Bir çığlık attım. Ama çok saçma. Biliyordum, gardıroba asılı mantomun eteğiydi o. Duvardaki ışığın düğmesine basıp antreyi aydınlattım, mutfağa girdim. Bir kez daha, hiçbir şey olmamış gibi yapabilirdim. Buzdolabının kapısını açıp süt şişesini alırken, ocağın üzerindeki duvara asılı irice cezveyi indirip içine sütü boşaltırken başka şeyler düşündüm. En küçük kardeşimin iki ay önce doğan bebeği geldi aklıma. Doğduğundan beri annem de bebeğin yanındaydı ve her telefon açtığında onu anlata anlata bitiremiyordu. İçim ışıdı. Olabilir, benim de bir bebeğim olabilir artık, diyordum kendi kendime. Belki ben de böyle, ancak otuzumun ortasında artık büyümeye razı olabilirim. Madem K yarın ailemle tanışmaya geliyor, evleniriz K'yla, çocuk yaparız. Benim de bir ailem olur. Tıpkı ablam, kardeşlerim ve diğer tüm normal insanlar gibi ben de nihayet bir çocuk yapar, aile kurar, geçmişe değil, geleceğe bakarım.

Ama ne kadar aklımı başka şeylere kaydırsam da, ne kadar yarın akşam buraya gelecek olan K'ya çocuk istediğimi söylediğimde yüzünün alacağı ifadeyi gözlerimin önüne getirmeye çalışsam da, o öyle kolay kolay vazgeçmeye niyetli değildi. Ocağın gazını tutuştururken gözüm pencereden dışarı kaydı. Ötede hava sanki ağarmak üzereydi, şafak söktü sökecek. Pencerede bir şey hareket ediyordu, evet evet, dağınık bir sis kümesi gittikçe orta noktaya doğru toplanıyordu. Sis sonunda yoğunlaşıp, ince bir bulut kümesi haline geldi ve pencereden içeri girmek ister gibi hareket etmeye başladı. Bu kez kalbim duracak sandım. Haklıydı. O vardı. Ben ne kadar büyümeye karar versem de, o varlığıyla çocukluğumu bana unutturmamaya kararlıydı.

Yıllar önce yine bu mutfakta, eski ocağın hemen yanı başındaydık, ocağın bir gözü yanıyor, diğer bir gözünde küçük bir tencere duruyordu. Ablam sarsıyordu beni. "Bir gün bu evi yakacaksın. Bu yaşta delirir mi insan?" diyordu sürekli.

O zamanlar bu ev sobalıydı, ablamla yattığım oturma odasındaki ağır çelik sobanın kömürü hemen hemen hiç sönmez, iki küçük kardeşimin yattığı diğer küçük odanın kapısı açık dururdu. Ama mutfak buz gibiydi. Ayaklarım üşüyor, titriyordum. Bir şey yapmıştım, bir hata, ablam mutfağın ortasında beni azarlıyordu. Niye? İkimizin de üzerinde pijamalarımız, ablamın saçları dağınık, yüzü gergin, gözleri şiş ve mahmur, sesi sinirli... Ne yapıyorduk mutfakta?

"Baş belası. Yine uykunda geziyorsun. Bir gün bu evi yakacaksın. Allah'tan takırtılarını duydum da uyandım. Bu yaşta delirir mi insan?"

Yerimde tir tir titrerken kapısı açık mutfağa bakıyor, evin sessizliğine kulak kesilmiş, kendime dair kötücül bir şeyler seziyordum. Demek ben bir uyurgezerdim. Neydi uyurgezerlik? Biri, benim dışımda bir güç beni kaldırıyor, hep bir şeyler yaptırıyordu. O gece de yatağımdan kalkmış, karanlıkta yolumu bularak mutfağa girmiş, buzdolabından sütü almış, süt kabını bulmuş, sütü kaba koymuş, ocağı yakmıştım. İyi ama kap neden ablamın söndürmekte olduğu ocağın yanan gözünde değil de, yalımı olmayan yan gözdeydi? Hatırlamıyordum, bunu ben yapmış olamazdım, ablam mutlaka oyun oynuyordu benimle. Dilimin ucunda bir çocuk şarkısı vardı sadece. Kafamda dönüp duruyordu şarkı: Küçük kız küçük kız söyle bize nerdeydin?

Yere kapaklanmadan önce ablamın kucağına yığılmış olmalıydım ki ablam saçlarımı okşuyor, tamam korkma deyip duruyordu. Saçlarımı okşayan elleri teselli ediciydi; göğsünde yükselen lavanta kokusu bir iksir gibi korkularımı alıyordu. Ama çok geçmeden yumuşaklığını yitirdi ablam, sesi sertleşti: "Sen yine televizyonu açtın değil mi? O korku filmlerinden birine baktın!"

"Hayır hayır," diye itiraz ediyordum. Ama doğru değildi. Televizyonu açmıştım, evet. Bu kez farklı, çok farklı çıkmıştı karşıma. Bir kanala bakan iki katlı bir evde uzun saçlı, soluk yüzlü, çok güzel bir kadın kocasıyla birlikte yaşıyordu. Yeni evlenmiş, birbirlerine âşık bir çiftti. Kadının kocası bir emlakçıda çalışıyordu ve iş için uzun bir yola çıkmak üzereydi; ama kadın onun gitmesini istemiyordu. Adam atın üzerinde suları geçiyor, çayırları dolanıyor, dağları aşıyor, kadınsa kâh sisle kaplı bir deniz kenarında kâh evin penceresinden hüzünlü kocaman gözleriyle uzaklara bakıyor, hasretle iç çekiyordu. Adam gecenin karanlığında bir faytonla sert kayaları, sarp dağları aşıp sisin içinde kaybolmuş çok eski bir şatoya varıyor ve şatonun ağır demir kapısının ardında onu buluyordu. Ufak tefek, eciş bücüş, şeytan bakışlı, soluk yüzlü bir yaratık. Ağzı kan kırmızılığında. Tırnakları uzun, ön dişleri uzun ve sivri. Bazen açlıkla, bir çeşit aşkla, bazen de kederle adama bakıyor, onunla konuşuyor, haritaları inceliyor, hiç değişmeyen şeytani bakışları adamın boynundaki kadının resmine kayıyor, bakışları bulutlanıyor, gözlerindeki keder çoğalıyordu. Sonra, bu yalnız ve ürkütücü yaratık, bir gemiye yüklenmiş kapkara tabutlarla soluk yüzlü kadının yaşadığı şehre ulaşıyordu. Çok geçmeden şehirde insanlar ya ölüyor ya da uyurgezer bir halde, şuursuz dolaşmaya başlıyordu.

O gece gözümün önünde beliren bu sahneleri ablama anlatmadım, sadece itiraz ediyordum. Ama yine de sakinleşmiştim. Ablamın yumuşak kucağında rahatlamış, onun o çivi gözlerini unutmuştum.

Ama açılır kapanır bir kanepe olan yatağımda, yorganın altında yeniden titremeye başlamıştım. Ablamın ertesi gün uyurgezerliğimi anneme anlatıp anlatmayacağını düşünürken karşıdaki pencerede, ortada tam birleşmemiş perdenin aralığında hareket eden bir beyazlık görüyordum. Bir sis kümesi pencereden içeri girmeye çalışıyordu sanki. Yüreğim ağzımda, çığlık atmak istiyor ama atamıyordum. Aklımda, işe gitmek üzere birkaç saat sonra kalkacak olan ablamın benden bıkmış, yılgın hali, oflayıp puflamaları vardı. Gözlerimi sıkıca kapatmıştım. Yeniden açtığımda penceredeki sis yoktu ama onun içeriye girmiş gövdesi, pencerenin kalın perdesine dönüşmüş pelerini hareket ediyordu. O eciş bücüş bedeni, çivi gibi gözleri, avını kavramak üzere havaya kalkmış uzun tırnaklı elleri aklımdaydı. Gözlerimi sıkıca kapatmış, yok o, yok öyle biri diyor, on yaşımdaki aklımdan onu kovmaya çalışıyordum.

Onca yıldan sonra, bu yaşta, yeniden korkularımı sınayan hangisiydi peki? O şeytan bakışlı, sivri burunlu Lestat mı, yakışıklı, hüzünlü Luis mi? Yoksa, çocukluğumdaki o korkunç suratlı, uzun tırnaklı, eciş bücüş görünümlü Kont mu? Yüzyıllar boyu yaşadığı şatosunu terk edip bir kuzey ülkesine gelen, aşk yüzünden kendi sonunu getiren o Kont!

Aklımdan geçenleri okumuş gibi yeniden konuşmaya başladı:

"İnsanlar tarih boyunca beni kendi korkularına ya da özlemlerine göre şekilden şekle soktular. Kimisi aslımı Osmanlılar'ın çocukken esir aldığı, Karpatlar'ın prensi kazıkçı Vlad Tepes Draculea'sına dayandırdı, kimisi, İsa'ya ihanet edip onun çarmıha gerilmesine sebep olan Yehuda'ya kadar götürdü kökenimi. İsa, yeniden dirilip dünyaya iyiliği aşılar, babası Tanrı'nın hikmetini yayarken, ben dirildiğimde bir kan emiciydim. Başkaları ise Hakkâri kayalıklarından İstanbul'a getirdi beni ve zemzem suyuyla canımı almaya kalkıştı. Ama sonra insanların tanrı korkuları geçtikçe yeni kimlikler yakıştırdılar bana. Ne haçtan ne de kutsal sudan korkar oldum. Kimi gümüş kurşunlarla öldürdü beni kimi başımı kopararak, kimi de şu senin sözünü ettiğin, insan canını alamayan, her aldığı can karşısında vicdan azabıyla kıvranan yakışıklı Luis şekline sokarak sonsuz hüzne ve kedere mahkûm etti beni. Bazen de insan kanına olan susamışlığımı sadece tek gecelik ilişki yaşayabilen, biseksüel doyumsuzlarınkiyle eş tuttu. Her ısırığımı, seksle eşdeğer bir hayat öpücüğüne benzetti. Belki özümü anlatan doğru benzetmelerden biridir bu. Evet, o hayatın kaynağı olan cinsel birleşme ile benim ölüm öpücüğüm aynı ruhtan biçilmiş. İkisinde de birleşmeyle yaşamın kaynağına iniyor, ertesi gece aynı mutsuzluk, aynı doyumsuzlukla uyanıyorsun. Hoş, bir dönem geldi bunu da unutup tümden yok saydılar beni. Biliyorsun, sen de bir süre bu modaya uyup hiç yokmuşum gibi davrandın."

Şimdi de yoksun, dedim içimden. Bir hayalsin. Sadece korkularımla hayat buluyorsun.

"Öyle mi? Belki de haklısın. Ama biliyorum ki sen yaşadığın

sürece benden hep korkacak, varlığımı kanıtlayacaksın. Şu kulaklarım, dünyanın en ufak çıtırtısını duyabilen şu yaşlı ama hassas kulaklarım dışında kimse işitmez senin fısıltıya bile dönüşmeyen iç sesini. Ama ben duyuyorum. Çünkü varım. Senin ve senin gibilerinin korkuları ve inançlarıyla, tıpkı dışarıda dans etmeye devam eden kadın gibilerinin kanıyla hep var olacağım."

Öylece duruyordum. Bir yanım, on yaşındayken ilk kez ekranda gördüğüm bu yaratığın yıllar yılıdır hep var olduğunu, sesini hep duymuş olduğumu, şimdi sadece bir tekrarı yaşadığımı söylüyor, yetişkin yanımsa koca gün okuduğum kitabın etkisinde kaldığımı, onun sadece bir korku olduğunu tekrarlıyordu. Cezvedeki sütün kabın kenarında cızırdadığını, alttan alta fokurdadığını duyuyordum. Korkum da sütü harekete geçiren yalım gibiydi. Ateşi kapatırsan fokurdama durur, cızırtı kesilir, süt durulur. Ocağın düğmesini çevirip ateşi kapattım. Yavaş yavaş rahatladığımı, üzerimdeki korkunun benden çekilip uzaklaştığını hissediyordum. Tam onun mutfağı, hatta evi terk ettiği duygusuna kapılmıştım ki sessizliği bir çığlık böldü. Oda tarafından geliyordu ses. "Git! Git! Bırak beni manyak, iblis!" diyordu bir kadın. Sonra bir kez daha, delirmiş gibi bağırdı kadın; çığlığı korkunçtu.

Hızla odaya, oradan da pencerenin önüne koştum. Dışarıda şafak sökmek üzereydi. Bir karartı sarı başlı kadının üzerine çullanmış, kadının uzun sarı saçları başıyla beraber arkaya düşmüştü. Kara gölgenin gövdesi kadının üzerinde kıpır kıpır gidip geliyordu. Pencereye yapışmış, bağırıyordum ama sesim çıkmıyordu. Çok geçmeden kadın yere yığıldı, karartı ayağa kalktı, doğrudan pencereye, benden yana döndü. Bu kez gri şafağın ışığında en çıplak haliyle yüzünü gördüm. Bu oydu, o şatodan kalkıp kanallı kente gelen eciş bücüş vampirdi. Kulakları sivri, yüzü yaşlı ama dimdik, gözleri çivi sertliğinde dikkatli, ağzı kırmızı, yüzü ölü beyazlığında... Gözlerini ayırmadan, kork benden dercesine bana bakıyordu. Dayanamadım; gözlerim hızla aydınlanmakta olan şafağa kaydı. Aynı hareketi o da yaptı, başını gökyüzüne çevirdi, sonra telaşla tren raylarının kaybolduğu ufka doğru yürümeye başladı. Yürürken üzerinde bir sis bulutu kümeleniyordu. O ise ardı sıra kadının kanını damlatarak yürümeyi sürdürüyordu, dönüş yolunu bulmak için ekmek kırıntılarını yere bırakan masaldaki Gretel gibi. Gövdesi sisin içinde kaybolurken, bir kez daha o korkunç çivi bakışları gördüm.

Kendime geldiğimde koltuktaydım. Çok uzaklardan belli belirsiz bir siren sesi duyuluyor, birileri konuşuyordu.

Siren sesi kesildi. Çok geçmeden istasyona bir sedyeyi taşıyan iki adam, ardından da koskocaman çantalarıyla, biri kadın üç kişi daha geldi. Şimdi ellerine eldivenler takarlarken, ölünün başındaki iki yolcuyla konuşuyorlar. Adli tıpçılar ve polis olmalı bunlar. Birazdan ölüyü yerinde inceleyecek, onu sedyeye koyacak, sonra da olay yerini kırmızı bir iple çevreleyeceklerdir. Bugün belki de bu istasyonu tümden kapatacaklardır. Bir iki saat sonra da penceresi istasyona bakan evlerin kapılarını çalacaklardır.

Ama ben onlara gördüklerimi anlatmayacağım. Ne onlara ne de evdekilere. Zaten kimse inanmayacaktır bana. Yıllar önce de, hâlâ bu evde yaşarken ve henüz genç bir kızken yine böyle gelmemiş miydi? Yine şu istasyonda başka bir kadının kanını emmemiş miydi? O zaman kapımızı çalan polise gördüklerimi anlattım da ne oldu? İnandılar mı bana? Ablam, polislere sabaha kadar televizyonda korku filmi izlediğimi, çocukluğumdan beri uyurgezer olduğumu, çok korktuğumda rüyalarımda vampirler gördüğümü söyledi. O her fırsatta benim bir deli olduğumu duyurmaktan zevk alan ablam, çocukken de evdekilere benim bir uyurgezer olduğumu anlatmamış mıydı? Ya bir de bunları K'ya anlatırsa?

Sadece ablam değil ki, herkes yalancı. Onun yıllar önce yine böyle bana gözdağı vermek için kanını emdiği kadının başına gelenleri herkese apaçık anlattığım halde, gazeteler herkesi uyutacak yalan haberlerle doluydu. Güya kadın tecavüze uğradıktan sonra boğazından kesilmiş, aşırı kan kaybından ölmüştü.

Hayır hayır, bu kez gördüklerimi kimseye anlatmayacağım, şimdi gittikçe aydınlanan odada, en az on beş yıl önceden kalma, kapağına büyük harflerle yazılmış *Vampirle Konuşma* sözcüklerinin epriyip soluklaştığı kitabı bile yok edeceğim. Ama aşağıda bir cinayet işlendi, cinayetin tek tanığı benim ve ben gördüklerimi hiç kimseye anlatamayacağım.

Eylül-Ekim 2012, İstanbul

Mine G. Kırıkkanat

RAPUNZEL

Karanlığa gömülen dağ yolunu tek sıra tırmanan tatilci arabaları, gecenin içinde gökyüzüne yükselen bir ışık kurdelesi gibi uzayıp gidiyordu önünde.

Kar yağıyor sayılmazdı. Tek tük atıştırıyor; ama gece, karanlık, sürücüleri yavaşlamaya zorlayan bir boşluk duygusu mu yaratıyordu nedir, adeta tampon tampona yapışık düzende ilerliyordu konvoy. Yola çıkarken aklına bile gelmemişti, bu kadar çok insanın yılbaşını dağda kutlamak isteyeceği.

Gözlerinin önünde metronom dakikliğiyle gidip gelen silecekler, kulaklarında motorun rahvan homurtusu; hipnotik bir uykuya dalması işten değildi ki... Onun fısıltı gibi sesiyle kendine geldi.

"Acaba bu yıl, Çin takviminde kaplumbağa yılı mı?"

Şaşkınlıkla dönüp baktı. Orada, yanındaki koltuğa oturmuş; karın yaydığı mavimsi alacakaranlıkta solgun yüzünü, gözlerini ve gülümsediğini bile görüyordu!

Kalbi heyecanla çırpındı. "Sevgilim!" diye inledi sevinçle. "Demek geldin, yalnız bırakmadın beni..."

"Elbette geldim, aşkım! Ne kadar uzun zaman olmuştu gelip beni iş çıkışı almayalı, dağa kaçırmayalı? Çok sevdim bu sürprizini. Özel günümüzü unuttuğunu sanmıştım..."

"Unutur muyum hiç?" derken, nasıl olup da onun yanındaki varlığına şaşırdığını sorguluyordu. Uyukladığı için zamandan kopmuştu, kuşkusuz. Yoksa nasıl unuturdu daha birkaç saat öncesini? Elbette işyerinin önüne park etmiş, çıkış saatini muzip bir çocuğun heyecanıyla beklemişti. Ömründe ilk kez, bavul hazırlamıştı! Hem kendisinin, hem de onun bavulunu.

Aylarca, –belki de yıllarca?– çok çalışmasından, kendisine zaman ayırmamasından, baş başa tatil yapamamaktan şikâyet edip durmuştu, kadın. Nasılsa deli gibi âşıktılar birbirlerine, aldırmamıştı önceleri. Sonra da aldırmazdı ya, belki şikâyetleri kesildiğinde duymuştu tehlike çanlarının çaldığını.

Tehlikenin ne olabileceğini adlandıramamış, ama sevgilinin gömüldüğü sessizlikten rahatsız olmuştu. Onsuz yaşamak zaten imkânsızdı, ancak onun varlığında yankı bulmayan bir yaşam da mümkün değildi. Yavaş yavaş, işine ayırdığı zamanın asıl yaşamdan çaldığı zaman olduğunu, yokluğunun sevdiği kadını bir yalnızlık, bir terk edilmişlik duygusuna gömdüğünü anladı.

Şikâyetleri izleyen sessizlik sürecinde karısının onu öpmeyi unutarak işe gittiği bir sabah, gidişatı tersine çevirmek gerektiğine karar verdi. Rukiye'yi eski günlerdeki gibi şaşırtacak, aralarına giren boşluğu yeniden heyecanla dolduracak, aşk ateşini canlandıracaktı.

"Niye müzik koymuyorsun? Belki zaman daha çabuk geçer..." diye fısıldadı kadın, üzerinde her zaman sihirli bir etki yaratan, ruhunu dinlendiren buğulu sesiyle.

Adamın direksiyonu tutan elleri kasıldı. Bakışları, sileceklerin arasından görünen boşluğa sabitlendi, "Bütün CD'leri attım," dedi. "Müzik dinlemiyorum, artık."

Kristal bardakların "şerefe" çarpışması gibi kısa ve kısık bir kahkaha attı, kadın: "Öyleyse radyoyu aç! Benim de bir sürprizim olabilir, sana..."

Sonra yanıt beklemeden uzanıp radyonun düğmesine bastı ve elini yavaşça adamın direksiyondaki sağ elinin üzerine koydu. Bir kelebek dokunmuş gibi ürperen adam, onun ince, uzun parmaklarına ilk kez görüyormuş gibi hayranlıkla baktı.

Yüreğinin büyüdüğünü, içinin dayanılmaz bir sevgiyle dolduğunu hissediyordu. Bir hıçkırık yükseldi hançeresinden, mutluluktan haykıra haykıra ağlamak istiyordu. Buğulanan gözlerini sevdiği kadına çevirdi.

Dağınık saçların çevrelediği yüzünün mükemmel ovali, gecenin karanlığında bulutların arasından sıyrılan ayı andırıyordu. Kadın, gözlerinin içi gülerek baktı, gözlerinin içine. Onu her seyre daldığında yaptığı gibi, dilini gezdirdiği dolgun dudaklarını büzüp aralayarak, utangaç bir öpücük gönderdi, uzaktan.

"Ne kadar güzelsin, biliyor musun, ne kadar güzelsin sen..."

"Önündeki arabaya bindireceksin, gözünü yoldan ayırma aşkım! Müziğe ver kulağını, bak ne çalıyor?"

Raslantı olabilir miydi? Onların aşk şarkısı yükseliyordu, hoparlörlerden:

"Sen benim kaderim,
Sevincim, hasretim, kederim
Uğrunda güldüğüm
Uğrunda öldüğüm
Gülen yazım
Ağlayan güzüm
Aşk sarmaşığım, Rapunzel'im..."

Şarkıya bağıra bağıra eşlik eden adam, nakaratı tekrarlarken sıra Rapunzel demeye gelince direksiyona bir yumruk indiriyor, "Rukiye'm!" diye sesleniyordu. Tatlı tatlı gülüyordu kadın. O güldüğü için mutluydu adam.

Her zaman böyle olmamış mıydı zaten? Onun gülüşüyle mutlanmış, yüzünü güldürmek için çalışmış, gülüşü hiç solmasın istemişti.

Az önce, arabanın içinde gözlerini diktiği döner kapıdan çıkmasını beklerken de onun gülerek ellerini çırptığını, boynuna atılıp "Ne güzel sürpriz!" demesini hayal ediyordu.

Nitekim öyle olmuştu ki işte yan yana ve mutluydular. Gecenin karanlığında onları güvenli bir ana rahmi gibi saran rahat, sıcacık arabalarında bağıra çağıra şarkı söyleyip gülmek değilse, neydi ki mutluluk?

"Sapağa yaklaştık!" dedi kadın. "Bak, köyün ışıkları göründü, yine atlama kavşağı, kilometrelerce gideriz yoksa..."

Tepeye ilerledikçe kar yağışı artmış, görüş mesafesi azalmıştı gerçekten. Zaten ancak bilenlerin seçebildiği tali yolu geçip gitmeleri işten değildi. Adam şarkıyı kesip, dikkatle sürmeye başladı arabayı.

Çok para vermişti ama, iyi ki almıştı dağ bayır bana mısın demeden sürdüğü Amerikan yapımı dört çekeri. Güçlü motorun düzenli homurtusu, iç konforuyla birleşince üstünde rahatlatıcı bir etki yapıyor, güven veriyordu.

Çok geçmeden gördü sapağı. Dört yıldızla süslenmiş "Valle Verde/ Şale Evler" levhası karla kaplanmış; yolun girişindeki kapalı otobüs minibüs durağı olmasa, gerçekten fark edemezdi dönemeci. Yavaşladı, birinci vitese taktı ve yeşil vadiliği İspanyolca, şale'liği Fransızcadan aktarma dağ evlerine doğru sürdü arabayı.

Sahiplerinin topluca doldurup topluca boşalttıkları tatil köyünde, birkaç evin ışığı yanıyordu. Başkaları da yılbaşını dağda kutlamaya karar vermişti anlaşılan.

"Bu kez yalnız değiliz," dedi, Rukiye. "Nasıl yapacaksın?"

Adam, engel olamadığı bir korkuyla bağırdı: "Hayır, hayır! Ben sadece seninle kalmak istiyorum... Birkaç gün baş başa... Başka bir şey istemiyorum, o kadar..."

Kadının neler söyleyeceğini tahmin etmiş, susmasını yalvarıyordu, sanki.

Her defasında artık konuşmayacağını, birlikte geçirecekleri birkaç günü zehir etmeyeceğini umuyordu, ama boşuna. Anlaşılan, hiçbir zaman susmayacak, hep konuşacaktı, Rukiye.

Nitekim konuştu. Sevinç dolu sesi, –yoksa alay mı ediyordu?– kadife yumuşaklığındaydı:

"Bak, oraya gömdün beni... Daha doğrusu, geri kalanı. Fuzuli olanı. Bedenimi."

Adam, elinde olmadan köy ışıklarının arkasında uzanıp giden karanlığa çevirdi gözlerini. Aradığı yeri göremedi. Tam itiraz edecekti ki, karısı tatlı tatlı gülerek ekledi:

"Ama korkma aşkım! Ben buradayım, seni asla terk etmeyeceğim, hiç ayrılmayacağız, mutluyuz birlikte..."

Onun sustuğunu görünce, "Mutluyuz değil mi?" diye üsteledi.

Adam ne diyeceğini bilemedi. Zaten mutlu olup olmadığını da bilmiyordu. Oysa az önce emindi. Onu yanında bulunca nasıl da sevinmişti? Ama şimdi...

Gözlediği döner kapıdan saat tam 17.30'da çıktı, Rukiye. O sırada arabadan inip seslense, oraya onun için geldiğini, beklediğini gösterse, bütün bunların hiçbiri olmayacak, hayat normal seyrini izleyecekti. Yapmadı. İçinden bir ses, asla nasıl, nereden algıladığını açıklayamayacağı bir uyarıyla, çakılıp kaldı, hatta gizlendi arabanın içine.

Rukiye hiç olmazsa çevresine baksa, kendisini değilse bile onca beğenerek aldıkları "arabayı" fark edecek, yine olmayacaktı bir şey... Ama bakmadı, çünkü gözleri o adamdan başkasını görmüyordu. Mantıklı düşününce, bu kadar uzaktan o adama baktığını görmemesi gerekti. Görmemişti zaten. Hissetmişti. Öylesine keskin bir algıydı ki bu, gördüğüne emindi.

Oysa başlangıçta dört beş kişiydiler. İş arkadaşları, birlikte çıkmışlardı, belli. Ama sonra...

Tatil köyünün kapısında durup bekledi. Yarıya kadar olmasa da epeyce kara gömülmüş güvenlik kulübesinde ışık vardı. Girişte, bariyerin demirlerine bağlı heyula Kangal'ın gök gürültüsü gibi havlayarak uyardığı bekçi, alelacele dışarı fırladı. Tanıyordu adamı. Aşağı köyün yerlisiydi. Yaz aylarında tam gün çalışır, kış aylarında arada bir göz atardı, "Valle Verde"ye. Adam köpeği susturup, yanına gelince, o da camı indirdi.

"Hoş gelmişsiniz, Haluk Bey! Kar yolları kapadı, iyi gelmişsiniz, valla..."

"Hoş bulduk, Selami. Nasıl, dolu mu bizim köy?"

"Hepten dolmadı, ama epeycesi geldi. Yalınız kalmayacağınız, yani!"

Bariyer açıldı. Bekçi Selami ve heyula Kangal'ını selamlayıp, geçti. Eve çıkan patika yol kaygandı. Ağır sürüyordu, arabayı.

Rukiye, arkasına yaslanıp derin bir soluk aldı.

"O gece yoktu, Selami. Zaten kimse yoktu. İnip anahtarınla kulübenin kapısını açtın, sonra şalteri indirip, bariyeri kaldırdın."

Cevap vermedi. Hatırlamıyordu ki... Gözlerini kapadı bir an.

Arabanın içine büzülmüştü. Önce adam ayrıldı, döner kapının önünde gevezelik eden gruptan. Karısının onu gözleriyle izlediğini görüyor, o da bakıyordu arkasından. Boyu bosu, kendi boyu bosu kadardı. Belki biraz daha ince, ama kesin daha yaşlı. Beklemeye devam etti, niçin, neden, bilmeden. Keşke beklemeseydi. Keşke o sırada fırlasa arabadan, çağırsa adını, Rukiye! Daha geç değildi...

Patikanın bitişindeki düzlükte motoru durdurup, her geldiğinde yaptığı gibi bir süre, direksiyona yaslayıp çenesini, dışarıyı seyretti. Köyün en ucundaki iki katlı ahşap ev, çatısını kabartılmış kuştüyü yorgan yumuşaklığıyla örten kar tabakasının altında, bir masaldan fırlamış gibiydi. Çocukken okuduğu bir masal olmalıydı ki, görür görmez, "Benim olmalı!" demişti.

İçeri girip ışıkları ve şömineyi yakınca kör pencereleri aydınlanacak ve masaldaki ev, bacasından tüten dumanla, canlanacaktı.

"Beni kucağına al!"

Yalnız olmadığını unutmuş gibi şaşkınlıkla yana çevirdi başını ve dehşetle irkildi. Karısının yerinde kanlı bir et yığını vardı. Saçlarla kaplı, saçların yapıştığı, tepeleme bir et kütlesi.

Haluk, buz gibi bir elin yüreğini kavrayıp sıktığını duyumsadı. Vücudu kaskatı kesildi. Son bir gayretle gözlerini kapadı. Hayır, gördüğü gerçek olamazdı, sanrıydı kuşkusuz. "Biraz uyusam, geçer," diye düşündü. O kadar uzun zamandır uyuyamıyordu ki...

Gözlerini tekrar açtığında, Rukiye bütün güzelliğiyle gülümsüyordu, yanında. Ellerini, küçük bir kız gibi kucağına devşirmiş, başını hafifçe, muzipçe eğmiş, ona bakıyordu. Sol omuzundan sarkıttığı uzun saçları, karın mavimsi aydınlığında kızıl ışıltılarla şavkıyordu.

Kaskatı vücudu gevşedi. Buz elin bıraktığı yüreği, yeniden çarpmaya başladı. Kâbustan uyanmışlığın mutluluğuyla rahatlayıp, o da gülümsedi.

"Beni bu eve ilk kez getirdiğinde, kucağında indirmiştin, kucağında geçirmiştin eşikten... Beş yıl önce, yine bir yılbaşı gecesi. İlk gecemiz. Bekliyorum aşkım!"

Arabadan atlayıp onun sevgili gövdesini kucakladı. Bir kuş kadar hafifti, Rukiye. Boynuna yaslanan saçlarının kokusunu içine çekti. Evin üç adımlık teras merdivenlerini uçarcasına çıktı, onu kollarından bırakmadan kapıyı açmaya çalışırken, gözü tokmağın üstündeki levhaya takıldı, her zamanki gibi.

Valle Verde'de her şalenin bir adı vardı. Onunkinin kapısına çakılı rüstik tahta parçasına da yakılarak "Rapunzel" adı kazınmıştı. Belki köyün en ucundaki bu evi, adı yüzünden seçmişti. Ama zamanla, çocukken âşık olduğu masal kadını gerçek hayatta bulunca, Rukiye ile Rapunzel karışmıştı, Haluk'un kafasında.

Şömineyi yakarken, yumuşacık kürkle kaplı divana uzanan Rukiye'nin gözlerini hissediyordu üzerinde. Elinde beyaz şarap dolu bir kadeh vardı.

Ateş çok geçmeden harladı. Odayı sıcak bir soluk sararken, alevlerin kızıl gölgesi kadının divana yayılan saçlarında, çıplak gövdesinde dans ediyordu.

Haluk, kepenkleri açmaya davranınca, "Hayır, açma!" diye seslendi. "Sevişeceğimizi biliyorsun..."

"Açsam ne olur, kimse görmez ki?"

Rukiye, bacaklarını davetkâr bir kıvraklıkla aralayıp, "Belli olmaz," dedi gizemli bir sesle. "Açma. Gel yanıma!"

Haluk, sözünü dinledi. Ona yaklaşıp uzattığı kadehten önce bir yudum aldı, sonra hepsini başına dikti. Üzerinde alevlerin oynaştığı bembeyaz çıplaklığını seyretti, bir süre. İçini saran tatlı rehavet, yerini derinlerden yükselen bir arzuya bırakıyordu. Önce saçlarını avuçladı kadının, sonra memelerini. Kollarını boynuna dolayan Rukiye, onu kendisine çekti.

"Seni aldatmadım," diye mırıldandı, birden. "Yatmadım onunla!"

Haluk, tokat yemişçesine sarsılıp doğruldu. "Yalan!" diye haykırdı acıyla.

"Yalan söylüyorsun, gördüm sizi!" derken, gerçekten görüyordu.

İzlemişti onları. Daha doğrusu bir tek onu, Rapunzel'i. Bir hırsız gibi sindiği arabadan çıkıp, peşine takılmıştı. Adam, işyerinin hemen yanındaki gökdelen, beş yıldızlı otelin barında bekliyordu onu. Sohbet eder gibiydiler. Ama öylesine birbirlerinden ayıramıyorlardı ki gözlerini, iki masa ötedeki Haluk'u fark etmemişlerdi.

Önce Rukiye kalkmıştı masadan. Haluk, kapıya yöneleceğini umdu bir an. Ama resepsiyona yaklaştı, uzatılan anahtarı alıp, odalara çıkan asansörlere yürüdü.

Asansörün kapısında, bir süre ne yapacağını bilemeden bekledi, Haluk. Sadece 8. katta durduğunu not etti. Derken, adamı gördü yanında. Hatta bakıştılar. Kendisiyle aynı boydaydı, gerçekten. Ve elli yaşlarında. Yakışıklı. Yumruklarını öyle sıkmıştı ki, ellerinin acıyla kasıldığını hissetti, Haluk. Ama taşlaşmıştı sanki. Hareket edemiyordu. Adam düğmeye basıp bekledi. Geri gelip çın sesiyle duran asansöre bindi. Kapılar kapandı. Işıklı panoda sayılar yanıp söndü. 8 yazınca durdu.

"Eminsen öldür beni!" dedi Rukiye. Meydan okuyor gibiydi. Korku yoktu gözlerinde. Tam tersine. Uzanıp, divanı kaplayan kalın kürkün altından bıçağı çıkardı, Haluk'a uzattı.

"Vur, öldür. Ama önce seviş benimle. Öyle özledim ki seni... Aylardır görmüyordun beni, bakmıyordun çünkü. Hep işin vardı. Gece gündüz, hep işin..."

Elinde tuttuğu bıçağın çeliğinde kurumuş kan vardı. Sapı yapış yapış. Evin mutfağındaki en kocaman, ürkünç bir et bıçağı.

"Ama âşığım sana, deli gibi âşığım," diye hıçkırdı, Haluk.

"Ben de sana, sevgilim. Senden başka kimseyi sevmedim. Asıl ölüm sensizlik. Gel yanıma, yalnız bırakma beni..."

Rukiye, bir sarmaşık gibi sarıldığı erkeğinin gövdesini çıplak bedenine yapıştırdı. Gözlerini, dudaklarını öptü, başını boynuna gömdü. Öylesine sıcak ve yumuşaktı ki, onun varlığına karışmak, vücudunda erimek istedi, Haluk. Çok uzun zamandan beri bunca huzurlu ve mutlu hissetmemişti kendisini.

Kâbus gibi geçen yılbaşı tatilinden sonra Valle Verde'nin kapısına kilit vurup nihayet köye dönebilen Selami'nin gözüne günlerdir uyku girmemişti. Kangal'ı evin önüne bağladı, ayakkabılarını çıkarıp içeri girdi, özlediği koltuğuna kuruldu. Gözleri kan çanağı gibiydi, ama karısına okumadan duramazdı. Elindeki gazeteyi sallayıp, "Gel hanım, gel, bak beni yazmışlar!" diye seslendi.

Bütün köy haberdardı, zaten. Olay duyulur duyulmaz Valle Verde'ye akın etmiş, televizyonlarda da izlemişlerdi. Ama gazete saklanabilir, çıkarıp tekrar tekrar bakılabilirdi. Güler Hanım mutfaktan heyecanla çıkıp geldi. "Oku bakam, ne demişler?"

Bekçi Selami, karısına yerel gazetenin birinci sayfasındaki fotoğrafını gururla gösterdikten sonra, altındaki yazıları tane tane, tadını çıkara çıkara okudu.

Akdağ'daki Valle Verde tatil köyünde kanlı yılbaşı:
CİNAYET Mİ, İHTİHAR MI?

İstanbul'un ünlü cerrahlarından Prof. Dr. Haluk A., yılbaşını geçirmek için geldiği Valle Verde tatil köyündeki evinde, ölü bulundu.

Haluk A.'nın cesedine yapılan otopside, aynı bıçakla karnından yaralandıktan sonra boyun şahdamarı kesilerek, kan kaybından öldüğü belirlendi. Suç aleti bıçakta yalnız Haluk A.'nın parmak izleri bulunduğundan, polis cinayetten çok, intihar olasılığı üstünde duruyor.

Maktulün eşi Rukiye A. iki yıl önce ortadan kaybolmuş, Haluk A. İstanbul polisine bizzat bildirdiği kayıp eşiyle ilgili sorgusundan sonra serbest bırakılmıştı. Valle Verde'deki sır ölüme ait soruşturmanın çok yönlü sürdürüldüğü açıklandı.

Haluk A.'nın cesedini bulan tatil köyü bekçisi Selami Altıntaş, ünlü cerrahın eşi Rukiye A. kaybolduktan sonra ilk kez bu yılbaşında Valle Verde'ye geldiğini, arabasında yalnız olduğunu ve çok hüzünlü göründüğünü açıkladı. Bekçi Altıntaş, doktorun evine yabancı biri girse, tüm köy sakinlerini koklatıp özel yetiştirdiği Kangal cinsi köpeğinin, mutlaka hissedip tepki vereceğini iddia ediyor.

Nermin Yıldırım

KIRMIZI KAR

öldürmenin pek çok yolu vardır.
karnına bıçak saplayabilirler.
ekmeğini elinden alabilirler.
hastalığını iyileştirmeyebilirler.
kötü bir evde yaşamaya zorlayabilirler seni.
kendini öldürmeye itebilirler.
ölesiye çalıştırabilirler.
savaşa yollayabilirler vs.
bizim devletimizde bunların pek azı yasaklanmıştır.

B.Brecht

Yüzündeki kırık dökük anlamı fark edince sordum:

"Ne o, hasta mısın?"

"Sadece yaşlıyım."

Dışarıda lapa lapa kar yağıyordu ve Mahizer Hanım her zaman olduğu gibi içeride, anlatacak çok şeyi olanların suskunluğuyla için için eriyordu. Dinlemekte liyakatli usta ama konuşmakta çolpa çırak bile olamamış bu yaşlı kadın, anneannemdi benim. Ve anlatmaya azıcık hevesi olsa, aslında uzun bir hikâyesi vardı. Ama ben ne güne duruyorum ki... Torunlar kendilerinden öncekilerin hikâyelerini anlatmak için değil mi?

sarı

Yıllar evvel bir yılbaşı gecesinde, beş erkek evlat büyütmüş annesinin tek kızı olarak doğmuş anneannem. Dünyayı rüzgârın yönünden, bulutların şeklinden ve ekinlerin renginden anlamaya talimli yaşlıların gördüğü en sıcak kışmış. Gökyüzü yaz gecelerini kıskandıracak kadar berrakmış. Altın rengiyle nakşedilmiş ışıl ışıl bir ay, kasabanın tepesinde şıkır şıkır parlamaktaymış. Ebe Rukiye başını yarı baygın kadının bacakları arasından kaldırırken, "Gözün aydın Nezahat, ay yüzlü bir kızın oldu," diye cıvıldamış. Yeni doğan bebeklerin buruşukluğuna nispet, anneannem ilk doğduğu dakika bile bembeyaz tenli, gül yanaklı, pırıl pırıl bakışlıymış.

Bebek, aile büyüklerinin görmesi için salona getirildiğinde, pencereden içeri dolan ayın şavkı, yeni doğanın ışıltısına hürmeten usulca kenara çekilmiş. Bebeğin yüz bir sene evvel aynı gün doğan büyük büyük dedesi, hanedekilerin şaşkın bakışları altında, tamı tamına yetmiş iki gündür saplanıp kaldığı yatağından doğrulmuş; ağır yorganı üzerinden sıyırıp titrek iki bacağını sıkıca yere bastıktan sonra, torununu kucaklamış. Küçük bebeğin kulağına eğilen yaşlı adam, son nefesini oraya üflemiş: "Mahizer!"

Ayın dehşetli güzelliğinin altında yatan derin yalnızlığı hesap edemeyen büyük dede, böylelikle, ölmeden hemen önce, torununa altın sarısı ay manasına gelen Mahizer adını vermiş.

Her ne kadar haberi duyan bazı kasabalılar, "Doğar doğmaz büyük dedesinin nefesini çekip tüketmiş, Allah vere de bir uğursuzluk olmasa bu çocukta," diye uluorta konuştularsa da, bebek o günden sonra evin doğan güneşi, parlayan yıldızı, şavkıyan ayı olmuş. Çocukken geçirdiği ateşli hastalıktan sonra yüzü çiçekbozuğu kalan anneciği, teri kokmasın diye tuzlarla, teni kurumasın diye bademyağlarıyla ovmuş kızının minik bedenini. Saçlarını lavantalı sularla yıkamış, kaşlarını kömür karasıyla taramış. Sesi billur olsun diye kadife çiçeklerinden, nefesi ferah koksun diye limon yapraklarından terkip ettiği şurupları köpürte köpürte kaynatmış. Türlü nebatın fokurdadığı evden taşan rayiha, beş mahalle öteye kadar varmış. Kasabanın erkekleri bir yandan tek kaşlarını kaldırıp cıkcıklarken, bir yandan da ciğerlerini dolduran bu kösnül kokuyla ürperip iç geçirmiş.

Kendi çiçekbozuklarını yavrusunda yıkamak isteyen Çopur Nezahat –kasabada herkes ona böyle seslenirmiş– "Kızım bu kasabanın en güzeli olacak, bir gören dönüp bir daha bakacak," dedikçe, ekşi limon yemiş gibi yüzlerini buruşturan yaşlı kadınlar iki dişlerinin arasından tıslayarak, "Aynada göreceğine değil, bahtının göstereceğine dua et. Allah çirkin şansı versin," diye homurdanırmış. Çirkinlerin pek de şansı olmadığını kendinden bilen Çopur Nezahat, kocakarıların laflarına kulak tıkayıp, yine bildiğini okurmuş. Onların güzellikten niye böyle korktuklarını ancak kızı büyüyüp de adı gibi bir ay parçasına dönünce anlamış.

Anneannem erkenden serpilmiş; büyümeyi beklemeden, çocuk yaşında tomurcuklanmış memeleri. Saçları lavanta kokulu, teni kadife, sesi billur gibiymiş. Kaşları keman, kirpikleri ok, burnu hokka, ağzı minik ıslak bir mağara... Daha on birindeyken gözü iştahlı ağzı bol laflı görücüler evlerinin kapısını aşındırmaya başlamış. Burnunu kapıdan dışarı çıkarmamasına rağmen, kasabaya dalga dalga yayılan namını duyan delikanlılar, bir kerecik yüzünü görebilmek için ciğerci kedileri gibi bahçe duvarının ardında bekleşir, kader mahkûmları misali bir aşağı bir yukarı volta atarak anneannemlerin evinin bulunduğu çıkmaz sokağı arşınlarlarmış. İçlerinden hasbelkader yüzünü görenlerse oracıkta meftun olup kalırlarmış. Kâbe'yi tavaf etmiş hacılara, nefesi kuvvetli hocalara, nam salmış şifacılara ve gayet asri doktorlara götürülen; kalplerine musallat olan belayı atsın diye cincilere üfletilip, geleceği görmekten başka değiştirmeyi de vaat eden müneccimlere gösterilen bu mecnunlar, ömür billah iflah olmazmış. İflah olmadıkları gibi, bir de uğruna yanıp tutuştukları kızın beş ağabeyinin beşinden ve hatta birbirlerinden ayrı ayrı yedikleri dayaklara rağmen, gecenin kör vakti yataklarından çıkıp, tezgâha dizilen boş şişeler gibi kendilerini anneannemlerin evinin kapısına bırakırlarmış. Bu boş şişelerin hepsi sabah sokak bekçileri, evin ağabeyleri yahut birbirleri tarafından birer birer toplanır, bazen de kırılıp parçalanırmış. Velhasıl anneannemin güzelliği belasına, sokakta her gün hadiseyle açılır hadiseyle kapanırmış. Suratı sirke satan kocakarılar, sokaktan her geçişlerinde, boyunlarını kıtırdata kıtırdata kafalarını iki yana sallayıp cıkcıklar, "Güzellik başa bela," diye homurdanırmış.

Böyle giderse kızının ya bir eşkıyanın kucağında dağa kaldırılacağına yahut evin erkeklerinin başını belaya sokacağına hükmeden babası, geç olmadan anneannemin başını bağlamakta karar kılmış. Bir an evvel yerini yurdunu bilsin, sahipli olduğunu gören divane takımı da imame boncukları gibi dizilip birer birer kendi yoluna gitsin diye dedemle evlendirildiğinde, anneannem sadece on dört yaşındaymış. Söylenene göre, evlendiği gece kasabalı delikanlılarının biri kalbinden vurmuş kendini, bir başkası da boş bir şişe gibi uçurumdan aşağı bırakmış. Hatta kendini kalbinden vuranın bağrı yanık annesi, kırkını okuttuktan sonra, oğlunun kanlı gömleğini getirip, anneannemlerin kapısına bırakmış. Neyse ki anneannem artık evde değilmiş.

Öyle güzel kızı kapan dedem, âşıklar kabristanına dönmüş kasabada, ölü ve diri onca âşığın, dili kemiksiz dedikoducunun ve gözü fırdöndü meraklının arasında durur mu? Tası tarağı topladığı gibi körpecik karısıyla birlikte gelip, hiç bilmediği İstanbul'a, koca bir muamma deryasının ortasına yerleşmiş. Anneannem Mahizer Hanım, hayatının geri kalanını on dördünde ayak bastığı bu iyot kokulu şehirde geçirmiş. Gerçi burnuna uzaklardan bir iyot kokusu çalınırmış çalınmasına da İstanbul'daki ilk sekiz senesini denizi hiç görmeden geçirmiş. İlk kez oğlu okula başladığı günün akşamı, kocası yanında oğlu, karnında kızıyla bir sahil gazinosuna gazoz içmeye götürdüğünde görmüş denizi. "Geceydi, önümde uzanan deniz top top açılmış lacivert bir ipekliydi sanki. Bir ömür kesip elbise biçsem yine de bitmezdi, öyle genişti," diye anlatırdı.

Dedem aksi mi aksi bir adammış. Çabucak alevlenip önüne geleni yakan öfkesi, karısıyla çocuklarının üzerine gri bir kül bulutu olup yağarmış. Eskiden öyle değilmiş ama alaca taşı gibi kararmış yıldan yıla kalbi, kurumuş, katılaşmış. Yazık, dede olamadan öldüğünden herhalde, ömrü boyunca kendine yumuşayacak bir kıyı bulamamış. Sülalemizdeki bütün babalar gibi kaskatı kalmış... Doğup büyüdüğü ve dört kuşak ceddini bağrına basmış kasabadan ayrılıp, içinde hiç kimselik bile yer bulamadığı İstanbul'a gelmek mecburiyetinde kaldığı, işlerini bir türlü hale yola sokamayıp attan inip eşeğe binenler kervanına katıldığı için hep karısını suçlarmış. O bu kadar güzel olmasa bunların hiçbiri yaşanmayacakmış. Ne zaman kafası bozulsa ağzını türlü küfürle çalkalar, karısına "Senin güzelliğin bitirdi beni, kahpe!" diye bas bas bağırıp, koca mahalleyi ayağa kaldırırmış. Bir vakitler yoluna mecnun olduğu bu güzellik, artık mutsuzluğunun yegâne müsebbibi, hayattaki en büyük düşmanıymış. Yani o böyle olduğuna inanırmış.

Her gece içer, içtikçe kendine yapılan türlü çeşit haksızlığı hatırlar, hatırladıkça daha çok içer, küfelik olmadan evin kapısından adımını atmazmış. Ama sokaktayken ayakta zor duran adam, eşikten geçti mi birden aslan kesilir, evin içinde kükreyip soğuk rüzgârlar estirir, her gece başka bir bahaneyle karısını bir duvardan öbürüne çalarmış. Öyle çok dövermiş ki onu, gürültüden uyanan komşular yeniden uyuyabilmek için kafalarını yastıkların altına gizlemek zorunda kalırlarmış. Ertesi sabah bir kum torbası gibi köşeye fırlatılmış anneannemin yanına gelen komşu kadınlar, dedemin hayatını kararttığına inandığı güzellikten öfkesini almak için bilhassa yüzüne vurduğu darbelerin kanatıp morarttığı yerlere çiğ etler, çiğnenmiş ekmekler basarken, kendi aralarında "Allah çirkin şansı versin kardeş," diye fısıldaşırlarmış.

Günden güne sararıp solmuş anneannem. Gözleri ışığını kaybetmiş, teni pembeliğini. Saçları ölü birer kıl yumağına dönüşmüş, ruhu metruk binaların karanlığına... Ruhu içeride, dillere destan güzelliği dışarıda erimiş katre katre. İçeride açılan gediklere yağmur suyu gibi dolan keder canını yakarmış ama güzelliğinin onu terk etmesinden zerrece rahatsız olmamış. Aksine sevinmiş kurtulduğuna. Zaten çocukluğundan beri onun başa bela olmaktan başka işe yaramadığına inanır, güzellik uğruna çabalayanları anlayamazmış.

Kocası böbrek yetmezliğinden öldüğünde anneannem otuz yaşındaymış. Merhumun arkasından hiç ağlamamış. Bu tekinsiz hayatta iki çocuğuyla tek başına kalmış ama babasının evine dönmeyi aklından bile geçirmemiş. Ne eşiğine kanlı gömlekler bırakılan kapıya, ne de adına hasret türküleri yakılan kasabaya yaklaşmış. Tek başına durmuş çocuklarının başında, her şeylerine yetmeye çabalamış. Yememiş yedirmiş, içmemiş içirmiş, canını dişine takmış, onları öyle büyütmüş. Oğlu liseden sonra emaye fabrikasına girmiş. Kızı, yani annem okumaya niyeti olmamasına rağmen, annesinin zoruyla bir yüksekokul bitirip hemşire çıkmış. Sonra da kendisine ilgi gösteren ilk adamla, yani babamla anlaşıp evlenmiş.

beyaz

Ama tabii bütün bunlar ben doğmadan önce olmuş. Annem hep "Anneannenin yüzü sen doğduktan sonra gülmeye başladı," derdi. İçinde annesine karşı köpük köpük öfke besliyordu annem. Bu yüzden hemen dişlerinin arasından keskin bir kılıç çekip eklerdi: "Biz ondan güler yüz görmedik tabii." Kendimi bildim bileli başına gelen her şeyden annesini sorumlu tutardı annem. Mesela ne zaman etek giyse ayna karşısında bacaklarını seyreder, "Bebekken eğri büğrü kundaklanırsan olacağı bu işte, bu çarpık bacaklar. İnsan kız evlat der, azıcık itina eder, ama nerede?" derdi. Her fırsatta çocukluğundan bahseder, annesinin onu okula ne paçoz kılıklarda gönderdiğini anlatırken patladı patlayacak bir sinir küpüne dönerdi. "El âlem kızını kolalı yakalarla, atkuyruklarına dolanmış pırıl pırıl saten fiyonklarla yollardı okula. Bizimki saçlarımı besleme gibi keser, ayaklarıma dolanan upuzun önlükler giydirirdi. Okuyayım diye başımın etini yedi ama bile isteye çirkinleştirdi beni, yıllarca rezil rüsva etti." Annesinin hikâyesini bilirdi. Ama yine de kendisini güzelliğin lanetinden korumak istemesini affetmezdi. "Çocukluğumu da mahvetti, genç kızlığımı da!"

Anneannem benim çocukluğumu mahvetmedi. Üstelik güler yüz de gösterirdi. Hem de en sıcacığından. Gülüşü öyle sıcak, bakışları öyle yumuşaktı ki sıktığım bütün yumruklar yumuşardı yanında. İçime atıp sakladıklarımı çıkarır, gözyaşlarımı en rahat onun kucağına bırakırdım. Ne zaman içimin denizleri kabarsa yanına koşar, başımı sıcacık memelerine gömüp, kederimi usul usul oraya akıtırdım. Çocukken annem beni dövdüğünde, *Pal Sokağı*'nın Nemeçsek'i öldüğünde, düşüp dizimi kanattığımda ya da masumiyetin yükü canımı acıttığında, koşup hep o memelerin arasında saklandım. Sonra büyürken, büyümekten korkarken, büyümekle acırken, insanlardan, aşktan ve dünyadan ağılı yaralar alırken, yine onun şefkatli memeleri arasında ağladım ben.

"Ağla, rahatlarsın," derdi anneannem. Şefkatli parmaklarını saçlarımda gezdirir, kalbimde harelenmiş acıyı söküp atıncaya kadar, doya doya ağlamama izin verirdi. Oysa kendisi kimsenin yanında ağlamaz, hiçbirimizin yanında rahatlamazdı. Bıçak kemiğe dayandığında, ruhunu boğan ezince daha fazla dayanamayıp patladığında, çok çok kuvvetle iç geçirip, "Bir oh diyemedim," derdi.

Küçükken bu laf bana pek komik gelirdi. Her duyduğumda kıkırdayarak, "Ne zaman oh diyeceksin anneanne?" diye sorar; "Kırmızı kar yağınca," cevabını alınca büyülü hayallere dalardım. Kırmızı karın "hiçbir zaman"ın takma adı olduğunu anlamaz, yüzümüze nar gibi kırmızı kar tanelerinin düştüğü bir masal zamanı düşlemeye başlar; bu mucizevi anı bir an evvel yaşayabilmek için anneanneme oh dedirtmeye çalışırdım. "Oh desene anneanne. Ne olur bir oh de."

"Off," derdi anneannem. "Pire gibi zıplayıp durma etrafımda evladım. Vallahi başım döndü."

Çocuklarını kocasından kalan küçük evde ufacık bir maaşla, arada bir konu komşuya dikiş dikerek büyüten anneannem, bütün eski kadınlar gibi yoktan var, azdan çok etmeyi bilirdi. Kıt kanaat geçinmesine rağmen bir günden bir güne kimseden, çocuklarından bile yardım istemedi. İstemediği gibi, sıkıştıklarında ne ara ve nasıl biriktirdiğine kimsenin akıl sır erdiremediği üç beş kuruş çıkarır, kullanıp rahata ermeleri için onlara verirdi.

Kendisi için beş kuruş harcadığı görülmemişti ama başkalarını yedirip içirmeyi pek severdi. Misafirlere yaptığı ikramlar dillere destandı.

En özendiği sofraları yılbaşı geceleri kurardı. Yok, doğum günü kutlamazdı. Ne de olsa büyük büyük dedesinin öldüğü bir günü, doğum günü diye kutlamak yakışık almazdı. Ama aynı güne denk gelen yılbaşını kutlamaya bayılırdı! Yeni yıla nasıl girerse bütün yılı öyle geçireceğine inandığından, evinden neşe ve afiyet eksik olmasın diye her sene bizi kocaman bereketli bir sofranın etrafında toplamaya çalışırdı. Ama ne sofra!

Evvela masaya kar tanesi motifli el emeği göz nuru dantel masa örtüsünü serer, üzerini sokak çiçekçilerinden pazarlıkla aldığı kokinalarla ve yılbaşı haricinde sadece elektrikler kesildiğinde kullandığı, ahşap şamdanlara geçirilmiş kalın beyaz mumlarla süslerdi. Sofranın ortasına zeytinyağlı dolma, içliköfte, patlıcan oturtma gibi kallavi yemekleri yerleştirir; onların aralarına da babagannuş, pancarlı humus, acılı ezme gibi mezelerle öksüz doyuran cinsten koca tabaklara konmuş salatalar serpiştirirdi. Mezenin en âlâsının bulunduğu masaya zamanında içkici kocasının elinden çok çeken anneannemin alkol kokusuna tahammülü olmadığı için alkol konulmazdı. İçecek olarak meşrubat ikram edilirdi. Bol şerbetli tatlılar, meyveler ve kuruyemişler, yemekten sonra masaya çıkarılmak üzere orta sehpaya dizilirdi. Anneannemin bolluk anlayışının en büyük alameti farikası olan antepfıstığı ve muz, bu sehpada muhakkak yerini alırdı. Eskiden evlere kolay kolay giremeyen Çikita muz, ucuzladıktan sonra bile onun gözünde dört başı mamur bir sofranın ve baysallığın en önemli nişanı olarak kalmıştı. Yalnızken katiyen almaz, bizim için aldığında da asla dokunmazdı.

"Anneanne muz yesene."

"Yok, benim dişim onu kesmiyor evladım."

Anneannem dünyanın en tatlı yalancısıydı. Fındık kırıp çekirdek çitleyebilen marifetli dişleri sırf evdekilere kalsın diye o yumuşacık muzu kesmeyi beceremezdi. Hayatımın en güzel yemeklerini onun evinde, özene bezene kurduğu yılbaşı sofralarında yedim ben. Çocukluğumun neşeli, hesapsız, kaygısız günlerinde... Hani o göz açıp kapayıncaya kadar geçiveren...

Ama sadece her güzel şeyin değil, her şeyin olduğu gibi o sofraların da bir sonu vardı. Mahizer Hanım yılbaşı sofrası kurmayı Hikmet Dayı'mın ölüm orucuna yattığı sene bıraktı.

Güçbela izin alıp yaptığı cezaevi ziyaretinde aslan gibi oğlunu kırk altı kiloya düşmüş görünce, değil sofralar donatmak, yemeden içmeden kesilmiş, bir ay içinde on kilo vermişti. "Hastalanacaksın, ye," diyenlere, "Oğlumun yemediğini ben ne edeyim. Kursağımdan girmiyor, zorlamayın," diye cevap verirdi. Üzüntüden yemeden içmeden kesilip kuş gibi erimesine rağmen ağzını açıp da oğluna sitem etmemiş, onu yolundan caydırmayı denememişti.

Oysa hayatta herkesten önce ve belki de sadece kendisini düşünen ve başkalarından da aynını bekleyen annem, dayımın ölüm orucuna başladığını öğrenince ilk iş, "Bizi hiç mi düşünmüyorsun?" yazmıştı dayıma. Ona göre dayım hayatı boyunca hep sorun çıkarmıştı. Dava dediği şeylerin bedelini ailesine ödetmiş, peşinden gittiği saçmalıklar uğruna dünyayı hepsine zehir etmişti.

"Senin bu oğlun yüzünden çekmediğimiz kalmadı. Evimize polisler mi doluşmadı, cezaevi kapılarında it muamelesi mi görmedik? Rezil etti bizi de kendini de," derdi anneanneme. Anneme kalırsa zaten ailesindeki herkes onu rezil etmek için elbirliği etmişti. O konuşurken anneannem gözlerini derin bir keder kuyusuna daldırıp, kadim dostu suskunluğa sarılırdı. Eriyen onun oğluydu, kadidi çıkmış kuşa dönen rahminden çıkarıp sütüyle beslediği kuzusuydu. Kimse ondan çok üzülemezdi ama her zamanki gibi herkes ondan çok konuşuyordu.

Dayımın arkadaşları gelip anlatmışlardı. Küçücük tabut gibi yerlere koyacaklarmış mahkûmları. Etraflarında bir ses, bir insan olmayacakmış. Kabul ederse istediklerini, dayım on iki sene bir başına beyaz duvarların boşluğuna bakacakmış.

"Ana yaşamak değil böylesi. Oğlun bunun için oruçta," demişlerdi.

"İsterim ki yesin," diye haber salmıştı o da arkadaşlarıyla oğluna. "Ama bilsin ki yemezse de gücenmem ona."

Öyle çok susar, öyle çok dinlerdi ki anneannem, sonunda herkesi anlardı. Canını en çok yakacak şey bile olsa neticesi, ölmeye yatan oğlunu da anlamıştı. O sene dayım öldü.

"Kuş gibiydi. Sanki doğduğu günkü kadar hafifti," demişti gözyaşları içinde anneannem, ilk kez yanımda ağlamaktan çekinmeden. "Bir tek kokusu başkaydı ama. Çimento gibi kokuyordu. Duvar gibi, ne bileyim, hani sanki beyaz gibi..." Beyaz eskiden anneannemin en sevdiği renkti. Ama dayımın ölümüyle birlikte kirlenmişti.

O yıldan sonra bir daha yılbaşı sofrası kurmadı. Herhalde dileyecek bir dileği de kalmamıştı. Çocukluğumun ne güzel günlerine ev sahipliği yapmış o eski geleneğin bozulması başlarda canımı sıktıysa da zamanla umursamaz oldum. Büyüyordum.

Bir zaman sonra kalbimden minik kuşlar havalanmaya başladı. Göğsümde çalan bandolar, tenimde dolanan kıpırtılar aklımı karıştırdı. Önce korktum, kaçmak istedim kendimden. Sonra beceremedim, teslim oldum. Bu teslimiyet hem doludizgin heyecanlara, hem de korkunç bir yalnızlığa sürükledi beni. Kimsenin beni anlayamayacağını düşündüğüm yaşlarda, kimsenin anlamak istemediği duygular içindeydim. Neden böyle kabahatli hissetmem lazımdı sanki kendimi, âlemin bütün yasak elmalarını ben mi yemiştim? Söyleyemezsin diyordu içimdeki kötücül ses, söylemeyeceksin. Anlamayacaklar seni, sevmeyecekler. En yakınların bile cüzamlı gibi kaçacaklar yanından, kalbini ısıtan duygulara hastalık muamelesi edecekler. Anneannemin yıllarca yaptığı şeye talim ettim, beceremedim. Ne büyük yalnızlıktı susmak! Anlatmalıydım birilerine, yoksa içimde biriken seslerde eriyecektim. Muhakkak anlatmam lazımdı, ama kime? Arkadaşlarıma mı, anneme mi, babama mı? Beni kim anlardı? Kim billur bir vazo gibi kırıp parçalamazdı kalbimi, kim beni yadırgamaz, hırpalamazdı? Aklıma gelen tek bir kişi vardı.

"Kimmiş seni bu hale düşüren hanım kız?" demişti dudağının kenarına asılı o bildik kederiyle. Bir gönül işi olduğunu hemen anlamıştı, oysa daha fazlasıydı. Kimi sevdiğimden çok kim olduğumdu mesele. Kendimi koca bir kabahat gibi saklamak zorunda kalışım, olduğum kişiyle olmam beklenen kişi arasındaki uçurumda ürkek, tedirgin sallanışım. O korkunç yalnızlığı kendim olamayışın... Anneannem böyle yumuşacık sorunca, içimde köpük köpük kaynayan koca deniz taşmıştı. Önce hıçkırıklara boğulmuş, sonra konuşabilmek için onların arasından kendime yol açmıştım. Anlatmaya ve anlaşılmaya öyle çok ihtiyacım vardı ki çilesinden boşalan iplik gibi çözülüvermiştim: "Kız değil anneanne, adı Mustafa."

Evvela anlamamış gibi yüzüme bakmış, sonra baktığı yerde donakalmış, sonra da başımı sıkıca göğsüne bastırmıştı. Saçlarımda dolanan parmaklarında korku ve kaygı vardı. Beni sevmekten vazgeçmemiş ama eşikte bekleyen hayatın acımasızlığından korkmuştu. Gücü olsa, beni değil dünyanın geri kalanını değiştirirdi. Biricik torununu böylesine sindirenleri, acıtmaya yeltenenleri. Ne var ki elinden gelen tek şey dinlemek, anlamak ve sevmeye devam etmekti. Parmaklarından damlayan şefkatle, bütün bunları bir bir saçımın tellerine nakşetti.

"Erkek değiller mi işte! Hepsinin boyu devrilsin," deyiverdi sonra nereye konacağını bilemeden kanat çırpan şaşkın bir sesle. O halimle bile güldürmeyi başardı beni. Arkasından çabucak, "Tabii, sen hariç kuzum," diye de ekledi. Çekip aldı omuzlarımdaki tonlarca yükü sanki bir anda, içimdeki sağanağı oracıkta sahiplendi. Ah benim asma yaprağı kaderli anneannem. Başkalarına gölge, kendine gölgesizim. Sevdiklerinin kederiyle şişmiş bir yüklük gibiydi. Yüklendiklerinin altında iki büklüm kaldı hep, bir oh diyemedi.

Aynalardan bile daha iyi sır tutar benim anneannem, ona anlattıklarımı kimseciklere söylemedi. Ama her fırsatta annesinin hayatını zehrettiğinden yakınan; bundan arta kalan zamanlarda da odamı, ceplerimi, çekmecelerimi karıştıran annem, ele geçirdiği gönderilmemiş birkaç mahcup aşk mektubu sayesinde, bir süre sonra her şeyi kendi kendine öğrenmeyi başardı. Elinden bir kaza çıkar endişesiyle babamdan saklanan bu sır, annemle aramızda bir meydan savaşı başlattı. "Bize bunu nasıl yaparsın savaşları." Annemin sırasıyla geçirdiği öfke, ağlama, acındırma, yine öfke ve yine ağlama krizleri sonunda beni doktora götürmeye karar vermesinden sonra, olanları anlattığım anneannem araya girmişti:

"Hasta mı ki bu çocuk, ne işi var doktorda?"

"Müsamahanın bu kadarına da pes artık anne! O mektupları bir görsen var ya, genç kız elinden çıkma sanırsın, çocuk kendini iyice şaşırmış. Ne yani, bu haliyle bırakalım da hayatı mı kaysın? Yol yakınken tedavi olmazsa doğru düzgün bir hayat yaşayamayacak. Evlenemeyecek, yuva kuramayacak, baba olamayacak, adam gibi bir iş bulamayacak, insan içine bile çıkamayacak. Her yerde parmakla gösterecekler, arkamızdan konuşacaklar. Sırf kendini değil, hepimizi rezil edecek. Endazesi kaymış çocuğun görmüyor musun, dengesi bozulmuş!" diyen anneme, "Ha sen çok mu dengelisin? Zehirli yılan gibi sokuyorsun etrafındaki herkesi. Bencilsin, vefasızsın, nankörün tekisin. Ama yine de hiç doktora götürmeye kalkmadım ben seni. Böyle sevdim, kabul ettim, olduğun gibi. Sen evladını benim seni sevdiğim kadar sevemiyor musun?" deyivermişti. Donup kalmıştı annem. Anneannem hayatında ilk defa susmamış, içindeki gemileri pupa yelken bırakmıştı. Ve işe yaradı! İkisi için de saçını süpürge etmesine rağmen, ne oğlu ne annesi tarafından sevilen bahtsız kadın rolüyle oracıkta Oscar'a adaylığını koyan annem, titreyen parmaklarıyla bir sigara yakıp, boğazında büyüyen düğümle beraber balkona çıktı. Bir daha da doktor lafını açmak şöyle dursun yüzüme bile bakmadı. Artık bana da en az annesine olduğu kadar öfkeliydi. Ah, ne kekeme şeydir, annelerin hiddeti!

kırmızı

Ama tabii bütün bunlar ben ölmeden önce olmuştu. Sahi, yetmiş iki gün önce öldüm ben. Beni tamı tamına yetmiş iki gün önce öldürdüler. Neden bilmem, insan ölünce günleri saymaya pek meraklı oluyor. Her sabah takvime bakıp, ölümünün üzerinden kaç gün geçtiğini en baştan hesaplıyor. Bilmem, belki de sadece bana böyle oluyordur. Onu ne zaman bulacaklar diye beklediğimden, günler hesaplayamayacağım kadar artmadan bulunmasını istediğimden...

Anneannemin öyküsünü anlatmak için yola çıktım. Kendi ölümümle ondan rol çalmayacağım. Ama sırası gelmişken söyleyeyim, ben katilimi tanıyorum. Babam perperişan halde polisi arayıp oğlunun cesedini evde bulduğunu anlattığında, polisler, akrabalar ve komşular eve doluştuğunda, annem sinir krizleri geçirirken, cenaze evine taziyeye diye gelen meraklılar köşelerde fısıldaşırken, ben katilimi biliyordum. Söyleyemedim. Onu bulamadılar. Belki aramadılar. Gizli bir sözleşmesi olur böyle cinayetlerin bazen. İmzalamışlardı belki de hepsi birden. Yapmadıkları şey değil, bunlar öyle insanlar.

Zaten ne tanıdığım ilk katil bu, ne de gördüğüm ilk cinayet benimkisi. Şu kısacık ömrümde öyle çok cinayet gördüm ki... En az bir kere öldürdüler tanıdığım herkesi. Mesela dayımınkine bir tür intihar diyorlar. Yememeyi kendi seçmiş, öyle söylüyorlar. Hayır, efendim, bal gibi cinayet! Açlık değildi dayımın celladı, onu açlığa mecbur edip ömrünü yiyip bitirenlerdi. Benim mahcup, benim yorgun, benim solgun anneannemi bile defalarca öldürdüler. Güzelliğini başına bela eden katiller ayrı, onu çocuk yaşta kocaya veren babası ayrı, tutup duvardan duvara vuran kocası ayrı, acıyanı ayrı, yokmuş gibi yapanı ayrı, bilip de susanı ayrı, bilmeye gerek duymayanı ayrı, hepsi bir bir gelip öldürdüler. Herkes birbirini, hepimiz birbirimizi öldürdük defalarca. Birbirini değiştirmek isteyenler, kendi günahlarında yıkamaya niyetlenenler, korumaya çalışanlar, kim bilir kaç "ben"i iyi ya da kötü niyetlerle katlettiler.

Aslında alışkın sayılırım, beni daha önce de öldürmüşlerdi. Annem ayrı, öğretmenlerim ayrı, sevgililerim, arkadaşlarım ayrı... Hem de defalarca. İşin garibi, kimse hiçbirini cinayetten saymadı. Ama bu kez, sonuncu cinayette nihayet ilk kez polisler geldi eve. Bir an, acaba bu sefer mi diye düşündüm ama... Heyhat, katil yine bulunmadı. Oysa katil hep sanıldığından daha yakında olur. Diyorum ya, danışıklı dövüşçü bunlar. Bu en basit dedektifçilik kuralına bile kulak tıkayıp, asıl aramaları gereken yere hiç bakmadılar.

"Şerefsiz ibne!" diye bağırmıştı babam. Küçükken sırtına tırmanıp eşek yaptığım adama hiç benzemiyor. Şişmanladı, saçları döküldü, ama sırf o kadar değil. Yüzünde tanımadığım bir adamın bakışı var. Nefretle bakıyor bana. Hiddetle, kinle, tiksintiyle... Bunca düşmanlığı ne zaman besleyip büyüttü acaba içinde? Gözleri alev alev, ağzından köpükler saçıyor: "Şerefimi, haysiyetimi iki paralık ettin!" Öğrenmiş demek. Nereden acaba? Annemden mi? Yok canım, değildir. Değildir, değil mi? Sonrası işte, herhangi bir üçüncü sayfa haberi. Malum namus dedikleri pis bir şey. Yani en azından kolay pislenen, çabucak kir gösteren bir şey. Babam temizledi. Ah, ne olağan şeydir babaların hiddeti!

Ben öldükten sonra neden konuşmadı anneannem babamla bir daha? Komşuların fısıldaşıp durduğu gibi, babamın kopyası olan yüzüm yüzünden mi? Babamın yüzü ona beni hatırlattığı için mi? Yüreği bakmalara dayanmadığı için mi? Yoksa biliyor muydu, anlamış mıydı acaba her şeyi? Ya da belki minik bir kurt, sadece minicik bir şüphecik düşmüştü içine, kıtır kıtır kemirip durmuştu ruhunu ha bire. Bilinmez ki... Neyse, ömrü boyunca herkesin rol çaldığı bir hikâye onunkisi. Bu yüzden ben ölümümle de olsa rol çalmayacağım şimdi. Bu, onun hikâyesi. Bir oh diyemediği o kekre hikâye.

Yetmiş iki gün sonra bu gece, yılbaşı gecesinde çıkıp geldim anneannemi görmeye. Eskiden yaptığımız gibi, yeni bir yıla daha beraber girmeye. Hani yeni yıla nasıl girersek bütün yıl... Hem biliyorum, bana ihtiyacı olacak bu gece. Ölüler böyle şeyleri bilirler.

Beyaz bir yorganın altına girmiş, rengârenk ışıklarla şenlendirilmiş uzun caddelerden, pürtelaş sokaklardan, evlerin pencerelerinden sızan sarı ışıkların çapkınca göz kırptığı işveli mahallelerden geçtim. Noel Baba kostümlü piyango biletçilerini, köşelerde kokina satan Çingene kadınları, geçe kalmış alışveriş torbalarını koşar adım eve yetiştirmeye çalışan aile babalarını, hayatlarının ilk kırmızı rujunu sürmüş genç kızları, iki dirhem bir çekirdek delikanlıları, kafasını gökyüzüne kaldırıp ağzını açarak, kar tanelerini yutmaya çalışan afacan çocukları geçtim. Sonra hayaletleri, yıllar evvel bugün ölenleri, yeni bir yıla daha giremeyenleri... Kibritlerin cılız ışığında anneciğinin hayaline koşan kibritçi kızı ve son nefesini küçük torununun kulağına üfleyen büyük büyük dedemi de... Ve böyle böyle, nihayet anneannemin kapısına geldim.

Kapıyı tıklattım, açtı. Sanki zaten beklermiş gibi, beni gördüğüne şaşırmamıştı. Ama sevinçle kollarını açtı. Kucaklaştık, birbirimizin kokusuyla doldurduk ciğerlerimizi. Önce kafamı sıcak memelerine yasladım. Azıcık ağladım, ağlamaya çalıştım. Gözlerimden bir damla olsun yaş akmadı. Ölülerden yaş gelmiyor. Nihayetinde kafamı kaldırıp, camlaşmış puslu gözlerinin arkasına baktım. Orada sakladıklarından birkaçını görmeyi başardım. Mesela minicik bir sal, dalgalı koca bir denizin ortasında. Sonra yırtık pırtık bir ayakkabı teki. Bir gözyaşı damlası, birinin gözünden düşmüş, başka birinin yanağına. Bunca yıldır biriktirdiği her şey oradaydı, herkesten gizli ama bir arada. Anneannemse kendi sırında parçalanan aynaların sessiz matemiyle bakıyordu bana. Yüzündeki kırık dökük anlamı fark edince sordum:

"Ne o, hasta mısın?"

"Sadece yaşlıyım."

Gülümsedim ben de. "Bir oh diyemedin be anneanne."

Birlikte içeri geçtik. Yılbaşı sofrası hazırlanmamış, hatta günlük kullanıma amade papatya desenli plastik örtü bile masadan kaldırılmamıştı.

"Anneanne bugün yılbaşı gecesi unuttun mu? Hani sofra nerede?"

"Yılbaşı mı kaldı be oğlum?"

"Olur mu yahu? Bak bütün yılı aç geçirirsin sonra," diye takıldım ona.

"Aç mısın sen? Bir şeyler hazırlayayım mı?"

"Yok," deyip elimdeki pastane torbasını gösterdim. "Bugün yemekler benden."

Gülümsedi.

Ben mutfağa doğru seğirtirken hayret peşimden gelmedi.

"Ay nereye saklanmış bu gece?"

Mutfaktan salona cevap yetiştirdim:

"Ne ayı anneanne! Görmüyor musun dışarıdaki tipiyi? Değil ayı millet birbirini bile göremiyor sokakta."

"Gelecek sene ayı göremeyeceğiz yani," dedi. Tabii, yeni yıla nasıl girersen...

Sonra elimde minik bir çikolatalı pastayla girdim salona. Muzlarla süslüydü üzeri ve kırmızı mumlarla. "İyi ki doğdun anneanne!"

Şaşırdı, utandı, kızardı. Hayatı boyunca kimse doğum gününü kutlamamıştı.

"Ama," dedi, "yakışık alır mı ki? Biliyorsun bugün büyük büyük deden..."

"Ölmüştü evet. Ama ölmeden yüz bir sene evvel doğmuştu da. Bu gece hem senin doğum gününü, hem onunkini hem de yeni yılı kutlayalım, olmaz mı?"

Mahcup gülümsedi.

"Mumu üflemeden önce bir dilek tut anneanne."

Kalbiyle baş başa kalmak, içinden geçen en sahici şeyi bulup çıkarmak için gözlerini kapadı. Birkaç saniye sonra ağzı, annesinden yemek bekleyen aç bir kuşun gagası gibi acemice aralandı:

"Hep yanımda ol, beni bırakma."

Pastayı kesecek bıçak bulmak için yeniden mutfağa döndüm. Anneannemse koltuğa yerleşip, hayatının ilk doğum günü pastasını seyretmeye başladı.

Şu hayatta beni en iyi anlayan kişi anneannemdi ama onu en iyi anlayan ben değildim herhalde. Anlamaya da çalışmamıştım galiba. Şefkatine sığınmış ama kendi şefkatimi açmamıştım ona. Ebeveyninin de etten kemikten bir insan olduğunu, acıyıp kanayabileceğini bilmeyen; yaralarını görüp sarmayı aklına bile getirmeyen çocuklar gibi... Bir günden bir güne sormamıştım anneanneme mutlu musun sen diye. Sormayanlar kervanında yerimi almıştım. Cinayetler içinde, katiller arasında...

Kim bilir ne çok şey biriktirmişti bunca yıl içinde? Sığınacak bir kucak, yaslanacak omuz olmadan geçer mi bir ömür? Bütün günahların yükünü sırtlanarak, oh demeden, gık demeden, imdat bile diyemeden. Geçmişti işte. Bir oh diyememişti benim anneannem. İçindekileri anlatsa, kalbini çevreleyen ağıyı akıtsa rahatlardı belki. Ama kimse sormamıştı ki ona, kimse anlat dememişti. Geç mi kalmıştım? Bilmem. Belki de yeniden en başındayım.

Elimde bıçak içeri girdiğimde kendini yumuşak bir uykunun kollarına bırakmıştı. Adını seslendim, duymadı. Dibine kadar geldim, kulağına eğildim:

"Vakit geldi mi anneanne?"

Cevap vermedi. Yüzüne dokundum, evet tahmin ettiğim gibi. Ama tahminden azıcık erken. Ve elbette her zamanki gibi pastanın üzerindeki muzları yemeden!

Elimde görev bekleyen bıçakla minicik kestim parmağımın ucunu. Kıpkırmızı bir kan damlası oracıkta tomurcuklandı. Gözyaşımız kesilmiş olabilir ama en azından kanımız hâlâ yerinde, hâlâ kırmızı...

Gidip pencereyi açtım. İri kar taneleri rüzgârla birlikte içeri doluştu. Kollarımı açıp hepsini bir bir kucakladım. Kar taneleri, tombul beyaz bulutlar gibi, mutlu beyaz güvercinler gibi kondu kanlı parmağıma. Çayın şekere, acının dünyaya, güneşin kiraz ağacının munis köklerine nüfuz edişi gibi kanım nüfuz etti karın kalbine. Sonra avucumdan süzülen kırmızı kar taneleri, usul usul kondu anneannemin kucağına. Bir tanesi buruşuk elinin yukarı bakan ayasına, bir diğeri bembeyaz yanağına yerleşti. Uykusundan uyandı anneannem o zaman. Dudağında çocuksu bir tebessüm, yanaklarında nar çiçekleri yeşerdi. Galiba nihayet bir oh demişti.

Meydandaki saat yeni yıla girmenin saadetiyle, bütün şehri selamlayarak on ikiyi gongluyordu. Bildiğim bütün yılbaşı dilekleri, "Yeni yıla nasıl girersen..." diye başlıyordu. Elini avuçlarımın arasına aldım.

"Artık hep birlikteyiz anneanne. Korkma, ben yanındayım."

Sibel Oral

KİRALIK YAZAR

Yazar

Ben kiralık bir yazarım. Evet, kiralık katil gibi... Hayatlarını romanlaştırmak isteyenlerin kapısını çalıp haftalar, aylar ve hatta iyi para verirlerse yıllar boyunca yaşadıklarını anlattığı ve sonra da bir başyapıt beklediği bir yazar. Evet, evet hayatlarının birer "başyapıt" olabileceğini sanan zavallıların kapısını çaldığı bir kiralık bir yazar. Onlara bakarsanız hayatları çok farklı, kimse onların yaşadıklarını yaşamıyor. Bir onlar var bu dünyada. Çok saçma. Düşünsenize dünya üzerinde yedi milyara yakın insan var ve hepsi kendi hayatının diğerlerinden çok farklı olduğunu sanıyor. Farklı değil oysa ama onlar buna inanmak istemiyor. Ben de onların o çok sıradan hayatlarını renklendiriyorum. Bazen sadece yazarak, bazen de onların hayatını değiştirerek. Evet, uyduruyorum. Uydurmakla kalmıyor, onlara başka başka hayatlar yaşatıyorum.

Katil

O gün, Karaköy vapurunun Kadıköy İskelesi'ne yanaşmasını beklerken karar vermiştim katil olmaya. Bir elimde akşamüstü serinliğinin üflediği sigaram, bir elimde kâğıt bardakta şekersiz kahvemle "Evet, bir katil olabilirim," dedim kendi kendime. Çünkü çok sıkılmıştım. Sizden bıkmıştım; kadın hırslarınızdan, adam hallerinizden, ağzınızın gerilmesinden, o meşhur anlam arayışlarınızdan... Bu çağa göre normal olan insan hırslarınız vardı sizin. Sesiniz vardı; kahkahalı, tahrik edici, ukala, şımarık... Elleriniz vardı bir de; öylesine tutuştuğunuz, yumruk olup göğe uzattığınız korkak, bencil... Tutup sıktığınız, alıp kaçtığınız iğrenç elleriniz. Dudaklarınıza ise diyecek yoktu. Öyle yalancıydınız ki, öyle de inandırıcıydınız ki kendiniz oldunuz böylece. Arkanızı döndünüz, arkanıza döndünüz, arkanıza bakmadan çekip gittiniz. Bakmayın öyle acıklı acıklı. Hemen bana hikâyeler uydurduğunuzu biliyorum. Sokaklarda büyümedim, ailemden kimse öldürülmedi, ailemde katil de yok ayrıca. Benim durumum sıkıntıdan oluştu. Canım sıkıldı ve bir gün, Karaköy vapurunu beklerken katil olmaya karar verdim. Vapura bindim ve o kiralık yazarın yazıhanesine gittim. "Benden bir katil yarat ve romanımı yaz," dedim. Kabul etti.

Kurban

Bana ondan ilk bahsettiklerinde hiç ilgimi çekmemişti. Merak edip kafamı bile çevirmemiştim. Emlakçı Davut "Burası güvenli bir sokaktır, korkmana gerek yok," dediğinde ben yere bakıyordum. Neden bahsettiğini bilmiyordum, zaten tek bildiğim kendimden başka hiçbir şeyden korkmadığımdı. Biraz yürüdük ve sarı bir binanın önüne geldik. Ağır siyah kapısını araladığımda içim rahatlamıştı. Yüksek tavanlı, işlemeli duvarları olan temiz bir binaydı. Daire hemen girişte soldaydı. İçeri girdiğimizde iğrenç bir koku yüzüme çarptı. Rutubetten ve havasızlıktan bunalan duvarlar yüzüme doğru kusuyordu. Umursamamaya çalışıp etrafı incelemeye başladım. Duvarlar kazınmalı ve boyanmalıydı. Halılar temizlenirse sorun olmayacaktı. Mutfak davlumbazlı, banyo ise...

"Banyo nerede?"

"Burası işte."

Davut'un yağlı siyah saçlarından bakışlarımı ayırıp beş adımlık, sadece bir klozetin ve lavabonun olduğu yere baktım.

"Burada sadece lavabo ve tuvalet var."

"Eylül Hanımcım, musluk aha burada, bir usta çağırıp buraya elektrikli ya da tüplü şofben taktıracan, al sana mis gibi banyo! Hem çabucak ısınır."

En nefret ettiğim şeylerden biri başıma gelmek üzereydi. Eğer buraya taşınırsam her duş aldığımda ıslanan bir tuvaletim, ıslanan bir lavabom yani; bir banyom olacaktı. Umursamamaya çalışıp evi dolaşmaya devam ettim. Mutfak, banyosuz banyonun hemen bitişiğindeydi. Lavabosu bana bir küveti anımsatıyordu, sanki biri bir yerlerde hata yapmıştı. Çok eskiydi ama biraz tamirat ve boyayla adam edilebilirdi. Kafamda sıraladığım tamirat listesiyle salona girdim. Sağ tarafımda rutubetten kara delik olmuş sütunu gördüğümde evi kiralamaktan vazgeçip geri dönecektim ki pencereden onu gördüm.

Uzun boylu, evet, çok uzun boyluydu. Pencereye doğru yaklaştım ve yeryüzünden, gökyüzüne uzanan sert duruşunu izlemeye başladım. Rengi yok gibiydi, cinsiyeti yok gibiydi, kaşı gözü yok gibiydi. Her şeyi birbirine karışmıştı.

"Eylül Hanım dediğim gibi korkmanıza gerek yok. Burası güvenli bir sokaktır."

"Neden korkayım ki?"

"Korkmayın işte. Zararsız bi deli işte."

"Adı ne?"

"Samet."

Kapı zilini duydum, kendimi toparladığımda emlakçı Davut kapıyı çoktan açmıştı. Gelen dairenin sahibiydi. Bastonluydu, kafası titriyordu, kahverengi takım elbisesi vardı. Şapkasını çıkarıp, elini uzattı. Buruş buruş, kahverengi lekeli elini tuttum "Merhaba," diyerek gülümsedim ve sanki eve yeni girmiş gibi tekrar incelemeye başladım. O kara deliğe doğru yaklaştığımda içinden gelen koku evden uzaklaşmamı sağlayacak kadar berbattı. Emlakçı Davut beni ev sahibine öve öve bitiremiyordu, oysa tanışalı yirmi dakikayı geçmemişti, hakkımda hiçbir şey bilmiyordu, tek derdi benden alacağı komisyondu. Çok umursamadım, evi tutup tutmamaya karar verememiştim. Ona bakmaktan kafamı toparlayamıyordum. Tak tak sesleri duyunca irkilip arkamı döndüğümde ev sahibinin kafasını titrete titrete elindeki bastonla evimin duvarlarına vurduğunu gördüm. Neden evimin duvarlarına öyle vuruyordu.

Evimin...

* * *

Burası artık benim yaşam alanım, sığınağım... Duvardaki o kara deliği kapamalıyım, bir banyo alanı yaratmalıyım, mutfağı temizlemeliyim ve bütün duvarları kazıyıp boyamalıyım. Evet, en önemlisi duvarlar. Onlara bakamadan düşünemem, onlara yaslanmadan ayakta duramam.

Buraya yerin dibinde sadece tek bir mandalina ağacı olan evden geldim. Ayrılmadan önceki son gecemi o mandalina ağacının altında Şükran'la geçirdim. Mahallenin bütün erkek kedilerine bir kere vermişliği vardır Şükran'ın. İtiraf etmeliyim kıskanılacak kadar güzeldi, hatta en güzeli oydu. Çekik gözleri ve sapsarı duruşu ile salına salına dolaşırdı. İki kere doğurdu, çocuklarından birinin gözü çıkmadı. Şükran buna hiç üzülmedi. Çok çirkin, zayıf bir sevgilisi vardı. Bir gece bahçeye çıktığımda onları sevişirken gördüm, hiç rahatsız olmadılar, ben de olmadım. Güzel ile çirkin sevişiyordu. Ama hepsi bitti. Bugün bu evdeki sekizinci günüm. Samet denen adam her gün karşı kaldırıma geliyor ve saatlerce orada duruyor. Sabah bodrum katta oturan kadın yanına gidip bir şeyler söyledi ama o hiç konuşmadı. Kadın yarım saat sonra bir elinde patates dolu bir poşetle geri döndü. Penceresini anahtarıyla tıklattı, patatesleri pencereden uzattı, kaldırıma oturdu ve telefonla konuşmaya başladı. Ne konuştuğunu merak ediyordum, pencereyi açıp perdenin arkasından onu dinlemeye başladım. Kadın etrafına baktı ve konuşmaya devam etti, "Hadi Kemalim, üstündeyim şimdi, zıplıyorum..."

Beni gördü, telefonunu kapadı "Patates kızartcam, istersen gel," diyerek apartmana girdi. Kendimi banyoya attım ve musluğu sonuna kadar açtım. Davut'un tavsiyesine uyup aldığım elektrikli ısıtıcı suyu anında ısıtıyordu. Banyonun penceresinden alt katın sesleri geliyordu.

"Soy o patatesleri çabuk misafirimiz var!"

"Koyim patateslerine ya, ne misafiri?"

"Yeni taşınan kadını çağırdım, soy o patatesleri diyorum sana!"

Suyu kapadım, davetini kabul etmemiştim, gideceğimi nereden biliyordu? Evet, gideceğim ama patatesleri yemek için değil, patatesten nefret ederim. Patates sevmediğimi söylemek için gideceğim belki de. Kurulanıp dairemden çıktım. İlk defa bodrum kata iniyordum. Merdivenlerden indikçe iğrenç bir koku yüzüme çarpıyordu, karanlıktı, kapıyı göremiyordum. Göremediğim basamağı ayağım da görmedi ve hiç bilmediğim, görmediğim karanlık bir yere bağırarak yuvarlandım. Açılan kapıyla aydınlanan gözlerim korkuyla kapıdaki şişman kıza bakıyordu.

"Her kimsen hoş geldin, buyur!"

Pek hoş bir geliş ve karşılama değildi, üstelik ayağım çok fena acıyordu. Duvara tutunarak daire kapısından içeri girdim. Kadın elinde kalemle duvara bir şey yazıyordu, şişman kız homurdanarak patatesleri soyuyordu, evdeki kedi tüylerini kabartmış bana bakıyordu. İçerisini saran ağır kokunun kaynağı olan duvarlar mı, yoksa halının üzerindeki kadın külotu muydu?

"Merhaba, kolay gelsin, beni davet etmiştiniz ama ben..."

"Nilay çabuk komşunun bileği için ekmek çiğne ve bastırıp tülbentle sar."

"Gerek yok, sağ olun, ben..."

Cümlelerimi bitiremiyordum, kadın rutubetli duvarın üstüne bir şeyler yazıyordu, bir an bana baktı;

"Sen de patatesleri soy bari..."

"Bakın ben, eve..."

Beni duymuyordu, cümlelerim tamamlanamıyordu, ayağım acıyordu, beni duymuyordu, bana bakmıyordu.

"Senin adın Eylül mü? Zilinde öyle yazıyor."

"Evet."

Gitmek istiyordum, ayağım çok acıyordu. Hiç bilmediğim bir evde halıdaki külota bakarak, pis kokuyu içime çekerek oturuyordum. Patateslerden birini elime aldım ve soymaya başladım. Şişman kız şişmiş ağzıyla dizlerimin önüne çöktü. Ağzından çıkarıp avuçladığı çiğnenmiş ekmeği bileğime yapıştırdı.

"Sen komşu kızı mısın?"

"Yok ben..."

"Onun adı Serap, ben de Nilay."

"Ben komşu kızı değilim, benim adım Eylül."

"İsmin güzelmiş. Kıpırdatma sakın ayağını, ayrıca o patatesleri çok kalın soyuyorsun."

"Ben zaten patates soyamam da, yiyemem de. Hem ben..."

"Yersin ya, yanına bir de biber attık mı tavaya ohh mis gibi."

Hiçbir şey diyemiyordum. Kızın şişman parmaklarına dolanan ince patates kabuklarının naylon poşete düşüşünü izliyordum. Kedi hâlâ sırtını kabartmış bana bakıyordu, kadın hâlâ duvara bir şeyler yazıyordu. Ne diyeceğimi, ne demem gerektiğini, neden burada olduğumu bilmiyordum. Beni çağırmıştı ama yüzüme bile bakmıyordu, şişman kız kendi halinde arada patateslere bakıyor ama gözlerini televizyondan ayıramıyordu. Kediden başka hiç kimse varlığımla ilgilenmiyordu.

"Nilay, kedinin adı ne?"
"O benim kedim değil."
"Kimin kedisi?"
"Bilmiyorum."
"Annenin kedisi mi?"
"Annem öldü. O kedi kimsenin kedisi değil."

Kedi kimsenin kedisi değildi ama varlığımı tek umursayan o kediydi. Bileğimde çiğnenmiş ekmek, sürekli gözümün takıldığı bir külot ve elimde patatesle nefes alıyordum. Olmayacaktı, anlamak, bilmek istiyordum.

"Serap Hanım senin neyin?"
"Ablam olur kendisi ama bak şimdiden söyleyeyim kedi ablamın da değil."
"Kimin kedisi peki?"
"Geçen sene açık camdan içeri girdi ve hâlâ burada."
"Tamam, işte artık sizin kediniz. Sonuçta onun evi burası ki ona bakıyorsunuz."
"Biz ona bakmıyoruz, öyle yemek falan vermiyoruz, sadece burada yaşıyor işte. Bizim kedimiz değil yani... İstiyorsan al senin olsun. Ama bizim kedimiz olmadığı için onu sana veremeyiz. Kendi isterse gelir."

"Adı var mı kedinin?"

"Bizim değil ki kedi, adını da bilmiyorum. Ayağın acıyor mu?"

"Evet."

Nilay, ne elindeki patatese, ne de bana bakıyordu. Serap Hanım hâlâ duvara bir şeyler yazıyordu ve hâlâ yüzüme bile bakmamıştı. Bana tek bakan o kediydi. Kimsenin olmayan o kedi geldiğimden beri sadece bana bakıyordu. Patatesler soyulmuş hatta yuvarlak yuvarlak doğranmıştı. Ayağımın acısı dinmiyordu, eve çıkamayacak durumdaydım. En korktuğumsa ayağım yüzünden burada uzun süre kalmak.

"Eylül Hanım, sigara içer misiniz acaba?"

Nihayet evine davet ettiği komşusuyla ilgilenmeye karar vermişti Serap Hanım.

"Kullanmıyorum."

Elindeki kalemi yere atıp sandalyeye oturdu. Güzel bir kadındı. Simsiyah saçları ve incecik dudakları vardı. Üzerinde eski moda bir bluz ve derin yakasından görünen kirli sutyeni ile otururken bile kalçasını kaşıyordu.

Gözüm arada kediye ve yerdeki külota takılıyordu. Ayağım hâlâ acıyordu, Nilay bir süre sonra elinde bir tepsiyle içeri girdi. Ağır kızartma kokusu ile bilmediğim diğer bütün kokular birbirine karışmış ciğerlerime doğru gidiyordu.

"Sana da bunu yaptım, bunu da sevmezsen yuh artık, başka bir şey yapamam."

"Teşekkür ederim ama çok mahcup oldum..."

"Üff be Eylül, ne nazlısın, ye işte."

"Tamam, o zaman ben de sizi bir gün yemeğe davet etmek isterim."

"Geliriz, hadi şimdi ye, sonra Nilay seni yukarı çıkarır."

Gitmek istediğimi biliyordu, patates yemek istemediğimi de biliyordu. Kedi hâlâ bana bakıyordu, külot hâlâ oradaydı, burayı sevmeye başlamıştım...

* * *

Kapıyı açtım. Karşımda duruyordu. Üzerinde yine kahverengi palto, yeşil bere ve gri bir kaşkol vardı. Burnu soğuktan kıpkırmızı olmuştu. Bir süre öyle birbirimize baktık. İçeri buyur ettim, tepki vermedi. Kıpırdamadı bile. Bu sırada Serap apartman kapısını açtı ve sessizliğimizi bozdu.

"Hayırdır Eylül," diye sorduğunda Samet uzun uzun Serap'a bakıp yavaş yavaş apartmandan çıktı. "Açma şu deliye kapını."

"Tanıyor musun onu?"

"Nerden tanıyacağım elin delisini. Dur, sana geleyim de bir kahve yap. Söyleyeceklerim var."

Serap evimden içeri girdiğinde kendini kırmızı koltuğumun üstüne serdi. Hâlâ üzerinde aynı bluz ve aynı kirli sutyen vardı. Türk kahvesi yapmayı bilmiyordum ama onu en iyi şekilde ağırlamak zorundaymış gibi hissediyordum.

Kahvesini içmek için koltuktan doğrulduğunda bluzunun açık yakasının içindeki yarayı gördüğümde tam ne oldu diyecektim ki mesleğini hatırladım. Belki de sert bir gece geçirmiş ve geçirtmişti.

"Göğsünde yara var."

"Kıçımda daha büyüğü var."

"Normalde rahatsız olman lazım ama çok normalmiş gibi davranıyorsun."

"Şimdi bana namusunla çalışsan olmaz mı diyeceksin değil mi?"

"Yoo..."

"Hep böyle derler, bir de üstüne 'yaptığın işe saygı duyuyorum' derler."

"Ben saygı duyuyorum demedim ki, hem bana ne, ne iş yaparsan yap."

"Sen ne iş yapıyorsun? Nasıl geçiniyorsun, evin kirası falan? Hem kaç yaşındasın sen?"

Gülümsedim.

"Kız cevap versene, benden sır çıkmaz."

"36 yaşındayım, kız değilim."

Sorularına gülümsemeye devam ederken sehpanın üzerindeki cep telefonu çaldı. Serap kendini toparlayıp telefonla birlikte yatak odasına geçti. Onu dinlemek istiyordum. Yavaşça odamın açık kapısına ilerledim. Orada, yatağıma uzanmış vücudunu anlatıyordu.

"Sarışınım, kalçamın üstünde dövme var, hem de dil dövmesi, göğüslerim iri, o kadar iri ki sutyenimden fışkırıyor. Onlara dokunmak ister misin?"

Çok saçmaydı. Pencerenin önüne gittim, Samet hâlâ oradaydı. Bize bakıyordu.

Serap birkaç dakika sonra "Kapadı eşşeoğlu eşek," diyerek sallana sallana içeri girdi ve yine ne iş yaptığımı sordu.

"Baba parası yiyorum."

"Hadi be sen de yalancı," dedi. Haklıydı. Ama ben de soru sorulmasından hiç hoşlanmıyordum.

"Kiralık bir yazarım," dedim.

Öfkeyle yerinden fırladı.

"Bak Eylül, konuşmamız gerek. Beğenmedim bu romanı. Değiştirelim. Bodrum katta yaşamaktan sıkıldım. Bu mahalleden de sıkıldım. İstediğim böyle bir şey değil. Hem sen beni değil daha çok kendini yazıyorsun. Üstelik senin adın gerçek, benimki sahte. Kimin romanı bu kuzum? Benim romanım. Ama ben sahteyim, sen gerçek!"

Kusmak istiyordum. Çizgi filmlerdeki gibi hem de. Serap denen cadı bütün büyüyü bozdu. Hikâyemin, kurgumun içine etti. Zaten onun gibi birinden ancak böyle bir hareket beklenirdi. Kolejlerde oku, Fransa'da adını bile telaffuz edemediğin üniversiteden diplomanı al, evler, hisseler, tapu senetleri içinde yüz, üstüne bir de üç koca eskit.

"Böyle anlaşmamıştık ama Seray Hanım. Roman bitene kadar oynayacaktık bu oyunu. Sadece bir ayımız kaldı. Yayıneviyle anlaşmamız var. Yılbaşında basılmak üzere romanınızı teslim etmek zorundayım ama siz şimdi bu hikâyeden sıkıldığınızı söylüyorsunuz. Şimdi yeniden nasıl gireceğiz oyunun içine? Ben böyle çalışamam ki. Lütfen kendinizi toparlayın. Her şeyi unutun. Siz aşağıdaki bodrum katında oturan, gündüzleri seks hatlarında fanteziler anlatan, geceleri de erkeklerin üstünde zıplayan Serap'sınız. Siz busunuz, başka bir şey değil. Siz Seray değilsiniz."

Bir sigara yaktı, derin bir nefes çekti, gözlerini kısarak, "Ben böyle bir roman istemiyorum ki... Benim hayatımın romanını yazmanı istiyorum ve o romanı yılbaşı gecesi evimdeki yemek masasının üzerinde görmek istiyorum. Ama o romanda Serap adında bir fahişe istemiyorum. Onun hayatı neden benim hayatımdan daha ilginç geliyor sana? Şu sokağa sıkışıp kalmış bir hayat kadını. Ben dünyayı dolaştım, yüzlerce insan tanıdım."

"Sizin yazacağınız, yani aslında sizin yerinize benim yazacağım romanı okuyanlar sizin nasıl bir hayat yaşadığınızı biliyorlar, onlara neden aynı şeyleri anlatasınız ki? Siz değil miydiniz öyle bir roman yaz ki insanlar benim başka dünyaları hayal edebildiğimi de görsünler, herkesi şaşırtayım diyen. Ben de size böyle bir hikâye buldum işte."

"Seni kiralamadım mı ben? Ne istersem onu yazacaksın! Bu benim hayatım, benim romanım!"

"Hayır, benim romanım!"

31 Aralık
Gayrettepe Cinayet Büro Amirliği

"Şimdi baştan anlatın. Tüm detaylarıyla ve lütfen espri yapmadan, yorum katmadan. Şu anda roman yazmıyorsunuz, gerçek hayattayız ve tutuklanmak üzeresiniz."

"Tamam. Baştan alıyorum. Bu işi hangi akılla kabul ettiğimi bilmiyorum. Hep Rauf Beyzade'nin yüzünden. Rauf Bey Seray Hanım'ın kardeşi ve Serap Beyzade'nin ismini Aşiyan'daki aile kabristanının mermer taşına yazdırmak istiyor. Çünkü Seray tüm servetlerini jigololarına, eski kocalarına kaptırıyor. Üstelik cemiyet hayatında yaptığı rezilliklerin listesi epey kabarık. Aile şerefinin üstüne çizik atıp duruyor. Hatta ismi lazım değil bir siyasetçiyle porno videosunun bile olduğu söyleniyor."

"Kim bu siyasetçi?"

"Kahramanlarımın tüm sırları benimle mezara girer. Ku-sura bakmayın söyleyemem."

"Tamam, devam edin ama o konuya daha sonra geleceğiz."

"Şimdi, Rauf Bey kardeşi Seray'dan kurtulmak istiyor. Meğer bizim Seray 41'inci yaşını da kutlayacağı 31 Aralık gecesinde Tarabya'daki köşkte cemiyete bir yılbaşı partisi düzenleyip kendi yazdığı kitapla sükse yapmak istermiş. Aptal, zengin kadın imajından, entelektüel kadın boyutuna geçmek istermiş. Hatta laf aramızda koleksiyonerliğe bile merak sarmış. Elbette kitap meselesinde ben devreye giriyorum. Rauf Bey bir dostuna soruyor, beni öneriyor. Ama bu arada da ben katil olmak isteyen Samet'in romanını yazıyorum. Samet katil olmak istiyor ama hiç kimseyi öldürmemiş. Aynen Seray'ın aslında hayat kadını olmadığı gibi o da yaşamadığı bir hayatın romanını yazdırmak istiyor. Ben de bu iki tuhaf vakayı aynı hikâyede bir araya getirmeye çalışan beceriksiz oluyorum. Seray'a bana daha önce gelen ve hayatının romanını yazdırmak isteyenlerin hikâyelerinden tırtıklayarak birkaç örnek sundum. O da gündüzleri seks hatlarında fantezi anlatan Ferdağ ile sarman kedisi Şükran'ın hayatının roman olmasını isteyen emlakçı Davut'un hikâyesini beğendi ve olaylar bu şekilde gelişti."

Cinayet Büro Amiri Fikret her şeyi soğukkanlılıkla anlatan Eylül'ün yüzüne baktı. "Siz resmen bu insanlar için bir tezgâh kurdunuz. O evi tuttunuz. Serap Hanım'a aslında hiç yaşamadığı bir hayatı yaşatmaya çalıştınız. Katil olmak isteyen Samet'i peşinizden sürüklediniz. Peki, ne oldu?"

"İstedikleri oldu işte. Roman gibi hayatlar..."

"Hastasınız siz. Samet gerçekten katil oldu. Serap Beyzade'yi öldürdü. Foyası ortaya çıkan Rauf Bey de kafasına sıktı."

Eylül durdu. Birkaç dakika içinde son birkaç aydır yaşadıklarını düşündü. Dışarıda kar yağıyordu. Yazdıkları geldi aklına. Seray haklıydı. Onun değil, kendi romanını yazmaya başlamıştı aslında. Hem de başka insanlar için yazdığı romanlardan çalarak. Fikret "Eylül Hanım, aloo," diye sessizliği bozdu.

Eylül yağan kara bakarak "Wilson Bentley," diye mırıldandı.

"O kim?" diye sordu Fikret.

Wilson Bentley yıllar boyu kar kristallerinin fotoğraflarını çekip incelemiş ve hiçbirinin diğerine benzemediğini ispat etmişti. Aynı mevsim koşullarında oluşsa bile binlerce kar tanesinden hiçbiri öbürüne benzemiyordu. Benziyor gibi görünse de gerçekte aynı değillerdi. Samet'i, Serap'ı, kedi Şükran'ı ve diğerlerini düşündü. O güne kadar romanlarını yazdığı insanları düşündü.

"Şimdi ne olacak," diye sordu.

Fikret saatine baktı. Yeni yılın ilk dakikaları geçmişti bile.

"Roman gibi hayatınız var," dedi ve pis pis sırıtarak devam etti, "Kariyerinize yüksek ihtimalle cezaevinde devam edeceksiniz, hem orada herkesin hayatı roman. Siz de dahil."

"Şu anda benim yazdığım romanın içinde olmadığınızı nereden biliyorsunuz," diye karşılık verdi Eylül. Fikret düşünceli bir şekilde arkasına yaslandı ve olaylar gelişti...

Tuna Kiremitçi

VİTOŞA'NIN SIRRI

Boris Gramçev'in cesedini, güzel Sofya şehrinin eteklerine kurulu olduğu Vitoşa Dağı'nın karla kaplı yamacında, Noel'den birkaç gün önce bulmuşlar. Pek sevilen bir sima olmadığından, ölümü kamuoyunda üzüntü yaratmamış. Gazetelerin yazdığına göre, cinayet eski moda bir mafya hesaplaşmasını andırıyormuş.

Sofya Havaalanı'nda bindiğim taksinin şoförü kadın, olay şehrin komünizm yıkıldıktan sonraki karışık günlerini hatırlattığı için huzursuzdu sadece. Komiser dostum Atanas ise cinayetten, bir mucizeden bahseder gibi bahsediyordu. Kendisiyle iki yıl önce, pasaportumun bilgisayarımla beraber çalınması sayesinde tanışmıştık.

O zamanlar Bulgar polis teşkilatını pek tanımadığımdan, kendimi günlerce sürecek bürokratik işlemlere hazırlamıştım. Oysa Atanas büyük bir gayretle her şeyi düzene koymuş, hatta yabancılar dairesinden belgeleri almama bile yardımcı olmuştu.

Otuzlarının sonunda, hafif göbekli, gür kahverengi saçları kırlaşmaya yeni başlamış yakışıklı bir adamdı. Sayısız saçma sapan olayla karşılaşmış her meslektaşı gibi, kendine has bir asabiyeti vardı. Gerginliği anlık yüz ifadelerinde ya da kısa, dudaklarından hızla geçen gülümseyişlerde veriyordu kendini ele.

"Sevgili dostum," dedi, yine öyle gülümseyerek. "Cesede bir bak desem çok şey istemiş olur muyum?"

Gecenin ilk saatleriydi. "Öğrenci şehri" olarak bilinen, üniversite kampusu etrafına yayılmış Studenski Grad'daki karakolda, kahve deyince Bulgarların aklına ilk gelen espressolarımızı içiyorduk. Sofya'da birinci sınıf bir restoranda da olsanız bir karakolda da, kahve tercihinizi belirtmezseniz espresso gelir. Biz Akdenizlilerden çok daha dinç olmalarının bir nedeni Slav kanındaki mitokondri sayısıysa, diğer neden de sanırım bu sert espressolar.

"Ayıp ettin," dedim, onu güldürmek için Türkçe konuşarak: "Kahvemizi bitirir bitirmez gidelim."

Atanas, Türk azınlığın yaşadığı Şumnu şehrinden olduğundan, mahallesinde öğrendiği Türkçeyi anlıyor ama mecbur kalmadıkça konuşmuyordu. Onun kullandığı polis arabasına bindik, sirenleri çalıştırmaya gerek duymadan yollandık adli tıp morguna. Acelemiz yoktu, arabanın dijital termometresi eksi on ikiyi gösteriyordu ve kar tüm güzelliğiyle yeniden yağmaya başlamıştı.

Bir süre çocuklarımızdan, onun Noel planlarından ve Bulgar televizyonunu istila etmiş Türk dizilerinden bahsettik. Sonra, sadede gelmek gerekti. "Dostum Hüseyin," dedi, aksanlı İngilizcesiyle. "Seni buraya kadar niye yorduğumu herhalde merak ediyorsundur."

"Tam tersine," dedim. "Beni İstanbul keşmekeşinden birkaç günlüğüne de olsa kurtardığın için minnettarım. Tabii bilet ve otel masrafları için de."

"Boş ver, nasılsa hepsi teşkilat bütçesinden. Bu cinayet benim bölgemde olmasaydı inan ilgilenmezdim. Öyle heriflerin dirileriyle de ölüleriyle de işim olmaz. Ama sonradan olay ilginçleşmeye başladı. Özellikle Boris'in öldürülüş şeklinden dolayı."

Bunu söylerken hınzırca bir tebessüm vardı dudaklarında. Meraklanmamı istediği belliydi. Biraz da onu memnun etmek için "Vay canına," dedim. "Anlatmanı sabırsızlıkla bekliyorum."

"Tanrı'ya şükür Sofya artık güvenli bir yer. Böyle olaylara epeydir az rastlanıyor. Olduğu zaman da haydutlar birbirlerini tabancayla haklıyor. Ama bu seferki başka. Tam senlik bir şey."

Atanas'ın bana ısınmasının tek nedeni, senaryosunu yazdığım bir diziyi karısının seviyor olması değildi. İkimiz de bilimkurgu edebiyatına meraklıydık. Bu dostumun araba hırsızlarını kovalayarak, benim de dizi yazarak geçen hayatımızı renklendiren şeydi.

"Benlik bir şey de ne demek?"

"Sabırlı ol. Gördüğün zaman anlayacaksın. Yukarıdakilere senin bu işin uzmanı olduğunu söyledim."

Şu hayatta ilk kez adli morga gireceğim için heyecanlıydım. Üstelik bir cinayet soruşturmasına uzman sıfatıyla davet edilmek gururumu okşamıştı. İkisini de Atanas'a söylemedim tabii, acemi görünmek istemiyordum.

Birkaç dakika sonra, binanın önünde durduk. Uzun, yarı karanlık, insana ölümle yaşam arasındaki kırılgan çizgiyi hatırlatan koridorlardan geçip mavi floresanların gönülsüzce aydınlattığı morga girdik. Soğuğu ve ilaç kokusunu ilk duyduğumda, bir daha unutmayacağımı anladım.

Soğuk odada bir adam ve genç bir kadın vardı. Ortalarındaki masada, üzeri örtülü bir ceset yatıyordu. Atanas neşeyle selamladı, aynı şekilde cevap verdiler. Uzun zamandır tanışıyor oldukları belliydi. Öyle uzun konuştular ki, bir ara kadına kur yaptığı duygusuna kapıldım. Nihayet bizi cesetle yalnız bırakıp çıktılar. Atanas, ben ve ceset, mavi floresanların altında sessiz kaldık. Konuşmaya hangisinin başlayacağını doğrusu merak ediyordum.

"Hazır mısın?" dedi, göz kırparak.

Filmlerdeki görmüş geçirmiş polisler gibi davranmaya çalıştım. "Hazırım, hadi göster."

Askerlikten beri yeni ölmüş birini görmemiştim; Atanas örtüyü kaldırınca ürperdim biraz. Masada ellilerinde, mafya liderinden çok lise müdürüne benzeyen, kel bir adam yatıyordu. Rengi aynı askeri morgdaki çocuklarınki gibi, mora kesmişti. Onlardan farkı, keskin bir ilaç kokusu yaymasıydı. Oysa Atanas'ın fark etmemi istediği şey başkaydı. Ölünün göğsünde, beş santim çapında bir delik vardı. Bunu yapanın mermi olmadığını anlamak için polis olmaya gerek yoktu.

"Çok ilginç, değil mi?" dedi, saklayamadığı bir heyecanla.

"Evet, öyle görünüyor."

"Bitmedi, bekle," diyerek, cesedi yan çevirmeye girişti. Gramçev hayli cüsseli olduğundan, Atanas'a yardım etmek zorunda kaldım. Sonunda gördüğüm, sırtta da göğüsteki deliğin aynısından olduğuydu. Bu arada elime o berbat koku bulaşmıştı çoktan.

"Bunu neyin yapmış olabileceğini biliyorsun."

Bir an göz göze geldik, ne demek istediğini anladım. "Hayır Atanas, beni buraya bunun için getirmiş olamazsın."

"Çok ciddiyim. Dünyada bu deliği açabilecek başka şey var mı?"

Silahlar konusunda Atanas kadar olmasa da bilgiliydim; askerliğin hâlâ zorunlu olduğu bir ülkede yaşıyordum ne de olsa. Hakkâri'de geçen yedeksubaylığım sırasında gördüğüm silahlarla ölüleri getirdim gözümün önüne, dostumu haksız çıkaracak bir şey bulamadım.

"Adli tıbbın raporu da tezimi destekliyor," dedi ciddileşerek. "İki deliğin arasındaki tüm organlar kavrulmuş. O hattın dışındaki kısımdaysa en küçük bir yanık yok. Bir ışın vücuttan nazikçe geçmiş sanki. Benim bildiğim tüm evrende bunu yapabilecek tek şey var."

Aklım karışmıştı, cevap bulamıyordum. O sırada kapı açıldı, aynı kadın memur gülümseyerek, elinde iki fincanla girdi. Ben espressomu içip cesede bakarken onlar da sohbeti koyulttu. Konunun durumla hiç ilgisinin olmadığını, Bulgarca bilmememe rağmen anladım.

"Tatlı kız, değil mi?" dedi Atanas, kadın çıktıktan sonra.

"Evet, iyi birine benziyor."

Sonra yine ciddileşip başıyla cesetteki deliği gösterdi. "Evet, ne diyorsun?"

"Ne diyebilirim ki? Düşündüğümüz şeyi rapor etmeye kalkarsan ikimizi de tımarhaneye atarlar."

"Rapor umurumda değil. Önemli olan olayın *burada* cereyan etmiş olması. Eğer onlardan biri dünyamızdaysa Vitoşa Dağı'nda saklanması bence mantıklı."

"Ciddi olamazsın."

"Bence gidip bir bakmalıyız. Bu fırsat bir daha ele geçmez."

Yirmi dakika sonra, şehri Vitoşa Dağı'na bağlayan bulvarda gidiyorduk. İki yanımızda karla örtülü ağaçlar, bulvarı aydınlatan lambaların ışığında göz kamaştırıyordu. Isıtıcıya rağmen soğuktan titrerken, Sofya'yı sevdiğimi düşündüm. Belki de bir başka hayatta burada yaşamıştım.

"Boris Gramçev sıradan bir mafya babası değildi," diyerek dağıttı düşüncelerimi. "On yıl öncesine kadar karanlığın en güçlü hizmetçisiydi. Biri ona yanlış yapacak olsa ailesinin beşikteki bebeğe kadar yok edileceğini bilirdi."

Morgdaki cesedin göğsündeki deliği düşündüm. "Sonunda cezasını bulmuş anlaşılan."

"Ona bunu yapmaya tek bir güç cesaret edebilirdi. Sanırım ne olduğunu ikimiz de biliyoruz."

"Ve dağa onu bulmaya gidiyoruz, öyle mi?"

"O kadar şanslı mıyız, bilmem. Ama en azından mucizenin gerçekleştiği yeri görmek güzel olabilir. Raporu kafana takma. Standart şeyler karalasan da bir şekilde işimi görür."

"Zaten bir dizi senaristinin raporunu Bulgar polisi ne yapsın?"

"Aslını istersen, burada olman sadece benim için önemli. Keşfimi başkasıyla paylaşamazdım."

Zenginlerin yaşadığı banliyöleri geride bıraktık. Dağın şehre bakmayan yüzüne döndükten sonra yol daraldı, etraf iyice karardı. Kar taneleri far ışığında dans ediyor, sileceklerin tıkırtısı dışında ses duyulmuyordu. Artık beni ürperten tek şey soğuk değildi. Atanas ise rahat görünüyordu, bu yoldan çocukluğundan beri binlerce kez geçmişti herhalde.

"İşte geldik," dedi, arabayı birden durdurup. "Bakalım ne bulacağız."

Dağın sert ama temiz, normalde insanı kaygıdan arındırması gereken havası bende tam tersi etki yaptı. İçimde korkuya benzer bir duygunun uyandığını hissettim. Atanas'ın gittikçe gerginleşen yüz hatları ise artık bir yabancıyı andırıyordu. Aslında onu çok da iyi tanımadığımı hatırladım.

Ormanda kara bata çıka on dakika kadar yürüdük. Üzerimizde binlerce yıldız vardı. Ağaçların arasında bir avcı gibi, ustalıkla yol alıyordu. Sonunda, biraz ilerideki teleferik istasyonunun ışıklarıyla bölük pörçük aydınlanmış, küçük bir açıklığa vardık. Ellerini açtı, "İşte burada gebermiş," dedi.

"Pek bir iz kalmamış."

"Kar yağıyor da ondan. Hem onlar iz bırakmaz, biliyorsun."

"Onlardan birinin burada saklanması mantıksız," diye cevapladım. "Sonuçta bir masaldan bahsediyoruz."

"Karanlık masal değildir!" diye çıkıştı. "Gramçev'in öldürdüğü masumlar da değildi. Burada bir cevap olduğunu seziyorum. Aslında sen de sezebilirsin. Tabii kendine bunun için izin verirsen."

Durum iyice garipleşiyordu, sinirlerim bozulmaya başlamıştı. "Burada cevap falan yok Atanas. Sadece can sıkıntısı yüzünden macera arayan iki adam var. Bunun sen de farkındasın."

"Ne yani, yoksa onlara inanmıyor musun?" dedi, iki adımda burnumun dibine gelip.

"Tabii ki inanıyorum. Ama sandığın anlamda değil."

"Bırak kıvırmayı! Benimle açık konuş!"

Benden cevap gelmeyince, öfkeyle baktı yüzüme. "Evet, inanmıyorsun. Tahmin etmeliydim. Sırf inançsızlığın yüzünden eli boş döneceğiz. Sana güvenmekle hata ettim!"

Atanas'ın yüzü şimdi tanınmaz haldeydi. Müşfik aile babasının yerine karanlık bir yaratığın hatları gelmişti sanki. Tam onu bırakıp gitmeye hazırlanıyordum ki, bir ses böldü konuşmamızı.

Sözler gür, erkeksi bir sese aitti. Dahası, ikimizinkinden de farklı bir aksanla söylenmişti: "Hiçbir yolculuk boşuna değildir!"

Baktığımızda, teleferik istasyonu tarafındaki yamaçtan gelen gölgeyi gördük. Yaklaşınca devetüyü rengi cüppe giymiş yaşlı bir adama dönüştü. Altında dağcılarınkine benzeyen bir pantolonla meşin çizmeler vardı. Belindeki kemerde ise ilk bakışta metalik bir el fenerine benzeyen ama aslında ne olduğunu görür görmez anladığım silah parlıyordu. Şaşkınlıktan cevap veremedik.

"Arkadaşın haklı, komiser," dedi, gözlerini Atanas'a dikip. "Cevapları yanlış yerde arıyorsun."

"Kimsin sen?"

"Kim olduğumu biliyorsun. Ama böyle yaparak kadınını geri getiremezsin. Onu öldüren adam cezasını buldu. Şimdi yeni bir ailen var, bu dağ başında değil onların yanında olman lazım."

"Ama onu koruyamadım," dedi Atanas, acı dolu bir sesle.

"O zaman gencecik bir polistin. Gramçev ise senin için fazla güçlüydü. Sendeki görev aşkının bedelini o zavallıya ve karnındaki bebeğe ödetti. Duygularını anlıyorum."

Atanas onu ayakta tutan güç birden tükenmiş gibi çöküverdi karların üstüne. "Bunu nasıl anlayabilirsin? Böyle şeyleri yaşamayan biri anlayamaz ki."

"Öyle olmasa burada işim ne? İnsanlara görünmek hoşuma mı gidiyor sanıyorsun?"

"Peki şimdi ne yapacağım?"

"Evine gideceksin."

"İntikam olmadan beni ne yaşatacak?"

"Asıl şimdi yaşamaya başlayacaksın, komiser. Karanlığın gölgesi üzerinden kalktığı için artık özgür bir adam olacaksın. Evine git ve bunun tadını çıkar. Güç seninle olsun."

Bunları söyledi ve dönüp geldiği yöne doğru yürüdü gölge. Yaşından beklenmeyecek kadar çevik adımlarla uzaklaşıyordu. Teleferik istasyonunun yanındaki çamların arasında gözden kayboldu. Atanas ve ben, ne söyleyeceğimizi bilemeden bir süre sessiz kaldık.

Sonra ayağa kalktı Atanas, pantolonuna bulaşmış karları silkeledi. Omzuma vurup "Şu işe bak," dedi. "Karşımıza çıka çıka deli bir münzevi çıktı. Gece vakti dağa gelirsen olacağı budur."

"Peki şimdi ne yapacağız?"

"Gidip iki tek atalım. Yeni bir bar açıldı, dansçı kızlar da var. Görünce bayılacaksın."

Arabayı bıraktığımız yöne doğru, gerisingeri yürüdü. Başka seçenek olmadığından, dostumu takip ettim. İnsanın İstanbul'da asla göremeyeceği kadar çok yıldız, pırıl pırıl parlıyordu gökyüzünde.

Yazgülü Aldoğan

VERA ÖLMEK ZORUNDA!

"Beni buna mecbur ettiniz!" diye bağırdı Meryem, tabancayı tutan eli titriyordu ama sesi ve gözleri ne kadar kararlı olduğunu gösteriyordu.

"Beni buna mecbur ettiniz, sana onu bırak dedim İskender! Bu aşkın oluru yok, bu aşk imkânsız dedim, dinlemedin. Ben istemez miyim senin mutlu olmanı, ben istemez miyim senin hak ettiğin yuvayı kurmanı, güzel çocuklar yapmanı, ben istemez miyim..."

Sesi gittikçe düşüyordu, gözleri dolmaya başlamış, o tehditkâr ifadesi yavaş yavaş yumuşamıştı, artık hıçkırıyordu:

"Ben istemez miyim, seni kendi elimle evlendirmeyi, gelinimi bağrıma basmayı! Hayır diyorsam çok önemli bir nedeni vardı, birbirinize duyduğunuz sevginin nedeni, duygularınızın büyüklüğünün nedeni başka, bu aşk değil, evlenmenize izin veremem!"

"Anne, önce o elindeki silahı bırak," diye sakin bir sesle konuştu, İskender.

"Bizi sözüm ona öldürmeye kalkarak sadece gülünç oluyorsun. Tamam, evlenmemizi istemeyebilirsin ama öldürmek de nereden çıktı! Kayınvalide kaprisi yapacağım derken aklını mı kaçırdın? Bu yaşta sana mı soracağım kiminle evleneceğimi? Biz birbirimizi seviyoruz ve sen istesen de istemesen de evleneceğiz. Karşı çıkıp beni kaybetmektense sen de katıl bu mutluluğa, ayrıkotu gibi kalma! Yoksa çekip gideceğiz ve bir daha beni göremeyeceksin.

Ben Vera'ya âşığım, ne kadar engel olmaya çalışırsan çalış, onunla evleneceğim. Beni o elindeki silahla korkutamazsın, senin bu haline sadece acıyorum, hatta gülünç bile buluyorum yaptığını!"

Bu aile faciasının tam da ortasında kalan Vera ise hiç gülünç bulmuyordu yaşadıklarını. Filmlerdeki mutlu aile yuvalarını anımsatan küçük ama zevkli villanın giriş kapısının önündeki bahçede kopmuştu patırtı.

Vera ve İskender, Nişantaşı'nda gelinlik provasındayken havanın iyice bozduğunu görünce her şeyi yarım bırakıp bir süredir kaldıkları adadaki yazlık eve dönmüşlerdi. Yılbaşına bir hafta kala, Ada'da, hem de yazlık evde işleri neydi derseniz, İskender'in annesini atlatmak, ondan kaçmak için! Annesi bu evliliğe karşı çıkınca İskender evi terk etmişti, otelde kalmak da istemiyorlardı çünkü kadının gelip orada mesele çıkarması işten bile değildi. Böylece kimsenin aklına gelmeyecek bir yer olduğu için adadaki yazlık eve sığınmışlardı. Ama onun kendilerini burada da bulup, üstelik de böyle bir bela çıkaracağına hiç ihtimal vermemişlerdi! Evin kapısına geldiklerinde Meryem, karanlıkların içinden elinde tabancayla Cadılar Bayramı'ndaki hortlaklar gibi çıkmıştı karşılarına. Anlaşılan geleli epey olmuştu ve bahçede onları bekliyordu!

Vera, bir hafta önce Ada'ya ilk geldikleri geceyi hatırladı. Kaçıp saklanmak için gelmiş de olsalar, her şey ne kadar farklıydı! Fayton bulamamış, yüzlerine kamçı gibi inen yağmurun altında tepeye kadar yürümüş ve sırılsıklam olmuşlardı. Yazın bisikletlilerin zil sesleri ve atların nal şıkırtılarıyla şenlenen yolda şimdi sadece rüzgârda savrulan ağaçların inleyen sesi vardı. Üç dört kilidi sırayla açıp eve girdiklerinde en az dışarısı kadar soğuk olduğunu görünce Vera hepten titremeye başlamıştı. İskender'in koca evi şömineyle ısıtma çabası da gülünçtü. Üstelik soğuk yaz sonu gecelerinde evin nemini kırmak için yaktıkları şömine, fırtınadan nasibini almış tütüyor, odunlar kuru olmasına rağmen, bacadan bastıran rüzgâr yüzünden bir türlü tutuşmuyordu. Sonunda çatıdaki yatak odasına sığındılar, kilerde buldukları iki elektrikli radyatörü de o odaya taşıyıp biraz olsun ısıttılar. Vera'nın omuzlarından beline şelale gibi inen simsiyah uzun saçları ıpıslak olduğu için kızı daha da üşütüyor, zavallı hâlâ tir tir titriyordu.

Vera, "Oda ısınana kadar duşa giriyorum," diye seslendi sevgilisine. Suyun altında kendine geldi. Sıcak su başından vücuduna indikçe ısınıyordu. Su küçük dereler olup topuklarına akarken, Vera gözlerini sıkı sıkı yummuş, yüzünü suya tutmuş, sıcağın verdiği gevşemeyle mutlu, küçük bir şarkı mırıldanıyordu. Rahatlamış, kendini sevgilisiyle yaşayacağı geleceğin hayallerine öylesine kaptırmıştı ki banyonun kapısının açılıp İskender'in içeri girdiğini fark etmedi. Kızın gözlerinin kapalı olduğunu gören İskender sürpriz yapmak istedi sevgilisine, soyundu, duş perdesini aralayıp sessizce içeri girerek belinden sarılıverdi! Vera öyle boş bulunmuştu ki yazın olsa bütün komşular duyardı attığı tiz çığlığı! İskender kızı öperek susturmaya çalıştıkça o daldığı hayalden gerçeğe tam dönememiş, genç adamın kollarında balık gibi çırpınıyor, itiyor, itiraz ediyordu ama yavaş yavaş sakinleşti. Kendini saran kollara teslim oldu, akan sıcak suyun altında iki vücut bir oldu, öpüşmeleri ikisinin de nefesini kesiyordu. Vera zevkten bağırıyordu, vücutları birbirine yapışmış, ritmik hareketlerle gidip gelirken çığlıkları yavaş yavaş inlemeye dönüştü, son bir çığlık attı ve sevgilisinin omzunu ısırdı, bu kez bağıran genç adam oldu: kızın saçlarını eline dolayıp var gücüyle çekti, kanayan omzunu kurtardı! İkisi de zevk, acı, aşk ve mutluluktan sarhoş, duştan çıkıp kurulandılar, nihayet ısınmış odaya geçip yatağa girdiler. Dışarıda fırtına ve yağmur dinmiş, uğultu kesilmiş, ama incecikten bir kar serpiştirmeye başlamıştı. İskender çatıdaki tepe penceresine konfeti gibi düşen karları gösterdi:

"Düğünümüzde senin gelinliğin gibi bembeyaz olacak her yer. Dışarıda karlar, içeride karlar, sana konfetiler değil, avuç avuç kar atacaklar sevgilim. O güzel vücudunu ortaya çıkaran çok sevdiğin dekoltelerden giyemeyeceksin belki, üşürsün sonra, yaza bir parti daha yaparız ne yapalım, istemeden de olsa kış gelini oluyorsun!"

"Hep havuz kenarında bir düğün hayal etmiştim, haklısın. Bahçeye açılan kapıdan çıkacak ve havuz kenarında bekleyen misafirlerin yanına merdivenlerden ağır ağır inerek gelecektim. Her basamağı indiğimde gelinliğimin uzun kuyruğu da basamaklarda kayarak beni takip edecekti!"

"Şu kadınlar için düğün ve gelinlik ne kadar önemli, neleri düşünüp hayal ediyorlar," diye içinden geçirdi İskender. Tabii bunları Vera'ya söyleyip de onu üzmenin âlemi yoktu, ama biraz dalga geçiyordu açıkçası. Vera'nın merdivenlerden yavaş yavaş inmesinin tek nedeni olabilirdi, güzelliğini sergilemek ve hayran bakışları üzerinde hissetmek!

"Sana inecek bir merdiven yine buluruz hayatım ama bu karda kışta kayıp da bacağını filan kırarsın diye korkarım. Ne yapalım, aşkımızın finali kışa rast geldi!" diye hafiften takıldı İskender.

"Olsun," dedi, Vera, önemsemeden, "bizim orada kış gelinleri de çok olur. Hatta gelinle damat karlar altındaki parkta troykayla bir tur atarlar."

"Üşümezler mi o soğukta?" diye hayretle sordu İskender.

"Gelinliğin üstüne kürk giyerler, hem de üstlerine sımsıcak kalın battaniyeler örterler. Bir de önceden votka içip havyarlı kanapeler yedilerse, fazla ısınıp sevişmeye bile kalkabilirler!"

İskender Vera ile Sultanahmet'te bir konser sonrası karşılaşıp tanışmıştı. Festival zamanıydı. Aya İrini'deki konserden sonra arkadaşlarıyla Sultanahmet'te bir şey içeceklerdi. Görmeyeli o ara sokaklar ne kadar güzel olmuştu, burası sadece turistlere bırakılmayacak kadar keyifli anlar vaat ediyordu. Fazla uzaklaşmadan Ayasofya'nın yan sokağındaki Ottoman Hotel'e girdiler. Bu butik otelin avlusundaki restoranı bir arkadaşı tavsiye etmiş, "Konser çıkışı ya da öncesi orada bir şeyler yiyebilirsin, o kalabalığın arasında vaha gibidir," demişti. Gerçekten de öyleydi. İskender çellosunu ve konser kıyafetini arabaya bırakmış, üstüne hafif bir şeyler geçirip arkadaşlarını bulmuştu. Bir süredir konservatuvardan arkadaşlarıyla kurdukları oda orkestrasının konserleri çok rağbet görüyordu. O gün de ünlü bir yabancı soliste eşlik etmişlerdi. Çalarken seyirciye pek gözü takılmazdı ama salonda, sütunun hemen orada birinin üzerinden gözünü hiç ayırmadığını fark etmişti. Nitekim konser çıkışında simsiyah uzun saçlı, yeşil gözlü, film artistlerini kıskandıracak boy bos ve güzellikte bir genç kız, kulise gelip imza istemiş, İskender de genç kızdan etkilenip onu arkadaşlarıyla gidecekleri yere davet etmişti. Kendisi de boylu boslu olan, kâhkülleri burnuna kadar uzayan düz siyah saçlarıyla, biraz Modigliani tablolarındaki erkekler gibi uzun romantik yüzüyle kadınların yüreğini hoplatan yakışıklı müzisyenin, hayranlarını oraya buraya davet etmek gibi bir alışkanlığı yoktu ama bu kız o kadar güzeldi ki, onu öylesine beğenmişti ki, bu seferlik kuralı bozmuştu. İçeri girip arkadaşlarının oturduğu masaya yöneldi. Zaten herkesin nereye baktığından belliydi Vera'nın orada oturduğu, o kız girdiği her yerde dikkati çekerdi, ona bakmamak elde değildi.

Vera'yla o konser çıkışı buluştuktan sonra bir daha hiç ayrılmadılar. Böyle bir yıldırım aşk görülmemişti, Vera, Ukrayna'ya dönmedi; bütün yazı beraber geçirdiler. İskender önceden belirlenmiş programları uyarınca konser vermeye sağa sola gittiğinde de Vera bazen ona eşlik etti, bazen de sevgilisini şehirdeki küçük evinde bekledi. Zaten İstanbul'a bayılıyor, sevgilisi yokken ya da çalışırken kendini çarşılara atıp alışveriş yapıyordu. İskender'in yazı Bodrum'daki yazlık evlerinde geçiren ailesi dönene kadar her şey iyi gitti. İskender annesine bir kıza tutulduğunu söylemiş ama fazla ayrıntı vermemişti. Annesi Meryem de yaz aşkıdır diye fazla üstünde durmamış, müstakbel gelin hanımla tanışmayı sonbaharda şehre dönüşüne bırakmıştı. Hem belki de geçici bir ilişkiydi, bu Rus kızlarına fazla güven olmazdı. Oğlu da çok yakışıklıydı. Bakarsın gençler bütün yaz sevişip aşkın ateşini köreltince sıkılırdı birbirinden; kız memleketine döner ve ikisi de hayatlarına kaldıkları yerden devam ederdi. Nedense Meryem Yetkin, bu ilişkiyi fazla ciddiye almamıştı, oysa daha sonra işler sarpa sarıp müdahale etmesi güç olunca bundan çok büyük pişmanlık duyacaktı!

Onun düğünü, bunun nişanı, ötekinin sünneti derken Yetkin ailesi, uzayıp giden yaz havasının da etkisiyle dönemedi Bodrum'dan. Döndükten sonra da bir türlü tanışamadılar Vera'yla. Babasının ani bir iş seyahati çıkmıştı ve Meryem Yetkin, ne zamandır gitmek istediği Japonya'yı da görmek bahanesiyle kocasını uzun süre yalnız bırakmak istemedi. Şaka değil, bir ay kalması gerekiyordu ve yaşı artık 70'e gelen kocasının bir kadının bakımına ihtiyacı vardı. Bodrum'dan İstanbul'a gelir gelmez neredeyse bavul değiştirip hemen hareket ettiler Uzakdoğu'ya. O arada İskender de bir konser nedeniyle İstanbul dışındaydı. Buluşma ve tanışma gerçekleşemedi. Vera'nın da sevgilisinin ailesiyle tanışmak için acele ettiği yoktu doğrusu. Hayatından o kadar memnundu, İskender'in ona olan tutkulu aşkından o kadar emindi ki kayınvalidesiyle tanışıp anlaşmayı ancak evlilik planlarının yapılması, ona güzel hediyeler alınması için bekliyor olabilirdi!

Birlikte geçirdikleri üç ay sonunda İskender Vera'ya çok romantik bir biçimde evlilik teklif etmişti. Vera'nın onu çello çalarken seyrettiğinde farklı bir heyecana kapıldığını anlamıştı. Vera, onu çellosundan kıskandığını söylemişti!

"Enstrümanına o kadar sevgiyle sarılıyor, bacaklarının arasına öyle bir kıstırıyor ve telinle ona öyle bir heyecan verip öyle sesler çıkarıyorsun ki gözümün önünde o çello giderek bir kadına dönüşüyor, sanki sen bir kadına sarılıp onunla sevişiyormuşsun, o da inliyor gibi algılamaya başlıyorum, çellonu kıskanıyorum, seni deli gibi arzuluyorum, bir yandan da çok heyecanlanıp müziğin de etkisiyle hayal âleminde uçuyorum!"

İskender bu itirafın üzerine uzun uzun düşünmüştü. O buna benzer yaklaşımları aslında erkeklerden dinlemişti, çello çalan kadınların erkekleri farklı heyecanlandırdığı üzerine bir iki anekdot paylaşmışlardı. Kadın sanatçının bacaklarının arasına aldığı çellosuna sarılması nasıl bir erkeği heyecanlandırıyorsa demek ki sevdiği kadını da kendisi enstrümanını çalarken heyecanlandırıyordu! Hatta bir ara Vera'nın ona çello çaldığı için âşık olup olmadığını bile düşünmüştü! Vera da müzisyendi. O flüt çalıyordu ve itiraf etmek gerekirse İskender de onu flüt çalarken dinlediğinde tuhaf cinsel fanteziler kurmaya kalkmış, sonra da bir müzisyen olarak düşündüklerinden utanmış, ama kıza da bir daha yatak odalarında flüt çaldırmamıştı! Büyük aşkın klasik müzik ve enstrümanlarıyla iç içe girmiş başlangıç macerası işte buydu!

Ve İskender, Vera'ya evlilik teklifini onu hem heyecanlandıran hem de kıskandığı çellosunun yerine geçirerek yaptı, kızı çıplakken bacaklarının arasına oturttu, arkadan sımsıkı sarıldı, okşadı, batonuyla onu tahrik etti, kız tam kendinden geçtiğinde eline bir kutu tutuşturdu: Vera sevişme arzusunu zorla frenledi, o kutunun içinden bir tektaş çıkacağını bilmese bu sahne halının üstünde biterdi ki nitekim sonunda öyle oldu, Vera'nın üstündeki tek giysi, nişan yüzüğüydü!

Bu güzel aşk hikâyesinin üzerine kara bulutlar İskender'in ailesi Japonya'dan dönüp de gelin adayıyla tanıştıktan sonra indi. Kocasıyla arasında ciddi bir yaş farkı olan Meryem Yetkin, otuzlu yaşlarında anne olmuş, oğlunun üzerine de başka çocuk yapmamıştı. Şimdilerde ellili yaşların ortasındaydı ama hâlâ bakımlı ve hoştu. Kendi işini kurmuş, ısıtıcı üreten ve oğlu müziği seçince hâlâ yönetimin başında kalmayı tercih etmiş olan, bir tek yazları işlerinin hafif olduğu aylarda karısını Bodrum'daki yazlıklarında yalnız bırakmayan kocası Necmettin Yetkin'le de büyük bir uyum içindeydiler. Necmettin Bey, işteki otoriter tutumunun aksine, evde karısının egemenliği altında yaşayıp onun kararlarına, etliye sütlüye karışmayan ilginç bir erkekti. Hatta işteki bu sert mizaçlı adamın aile ilişkileri içinde nasıl olup da bütün ipleri karısının eline verdiğine kimse akıl sır erdiremezdi.

Evliliklerinin geçirdiği tek sarsıntı da İskender'in doğumuyla bittiği için mutlu bir aile tablosu çiziyorlardı. Meryem Yetkin'in o dönem yaşadığı bunalımın öncesini bilmeyenler, bunu onun ağır geçen hamileliğine vermiş, hatta doğumdan birkaç ay önce Amerika'ya gidip doğumu gözden ırak, aileden bir yakınıyla tek başına yaşamasını bile hoş görmüşlerdi. Bu Amerika yolculuğu çocuğun daha sonra Amerikan vatandaşı olması için son zamanlarda zengin ailelerin başvurduğu bir yöntem olduğu için normal bulunsa da kadının doğum sırasında bile kocasını yanına istememesini bazıları tuhaf karşılamış, "onların arası bozuk, zaten ayrılacaklar" söylentisi bile dolaşmıştı ortalıkta ama sonra, Necmettin Yetkin, NewYork'a gidip karısını ve oğlunu alıp gelince mesele kapanmıştı.

İskender de bu ABD vatandaşlığından müzik eğitimini yaparken yararlanmadı değil. Ne vize sıkıntısı çekti, ne de üniversitede akreditasyon. Baştan komik bulup önemsemediği NewYork doğumlu olma hikâyesi, sonunda bal gibi işine yaramıştı! Aslında hayatı hemen hiçbir zorlukla karşılaşmadan geçmişti o meşum geceye kadar. Annesi ve babası, yaz tatillerini, iş gezilerini ve bütün işlerini nihayet bitirip biricik oğullarının sevgilisiyle tanışmaya hazır olduklarında onları Büyükdere'nin tepelerindeki evlerine akşam yemeğine çağırdılar. İskender, Vera'nın kıyafetiyle özel olarak ilgilendi. Daha ilk geceden annesinin tepkisini çekmek istemediği için kıza hanım hanımcık bir elbise seçtiler, genç adam kızın uzun saçlarını da topuz yapmasını istedi. Zaten Vera, ne kadar kapanırsa kapansın, ne yaparsa yapsın, o kadar güzel ve dikkat çekiciydi ki! İskender'le el ele tutuşup boy aynasının karşısına geçtiklerinde ikisinin de aklından aynı şey geçti, boyları bosları, duruşları bakışları ne kadar da benziyordu birbirlerine! Tevekkeli değil, aşk ve birlikte yaşamak çiftlerin birbirine benzemesine neden olurmuş!

Anne babayla ilk karşılaşmaları da tahmin edilebileceği gibi iki kadının birbirini uzun uzun süzmesiyle başladı. Meryem Yetkin nedense Vera'yı görünce müthiş bir huzursuzluk duymuştu. Bir kere onu esmer değil, hep sarışın olarak hayal etmiş, İskender de kendisine bu konuda hiçbir şey söylememişti. Bu Rus kızları hep sarışın olmaz mıydı, bu esmer güzeli kız da nereden çıkmıştı? Kızın hali tavrı, güzelliği, en doğrusu adını koyamadığı bir biçimde ondan aldığı elektrik rahatsız etmişti Meryem Yetkin'i. Bütün yemek boyunca az konuşmuş, fazla belli etmemeye çalışarak kızı incelemiş, tabağındaki hemen hiçbir şeye de el sürmemişti.

Yemek sonrası kahvelerini içerken de sohbete pek katılamamıştı, sorsanız ne konuşuldu farkında değildi. Nihayet gece bitti, gençler İskender'in evine döndüler. Ve her iki evde de onun bu tavrı konuşuldu. Kocası, Meryem Yetkin'in Vera'yı görünce niye bu kadar soğuk davrandığına akıl erdirememişti.

"Ne oldu da gelin hanıma bu kadar ilgisiz kaldın, pekâlâ güzel ve akıllı bir kadın. İkisi de müzisyen. Üstelik de birbirlerine çok âşıklar, baksana hep el ele, göz göze. Bunları bir an önce evlendirmek lazım, hem ne kadar güzel çocukları olur. Sen niye düşüncelisin öyle, söyle bakalım?" diye karısını hiç alışık olunmadık şekilde sorguya çekmişti. Necmettin Bey, evliliklerinde sahip olamadıkları çok çocuğu, oğullarının verebileceği düşünce ve özlem içindeydi besbelli. Hem küçük çocuklar hayatlarına nasıl da renk katardı!

Meryem Yetkin, tuvalet masasının önünde takılarını çıkarırken düşünceli tavrını bozmadı:

"İçimde bir huzursuzluk var, bu kız oğlumuza uygun değil gibi. Fazla güzel. Fazla alımlı. Hani suçlamak istemiyorum ama fazla rahat da. İskender sık sık konserler için İstanbul dışında oluyor, bunu nasıl yalnız bırakacak? Pek aklıma yatmadı doğrusu. Üstelik kız da müzisyen diyorsun, o da evde oturmayacak herhalde. "

"Meryem, söylediklerine, kulaklarıma inanamıyorum. Kayseri'den yeni gelmişiz gibi konuşuyorsun. Kızın güzel olması suç mu oldu? Tamam, bizim alışık olduğumuzdan biraz daha rahat ama sonuç olarak o bir Türk kızı değil. Ruslarla evli arkadaşlarımdan duyuyorum hep, çok iyi de eş oluyor, evlerine de sahip çıkıyorlar. Hem bütün bunları dert etmeye hakkımız var mı, İskender bize fikrimizi mi sordu, sadece büyük aşkını tanıştırdı ve evlenmek istediklerini söyledi. Bize de anne baba olarak en iyi şekliyle onları baş göz etmek düşer!"

"Hemen değil," diye mırıldandı düşünceli bir biçimde Meryem Hanım. "Hele biraz zaman geçsin, bir araştırıp soruşturalım bakalım, kız kimmiş, neyin nesiymiş, geçmişi nasılmış."

Necmettin Bey bir şey söylemedi. Çok fazla onaylamamakla birlikte karşı çıkmak niyetinde de değildi, nasılsa karısı dediğini yapardı. Hem araştırsın bakalım, belki de fena olmazdı. Ama ne yani, kız maden işçisinin kızı çıkarsa oğluna layık görmeyip almayacak mıydı? Bunu kadın kıskançlığına verdi. Meryem de çok genç ve güzeldi evlendiklerinde. Güzel bir kadını niye çekemiyordu şimdi? Evlilikleri çocuk isteyene kadar iyi gitmiş, sonra çocuklarının olmayabileceği tehlikesiyle sarsılmıştı. O dönem Meryem eşinden kopma noktasına gelmiş, bir süre görüşmemişlerdi. Neyse ki, Allah'ın lütfu, eşi pişman olup eve döndükten sonra hamile kalmıştı!

Zor geçen bir hamilelik döneminden sonra bu kez de Amerika'da doğurmaya karar vermiş, kendisi de işleri dolayısıyla bir türlü yanına gidemeyince, doğuma yetişebilecekken bu kez de kırıldığı için olsa gerek, Meryem onu yanında istememişti.

Oydu buydu derken sonunda Necmettin Yetkin, karısını ikna etti, gitti oğlunu kucağına alıp döndüler eve. İskender dünya güzeli bir bebekti, evlerine neşe ve mutluluk getirmişti. Meryem, "Vücudum bozulur," diyerek bir daha çocuk yapmak da istememişti. Güzelliğine düşkün bir kadındı sonuç olarak.

Bu tartışmanın benzeri İskender'le Vera arasında da yaşandı.

"Annen beni sevmedi," dedi Vera, kısa ve kesin bir tonla. "Ne kapalı giyinmem, ne saçımı topuz yapmam bir şeye yaramadı. Annen bende ne bulduysa buldu, sevmedi. Benimle konuşmadı bile. Ne olacak şimdi?"

"Hiçbir şey olmayacak," dedi İskender. "Seninle ben evleniyorum, annem değil. Seni ister sever, ister sevmez, umurumda değil. Ayrıca da büyütülecek bir şey yok. Onunla konuşurum sonra. Ben onun biricik oğlu, bir anlamda babamdan sonraki sevgilisiyim. Annem bana çok düşkündür. Şimdi beni bir başka kadınla paylaşacak olmanın huzursuzluğunu yaşıyor belki. Gerçi benim bundan önceki kız arkadaşlarıma böyle davranmadı ama onları ciddiye almamıştı demek. Bu kez ciddi olduğumu biliyor. Bu kez hiçbir şeyin eskisi gibi olmayacağını ve beni az da olsa kaybedeceğini düşünüyor. Alışacak, dert edilecek bir şey yok!"

Vera, itiraz etmedi. Ama içinde tuhaf bir sıkıntı vardı. Meryem Yetkin'in kendisini kolay kolay kabul etmeyeceğini hissediyordu. O kadınla arasında tuhaf bir elektrik olduğunu hissettiği gibi. Önsezileri her zaman çok kuvvetliydi, tıpkı o gece Aya İrini'deki konserde İskender'i sahnede gördüğü an, hayatının değişeceğini hissettiği gibi. Ona ilk bakışta âşık olmuştu. İskender yayını çellonun her üzerinden geçirişinde müziği kalbinin, ruhunun derinlerinde hissetmiş, o müziğin ikisini birbirine bağladığını düşünmüştü. Kulise onunla tanışmaya giderken ne olursa olsun, onun hayatına gireceğini ve bir daha çıkmayacağını biliyordu.

Tıpkı o gece Meryem Yetkin'i ilk gördüğünde aşkları için en büyük tehlikenin bu kadın olduğunu hissettiği gibi. Ama yine de tuhaf bir şekilde ondan nefret etmiyor, kızmıyor, korkmuyordu. Dahası ona karşı hissettiklerini adlandıramıyordu. Ama o kadınla kendisi arasında tuhaf bir düğüm olduğunu hissediyordu!

İlk buluşmadan sonra kısa süre içinde tekrar bir araya gelmediler. İskender'in konserleri vardı, Necmettin Yetkin'in ise yurtdışı seyahatleri. İki kadın İstanbul'da kalmalarına rağmen birbirlerini görmek için bir girişimde bulunmadılar. Ne evlilik hazırlığı yapılıyordu, ne düğün dernek. Aslında Vera buna içerliyor ama sevgilisine olan bağlığı ve güveni yüzünden de sıkıntısını dile getirmiyordu.

Meryem Yetkin ise görünenin aksine boş durmuyordu. İyi tanıdığı ve güvendiği birilerine Vera'nın kimliğini ve geçmişini soruşturma görevi vermişti. Nedense pek bir ilerleme yoktu, genç kadının geçmişi, yaşantısı gizemlerle doluydu. Annesini doğumda kaybetmesi dışında bir şey öğrenemedi. O da elinde yeteri kadar bilgi ve veri olmadan kadını ne müstakbel gelini yerine koyuyordu, ne de tekrar görüşmek istiyordu.

Konserdi, seyahatti, araştırmaydı, Vera'nın İstanbul'daki orkestralarda iş arayışıydı derken sonbahar geçiverdi, havalar birden soğudu. Vera, hep hayal ettiği gibi yaz gelini olmak istiyorsa bütün bir kış ve ilkbaharın geçmesini beklemesi gerekecekti ya da kış gelini olmaya razı olacaktı!

Bütün o hayhuy içinde Vera'nın hayallerini gelinliğin modelleri süslüyordu. Sonunda beyaz kadife ve dantellerle süslü bir modelde karar kılmıştı. Üstü vücuduna oturan ve korsajı belinin inceliğini ortaya çıkaran kıyafet, incilerle işlenerek zenginleştirilecekti. Uzun kollarının omuzları tıpkı tarihi kostümlerinki gibi kabarık olacaktı. Açık göğüs dekoltesini ise dik yakalı bir dantel süsleyecekti. Duvak yerine kocaman kapüşonlu bir pelerin tasarlamıştı Vera, topuz yapılmış uzun siyah saçlarını ise beyaz mügeler ve incilerden oluşmuş bir taç tutacaktı. Bir kış kıyafetine biraz öyle ortaçağ masal prensesi olmak yakışmaz mıydı? Hatta acaba incecik pabuçlar yerine uzun konçlu çizmeler mi giyseydi, yine kadifeden tabii ki. Ve onu göstermek için, eteklerinin önü kısa olsa...

Vera bu hayallerden telefonun çalan sesiyle sıyrıldı. Açınca telefondaki sesi önce tanıyamadı, sonra o ses "Ben Meryem Yetkin, İskender'in annesi," deyince yüreği hızla çarptı. Tanışmalarının üzerinden neredeyse bir ay geçmişti, hangi dağda kurt ölmüştü de Meryem Hanım kendisini arıyordu? Çaya daveti kabul etti tabii ki, kibar bir biçimde teşekkür edip kapattı telefonu. Acaba ne konuşacaklardı, İskender İstanbul'da değildi, evlilik hazırlıklarını konuşacaklarsa hep birlikte konuşmaları daha doğru olmaz mıydı?

İskender'e tutkulu iki kadın bu kez evde değil, Boğaz kenarında bir otelde buluştular çay saatinde. Vera, otelden içeri girerken kapının önündeki mor orkidelere hayran oldu, burası çiçeklerinin dekorasyona kattığı güzelliğiyle ünlü Four Season's Oteli'nden başka bir yer de değildi. Havadan sudan konuştukları sürece Vera, Meryem Hanım'ı pek can kulağıyla dinlemedi bile. Aklı mekâna takılmıştı. Düğünleri burada olsa ne kadar güzel olurdu. Otelin önündeki Boğaz manzarası da çok etkileyiciydi. Servis ve yiyeceklerin güzelliği de cabası! O düğünüyle ilgili hayaller kurarken Meryem Yetkin'in tasaları ve planları bambaşkaydı. Vera'nın ailesi ve geçmişiyle ilgili ilk bilgiler kadının yüreğini ağzına getirmiş, aklına gelen ihtimallere inanmak istememiş, ancak ta ilk karşılaşmalarında içine doğan sıkıntıya da böylece hak vermişti. Yoksa Vera, yoksa, yoksa... Yok artık canım, daha neler, dünya bu kadar mı küçük!

Meryem Yetkin, usul usul sorguya çekmeye başladı Vera'yı. Oğluyla aynı yıl, aynı ay ve günde doğmuş olmalarını olumsuz bir işaret olarak karşılayıp notunu aldı, şaşırdığını da belli etti.

Aslında buna Vera da çok şaşırmıştı, sevgililer öpüşüp koklaşmaktan birbirlerinin doğum tarihiyle bile hiç ilgilenmemişlerdi! Vera'nın babası mühendisti. Annesini ise kendisini doğururken kaybetmişlerdi.

Vera, "Babam annemin nasıl öldüğüyle ilgili ayrıntıları konuşmak, bu hikâyeyi anlatmak istemez, her öğrenmek istediğimde de susar, cevap vermez, konunun açılmasına engel olurdu, bu onu da beni de çok üzerdi. Sonunda babamı daha fazla üzmemek için annemin yokluğuna kendimi alıştırdım, onun beni hep gördüğünü, düşündüğünü varsayarak, zaman zaman onunla konuşarak acımı hafiflettim; babam annemden bahsedilmesini o kadar istemiyor ki onun bir fotoğrafı bile yok evde, anlayın artık!" deyip konuyu kapatıverdi. Babası birkaç yıl, bekâr ablasının yardımıyla kendi bakmıştı kızına; sonra da yalnızlığa dayanamamış, bir başkasıyla evlenmiş, üvey annesi de çok benimsemişti Vera'yı. Hatta onu müziğe yönlendiren de piyano öğretmeni olan üvey anne olmuştu. Vera, babasının içine kapanık olduğunu, kendisini çok sevdiği halde çok az konuştuğunu anlattı. O güzel genç kadın, çok da neşeli bir çocukluk geçirmemişti. Vera müstakbel kayınvalidesinin onun ailesinin hikâyesiyle niye bu kadar ilgilendiğini pek anlamadı.

"Onları düğünde tanırsınız, nasıl olsa bir araya geleceksiniz. Babam da sizleri merak ediyor," dedi ve ekledi:

"Zaten babam beni çok özledi. İstanbul'da bu kadar uzun kalmamdan hiç memnun değil. Bana İstanbul'un büyülü atmosferinin âşık olma nedenlerimden biri olduğunu söylüyor. Evlenmeden önce İskender'le mutlaka gidip onları görmemi istiyor. 'Türk usülü gelip seni bizden istesinler, ben de damadımı göreyim, sonra düğünü hem orada, hem burada yaparız,' diyor. Hatta çok komik ama bana İstanbul'dan ayrılırsam aşk sarhoşluğumun geçebileceğini bile söylüyor. 'Siz hele bir buraya gelin, kesin kararınızı ondan sonra verirsiniz,' diyor."

Meryem Hanım, bu açıklamayı düşünceli bir yüz ifadesiyle dinledi. Ama babanın bu evliliğe kendisi gibi biraz soğuk bakmasına da memnun oldu. Aklındaki soru işaretlerini çözecek zamanı olacaktı...

Vera, sevgilisinin gelişini iple çekti. İskender geldikten sonra ona annesiyle olan buluşmasını anlattı. Birlikte çay içtiklerini ve Meryem Hanım'ın onu ailesiyle ilgili olarak nasıl sorguya çektiğinin altını çizmekten de geri kalmadı! İskender bunu annesinin merakına vermişti. Haksız da bulmadı, Vera, kuliste tanıştığı, yabancı bir ülkeden gelmiş bir kızdı sonuç olarak. Evet çok güzeldi ve kendisi ona deli gibi âşık olmuştu ama annesi âşık değildi ki, elbette daha akılcı davranacak ve biricik oğlunun evleneceği kız ve geçmişi, ailesi hakkında bilgi sahibi olmak isteyecekti. O da Vera'nın babasıyla tanışmak ve kendisini tanıtmak istiyordu. Vera da babasının canı, biricik kızıydı ve asıl onun da kızının birlikte yaşayacağı erkeği tanımaya hakkı vardı. İki sevgili bu seyahati hemen yapmaya karar verdiler. Vera, İskender'in babasıyla bir an önce tanışmasını ve daha da önemlisi Noel'de evlenmeyi istiyordu!

"Hiç aklına gelir miydi," diye heyecanla anlatıyordu sevgilisine, doğum günlerimiz aynı! İkimiz de Oğlak burcuyuz. Noel'de evlenirsek, aşkımızı kutsadığımız günü bütün bir Hıristiyanlık dünyası her yıl kutlayacak. Böylece biz de bir hafta sonraki doğum günümüze ve yeni yıla evli bir çift olarak gireceğiz. Allah'ım ne kadar heyecanlı, bu kadar güzel günü üst üste yaşamak ne büyük mutluluk. Sevgilim, bir an önce hazırlıklara başlamalıyız. Benim gelinliğimin dikilmesi, düğünün hazırlanması, o kadar çok iş var ki."

İskender sevgilisinin heyecanını paylaşıyor, ancak bu kadar çok işin de yılbaşı telaşında nasıl gerçekleşeceğini bilemiyordu. Hele bir Noel akşamı, bırakın Four Seasons' da, hiçbir yerde boş salon bulamazlardı nikâh kıyıp düğün dernek yaparak evlenecek! Üstelik kimi nasıl çağıracaklardı, bunlar hiç olası gözükmüyordu ama biliyordu ki isterse annesi hepsini halleder. Ne ki, nedenini bilmese de, annesini de bu evlilik konusunda pek istekli görmüyordu.

Vera ve İskender, ani bir kararla biletlerini alıp Vera'nın babasını görmeye Ukrayna'ya gittiler. Babası onları havaalanında karşıladı. İskender Vera'nın babasını görünce şaşırmadı değil. Kendi babasıyla kıyaslanmayacak kadar genç ve havalı bir adam. Uzun boylu, sportmen yapılı, hatta o yaşında bile kadınların ilgisini çekebilecek kadar karizmatik. Soğuk havaya rağmen yakası kalkık içi kürklü kısa montu, aynalı gözlükleri ve yamuk gülüşüyle sinema artistlerini andırıyor. İskender ise Vera'nın mühendis babasını biraz kendi babası gibi düşünmüştü. Eve giderlerken İskender Vera'nın babasının akıcı İngilizcesine ikinci kez şaşıyor! Babası İskender'e, mühendis olmasına rağmen gençliğinde bir süre pilot olarak çalıştığını, Vera doğduktan ve annesiz kaldıktan sonra onu seyahatlerde yalnız bırakmamak için uçmaktan vazgeçip mesleğine geri döndüğünü anlatıyor. İskender, uçak mühendisi olan kayınpederiyle iyi anlaşacağını hissediyor. İki erkek, kayınpeder damat gibi değil de iki arkadaş gibi birbirlerine büyük bir sempatiyle yaklaşıyor ve akşam yemeğine kadar votkaları çekip kafaları buluyorlar! Vera, bu sıcak karşılamadan ve sevdiği erkeklerin birbiriyle anlaşmasından memnun. Gece yalnız kaldıklarında bunu fırsat bilip İskender'e annesini şikâyet etmekten geri kalmıyor.

"Babamla ne kadar iyi anlaştınız ve seni nasıl sıcak karşıladı; oysa annenin beni bir dövmediği kaldı!"

İskender, gece içki içerken Oleg'in anlattıklarına takılmış; onun pilotluk yaptığı dönemde sık sık İstanbul'da geceledikle-rini, hatta yakışıklı pilotun çapkınlık maceralarını dinlerken pek de gülememiş. Olegsandr, bu maceralarından birinde bir Türk kadınına fena tutulduğunu ve onu hiç unutamadığını anlatırken hüzünleniyor. O neşeli adam gidiyor, başka biri geliyor, içki faslı bitiyor. Olegsandr, düşünceli ve sıkkın birine dönüşüyor, "Hadi yatalım" deyip sohbeti bitiriyor.

İskender ve Vera Ukrayna'da sadece iki gece kaldı. Üvey annenin fikrini soran olmamıştı zaten, Olegsandr, İskender'i baba gibi bağrına bastı. İskender'i tanıyıp ailesi hakkında bilgi edindikçe ilk tanışmalarındaki neşeli tavrını biraz kaybedip düşünceli bir hal almıştı ama kızını da sevgiyle uğurladı. Düğün hazırlıklarını tamamlar tamamlamaz haber vermelerini, Noel'i İstanbul'da geçirmekten çok hoşlanacaklarını anlattı.

İskender, İstanbul'a döner dönmez, annesini görmeye gitti. Onunla özellikle yalnız konuşmak istemişti. Heyecanla Ukrayna'yı, Vera'nın babasıyla nasıl tanıştıklarını anlattı. Olegsandr'la nasıl içip erkek muhabbeti yaptıklarını kahkahalarla anlatırken annesinin yüzünün nasıl sararıp solduğunu, kadının keyfinin nasıl kaçtığını da fark etmedi. Ne zamanki cep telefonunu çıkarıp annesine beraber çektirdikleri fotoğrafı gösterdi, kadın titremeye başladı. İskender bir tuhaflık olduğunu o zaman anladı, "Anne, neyin var, ne oluyorsun, iyi değil misin," diye çırpınırken kadın kendini topladı.

"Tansiyonum düştü herhalde," dedi; "Bu mevsim değişikliği bana yaramıyor, iyi değilim. Biraz da bu evlilik meselesi. Oğlum. Bana şimdilik nedenini sorma, çok zor olacağını biliyorum ama bu evlilik olamaz. Vera sana göre bir kız değil. Vera'yla evlenemezsin!"

Bu kez sararıp solma sırası İskender'deydi:

"Yeter ama artık anne!" diye bağırdı. Bir süredir anlamadığım bir şekilde kapris yapıyorsun. Ben bu kızı seviyorum ve onunla evleneceğim, senin buna karşı çıkmana da anlam veremiyorum. Ayrıca karşı çıksan da evleneceğim, çıkmasan da! Ama keşke karşı çıkmak yerine biricik oğlunun mutluluğuna ortak olsan..."

Meryem Hanım, hıçkırarak karşı çıktı:

"Hayır diyorsam bir bildiğim var demek ki, bunu sana şimdi söyleyemem. Lütfen anlamaya çalış, çok büyük bir şok yaşıyorum, Vera sana uygun bir kız değil. Onunla evlenmemen lazım. Bu evliliği önlemek için elimden gelen her şeyi yaparım, her şeyi, her şeyi!"

Meryem Hanım adeta isteri krizi geçiriyordu ki İskender fırlayıp gitti. Telefonlarını kapattı. Annesinin takibinden kurtulmak için Vera'yı alıp Ada'daki eve geçti. Bir yandan da nikâh muamelelerine başladı. Kızın istediği gibi bir düğün olmayacaktı belki ama madem ki evlenmek istiyorlardı, yalnız başlarına da olsa evleneceklerdi. Düğünü de Ukrayna'da baba evinde yaparlardı. Gerçi Vera, olan biteni anlamakta güçlük çekiyordu ama İskender de annesinin evlenmelerine niye karşı çıktığını tam olarak anlamış değildi ki!

Vera, evlilik muamelesi için gerekli kâğıtları hazırlatsın diye babasına telefon ettiğinde anlattı Meryem Hanım'ın anlaşılmaz karşı çıkışını. Babası yorum yapmadan dinledi olup biteni. Ama kızının canının sıkılmasına da üzüldüğünü söyledi. Telefonu kapattığında Vera'nın babasının da aklı karışmıştı. Evrakları hazır ettikten sonra İstanbul'a kendisi götürmeye karar verdi; hem İskender'in ailesiyle tanışır, belki de ortalığı yatıştırabilir, ya da en azından niye karşı çıktıklarını öğrenirdi.

Meryem Yetkin, Oleg'in İstanbul'a geleceğini ortak bir arkadaşlarından, Fani'den öğrendi. Oleg, Meryem'in en yakın arkadaşı ve sırdaşı Fani'yi çok sever, arada bir onunla telefonlaşırdı. Arayıp İstanbul'a geleceğini ve onda kalacağını söyleyince Fani de Meryem'e haber vermişti. Meryem böylece korktuğu halde yakıştırmak istemediği acı gerçekle karşı karşıya kaldı: Vera'nın babası Oleg, onun hiç de yabancısı değil tam tersine çok iyi tanıdığı biriydi! Meryem de, Olegsandr'a Oleg derdi! Hem de kulağına, hem de sevişirken!

Olegsandr, pilot olarak çalıştığı sırada İstanbul'da tanışmıştı Meryem'le. O dönem İstanbul'da eskal yapıyor ve bir gece kalıyorlardı. Kaldıkları otelin barında içerken önce Fani'yle tanışmış, arkadaş olmuş, daha sonra da Fani'yle birlikte bara gelen Meryem'le tanışıp ona vurulmuştu Oleg. Bu tanışma tam da Meryem'in evliliğinin sarsıntı geçirdiği bir döneme rast geldiği için genç kadın, yakışıklı pilotla bir macera yaşamaktan pek de çekinmemiş, o bunalımı yabancı bir adamın aşkıyla geçirmekte sakınca görmemişti, ta ki hamile olduğunu anlayana kadar! Meryem, işte o noktada hayatının kararını vermek zorunda kalmıştı: her kadın gibi o da anne olmak istiyordu. Ama evlilikleri süresinde hamile kalamamış, yapılan tetkiklerden sonra eşinin spermlerinin yetersiz olmasından ötürü bu olasılığın çok da yüksek olmadığı çıkmıştı ortaya. Evliliklerindeki bunalım da bundan kaynaklanıyordu zaten. Ve nitekim Meryem, bir başka erkekle birliktelik yaşamaya başladıktan kısa bir süre sonra hamile kaldığına göre kendisinde hiçbir sorun yoktu! Peki çocuk sahibi olmayı bu kadar isterken bu hamilelikten vaz mı geçecekti? Meryem bu hamileliği ona kaderin bir hediyesi olarak değerlendirdi, zaten böyle bir risk almak da istemiyordu. Ancak eşinden ayrılıp bir macera yaşadığı yabancı bir erkekle de birlikte olmaya hiç niyeti yoktu. Zaten eşi de Meryem'in eve geri dönmesi için yalvarıp yakarıyordu, Meryem hiçbir şey olmamış gibi barışıp geri döndükten bir süre sonra hamile kaldığını söyleyince pek de üstüne gitmedi!

Necmettin Bey, bu hamilelik konusunda kendini ikna etmekte pek de zorlanmadı. Cinsel yaşamları iyiydi; doktorlar ona hiç çocuğun olamaz dememiş, düşük bir olasılık demişlerdi ama yeniden birlikte olmanın getirdiği mutluluk meyvesini vermiş, karısı hamile kalmıştı işte! Olayı fazla kurcalamadan sonucu böyle kabul etmek ikisinin de işine geliyordu aslında!

Sorun kocadan değil sevgiliden çıkınca ortalık karıştı! Meryem'in hamile kalıp eşine döndüğünü öğrenen Oleg, hiç beklenmedik bir biçimde olay çıkarmıştı! Meryem'in kendisinden hamile kaldığından emindi. Önce kadının boşanıp kendisiyle birlikte olmasını istedi. Meryem'in buna asla yanaşmaması üzerine olanı biteni kocasına anlatmakla tehdit etti. Hatta Meryem onun kendisinden para sızdırmak istediğini sandı ama hiç beklemediği bir şey oldu: Oleg, parayı değil, çocuğu istiyordu! İnanması zordu ama Oleg de bu hamileliği çocuk sahibi olmak için bir şans olarak görüyordu! Kaçak âşıkların kavgaları inanılmaz bir pazarlıkla sonuçlandı: Oleg, Meryem'in ikiz hamilelik yaşadığını öğrenince bebeklerden birini almak koşuluyla hayatından çıkmaya ve onu rahatsız etmemeye söz verdi!

Meryem, rahatını bozmamak için girdiği bu korkunç pazarlıkta kızını feda etti. Çocuklarını doğurmak için Amerika'ya gitti ve ikiz bebeklerini dünyaya getirdikten sonra hiç emzirmeden, hiç öpüp koklamadan kızını verdi babasına... Hayatının bu en zor seçimini yaparken baba kızın baba oğuldan daha iyi anlaşacağını düşünmüştü. Bir de ayrı yumurta ikizi olan bebeklerden kız çok daha küçük ve zayıftı. Allah biliyor ya, onun uzun yaşayamayacağını bile düşünmüştü, ölür kalırsa çocuksuz kalmamak için daha güçlü olan oğlanı kendisi istemişti...

Doğumdan sonra bebeklerinin birinden ayrılmanın yaşattığı travmayı atlatmak için kendini oğluna adadı. Bir de kızı olduğunu sadece yalnız kaldığında, gözyaşlarını içine akıtarak düşündü. Oleg'le bir daha hiç görüşmedi, hiç haberleşmedi. Olegsandr ise kızına çok iyi baktı, onu çok sevdi, çünkü aslında annesini de çok sevmiş ve kadının sandığının aksine ona iyi bir koca olacağını gösteremediği için içinde kalan isyanı kızına iyi bir baba olarak göstermişti.

İşte Meryem'in gençleri evin önünde silahla beklemesinin altında yatan sır buydu. Meryem, çocuklarının evlenmesini önlemek için her çılgınlığı yapmaya hazırdı! Ne pahasına olursa olsun, hayatının en büyük sırrı ortaya çıkmadan ve daha da önemlisi, bu rezillik daha fazla yaşanmadan çocuklardan biri ortadan kalkmalıydı! O zaman da kızını feda etmişti, şimdi de kızını feda edecekti! İskender onu terk etmeyeceğine göre Vera ölmeliydi, onu Meryem öldürecekti!

Vera ve İskender, yazlık evin bahçesindeki çamı Noel ağacı gibi süslemişlerdi. Bahçedeki küçük ışıklar ve yedi cüceler, yağan kara rağmen ortalığı ısıtıyor, dehşetle birbirine sarılmış ne olduğunu anlamaya çalışan iki genç ve elindeki tabancayla onları tehdit eden yarı çıldırmış haldeki kadının görüntüsü bu manzaraya hiç uymuyordu!

Vera, bir anda İskender'in kollarından sıyrılıp Meryem'e koştu:

"Benden niye nefret ediyorsunuz, ben size ne yaptım? Suçum ne, İskender'i sevmek mi, size yalvarıyorum, bize anlayış gösterin!" deyip ağlayarak ayaklarına kapandı! Meryem, beklenmedik bir biçimde, sihirli değnek değmiş gibi bambaşka biri oldu, kızın yanına çöküp kollarına aldı, ona sarılıp hıçkıra hıçkıra ağlamaya başladı.

Vera da İskender de Meryem'in bu birdenbire gelişen sevecen halinden, eli tabancalı tehditkar halinden daha çok korktular! Kadın delirmişti herhalde. İskender ona fark ettirmeden ayağıyla annesinin yere bıraktığı tabancayı uzağa itti, Vera'yı annesinin kollarından çekip aldı ve korumak için önüne geçti. dehşet içinde dizlerinin üstüne çökmüş ağlayan annesine bakıyordu ki kapının önünde bir payton durdu, Oleg atladı içinden! Trajedinin tamamlanması için bütün kahramanların burada mı olması gerekiyordu?

Oleg, gençlere bakmadı bile; koşarak Meryem'in yanına gitti, yerden kaldırıp sarıldı. Gençler ise şaşkınlıktan ne yapacaklarını bilmiyor, olan bitene anlam veremiyordu, bu ikisi birbirini nereden tanıyor, annesi onları neden öldürmeye kalkıyor, Oleg hiç tanımadığı kadına neden sevgi gösteriyordu?

Oleg, aslında bu eve ilk kez gelmiyordu. Yıllar önce birlikte oldukları mevsim dışı bir akşamda dikkati çekmemek için otelde kalmayan Meryem'le bu eve gelmişlerdi. Oleg İstanbul'a inince kendisini karşılayan Fani'den Meryem'in kışın bu vaktinde nedense delirmiş gibi Ada'ya gittiğini öğrenince merak edip bir deniz taksiye atladığı gibi buraya gelmiş ve karların altındaki bahçede ne konuşulduğunu anlamasa da bir trajedinin ortasına düştüğünü anlamıştı. O zaman çözdüklerini sandıkları düğüm, bugün karşılarına çok daha karmaşık bir biçimde çıkıyordu ve asıl bunu çözmek gerekiyordu:

Yerden kaldırdığı kadını eve doğru götürürken arkasına dönüp şaşkın şaşkın bakan gençlere eliyle siz de gelin diye işaret etti. Ne ki yaşanacak sürprizler daha bitmemişti. Evin kapısı açıldı ve Necmettin Yetkin dışarı çıktı. O ana kadar olan biten her şeyi saklandığı evde, pencereden izlemişti. Orada ne arıyor derseniz, karısının Vera'ya olan soğukluğu ve bu evliliğe karşı çıkmasından ortada bir tuhaflık olduğunu anlamıştı. Hele oğlu ve müstakbel gelin ortalıktan kaybolunca karısını gizli gizli izlemeye başlamış, onun çocukların izini bulup Ada'ya gitmeye kalktığını görünce de tekneye atladığı gibi herkesten önce gelmişti eve.

Ve karısının gelişini, bahçede çocukları bekleyişini, çantasındaki tabancayı çıkarıp hazırladığını, çocuklar geldikten sonra yaşananları ve en sonunda Oleg'in de geldiğini görünce, yıllardır inkâr etmeye çalıştığı acı gerçekle yüz yüze gelmişti. İskender kendi çocuğu değildi. Bu ilk kez gördüğü yabancı adam da yıllar önce dedektif tutup öğrendiği karısının eski sevgilisinden, yani İskender'in gerçek babasından başkası olamazdı. Meryem'in Vera'ya niye karşı olduğu da böylece ortaya çıkıyordu. Vera, İskender'in karındaşı, doğumdan sonra ayrıldığı ve gerçek babasına teslim edilen kardeşiydi. Bütün bu öğrendikleri o halim selim adamı bile çileden çıkarmıştı, hepsine, herkese öfke, kin ve nefret doluydu, herkesi düşman görüyordu kendisine. Bütün bu komplolar ona karşı yapılmıştı, bu olayda en çok o zarar görmüş, en çok o kandırılmış, en çok o ihanete uğramıştı!

O cinnet haliyle var gücüyle "Buraya kadar!" diye bağırdı:

"Tiyatro bitti, aşk masallarının sonu geldi, şimdi kâbus başlıyor!"

Kapının arkasından aldığı ve evde beklerken sıkıntıdan işleyişini kontrol edip hatta doldurduğu av tüfeğini ateşledi, önce karısı düştü yere, sonra Oleg!

İkisi de kanlar içinde yere yığılırken farklı bir kurşun sesi duyuldu:

Bu kez, İskender, babasını, daha doğrusu, yıllarca baba dediği, babası sandığı adamı, şu anda çıldırmış bir katil olarak gördüğü Necmettin Bey'i tam kalbinden vurmuştu. Üst üste karların üzerine düşen üç kişinin kanları birbirine karışırken İskender Vera'ya "Bu deli saçması trajedi fazla sürmüştü," diye mırıldandı. Büyük bir soğukkanlılıkla elindeki silahı karla ovaladı ve Oleg'in daha soğumamış eline tutuşturdu. Kıza sarıldı, arkalarına dönüp bahçeden dışarı çıktılar. Üçünün kanları beyaz karın üzerinde fazla yayılmadan donuyor, garip şekiller oluşturuyordu. İskender cep telefonuyla polisi ararken silah seslerini duyup gelen birileri var mı diye etrafına bakındı.

"Kimse bir şey görmedi, bilmiyor, dedi, biz de bilmiyoruz! Ama nedenini bilmesek de bunca kan dökülmesine neden olduğuna göre bu evlilik artık gerçekleşemez! O üçü aşkımızı da öldürdü, Vera!"

Vera, "Sadece ben ölseydim daha mı iyi olurdu," diye düşündü. Gelinliği geldi aklına, üzerine beyaz inciler yerine kırmızı boncuklar işletecekti. Saçlarına al kurdeleler takacaktı. Delirmiş gibi karların üzerine attı kendini, avuç avuç kar savurdu havaya, "Düğünümüzde konfeti yerine karlar atacaklardı değil mi başımdan aşağı!" diye bağırırken hıçkırmaya başladı. Uzaktan bir kiliseden çan sesleri duyuldu. Genç kadının cinnet hali geçer, sakinleşir gibi oldu, patika yolda yürümek için İskender'in elini tuttu. Gözyaşlarından önünü görmüyor, üç kurşunla öldürülen aşkına ağlıyordu...

Yekta Kopan

DOĞUM SANCISI

Her şey o mektuplar gelmeye başladıktan sonra değişti.

Rahmetli babam "Yürürken herkesten daha dikkatli olmalısın," derdi. "Dikkatli olmalısın ki hayatın bu bozuk yollarında paçana çamur sıçramasın. Çünkü oğlum, sen, küçük bir çamur parçasını temizlemek için bile eğilmemelisin." Güzel söz değil mi? Oturaklı.

Ne zaman başım darda olsa, yüreğimin üstüne mandalar oturmuş gibi hissetsem hemen babamın sözlerini hatırlarım. O ne dediyse yapmaya çalıştım, inanın. Hep dikkat ettim, kimsenin bana çamur sıçratmamasına özen gösterdim, eğilmedim. O mektuplar gelmeye başlayana kadar da oldukça huzurlu bir hayatım vardı.

Tamam, son zamanlarda işten sıkılıyordum biraz ama atlatacağımı düşünüyordum. Yıllardır aynı şeyi yapmanın insanı nasıl körelttiğini bilirsiniz. Ertesi gün uyandığında hiçbir değişiklik olmayacağını bilmek, kendini açma-kapama düğmesine başkasının bastığı bir makinenin herhangi bir parçası gibi görmek. Bunları fark edince makinenin diğer parçalarından nefret etmeye başlıyorsunuz; çünkü onlar hiçbir şeyin farkında değiller. Yeni bir halı, yeni bir araba almak ya da ne bileyim hafta sonunda yeni bir çay bahçesi keşfetmek hayatlarındaki en büyük değişiklik. Nasıl nefret etmezsiniz... Yoo, bunun saldırganlık olduğunu düşünmeyin. Aslında onlardan değil, onlarda gördüğüm kendi hayatımdan nefret ediyordum. Ama dedim ya o mektuplar, uykularımı eritene, hayatımı kâbusa çevirene kadar, bu sıkıntıları atlatabileceğimi, kendimi toparlayacağımı düşünüyordum. Olmadı.

Boşandığım günlerde de aynı şeyleri hissetmiştim.

Boşanmanın suçlusu benim, bunu biliyorum. Bu yüzden de kendimden nefret ediyordum. Hayır, alkol, kumar ya da başka bir kadın yüzünden yaşanmadı bu ayrılık. Keşke öyle olsaydı. Elle dokunulur bir nedenimiz olurdu, hatta belki sorunun üstüne gider beraberce çözerdik. Başarırdık. Seviyordum karımı, hâlâ seviyorum. Ama yapamıyordum, sıkılıyordum. Evlilikte de aynı şey oluyor, bir süre sonra kendinizi bir makinenin parçası gibi görmeye başlıyorsunuz. Bu şey gibi... Nasıl desem... Her sabah tuvalette belli bir süre kalabilirsiniz, çünkü kapıda sizin çıkmanızı bekleyen biri vardır. Ya da... Bir akşam, hani olur ya, rüyanızda eski sevgililerinizden birini görseniz de gece yarısı pencerenin önünde bir sigara tüttürüp onu düşünmeye çalışsanız, yanınıza gelip ne olduğunu soran ve kendinizi suçlu hissetmenize neden olan biri vardır. Neyse, bu konuda konuşmak istemiyorum.

İşte o soğuk günlerde de aynı sıkıntı çökmüştü üstüme. Bir gariplik vardı zaten, sonbaharı görmeden kışa daldık. Annem olsa "Kışlıkları çıkaramadım daha, ne bu böyle?" diye söylenip dururdu. Gökyüzü utanmasa, kıçımızda mayo varken kar yağdıracaktı üstümüze, öylesine ani değişti mevsim. Önce kış geldi. Sonra o mektuplar.

İşten eve döndüğümde posta kutumda bir zarf görmek çok şaşırtmıştı beni. Artık posta kutuları faturalarla dolmaktan başka hiçbir işe yaramıyor çünkü. Tanımadığım bir elyazısından adımı soyadımı, adresimi okumak nedense çok mutlu etmişti beni. "Bir yenilik!" diyordum. Belki de bu sevinç biraz uzun sürsün diye eve girer girmez açmadım zarfı. Ne çıkmasını beklemiştim ki zarfın içinden? Hayır, aşk mektubu değil. Kim bana aşk mektubu yazardı ki? Hayatımda bir yenilik olması yetmişti heyecanlanmam için. Kendime güzel bir yemek hazırladım, özenli bir sofra kurdum, hatta bir şişe şarap açtım. Yenilik, ziyafeti hak ediyordu. Zarfı şarap şişesine dayayıp gözlerinin içine bakarak yedim yemeğimi. Ev sıcaktı ama yine de bir üşüme geldi. Biraz ısınmak için biraz da heyecandan şişenin yarısını su gibi içtim.

Sonra zarfı açtım.

İki tane siyah-beyaz fotoğraf çıkmıştı zarfın içinden. İlk birkaç saniye neye baktığımı anlamadım. O şaşkınlık süresi geçince, birden mideme iki büklüm olmama neden olan bir kramp girdi. Şaraptandır diye düşündüm bir an ama değildi.

Her iki fotoğrafta da arabaların altında kalıp can veren, bütün organları yollara yayılmış, tanınmaz halde kedi ölüleri vardı. Birinde simsiyah bir kan gölünün ortasında yatan tekir bir kedi ve diğerinde de kedi olduğunu ancak aradan görünen küçücük kulaklarından anlayabileceğiniz paramparça olmuş bir hayvan. Fotoğrafları elimden attığımı, mideme giren krampa aldırmadan, hızla masadan kalkıp odanın içinde amaçsızca dolaştığımı hatırlıyorum. İradesiz bir insan olsam o anda bir sigara yakabilirdim. Boşandığım gün sigarayı bırakacağıma dair kendime bir söz verdim de... Bu kötü bir şaka olmalıydı. Zarfın önünü, arkasını iyice kontrol ettim. Şehir içinden atılmıştı, uzak bir semtten. Zarfın içinde herhangi bir not filan yoktu. Elyazısını tanımaya çalıştım; ama boşuna. Fotoğrafları yırttım hemen. Sonra da gidip yatağıma saklandım. Bir türlü uyku tutmuyor, kedilerin kan gölü içindeki görüntüleri gözümün önünden gitmiyordu. Kalkıp şarabın kalanını içtim. Sızmışım.

Ertesi gün işyerimdeki arkadaşlarımın hepsine şüpheyle baktığımı hatırlıyorum. Belki de onlardan biri komik olduğunu düşünerek yapmıştı bunu. Ama kalkıp da "Bana parçalanmış kedi fotoğraflarını hanginiz yolladı?" diye soramazdım ya. Kendimi işe verip bir gece öncesini unutmaya çalıştım. Böyle bir şeyin tekrarlanmayacağına emindim.

Hayatta hiçbir şeyden emin olmamalısınız.

Çocukken babam, ağabeyimle beni ava götürürdü hafta sonları. Kamp yerine geceden gider, çadırları kurardık. Uyumadan önce hayal kurardım: Sabah erkenden ava çıkıyoruz. Babam, arkadaşları, ağabeyim ve ben ormanın içinde yavaş yavaş ilerliyoruz. Ben hariç herkesin elinde silahlar var; büyüklerde tüfek, ağabeyimde kocaman bir avcı bıçağı. Ben en arkadayım. Hızlı yürüyorlar, yetişemiyorum. Bir ara o kadar ağır kalıyorum ki herkesi kaybediyorum. Tam onları bulmak için izleri takip ederken karşıma kocaman bir ayı çıkıyor. Silahsızım, çocuğum. Ayı saldırıyor. Ben önce yerden bulduğum bir sopayla, ardından çıplak ellerimle karşılık veriyorum bu vahşi saldırıya. (Hayalin o kısmını hızlı geçip, devam ediyordum.) Babam, arkadaşları ve avcı bıçaklı ağabeyim korku içinde yanıma geldiklerinde beni ayının baygın (yoksa öldürdüğümü mü düşünüyordum?) bedeninin üstünde oturmuş buluyorlar. Beni av partisinin kahramanı ilan ediyorlar. Kah-ra-man!

Sonra sabah olurdu, gerçek av başlardı. Çok korkardım. Geride kalmaktan, düşmekten, av olmaktan, avlanan bir hayvanın ölümünü görmekten. Ben ölümlerden çok korkarım. Ya siz?

İlk mektubun gelmesinden sonra iki hafta kadar hiçbir şey olmadı. Açıkçası ben de unutmuştum o kötü şakayı. Arada bir hatırladığımda "Herhalde," diyordum kendi kendime, "eski arkadaşlarımdan birinin aptalca bir şakasıydı." Başka ne olabilirdi ki?

Ama belediyenin şiddetli kar yağışı nedeniyle alarm uyarısı yaptığı gecenin sabahında ikinci mektup geldi. Sonra da her gün bir mektup. Her zarftan iki fotoğraf çıkıyordu: Biri siyah-beyaz, diğeri renkli iki tane ölü hayvan fotoğrafı. Genelde kediler ve köpekler. Bir kere tümüyle ezilmiş bir fare, bir kere de darmadağın olmuş bir kirpi fotoğrafı çıktı. Otoyollarda arabaların altında kalmış, hatta belki öldükten sonra da üstünden defalarca araba geçmiş, tanınmayacak hale gelmiş ölü hayvan fotoğrafları. Her gün iki fotoğraf; biri siyah-beyaz, diğeri renkli. Bağırsakları yola yayılmış bir sarman, kafası vücudundan ayrılmış bir köpek, dili ağzından sarkmış ve açık gözlerini dikmiş bakan bir kürk yığını...

Durmadan içiyordum ama yine de uyuyamıyordum. İşyerindeki arkadaşlarıma çeşitli bahanelerle bir şeyler yazdırıyor, sonra eve gelip zarfın üstündeki yazıyla karşılaştırıyordum. Benden nefret ettiğini düşündüğüm kişilerin adreslerinin bir listesini yapmıştım ve mektupların atıldığı semte yakın olanları işaretlemiştim. Ama mektuplar her gün farklı bir semtten atılıyordu. Böyle fotoğrafların bir fotoğrafçıda bastırılamayacağını, dolayısıyla bu işi yapanın kendisinin bastığını düşündüğümden, çevremde fotoğrafçılıkla ilgilenenler için ayrı bir liste oluşturmuştum. Ama bu da beni bir sonuca ulaştırmamıştı. Evet, bir ara polise gitmeyi de düşündüm ama ne diyecektim ki onlara: "Sapığın biri evime ölü hayvan resimleri yolluyor, lütfen yakalayın onu!" İlgi gösterirler miydi sanıyorsunuz?

Hayır, eski eşimin bu işe karışmış olabileceğini hiç düşünmedim. Ne garipmiş 'eski eşim' demek. Onu hâlâ seviyorum ben. Seviyorum. Onun da beni sevdiğini düşünüyorum. Söyledim ya, benim hatalarım olmasaydı evliliğimiz bitmezdi. Neyse, bu konuda konuşmak istemiyorum.

Sonunda dayanamaz hale geldim ve işyerimden on günlük bir izin aldım. Önce kendime çekidüzen vermeyi sonra da şehir dışında yaşayan ağabeyimin yanına tatile gitmeyi düşünüyordum. Ama aklımı kurcalayan soruya engel olamıyordum; ya bunları yapan ağabeyimse? Benden pek hoşlandığını söyleyemem. Onunla konuştuysanız benim hakkımdaki fikirlerini biliyorsunuzdur. O hep kazanan olmuştu, hep çalışmıştı. Oysa ben hep bir "asalak" gibi yaşamıştım. Şu balinaların solungaçlarının çevresinde yaşayan hayvanların adı neydi? Neyse... Ağabeyim beni sevmez. Onun yanına gidemezdim. En azından bu izin süresince kendime zaman ayırabilirim diye düşünmüştüm. Hatta ilk birkaç gün gelen zarfları açmadan yırtmaya, korkumdan kaçmaya başladım. Ama bu beni uykusuz gecelerden, kâbuslardan kurtarmıyordu.

Bomboş bir otoyolda üstü açık bir arabada çevremdeki nesneleri algılayamayacağım kadar süratli gidiyorum. İleride yolun ortasında bir köpek duruyor, fark ediyorum. Frene basmam gerektiğini biliyorum, basmıyorum. Köpek bana bakıyor, kaçmıyor. Sonra kemik sesleri, yüzüme sıçrayan kanlar, arabanın kaputuna yapışan iç organlar ve ter içinde uyanırken attığım çığlığa karışan bir uluma...

Oysa ölü köpekler uluyamaz.

Her sabah bunun günlerdir süren, gerçekçi bir kâbus olduğunu öğrenerek uyanmak istedim. Aslında hepimiz bir kâbusun eşiğinde yaşıyoruz biliyor musunuz? O kâbusla bizi birbirimizden ayıran saydam bir duvar var. Duvarın arkasına bakmayı istemiyoruz. Çünkü bizim, istemediğimiz şeyleri yapmama yeteneğimiz var. Gerektiğinde konuşarak, gerektiğinde konuşmayarak, gerektiğinde duyguların gücüne sığınarak yani düşünerek kaçabiliriz o saydam duvardan. Ardındaki kâbusun hayatımızın gerçeği olduğunu hissetsek bile kaçarız. Hissetmek hayvanlara özgüdür, biz düşünürüz. Ama ben artık düşünemiyordum. Kaçamıyordum. Sadece o kâbusun artık benim gerçeğim olduğunu hissediyordum.

Artık tamamen eve kapanmıştım. Üstelik apartmanın doğalgaz borularında bir sorun vardı, kalorifer doğru dürüst yanmıyordu. Üşüyordum. Bütün gün pencerenin kenarındaki koltuğa oturuyor, karımın aldığı kareli battaniyeye sarınıyor, düşünüyordum. Sadece düşünüyordum. Uzun bir süre bu mektupları gönderen kişinin nasıl biri olduğunu bulmaya çalıştım. Kim değil, nasıl biri? Bir insan neden böyle bir şey yapar? Örneğin siz, düşman olduğunuz bir insandan intikam almak isteseniz böyle bir yol seçer miydiniz? Sizi de etkileyeceğini bildiğiniz bir intikam metodunu seçer miydiniz? Yaşadığım kâbus sürecinde yalnız olmadığımı, mektupları gönderenle beraber olduğumu biliyordum. Bu ölü hayvan fotoğraflarının benim kadar onu da çıldırttığını biliyordum. Hangimizin sinirleri daha sağlamsa o ayakta kalacaktı.

Hep "kaybeden" olduğumu söylemiş miydim?

Evet, artık olay gününü anlatmam gerektiğini biliyorum ama o günü anlayabilmeniz için bütün bunları –sıkıcı da olsa– anlatmak zorundayım. Neden böylesine büyük bir çöküntü yaşadığımı anlamıyor gibisiniz? Peki gelen fotoğraflar, ölü insan fotoğrafları olsa bana hak verir miydiniz?

Olaydan üç gün önce mektupları tümüyle unutmaya karar verdim. Posta kutuma hiç bakmayacaktım. Mektupları yırtmak için bile elime almayacaktım. Kendime çekidüzen vermeliydim. İşe başlamam gerekiyordu, iznim bitmişti. Hem yılbaşı iyice yaklaşmıştı. Yeni başlangıçlar yapmanın, güzel hayaller kurmanın tam zamanıydı. Toparlanmam gerekiyordu. Bu kararlarımı uygulamada çok başarılı olduğumu söyleyemem ama yine de kendimi önceki günlerden daha iyi hissediyordum. Sabah erken kalkıyordum; iyi bir kahvaltı, duş, tıraş, sabah gazeteleri. İşe kadar günlerdir yollardan kalkmayan karlara bata çıka, yürüyerek gidiyordum. Yeni bir kaban bile almıştım; kemik düğmeli bir çoban kabanı. Sıcacık. Birikmiş işlerimi kısa sürede temizlemiştim, büyük bir şevkle çalışıyordum. Bendeki bu değişiklik arkadaşlarımın bile dikkatini çekmişti. Akşam iş çıkışı bir iki tek atma ya da bir yerlere takılma teklifi gelirse itirazsız kabul ediyor, gecenin bir vakti geldiğim evime girerken posta kutusunun önünden hızla geçiyordum. İyiydim.

Kendimi kandırıyordum. Asla iç seslerimden kaçamayacağımı bilmem gerekirdi. Kendimle ilgili gerçek, benim dışımda bir yerdeydi. Kendime dışarıdan bakabiliyordum. Beni, bir başkası yönetiyordu. O başkasından ancak "kendimi doğurarak" kurtulabilirdim. Peki, bütün bu sancıların sonunda doğacak olan şey neydi: Bir insan mı, ölü bir hayvan mı?

O gece, yılbaşının bir gün öncesinde, eve dönerken bunları düşünüyordum. Pencere önlerindeki çam ağaçlarının yanıp sönen ışıkları, erimeye başlamış karların üstüne düşüyordu. Yıldızları takip ederek yolunu bulmaya çalışan bir hayalet gemi gibi sokaktan sokağa savruluverdim. Belki de eve biraz daha geç ulaşmak, posta kutusunun o ağzı açık bekleyen vahşi aslan (yoksa ölü bir aslan mı demeliyim?) gibi görüntüsünden bir süre daha kaçabilmek ya da biraz daha düşünebilmek için yolumu uzatmıştım anlayacağınız.

İşte onları da orada, bana ait olmayan o yolda gördüm. Kavga ediyorlardı. Oğlan kıza ağza alınmayacak hakaretler savuruyordu. Kız ağlıyordu. Yolumu değiştirip uzaklaşmayı düşündüm ama tam o anda oğlanın elinin gecenin karanlığını yırtarak havaya kalktığını ve kızın yüzünde bir tokat olarak patladığını gördüm. Sonrasını anlatmamı istiyor musunuz?

Siz hiç ölü bir kedi yavrusu gördünüz mü? Hayır, öyle arabayla yanından geçerken gördüğünüz görüntüden bahsetmiyorum. Elinize fotoğrafını alıp uzun uzun incelemiş olmanız gerekiyor. Tüylerinin nasıl yapış yapış ve solgun göründüğünü, kafasının cansız bedeniyle nasıl uyumsuz bir açıyla yola uzandığını, acı içindeki ağzından fırlayan dilinin kırık dişleri tarafından nasıl parçalandığını görmeniz gerekiyor. Bir de gözlerini. Gözlerini ya da artık boş olan göz yuvalarını...

Affedersiniz, mideniz mi bulandı? O zaman artık benden o geceyi anlatmamı istemeyin. Sevgilisinden dayak yiyen kızın çığlıkları arasında kendime geldiğimde hissettiğim üşümeyi, oğlanın kaldırımın kenarına vurula vurula parçalanmış beyninden yola akan sıvının görüntüsünü, elimdeki kanın burnumu yakan kokusunu, ölümün rüzgâra karışan fısıltısını anlatmamı istemeyin. Zaten anlatamam...

Neden mi yaptım? Başta da bunu sormuştunuz değil mi? Anlattıklarım size yeterli gelmiyor değil mi? Ölü hayvan fotoğraflarının yalan olduğunu düşünüyorsunuz değil mi? Kim bilir, belki de siz haklısınızdır, belki de her şeyi içimdeki hayvan uydurmuştur. Belki de sadece içimdeki avcının tuzağına yakalandım. Avlandım. Ama artık rahatım. Size vahşice gelebilir ama yapmam gerekeni yaptım ve rahatladım. Doğurmam gerekiyordu ve doğurdum. En azından içimde saklananın ne olduğunu hepimiz görmüş olduk. En azından birimiz, doğuracak kadar cesur olmalıydık.

Şimdi bir sigara yakabilir miyim?

BİYOGRAFİLER

Aslı E. Perker

1975, İzmir doğumlu. Dokuz Eylül Üniversitesi Fen Edebiyat Fakültesi Amerikan Kültürü ve Edebiyatı bölümünden mezun oldu. Metin yazarı olarak yazı kariyerine başlayan Perker, sonrasında gazeteci, röportör ve çevirmen olarak çalıştı. Yapıtları: *Başkalarının Kokusu, Cellat Mezarlığı, Sufle.*

Ayşegül Çelik

1968 doğumlu. Hacettepe Üniversitesi İktisadi İdari Programlar ve Ankara Üniversitesi DTCF Tiyatro bölümünü bitirdi. Yazdığı radyo oyunları TRT tarafından ödüllendirildi. Televizyon ve sinema için senaryo yazarlığı yaptı. Halen Ankara Üniversitesi Devlet Konservatuarı'nda dünya edebiyatı dersleri veriyor. Yapıtları: *Sensizankaradadenizdüşleri* (Şiir), *Korku ve Arkadaşı, Şehper; Dehlizdeki Kuş* (Notre Dame De Sion Edebiyat Ödülü / Mansiyon), *Kâğıt Gemiler* (Yunus Nadi Öykü Ödülü).

Barış Müstecaplıoğlu

1977, Kocaeli doğumlu. Boğaziçi Üniversitesi İnşaat Mühendisliği bölümünden mezun oldu. Yazarlık hayatına çeşitli dergilerde yayınlanan öyküleriyle başladı. Eserleri Arapçadan Çinceye dokuz dile çevrildi. Yapıtları: *Perg Efsaneleri Serisi, Şamanlar Diyarı, Bir Hayaldi Gerçekten Güzel, Şakird, Gökyüzündeki Ülke, Kardeş Kanı.*

Cem Selcen

1962, İstanbul doğumlu. Makine mühendisliği okudu. Mühendislik dahil çok çeşitli işlerde çalıştı. Son yirmi yıldır gece kulübü işletmeciliğini ve yazarlığı birlikte götürüyor. Yapıtları: *1578-Bir Korsan Hikâyesi, Saat Kaçtır Acaba, Elmanın Suçu* ve *Öğle Paydosu.*

Doğu Yücel

1977 doğumlu. Dokuz Eylül Üniversitesi İktisat Bölümü mezunudur. İstanbul Üniversitesi Radyo-TV Sinema Bölümü'nde yüksek lisansını yapmıştır. Dergi editörlüğü yapmaktadır. *Hayalet Kitap* adlı kitabı 2004 yılında *Okul* ismiyle beyazperdeye uyarlanmıştır. 2006'da *Küçük Kıyamet* filminin senaryosunu yazmıştır. 1997'de Gençlik Kitabevi Öykü Yarışması'nda ve 1999'da Nostromo Kısa Bilimkurgu Öykü Yarışması'nda başarı ödülleri almıştır. Yapıtları: *Düşler, Kâbuslar ve Gelecek Masalları, Hayalet Kitap, Varolmayanlar.*

Ece Erdoğuş

1982 doğumlu. Yeditepe Üniversitesi Güzel Sanatlar Fakültesi Tiyatro Bölümü mezunu. 1998'de Ferhan Şensoy'un Nöbetçi Tiyatro sınavını kazandı. 2000-2005 yılları arasında Ortaoyuncular'da oyunculuk ve yönetmen yardımcılığı yaptı. Halen, mezun olduğu üniversitenin Karşılaştırmalı Edebiyat programında yüksek lisans eğitimine devam etmekte. Yapıtları: *Kolpa, Yok Olma Kılavuzu.*

Elif Tanrıyar

İstanbul doğumlu. Yıldız Teknik Üniversitesi Şehir ve Bölge Planlama bölümünü bitirdi. Basın hayatı boyunca muhabirlik, editörlük, yazı işleri müdürlüğü ve genel yayın yönetmenliği gibi çeşitli görevlerde bulundu, çok sayıda dergide ve gazetede çalıştı, kitap tanıtımları, edebiyat konulu dosyalar ve haberler hazırladı, çeşitli edebiyat etkinliklerinde söyleşiler yaptı.

Gül İrepoğlu

İstanbul Devlet Güzel Sanatlar Akademisi Mimarlık Bölümü'nü bitirdi, İstanbul Üniversitesi Edebiyat Fakültesi Estetik ve Sanat Tarihi Kürsüsü'nde akademik kariyerine başladı. 1997'de Sanat Tarihi profesörü unvanını aldı. 18.-20. yüzyıllarda resim sanatı, Lale Devri, Doğu ile Batının sanatsal ilişkileri, Osmanlı Mücevher Tarihi ile sanatın ve tarihin her alanında lale konularında çeşitli bilimsel kitapları ve makaleleri vardır. TRT için "Şehir-Mekân" ve "Sanat-Mekân"

TV programlarını hazırlayıp sunmuş, 2006-2012 arasında UNESCO Türkiye Milli Komisyonu yönetim kurulu üyesi ve Somut Kültürel Miras Komitesi başkanı olarak görev yapmıştır. Gazetedeki *Tarihten Hikâyeler* başlıklı haftalık köşesinde kültür, sanat ve tarih üzerine yazmaktadır. Romanları: *Gölgemi Bıraktım Lale Bahçelerinde, Cariye, Fiyonklu İstanbul Dürbünü.*

Gülşah Elikbank

1980, İstanbul doğumlu. İstanbul Üniversitesi İletişim Fakültesi'nden mezun oldu. Marmara Üniversitesi'nde Yönetim ve Çalışma Psikolojisi üzerine yüksek lisans yaptı. Yönetici olarak çalıştı. Çeşitli dergilerde yazılar yazdı. Halen Sabah Gazetesi Ege eki köşe yazarıdır. Yapıtları: *Siyah Nefes, Mavi Dağ, Kızıl Ölüm, Aşkın Gölgesi.*

Hacer Yeni

Trabzon doğumlu. Marmara Üniversitesi, İngiliz Dili Eğitimi Bölümü'nü bitirdi. Marmara Üniversitesi, Siyaset Bilimi ve Uluslararası İlişkiler bölümünde yüksek lisansını tamamladı. Üniversitede beş yıl İngilizce dersi verdikten sonra bir dergide muhabir ve editör olarak çalıştı, köşe yazarlığı yaptı. Yapıtları: *Bir Dilek Tut, Metres Rezidans.*

Hakan Günday

1976, Rodos doğumlu. Hacettepe Üniversitesi Edebiyat Fakültesi Fransızca Mütercim Tercümanlık Bölümü'nde eğitimine başladı. Ertesi yıl Université Libre de Bruxelles'in Siyasal Bilimler bölümüne geçti. Sonra Ankara Üniversitesi Siyasal Bilgiler Fakültesi'ne girdi. İstanbul Dot'ta tiyatro oyun yazarı olarak çalışmaktadır. Yapıtları: *Zargana, Kinyas ve Kayra, Piç, Malafa, Azil, Ziyan, Az.*

İlknur Özdemir

İstanbul doğumlu. İstanbul Alman Lisesi'ni ve Boğaziçi Üniversitesi İşletme Bölümü'nü bitirdi. Almanca ve İngilizceden çok sayıda çevirisi ve *Senin Öykün Hangisi* adlı bir öykü kitabı vardır. Başlıca çevirileri: Paul Auster: *Yalnızlığın Keşfi, Yanılsamalar Kitabı, New York Üçlemesi*; Max Frisch: *Stiller*; J. M. Coetzee: *Utanç, Petersburglu Usta*; Michael Cunningham: *Saatler*; Günter Grass: *Yengeç Yürüyüşü, Soğanı Soyarken*; Hermann Hesse: *Klingsor'un Son Yazı*; Arundhati Roy: *Küçük Şeylerin Tanrısı*; Stefan Zweig: *Günlükler*; Ingeborg Bachmann-Paul Celan: *Kalp Zamanı*; Edith Wharton: *Keyif Evi*; Umberto Eco: *Genç Bir Romancının İtirafları*; Virginia Woolf: *Mrs. Dalloway, Kendine Ait Bir Oda, Dalgalar*; Pascal Mercier: *Lizbon'a Gece Treni.*

Levent Mete

1958, İzmir doğumlu. Hacettepe Üniversitesi Tıp Fakültesi mezunu. Psikiyatri doçenti. Yapıtları: *Şizofreni: En Uzak Ülke, Depresyon: Hüzünden Melankoliye, Aşk Romanları Yazan Adam, Sokaktan Geçen Dünya, Terapi, Büyücüler, Rika'nın Beyninde, Aşk Hastalığı, Şizofreni Müzesi.*

Menekşe Toprak

Kayseri doğumlu. Ankara Üniversitesi Siyasal Bilgiler Fakültesi'ni bitirdikten sonra bir süre Ankara ve Berlin'de bankacı olarak çalıştı. Berlin ve İstanbul'da radyo gazeteciliği ve çevirmenlik yapıyor. Öyküleriyle çeşitli dergi ve antolojilerde yer aldı. Yapıtları: *Valizdeki Mektup, Hangi Dildedir Aşk, Temmuz Çocukları.*

Mine G. Kırıkkanat

Ankara doğumlu bir İstanbullu. Notre Dame de Sion Fransız Lisesi ve İstanbul Üniversitesi Edebiyat Fakültesi Sosyoloji Bölümü mezunudur. Türkiye'nin ilk kadın mizah yazarı olarak başladığı yazın yaşamına, *Cumhuriyet*'in İspanya, *Milliyet*'in Fransa muhabirliği, *Radikal* ve *Vatan* gazetelerinde köşe yazarlığıyla devam etmiştir. Halen *Cumhuriyet* gazetesi yazarıdır. TV5 Monde kanalının yabancı gazetecileri arasında yer alan Kırıkkanat, 2011 yılı Fransa Ulusal Kitap Merkezi yabancı romancı bursunu kazanmış olup, edebiyat alanındaki varlığını çok sayıda yabancı dile çevrilen roman, öykü ve deneme türünde eserlerle sürdürmektedir. Romanları: *Sinek Sarayı, Bir Gün Gece, Destina.* Öykü ve deneme kitapları: *Gülün Öteki Adı, Pandispanya, Yalnız Kalem, Carissima Sevgilim, İyi Kötü Kadın, Aşk Varmış Aşk Yokmuş, Umudun Kırık Kanatlarında, Örtülü Özgürlük.*

Nermin Yıldırım

1980, Bursa doğumlu. Anadolu Üniversitesi İletişim Bilimleri Fakültesi Basın Yayın Bölümü'nden mezun olarak İstanbul'a yerleşti. Çeşitli dergi ve gazetelerde yazdı, reklam ajanslarında metin yazarlığı yaptı. 2010 yılında Barcelona'ya yerleşti. Yapıtları: *Unutma Beni Apartmanı, Rüyalar Anlatılmaz.*

Sibel Oral

1979, İstanbul doğumlu. 2000 yılında müzik dergileriyle başladığı gazetecilik mesleğine farklı yayın kuruluşlarında muhabir olarak devam etti. Kültür sanat editörlüğünün yanı sıra kitap eki editörlüğünü de sürdürmektedir. Yapıtları: *Beni Beklerken, Zayi, Harp ve Darp Ülkesinde Bir Selvi.*

Tuna Kiremitçi

1973, Eskişehir doğumlu. İlk şiirleri 1991'de, *Varlık*'ta yayımlandı. Romanları Fransa'dan Brezilya'ya, Çin'den Mısır'a 14 ülkede yayımlanan Kiremitçi'nin, müzik ve sinema çalışmaları da vardır. Yazar halen İstanbul ve Sofya'da yaşamaktadır. Yapıtları: *Git Kendini Çok Sevdirmeden, Bu İşte Bir Yalnızlık Var, Yolda Üç Kişi, Dualar Kalıcıdır, Küçüğe Bir Dondurma, Selanik'te Sonbahar, Bazı Şiirler, Bazı Şarkılar, Gönül Meselesi.*

Yazgülü Aldoğan

Kuşadası doğumlu. Ankara Üniversitesi Siyasal Bilgiler Fakültesi Basın Yayın Yüksekokulu'nda başladığı üniversite eğitimine, doktora programıyla devam etti. Bir yıl sonra Paris'e giderek İletişim Sosyolojisi doktorasını Sorbonne Üniversitesi'nde tamamladı. SBF'den yardımcı doçent olarak ayrıldıktan sonra çeşitli gazete ve dergilerde muhabirlik, yöneticilik, televizyon ve radyolarda programlar, ayrıca medya ve siyaset danışmanlığı yaptı. Üniversitelerin lisans ve lisansüstü programlarında dersler verdi. Halen *Posta* gazetesi köşe yazarı. İlk romanı *Kiralık Adam* o yıl en çok satan 20 kitabın içinde yer aldı. *Ve Güneşi Göremedi Şafak*, Aralık 2012'de piyasada.

Yekta Kopan

1968, Ankara doğumlu. Kitapları, Sait Faik Hikâye Armağanı, Haldun Taner Öykü Ödülü, Dünya Kitap Yılın Telif Eseri, Yunus Nadi Öykü Ödülü'ne değer görülmüş bir öykücüdür. Yapıtları: *İçimde Kim Var, Yedi Derste Vicdan Muhasebesi, Aşk Mutfağından Yalnızlık Tarifleri, Fildişi Karası, Kara Kedinin Gölgesi, Karbon Kopya, Bir de Baktım Yoksun, Kediler Güzel Uyanır.*